ro
ro
ro

Charlotte Royal

Die englische Geisha

Erotischer Roman

Deutsch von Ulrich Georg

Rowohlt Taschenbuch
Verlag

Die Originalausgabe erschien 1998 unter dem Titel «The Barbarian Geisha» bei Black Lace, London

2. Auflage Januar 2007

Deutsche Erstausgabe   Veröffentlicht im Rowohlt Taschenbuch Verlag, Reinbek bei Hamburg, September 2006   Copyright © 2006 by Rowohlt Verlag GmbH, Reinbek bei Hamburg   «The Barbarian Geisha» Copyright © 1998 by Charlotte Royal   Redaktion Stefanie Röders   Umschlaggestaltung any.way, Andreas Pufal   (Foto: Nonstock / mauritius images)   Satz ITC Galliard PostScript, InDesign, bei Pinkuin Satz und Datentechnik, Berlin   Druck und Bindung Clausen & Bosse, Leck   Printed in Germany   ISBN 978 3 499 24270 0

PROLOG

Nach dem Sturm fegte der Wind aus fremden Gefilden
über die Halbinsel Izu. Frisch, salzig und tosend wehte er
von Westen heran und peitschte die weißen Wellenkämme
der Brecher auf, die gegen die felsige Küste Japans krach-
ten.

Ein einfacher, kräftig gebauter Fischer leckte sich mit
zusammengekniffenen Augen das Salz von den Lippen,
hielt seinen kegelförmigen Strohhut fest und stemmte sich
gegen die immer noch steife Brise unten am Meer. Er war
nicht der Erste am Strand. Der schmale Sandstreifen war
gesprenkelt mit gebückten Gestalten, die für ihn winzig
aussahen und die schroffen Felsen der Bucht absuchten.
Der Fischer verspannte sich kurz, blieb dann aber gelassen.
Kein Eindringling durfte den Küstenstreifen absuchen,
der traditionell der seine war.

Er lief zu seiner schäbigen, windschiefen Hütte, um
ein paar geflochtene, runde Körbe zu holen – für die
eventuellen Fundstücke, die der Taifun hinterlassen hatte. Trotz der Sturmschäden an seiner Bleibe und an den
Fischernetzen pfiff der Mann vergnügt durch die Lücke

seiner Vorderzähne, sammelte die Körbe zusammen und trottete hinunter zu der Stelle, wo das Wasser am höchsten stand. Nach einem Sturm wie dem gestrigen musste doch einfach etwas Gutes in den Haufen von Treibgut zu finden sein, die sich jetzt entlang des Meeressaumes auftürmten.

Es war noch früh am Tag, aber die Wintersonne schien bei der Arbeit heiß auf seinen Rücken. Systematisch und voller Staunen, wie hoch der Sturm das Wasser an den Strand getrieben hatte, suchte er die schmutzigen Trümmer ab. Zunächst legte er das nasse, silbrig glänzende Treibholz zur Seite, das er später einsammeln würde, um es als Feuerholz zu verwenden. Dann sammelte er den verknoteten, leicht vergänglichen Seetang ein, dessen grüne, salzige Bänder er auf mehrere Haufen sortierte. Die besten Stücke würde er auf dem Markt verkaufen, den Rest zu Hause selbst essen.

Als der Fischer eine glänzende, rosafarbene Muschelschale entdeckte, wurde seine Aufmerksamkeit einen Moment lang von dem Seetang abgelenkt. Er drehte das Fundstück in seinen knochigen Händen hin und her und untersuchte die fleischigen, komplizierten Windungen. Diese Muschel war ein besonders schönes Exemplar. Vielleicht konnte er sie ja verkaufen.

Er hatte sich gerade wieder aufgerichtet und wollte die Schale beiseite legen, da erblickte er einen unheimlichen Umriss in dem Durcheinander der Trümmer. Er war starr vor Schrecken. Die Sonne brannte auf seinen Kopf, und die Brandung dröhnte in seinen Ohren. Seine Augen suchten den Haufen ab. Er hatte die Form eines menschlichen Körpers.

Er schloss die Augen, musste schwer schlucken und sah erneut hin. Es gab keinen Zweifel. Die Gestalt war zwar unter einem Haufen Seetang und Treibgut verborgen, aber eindeutig als menschlicher Körper auszumachen – als großer, nackter Körper. Das Herz schlug ihm bis zum Hals, und er trat einen Schritt zurück. Innerlich verfluchte er sein Pech. Eine Leiche am Strand könnte die Aufmerksamkeit des schrecklichen Herren der Provinz, des Daimyo, erregen. Die Knie des Fischers wurden weich wie Butter, als er an Lord Nakano und seine scharfen, glänzenden Schwerter dachte. Er stöhnte leise und sah sich vorsichtig um. Bisher hatte niemand seinen Fund bemerkt. Vielleicht konnte er ihn ja verschweigen und es der See überlassen, ihn bei der nächsten Flut wieder mit sich zu nehmen.

Sein Mund war trocken und sein Puls raste. Die Beine des Fischers zitterten noch immer, als er sich auf dem feuchten Sand niederließ, um zu beten, wie er noch nie zuvor gebetet hatte. Die anderen schwarzen Umrisse bearbeiteten unter dem klaren blauen Himmel immer noch ihre jeweiligen Stellen. Der Fischer verstärkte sein Gebet. Er wollte doch nichts weiter als ein ruhiges Leben! Je höher die Sonne stieg, desto mehr dampfte der Seetang vor ihm. Der aromatische Fischgeruch, der seine Nase kitzelte, schien den Kopf klarer zu machen und half ihm beim Nachdenken.

Zögernd betrachtete er den Körper. Gut erkennbar war nur ein ausgestreckter Arm, die milchweißen Finger der Hand waren fast flehentlich in den Sand gekrallt. Er musste den Arm bedecken, damit niemand ihn sah. Der Mann griff nach dem Korb voller Seetang und breitete die leuchtend grünen Bänder, ungeachtet ihres Marktwertes, über die helle Haut. Doch plötzlich hielt er inne. Wieder musste er schwer schlucken. Konnte es nicht jemand sein, den er kannte? Für die Menschen, denen das Meer Lebensunterhalt bot, war es ein ernstes Vergehen, die Leiche eines Seemannes den Fischen zu überlassen.

Seine zitternden, sonnengegerbten Finger wanderten zu der Stelle, wo der Kopf sein musste. Sachte wischte er einen verdrehten Seetangballen beiseite und legte das Gesicht frei. Daraufhin machte sein Herz einen erneuten Satz, und leise, klagende Laute der Angst drangen aus seinem Mund. Der Körper gehörte zu einer Frau – einer Frau, die er noch nie gesehen hatte.

Der Fischer schloss die Augen und betete in die Dunkelheit und die roten Sprenkel, die darin umherschwirrten. Am liebsten hätte er nie wieder auf diesen Fund geblickt. Der Körper glich in keiner Weise den schlanken, dunkelhaarigen, mandeläugigen Menschen, an die er sein ganzes Leben lang gewöhnt war. Vor ihm lag ein blasser, milchiger Körper, dessen Haut in der Sonne glitzerte und der so fremd und so durch und durch bizarr in seiner Form war, dass es sich nur um eine Art übernatürliche Kreatur handeln konnte.

Sein Atem zischte durch die Zähne, und er jammerte leise. Nur das schreckliche Zittern seiner Knie hielt ihn davon ab, aufzuspringen und zur Heimeligkeit seiner Hütte und seiner Frau zurückzurennen. In diesem Moment gab es keinen Ort, an dem er nicht lieber gewesen wäre. Selbst das Gefängnis des Provinzherren hätte er jetzt vorgezogen. Überall, nur nicht hier an diesem Strand und in so greifbarer Nähe des nackten Körpers einer toten Seejungfrau.

Die Zeit verstrich, und die Sonne stieg immer höher, während der Fischer mit sich kämpfte. Die schwarzen Silhouetten der Dorfbewohner blieben gnädig in der Ferne. Die Brise zerrte an seinem Kimono und an dem langsam trocknenden Seetang, der die Gestrandete bedeckte. Nach und nach legte sich die Panik des Fischers. Der nackte Körper bewegte sich nicht – ein kleiner Trost.

Der Wind ließ jetzt langsam nach, war aber immer noch

kräftig genug, um die Stränge des Seetangs nach und nach fortzuwehen und immer mehr von dem nackten Körper freizulegen. Trotz seiner Angst fielen dem Mann mittlerweile Einzelheiten auf. Die Haut der Seegöttin leuchtete in einem überirdischen Perlweiß. Dunkelrosa schimmernd glich sie beinahe dem Farbton der Muschel, die er vorhin bewundert hatte. Er dachte an die hinreißenden Frauen auf den Gemälden, die den kaiserlichen Hof wie Blumen schmückten und über denen er als junger Mann masturbiert hatte. Die Haut der Meereshexe war noch feiner und blasser als die der Gemahlinnen des Kaisers.

Als der Wind ein weiteres Knäuel des smaragdgrünen Tangs wegfegte und in einer aufreizenden Entblößung noch mehr von der nackten Schönheit freilegte, spürte er Lust in sich aufsteigen. Brustwarzen – in einer Farbe, wie er sie zuvor noch nie gesehen hatte. Sie hatten nicht den Braunton von Kastanien, sondern waren hell und rosa – wie die doppelblütigen Anemonen, die in Obstgärten tanzten. Der Fischer leckte sich die Lippen. Ob ihre Schamlippen von derselben, begehrenswerten Farbe waren? Und ihr Mund? Wie es wohl wäre, die rosa Lippen einer Frau aus der Unterwelt zu küssen ...

Über seinem Kopf kreischten die Möwen in der Luft. Die Brise des Windes wehte immer mehr Grün von ihrem Körper. Da beugte der Fischer sich wie im Traum nach vorn und begann vorsichtig, an den ledernen, dunklen Halmen zu zupfen, um die Geheimnisse des kurvigen weißen Körpers, der vor ihm lag, zu lüften. Er war wie in Trance – eine schreckliche Faszination, die dafür sorgte, dass er die Augen nicht mehr von der Frau abwenden konnte. Dabei kannte er die Gefahren. Alle Seemänner zitterten vor den sexuellen Kräften der Meerjungfrauen und Dämonen, die in den kobaltfarbenen Tiefen der See lebten. Schon oft genug hatte er von den tödlichen Verlockungen gehört, die von diesen Wesen ausgingen – aber nichts von ihrer Schönheit. Doch diese Frau war so reizvoll, dass sie ihn leichtsinnig machte. Ja, sogar so schön, dass er sein Leben für sie riskierte.

Er griff hinab und schob mit seiner gebräunten Hand die Seetangbüschel weiter an die Seite. Wie hypnotisiert streichelte er über feine Strähnen glänzender Seide. Die Schönheit der Frau ließ ihm das Herz aufgehen. Haare wie goldene Spinnenweben! Sollte er diese Begegnung überleben, könnte er den Rest seines Lebens damit verbringen, Gedichte über dieses Wesen zu schreiben. Er hob die leuchtenden Strähnen an und ließ sie wieder fallen. Die glitzernden Goldfäden vor dem strahlend blauen Himmel nahmen ihn geradezu gefangen. So verging eine Ewigkeit, bis er seine Aufmerksamkeit ihrem Gesicht zuwandte.

Auch ihr Antlitz schimmerte in perligem Weiß – eine ovale, elfenbeinfarbene Blüte, die auf ihrem schwanenhaften Hals thronte. Ihre Gesichtszüge waren sehr ausgeprägt. Starke, hohe Wangenknochen, ein geschwungener, entschlossener Mund, eine fein gemeißelte Nase und dunkle Brauen über großen, tief liegenden Augen. Die langen, seidigen Wimpern bildeten einen wunderschönen Bogen unterhalb ihrer geschlossenen Lider. Mit zitternden, rauen Fingern berührte der Fischer zunächst die Wimpern, um dann ehrfürchtig über die feine, hauchdünne Haut des Augenlides zu gleiten. Wie schwarz sich die sonnenverbrannte Haut seiner Hände doch gegen das elfenbeinhafte Weiß ihrer Haut abhob. Und wie merkwürdig die Augen der Meeresnymphe geformt waren, nicht wie Mandeln, sondern eher wie zwei große Haselnüsse. Etwa damit sie unter Wasser sehen konnte?

Sofort stellte er sich vor, wie sie mit weit geöffneten

Augen und schimmerndem, blassem Körper in dem smaragdgrünen Wasser schwamm. Vor seinem geistigen Auge zog die Meerjungfrau ihr Haar wie einen sich kräuselnden Umhang hinter sich her, und ihre Brüste zeigten in seine Richtung. Wagemutig schwamm er auf die Schönheit zu und nahm einen ihrer rosa Nippel in den Mund. Die Vorstellung entlockte ihm einen tiefen Seufzer. Seine derben Hände wanderten nach unten, um über die blassvioletten Wangen der Fremden zu streichen. Der Fischer erschauderte bei der Berührung. Oder zitterte sie? Es war ein winziges, nervöses Vibrieren. Er sah erneut hin. Das konnte doch nicht sein! Sanft fuhr er mit einem Finger über ihre vollen, sinnlichen Lippen.

Die dunklen Wimpern flatterten und öffneten sich dann. Der Fischer taumelte nach hinten. Für Ängstlichkeiten war es jetzt zu spät, und so starrte er nur in ihre gebieterischen, kreisrunden Augen. Sie waren blau. Blau wie der Himmel im Hochsommer. Blau wie Eis, das unter der Sonne glitzert. Blau wie die See, wenn sie vor tieferen Gewässern warnt. Und sie sahen zornig aus. Das klare, fast unnatürliche Blau der Iris brannte vor unerbittlichem Zorn, und die Pupillen glänzten wie schwarze Stecknadelköpfe. Die fremde Schönheit fixierte ihn mit ihrem eiskalten Blick und brachte sein Herz zum Schmelzen. Entmutigt beugte der Fischer sich nach vorn, legte seine Stirn in den Sand und wartete auf den Hieb, der ihn in das Land seiner Vorfahren schicken würde.

Da hörte er, wie der nackte Körper sich im Seetang bewegte, und spürte gleichzeitig ihre Hände in seinem Haar, die seinen Kopf wieder nach oben zogen. Sie wollte, dass er ihr ins Gesicht schaute. Ganz schwach vor Grauen hob er sein Haupt und sah in die Tiefen ihrer Augen. Sie glänzten wie geschmolzene Saphire unter der heißen Sonne. Und weiter unten bewegten sich ihre roten Lippen. Der Fischer spürte trotz seiner Angst, wie sein Geschlecht sich beim Anblick dieser zuckenden Lippen versteifte. Der Rest seines Körpers war taub. Er sehnte sich danach, hinab in ihre Tiefseehöhle gezogen und dort durch perverse Freuden von ihr getötet zu werden.

Durch halb geschlossene, schwärmende Augen sah er, wie ihre blassen Brüste in der Sonne glänzten. Er sah ihre köstlichen pinkfarbenen Nippel. Langsam trocknete auch ihr Haar in der immer stärker werdenden Sonne und legte sich wie ein Mantel aus Gold um ihren Oberkörper. Der hilflose Mann spürte eine Mischung aus Angst und herrlicher Lust in seiner Magengrube. Der milchige Körper der Göttin beugte sich dicht über ihn. Die unglaublich blauen Augen bohrten sich in die seinen. Wie köstlich fühlten sich ihre Hände doch an, als sie leicht über seine Schulter strichen. Zwar war er sich ihrer kurvigen Weiblichkeit bewusst, doch die Realität ihrer Berührung war zu viel für ihn. Er schrie laut auf und kam zum Höhepunkt. Sein Schwanz zuckte hilflos, während sein Saft durch einen Spalt in dem groben indigoblauen Kimono auf den Strand spritzte. Als sie ihn schließlich losließ, beugte der Mann sich erneut vor und erwartete zitternd den süßen Tod.

Doch der erwartete Hieb kam nicht. Sein Herzschlag beruhigte sich langsam wieder, und er spürte nur, wie die Meeresschönheit wieder in seinen Haarschopf griff und ihre zuckenden roten Lippen leise Sangeslaute von sich gaben. Schützend umfasste er seinen Schritt. Die Angst hatte seine Gedanken verwirrt – er verstand nicht, was sie von ihm wollte.

Plötzlich stieß die Nixe ihn ungeduldig beiseite und sprang auf die Füße. Sie schrie ihn so laut an, dass der Fischer sich am liebsten im körnigen Sand vergraben hätte – so klein kam er sich vor. Seine sonnenverbrannten Glieder fühlten sich angesichts ihrer übermenschlichen, weißen Schönheit ganz und gar schwach. Er blickte sie kurz an, vergrub sein Gesicht aber sogleich wieder in den Händen. Sie war furchterregend. Sie war wie ein weißer Berg inmitten des Himmels, dessen klares Blau sich in ihren Augen widerspiegelte. Doch noch immer schien der Tod nicht nah zu sein. Er wartete und wartete. Sein Herzschlag schien selbst die Brandung und die kreischenden Möwen zu übertönen. Doch plötzlich verstand er. Sie war kein übernatürliches Wesen, sie war aus Fleisch und Blut – genau wie er.

Jetzt wusste er, dass ihre langen, schlanken Gliedmaßen und ihr schöner Leib nicht der einer Meeresbewohnerin waren, sondern zu einem weitaus schrecklicheren Wesen gehörten. Sie war eine Gaijin – eine Fremde. Eine Frau, die nicht aus Japan kam. Der Fischer hatte schon die verworrensten Geschichten über diese Art Frau gehört. Hinreißende Frauen mit runden Augen – rund wie Bälle. Obwohl er sie die ganze Zeit betrachtet hatte, konnte er es kaum glauben. Und doch war ihr blasser, nackter Körper real. Genau wie ihre schimpfende, zornige Stimme. Sie stand jetzt aufrecht und mit wehendem Haar in der heißen Sonne und kreischte wie ein wütender Falke.

Der Fischer schaute sich ängstlich in der Bucht um und erschauderte. Ihre Rufe zogen langsam die Aufmerksamkeit der anderen auf sich. Ein gebeugter Umriss in der Ferne richtete sich auf. Ein Mann mit Strohhut führte die Hand ans Ohr und horchte ungläubig, was die Barbarin da herausschrie. Nachdem er einige weitere Strandbesucher auf das Schauspiel aufmerksam gemacht hatte, kam die Gruppe erst langsam, dann immer schneller auf das Paar zu.

Der Fischer bedeckte seine Augen und stöhnte. Das Tosen des Meeres dröhnte in seinen Ohren und verschluckte fast die herrischen Laute dieser groben Frau. Jetzt gab es kein Verstecken mehr. Der Führer würde davon erfahren, und man würde nach dem Daimyo, Lord Nakano, schicken. Er durfte nicht zulassen, dass die anderen Dorfbewohner ihn hilflos im Sand liegen sahen. Er verdrängte die Anwesenheit der Meereshexe so gut es ging und erhob sich mit einer schnellen Bewegung. Das Adrenalin in seinem Körper ließ ihn ein wenig schwanken, doch er gab sich alle Mühe, seine Unsicherheit unter Kontrolle zu bekommen.

Es kamen immer mehr Dorfbewohner zusammen, die sich nach und nach in einem Halbkreis vor dem barbarischen Wesen aufbauten. Die Frau strahlte vor Stärke, vor Leben und vor Sinnlichkeit. Die schnellen Schritte, die sie vor ihm vollführte, ließen die winzigen Sandkörner von ihren Schenkeln fallen. Die Einheimischen konnten die Augen nicht von ihr lassen. So dauerte es nicht lange, bis der Fischer verdächtige Bewegungen unter den dunkelblauen Gewändern seiner Freunde sah und erkannte, dass ihre Glieder sich genauso versteiften wie eben bei ihm selbst. Aber das war bei dieser Schönheit nur natürlich. Schließlich hatte sie auch ihn sexuell erregt – ein Zustand, den er mit seinen zweiundvierzig Jahren längst hinter sich wähnte. Verstohlen verwischte er mit einem Fuß die Spuren seines Ergusses im Sand. Dann richtete sein Blick sich wieder auf die nackte Wilde.

Sie zeigte mit einem ihrer zierlichen Finger auf die vollen Lippen. Endlich verstand der Fischer. Sie wollte natürlich Wasser und etwas zu essen. Schließlich war sie trotz ihrer Erscheinung ein Mensch und hatte daher auch menschliche Bedürfnisse. Sie brauchte Beistand nach den

Qualen, die sie in der stürmischen See durchlitten hatte. Der Fischer bedeutete ihr mit Gesten, ihm ins Dorf zu folgen. Er war ein wenig traurig, dass das aufregende, intime Abenteuer damit beendet war – denn Stärkung und Unterkunft würde ihr der Aufseher des Dorfes gewähren. Und er würde es auch sein, der Lord Nakano die Ankunft der Fremden melden würde.

KAPITEL 1

«O Herrin», keuchte der junge Mann, dessen seidige Haut mit Schweißtropfen bedeckt war. «Ich tue alles für Euch! Alles! Befehlt mir! Quält mich! Beglückt mich! Ich gehöre ganz Euch!»

Sein Kopf fiel nach vorn, sodass die blonden Locken über seine Handgelenke strichen. Das Haar war so hell, dass es vor den dunklen Holzwänden der winzigen Kajüte förmlich leuchtete. Der Jüngling zerrte ekstatisch an den Hanfseilen, mit denen er an die rauen Balken gebunden war. Annabel Smith trat einen Schritt zurück. Die lange, schwarze Peitsche in ihrer Hand schleifte über dem Eichenholzboden hinter ihr her – die Riemen fielen durch die Wellenbewegungen des Schiffes mal nach links, mal nach rechts. Das Licht, das aus dem einzigen, in Messing eingefassten Bullauge nach innen drang, wechselte durch die schwappenden grünen Wellen immer wieder seine Intensität und warf kräuselnde Schatten auf ihr steifes, elisabethanisches Kleid. Durch lange Übung war sie in der Lage, sich dem Schaukeln des Schiffes anzupassen. Sie beobachtete den jungen Mann skeptisch.

Er war dürr und sah wie alle anderen fast ausgezehrt aus. Die Rippen waren unter der weißen Haut deutlich sichtbar, doch er hatte Kraft in den festen Muskeln seines Körpers. Die Haut war blass, aber rein. Der Junge gehörte zu denjenigen, die ihre Früchte getrocknet und auf ihre Ernährung geachtet hatten, sodass der Skorbut ihn noch nicht erwischen konnte. Sein weites, weißes Hemd lag zerknittert in der hölzernen Koje, doch die Seemannshosen aus Segeltuch hatte er noch an den wohlgeformten Beinen. Zwischen den Schenkeln verriet eine dicke Beule, dass er die Behandlung genoss, die Annabel ihm gerade zuteil werden ließ.

Sie hob die Peitsche und ließ die Riemen fast zärtlich über seinen breiten, muskulösen Rücken gleiten. Die weiße Haut war bereits mit roten Striemen übersät, doch er wollte noch mehr. Sein Körper zitterte leicht, als sie ihn mit der schwarzen Peitsche streichelte. «Wirklich alles würdest du tun?», fragte sie mit sanfter Stimme.

«Alles», wimmerte er. Er stemmte sich gegen die Sisalschnüre, die seine Hände über dem Kopf und seine Pobacken nach oben hielten und warf sich Annabel in stummem Flehen entgegen. Die Meisterin ging mit raschelndem Rock vor ihm in die Knie und legte die Hände auf seine Hüften, um seinen Körper ruhig zu stellen. Dann neigte sie den Kopf nach hinten und schaute in seine gequälten, lustverhangenen Augen. Neckend ließ sie ihre Finger leicht über seinen Waschbrettbauch gleiten und musste lächeln, als sie hörte, wie er zischend den Atem einzog. Er befeuchtete seine zitternden Lippen mit der Zunge. Sein immer schneller werdender Atem ließ seine Brust auf und ab pumpen. Annabels streichelnde Finger hatten jetzt die Stelle des Stoffes erreicht, die sein steifer Schwanz bereits ausbeulte. Dort hielten sie einsatzbereit inne.

«Dann zeig mir doch mal dein Logbuch», flüsterte sie.

Sein Kopf zuckte nach vorn, und der Seemann starrte sie ungläubig an. «Meine Aufzeichnungen einer Frau zeigen? Wieso wollt Ihr die denn unbedingt sehen?»

Über Annabels Stirn rann ein kleiner Schweißtropfen. Die Koje in ihrer Kajüte war nur eine hauchdünne Trennwand von dem schwarzen, gusseisernen Ofen in der Kombüse entfernt. So hatte sie es immer warm. Das war zwar angenehm, doch manchmal bereitete das Nachdenken in der stickigen Luft Schwierigkeiten. Sie musste behutsam vorgehen. Immerhin hatte der Lotse sie nicht sofort abgewiesen. Vielleicht würde sie ihr Ziel tatsächlich erreichen. Annabel gab sich alle Mühe, so sanft wie möglich dreinzuschauen, als sie mit leiser Stimme erwiderte: «Oh, ich bin nur neugierig. Du weißt doch, wie gern ich Sachen mag, die für Frauen als unpassend gelten.»

«Unpassend? Undenkbar, würde ich eher sagen. Es heißt, dass man niemals vergisst, was man liest oder hört. Aber nur der Herr weiß, was eine Frau mit einem Buch will.»

Er hatte ihr Gesuch nicht rundweg abgelehnt. Annabel ließ ihre Finger erneut federleicht über seinen Bauch gleiten. Unter ihren Händen bildeten sich winzige Schweißtropfen, und ihr Mund verzog sich in verstohlener Freude. Wie herrlich, endlich die Macht zu haben und Männer sexuell zu beherrschen.

«Zeig mir doch deine Seekarten», gurrte sie ein zweites Mal. «Sie wären schrecklich interessant für mich und ein netter Zeitvertreib auf dieser endlosen, anstrengenden Reise.»

Er warf ihr sein Becken entgegen. «Ist das denn nicht angenehmer Zeitvertreib genug?»

Ihre Finger glitten jetzt unter den Stoff seiner Hose, neckten ihn und ließen sich alle Zeit der Welt, bis sie endlich seinen Riemen berührten. «Sicher», gab sie zu, «aber das ist nur für den Körper angenehm. Und auch mein Geist will stimuliert sein.»

Er starrte sie aufrichtig verblüfft an. «Welche Annehmlichkeit könnte eine Frau denn aus den Angelegenheiten der Männer ziehen? Außerdem sind die Seepläne und Aufzeichnungen der Lotsen geheim. Ich habe sie nicht mal Eurem Vater gezeigt. Ich zeige sie keinem Mann – und einer Frau schon gar nicht.»

Frustriert ließ Annabel von seinem Schritt ab und setzte sich enttäuscht zurück auf die Fersen. Dass die Stimmung des Lotsen kippte und er aus der sexuellen Gefangenschaft flüchtete, die sie ihm auferlegt hatte, war ihr egal. «Ich würde sie aber trotzdem gern sehen», murmelte sie.

Seine Brauen zogen sich zusammen, und er sprach mit jener Kraft in der Stimme, die ihn zu einem der mächtigsten Männer auf dem Schiff machte. «Wieso verschwendet Ihr Eure Zeit mit derartigen Dingen? Ich bin nicht in Eure Kajüte gekommen, um mich mit Euch zu unterhalten.»

Annabel verbarg ihren Zorn nicht zum ersten Mal, seitdem sie das Schiff ihres Vaters betreten hatte. Ihre Finger zitterten, als sie einen weiteren Knopf seiner Hose öffnete.

«Liebster, verwehre mir nicht den Blick auf die Karten», bettelte sie. Er durfte nicht ablehnen. Sie konnte so lange suchen, wie sie wollte – allein würde sie die Seekarten niemals finden. Er musste ihr die Aufzeichnungen einfach zeigen.

«Natürlich verwehre ich Euch den Blick. Und diese Konversation fängt an, mich zu langweilen. Bedient mich gefälligst, Weib!»

Langeweile! Was wusste der schon von Langeweile? Sie verlor langsam den Verstand auf diesem stinkenden Segelschiff mit seiner stinkenden Mannschaft. Jeden endlos langen Tag lang fuhr diese knarrende Holzschale über das endlose Meer auf den endlosen Horizont zu. Die Männer hatten wenigstens ihre Arbeit, aber die Tochter des Schiffsbesitzers war praktisch eine Gefangene in ihrer Kajüte. Zwar hatte sie die Gelegenheit genutzt, um Holländisch zu lernen und ihr Deutsch aufzubessern, aber viel mehr konnten die Seeleute ihr nicht beibringen. Und abgesehen von der alten, schwarzen Bibel, aus der ihr Vater die Trauergottesdienste vortrug, befand sich kein einziges Buch an Bord.

Annabel wollte diese Karten unbedingt sehen. Sie wollte lernen, wie die Männer ihre Reisen in der stürmischen See rund um Japan aufzeichneten. Bei ihrem Gedächtnis würde es schon ausreichen, wenn der Lotse ihr die Logbücher nur ein Mal zeigen würde. Sie musste lernen, was er wusste. Nach all den langen Stunden dieser schrecklichen Fahrt, in denen ihr rastloser Geist sich mit der Frage der Flucht beschäftigt hatte, war ihr endlich ein Plan eingefallen.

Da es für die Weltmeere keine verfügbaren Seekarten gab, waren die Lotsen sehr mächtige Männer, denn nur sie hatten handgeschriebene Aufzeichnungen der Meereswege ins sagenhafte China und noch ferner gelegene Länder. Diese Unterlagen waren der Schlüssel zum schnellen Geld in den Häfen von Arabien, Indien und den Ozeanen darüber hinaus. Jeder Schiffseigner würde eine Menge Geld dafür zahlen.

So viel Geld, dass der Verkauf eines einzigen persönlichen Logbuches – jenen Aufzeichnungen eines Lotsen seiner Fahrten über die Meere – ausreichen würde, um einer Frau für den Rest ihres Lebens Unabhängigkeit zu gewähren. Sogar ein Landhaus mit einer Magd könnte sie sich damit leisten. Wie sehr Annabel sich nach der Bequemlichkeit und der Sicherheit eines solchen Hauses sehnte. So sehr, dass sie die kleine Stimme in ihrem Kopf, die sie immer wieder des Diebstahls und damit der Sünde bezichtigte, zum Schweigen bringen konnte. Annabel wusste genau, dass ihr großartiges Gedächtnis es ihr erlauben würde, eine genaue Aufzeichnung von dem anzufertigen, was sie gelesen hatte. Doch dazu musste sie einen Blick in die Bücher werfen, den der Lotse ihr so vehement verwehrte.

Sie nahm erneut die Peitsche auf und ließ ihre Hand sanft über die gesamte Länge des schwarzen Instruments gleiten. Dabei starrte sie den blonden Seemann durchdringend an. Unmöglich konnte er die Gedanken erraten, die ihr durch den Kopf schwirrten. Seine Augen waren auf ihre Brüste fixiert, die über der eingeschnürten, schmalen Taille hervorquollen. Er entspannte sich wieder ein wenig. «Ja! So ist's gut! Nehmt meine Lust in Eure Hände! Sagt mir, was ich tun soll!»

«Du sollst bereuen und leiden», erwiderte Annabel mit leiser Stimme. «Und ich werde dich so lange strafen, bis du dazu bereit bist.»

Seine Brustwarzen versteiften sich bei ihren Worten. Die junge Frau beugte sich vor und leckte und knabberte erst an der linken rötlichen Spitze und dann an der rechten. «Sag mir, was du verdient hast!»

Grell erklang sein Stöhnen in der stickigen Hitze der engen Kajüte. «Ich habe Strafe verdient», keuchte er. Die Worte schienen leicht zögernd von seinen feuchten Lippen hinter dem buschigen goldenen Bart zu kommen, doch sein Gemächt war steinhart.

«Was verdienst du?», wiederholte sie voller Gemeinheit und ließ die schwarzen Lederbänder der Peitsche über die Beule in seiner Seemannshose gleiten. Die Luft in der kleinen Kammer war schwer von männlichem Moschusduft. Der Seemann ließ sich Zeit mit der Antwort. Zeit, in der Annabel auf das Ächzen und Knarren des alten Segelschiffs lauschte und dabei zusah, wie der Körper des Jünglings seinen inneren Kampf verriet. Sein Mund öffnete sich, und sein Atem ging immer schneller.

«Strafe», stöhnte es erneut aus ihm heraus, «ich verdiene Strafe!»

Sein Kopf fiel nach hinten und gab einen Blick auf seine glatte Kehle frei. Die Muskeln unter der verschwitzten Haut waren zum Zerreißen gespannt.

Als Annabel eine Fingerspitze über seinen zitternden Bauch gleiten ließ, wusste sie, dass er wieder ihr gehörte. Sie ließ die Peitsche fallen, bückte sich und hielt die Öffnung seiner Hose so weit auseinander, dass sein Schwanz endlich herausspringen konnte. In seinen Augen stand eine Mischung aus Lust und Qual geschrieben. Mittlerweile quoll auch sein helles Schamhaar aus der Hosenöffnung hervor, das übersät war mit funkelnden Schweißperlen. Der Geruch von Männlichkeit wurde immer stärker, und trotz ihres Zornes spürte Annabel, wie beim Freilegen seines Riemens die Wollust in ihr hochstieg. Er war so hart. Herrlich lang und hart – und doch samtweich in ihren Händen.

Sanft strich sie über seinen Schaft, bevor sie ihre Hände auf den Bund seiner groben Hose legte, um sie gleich darauf über seine Schenkel zu ziehen. Dann trat sie einen Schritt zurück und betrachtete den stöhnenden Seemann. Sie ließ ihn warten und genoss dabei die Sehnsucht, die er in sich spüren musste. Endlich griff sie nach oben und befreite seine gefesselten Hände von dem Balken und zog ihn ohne jeden Widerstand zu ihrer Koje.

Auf Annabels Bett brach er zusammen, vergrub sein Gesicht in der leuchtenden seidenen Überdecke und rieb seine harte Männlichkeit wie besessen auf dem glänzenden Stoff. Sein Stöhnen war leise und hilflos, aber voller Lust.

«Beug dich über das Bett und streck die Arme aus», ordnete sie an – ein Befehl, dem er mit eifriger Schnelligkeit nachkam. Sie zog die Schnüre, die seine Handgelenke zusammenhielten, durch einen Haken, den sie genau zu diesem Zweck in der Eichenplanke ihrer Kajüte befestigt hatte. Dann ließ sie energisch eine Hand unter seinen Bauch gleiten und zwang ihn so, seinen zuckenden weißen Po in die Höhe zu recken.

Darauf tauschte sie die bisher benutzte Peitsche gegen eine etwas dünnere Gerte aus, die in ihrer Wirkung genauso bösartig war wie ihre Stimmung. Das Instrument gab einen pfeifenden Laut von sich, als es durch die Luft sirrte. Annabel atmete tief ein. Jeder Schlag hinterließ eine dünne rote Linie auf den blassen Rundungen des Hinterteils, und mit jedem Hieb auf das zitternde Seemannsfleisch erfuhr ihr Zorn ein wenig Befriedigung.

Dazwischen griff sie mit einer Hand immer wieder unter seinem Po durch und kitzelte seine schwingenden, haarigen Bälle. Annabel wusste, dass der unglaubliche Orgasmus, den er in sich trug, sofort aus ihm herausschießen würde, wenn sie sein Geschlecht berührte. Doch solange sie nur seine Eier ein wenig neckte, konnte sie ihn noch lange peitschen und quälen und so in Ekstase halten.

Was nur könnte sie noch mit ihm anstellen? Er verdiente etwas ganz Besonderes dafür, dass er ihre Pläne heute so vereitelt hatte. Etwas, das ihn an den Rand des Wahnsinns trieb und ihn zwingen würde, die Natur seiner sexuellen Begierden zu erkennen.

Annabel unterbrach die Hiebe, streichelte sein Sackgehänge aber abwesend weiter. Sie biss sich auf die Lippen. Plötzlich hörte sie an der Tür ein kaum wahrnehmbares Kratzen, das ihr einen Schauder der sexuellen Erregung durch den Körper jagte. Sollte sie es tun? Ihre Haut glühte, und die Lust pochte zwischen ihren Beinen. Es machte zwar überaus großen Spaß, den Lotsen zu quälen, aber die Erfüllung ihrer eigenen Sehnsüchte fand sie darin nicht. Ihren sexuellen Durst stillte sie mit anderen Männern. Und derjenige, der sich da gerade verstohlen an der Tür bemerkbar machte, war ihr erklärter Liebling.

Sollte sie Peter hereinbitten? Die Rohheit ihrer Gedanken ließ Annabel innerlich beben. Zwei Männer gleichzeitig lieben! Sollte sie es wagen?

Sie ging zur Tür.

«Peter?», fragte sie flüsternd.

«Natürlich.»

«Kannst du noch warten? Nur ein paar Sekunden?»

Ein kehliges Lachen erklang. «Für Euch warte ich sogar noch länger.»

«Ich bin gleich so weit», versprach sie und schlich mit weichen Bewegungen zurück in die düstere Kajüte.

Die auf dem Bett ausgestreckte Gestalt zitterte in ihren Fesseln, die Stimme erfüllt von ekstatischem Grauen. «Wer war das? Seid Ihr wahnsinnig? Ich erlaube nicht, dass mich jemand in dieser Situation sieht.»

«Du erlaubst nicht?», entgegnete Annabel leise und betrachtete dabei den steinharten Prügel und die schmelzende Erregung des Körpers, der bebend vor ihr lag. «Ist das deine Art, mit deiner Meisterin zu sprechen?»

Nach einer kurzen Pause ließ sie ihre hauchenden Fingerspitzen über die tiefe Ritze gleiten, die seine Pobacken trennte, und drückte dann einen grausam forschenden Finger in die faltige Rosette ihres Opfers. Sein Schrei glich einem inbrünstigen Flehen. «O nein, Meisterin! Es tut mir schrecklich Leid, Meisterin!»

«Schon besser», befand sie zustimmend, während sie ihren Finger ein wenig tiefer in den fleischigen Muskelring seines Pos drückte und ihn so immer mehr dehnte. Er erzitterte und stöhnte laut. Annabel wusste, dass er jetzt im siebenten Himmel war. «Verkommener, kleiner Kerl», zischte sie zärtlich.

Dann begann sie, ihren Finger zwischen den weichen, warmen Analwänden zu drehen. Dabei lachte sie über seine hilflose Reaktion. Annabel wusste, wie sehr er es genoss, wenn sie dort in ihn eindrang. Während sie den Finger immer noch in seinem Po hatte, beugte sie sich über seine nackte, weiße Schulter und flüsterte ihm quälende Worte ins Ohr.

«Ich weiß doch, was du willst», zischte sie. «Du willst Schwänze lecken. Und genau das habe ich für dich organisiert. Vor meiner Tür steht ein schöner, saftiger Knüppel, und ich werde dich zwingen, an ihm zu lutschen!»

Er keuchte erneut. Die junge Meisterin spürte genau, wie die Spannung in seinem Körper bei der schrecklichen Verzückung nachließ, die ihre Worte auslösten. Nun war es Zeit, wieder eine Hand unter seinen Bauch zu schieben. Der Schwanz, der ihr dort in die Finger sprang, war stramm, unglaublich erregt und nur einen Augenschlag vom Höhepunkt entfernt – wenn sie es denn erlauben würde.

«Du willst doch Schwänze lecken, nicht wahr?», fragte sie fordernd.

Der Lotse schluchzte fast in die purpurrote Daunendecke. Da zog Annabel den Finger aus seinem Po und griff wieder nach der Gerte. Sie fasste zwischen seine Beine und zwang seine Hinterbacken in die Höhe. Sein Körper bebte vor widerstreitenden Gefühlen. Annabel wusste genau um seine Notlage. Er war der Lotse. Er gab die Befehle an Bord, denen alle Folge zu leisten hatten. Doch hier in ihrer Kajüte war er es, der gehorchen musste. Er liebte es, ihren Befehlen nachzukommen. Und je verdorbener die Befehle waren, desto enthusiastischer gehorchte er.

Während Annabel geduldig auf eine Entgegnung wartete, fragte sie sich, ob er ihr wohl diesmal widerstehen könnte. Aber nein – als sie ihre Hand unter seinem Bauch wegzog, hielt er seine weißen Halbmonde gehorsam in der Luft, sodass sie direkten Zugang zu seinem besten Stück hatte. Bei der leisesten Berührung würde er explodieren, doch genau das wollte ihm die junge Frau noch nicht erlauben. Stattdessen strich sie mit der dünnen Spitze ihrer Gerte der Länge nach über seinen harten Penis.

Der Lotse schrie vor Verzückung. Als es erneut an der Tür kratzte, machte Annabel ein paar schnelle Schritte zum Eingang der Kajüte. «Warte noch kurz!», flüsterte sie durch das Holz und ging dann zum Lotsen zurück. Der lag immer noch zuckend und mit vor Lust verzerrtem Gesicht auf der Seidendecke.

«Du wirst jetzt einen Schwanz blasen, und es wird dir gefallen!», befahl sie mit klopfendem Herzen. Das würde ein Riesenvergnügen werden.

«Zwingt mich», kam es leise und gequält flüsternd. «Ich will, dass Ihr mich zu köstlich schändlichen Dingen zwingt. Zu Taten, die ich später bereuen werde, denen ich jetzt aber nicht widerstehen kann!»

Annabel leckte sich ihre geschwollenen, feuchten Lippen. «Bist du sicher?»

«Ja. Aber er darf nicht erfahren, wer ich bin. Wenn meine Männer das wüssten, könnte ich sie niemals mehr in Schach halten ...»

«Wenn sie was wüssten?», fragte Annabel gnadenlos.

Sie hörte seinen schnellen, flachen Atem, während seine Wollust ihn zu einer Antwort zwang. «Dass ich ein verkommenes, sündhaftes Monster bin. Dass ich der Versuchung erlegen bin, das Gemächt eines Mannes in meinem Mund zu schmecken.»

«Vertrau mir», lockte Annabel mit sanfter Stimme und kniete sich vor den messingbeschlagenen Schrankkoffer, der einst ihrer Mutter gehört hatte. Sie zog ein riesengroßes Tuch aus chinesischer Seide hervor. Der helle, hauchdünne Stoff fühlte sich kühl und zart zwischen ihren Fingern an. Annabel vergrub ihr Gesicht kurz in seinen parfümierten Falten und atmete den Duft exotischer Ferne ein. Dann breitete sie den leuchtenden orangefarbenen Stoff auf dem nackten Körper des Lotsen aus, sodass er völlig darunter verborgen blieb.

Nachdem sie die Bitte des Seemannes erfüllt hatte, trat sie an die Tür und schob den Eichenriegel beiseite. Unmittelbar darauf stürzte ein großer, stämmiger Matrose in ihre Kajüte, drückte sie grob gegen die Wand und brachte ihre Protestlaute mit derben Küssen zum Verstummen. Er biss ihr in den Hals und leckte über das Dekolleté, das ihr tief ausgeschnittenes Kleid offenbarte. Peter war so groß, dass er scheinbar den gesamten Raum in der winzigen, höhlenähnlichen Kammer einnahm. Doch in den Schlitzen seiner lachenden Augen glitzerte eine Fröhlichkeit, die ihn zu Annabels bevorzugtem Liebhaber machte.

Sie lehnte sich gegen die Wand und ließ sich in seine Umarmung fallen. Dabei kicherte sie und warf vor Vergnügen immer wieder den Kopf zurück. Sie zog eine Grimasse und lachte ihn an. Seine heißen, feuchten Lippen weckten die herrlichsten Gefühle in ihr, sodass sich an ihrem geheimsten Ort schnell Hitze und Feuchtigkeit breit machten. Ihr Verlangen zauberte ein Lächeln auf ihren Mund. Wieder warf sie den Kopf zurück und spürte Peters wilde Locken, als er seine Lippen über ihren gesamten Körper gleiten ließ.

Annabel genoss die Bewunderung und das Verlangen in seinen Augen. Der Matrose kniete sich hin, und seine massigen Hände begannen zärtlich, ihre Knöchel zu streicheln. Von dort arbeitete er sich nach oben und schob dabei den Rock ihres Gewands nach oben. Er war immer ganz versessen darauf, ihre nackte Möse zu sehen.

Doch Annabel hielt ihn zurück. «Warte», sagte sie sacht und kniete sich ebenfalls hin, sodass sie auf Augenhöhe mit seinem attraktiven, bärtigen Gesicht war. «Heute habe ich etwas ganz Besonderes für dich», erklärte sie lächelnd.

«Du bist doch immer etwas Besonderes», keuchte er.

Sie lächelte und befreite sich aus seinem Griff. Doch Peter hielt sie an der Taille fest, schob ihren Rock nach oben und küsste jeden Zentimeter ihres nackten Fleisches, an den er gelangen konnte. Zitternd von seinen Zärtlichkeiten beugte Annabel sich zur Seite und griff in den immer noch offen stehenden Schrankkoffer, aus dem sie eine schwarze Samtmaske zog – das Relikt einer Nacht in Venedig. «Ich möchte, dass du die hier heute trägst», bat sie ihn und ließ den Stoff dabei sanft durch ihre Finger gleiten. Der Matrose sah ein wenig schockiert drein, als sie den weichen Samt der Maske liebkoste.

Er beugte sich vor, griff nach ihrer Hand und saugte jeden ihrer Finger in seinen heißen, feuchten Mund.

«Wieso?», fragte er zwischen Lecken und Saugen. Seine Augen blickten sie gierig an. «Du weißt doch, wie gern ich dich ansehe. Es gibt nichts, was mir mehr Lust bereitet als der Anblick deines nackten Körpers.»

«Erinnerst du dich noch an dieses lüsterne Freudenhaus, in dem du in Buenos Aires warst? Du hast mir davon erzählt: Ein heißer, köstlicher Mund hatte dort so lange an deiner Männlichkeit gelutscht und gesaugt, bis es dir schreiend kam, während ein anderer weicher Mund an deinem Hals geknabbert hat.»

«O ja! Du weißt sehr gut, dass das meine Lieblingsphantasie ist.»

Das Pärchen kniete immer noch auf dem Eichenfußboden. Annabel grinste ihr Gegenüber wissend an, und sie mussten beide lachen. Als sie ihre samtweichen Arme um seinen Hals legte, beugte er sich mit der Bewegung des Schiffes vor und küsste sie. Peter roch nach Brandy und frischer Seeluft. Die Locken seiner Haare und seines Bartes waren mit einer feinen Schicht Seesalz überzogen. Er musste direkt von seiner Wache als Steuermann zu ihr heruntergekommen sein. «Wie würdest du es finden, diese aufregenden Gefühle noch einmal zu spüren?», murmelte Annabel, während sie an seinen gierigen Lippen hing.

«Wie soll das denn …» Als er unter der Seidendecke auf dem Bett das Zittern eines Körpers wahrnahm, brach er seinen Satz unvermittelt ab. Seine Augen glitten voller Lust über die Umrisse unter dem zarten Stoff, und Annabel lachte leise über seine Überraschung.

«Aber du musst dabei eine Augenbinde tragen», sagte sie, seinen erstaunten Blick erwidernd. «Du darfst nicht erfahren, wer sich darunter verbirgt.»

Peters Haut wurde immer heißer unter ihren Handflächen. Seine Muskeln zuckten, und er leckte sich lasziv über

die Lippen. Die Augen waren vor Wollust eng zusammen-
gekniffen. «Dann bind sie mir ruhig um», entgegnete er
mit einem heiseren Knurren.

Annabel beugte sich vor, legte ihrem Liebhaber die
schwarze Samtmaske an und prüfte ihre Wirkung vorsichtig mit den Händen. Der Seemann sah in dem düsteren, grünen Licht der Kabine unheimlich, ja geradezu
bedrohlich aus. Ihr wurde kurz etwas mulmig, aber sie rief
sich gleich darauf in Erinnerung, dass der Mann unter der
Maske nur Peter war und nicht irgendein Fremder.

Dann wandte sie sich der stummen Gestalt zu, die
da ausgestreckt auf dem Bett lag. Mit einer knappen Bewegung zog sie die Decke weg, die den lustdampfenden
Körper bis dahin bedeckt hatte. Der Lotse stöhnte. Sein
blasser Körper rieb sich bereits eifrig an der dunkelroten
Bettdecke. Annabel nahm die Gerte zur Hand und zog
sie ihm über den Hintern. Einmal, zweimal, dreimal.

Als Peter den ersten Schlag hörte, war er noch überrascht. Doch als ihm klar wurde, welches Geräusch da zu
hören war und was da nur Zentimeter von ihm entfernt
passierte, verzog sich sein Mund unter der Samtmaske zu
einem breiten, lüsternen Grinsen. Der Klang einer peit-
schenden Gerte und das Stöhnen eines von seiner Lust
gequälten Mannes schienen eine noch größere Erregung
in ihm auszulösen.

Annabel hatte mittlerweile befunden, dass der Lotse
zu nahe vor seinem Höhepunkt war, und ihm zur Abküh-
lung seiner Lust ein paar scharfe Hiebe auf die sensible
Schwanzspitze verabreicht. Der Mann schrie in echtem
Schmerz auf, doch sie wusste, dass die Freude schon bald
zurückkehren würde. Außerdem war dies die einzige
Möglichkeit, ihrem Opfer die köstliche Erregung so lange
wie möglich zu erhalten.

Schließlich beugte sie sich über das Bett und befreite seine Hände. Dann band sie auch die Schnüre los, die seine Handgelenke festhielten. Der Lotse rieb seine Haut, die mit Striemen versehen war, und starrte mit halb geschlossenen Augen auf die roten Spuren. Doch es dauerte nicht lange, bis er die Finger zu seinem lila verfärbten und bereits wieder steinharten Schwanz wandern ließ. Der Schaft war mit knotigen Venen überzogen, und die riesige blassrote Eichel tropfte von seinem Vorsaft.

Irgendwann schaute der Lotse von seinem Riemen auf und warf einen heimlichen, ängstlichen Blick auf den Mann mit der Maske, der fast den gesamten Raum der dunklen, warmen Kabine einzunehmen schien. Vom Ende seines Schwanzes tropfte eine cremige Flüssigkeit auf den Eichenfußboden. Er ging vor Annabel in die Knie und begann wie besessen, ihre nackten Zehen zu küssen. «Herrin!», keuchte er leise. «O Gott! Zu was für abscheulichen Dingen werdet Ihr mich zwingen?»

Der Bart und die Lippen des Seemannes jagten köstlich kitzelnde Schauer über Annabels Füße. Es kostete sie erhebliche Mühe, bei dieser phantastischen Erregung die Kontrolle über ihre Stimme zu behalten.

«Du wirst schmutzige und sündhafte Dinge tun, die dich für immer verfolgen werden», zischte sie boshaft, aber voll heiserer Geilheit. «Ob in Vergnügen oder Reue vermag ich nicht zu sagen.»

Der Lotse packte sie in besinnungsloser Geilheit an den Füßen. Doch keine Minute länger würde ihre Haut seine Berührung ertragen. Sie entzog ihm ihre Zehen und befahl ihm barsch aufzustehen.

Nachdem der Seemann sich ohne Zögern aufgerichtet hatte, stand er mit bebenden Gliedern vor ihr. Jetzt befanden sich zwei Männer in dem Raum, die auf Annabels Befehle warteten und unter ihrer totalen Kontrolle standen. Doch nur einer von ihnen war nackt.

«Zieh diesen Mann aus!», ordnete sie an.

Aufgeregt keuchend trat der Lotse auf Peter zu, der mit der schwarzen Maske wie eine ausdruckslose Statue aussah. Der stämmige Seemann zitterte leicht, als die Finger des Lotsen an seiner Kleidung zogen.

Er hatte natürlich keine Ahnung, wer ihn da entkleidete, und Annabel fragte sich, welche Bilder wohl in seinem Kopf aufstiegen, als die gierigen Hände des nackten Mannes ihn seines bauschigen Hemdes und seiner groben Seemannshosen entledigten. Doch es mussten sehr befriedigende Bilder sein, denn der Schwanz, der aus seiner Hose sprang, war voll ausgefahren, und an seiner Eichel glitzerte ein deutlich sichtbarer Wollusttropfen.

«Knie dich hinter den Mann und leck seinen nackten Hintern», befahl Annabel.

Das Tempo, in dem der Untergebene sich in die verlangte Position begab und mit langer, bohrender Zunge sein Werk begann, verriet seine überaus große Lust.

Als die geheimnisvolle Zunge über den haarigen Po in den Spalt vordrang, der zu seiner Rosette führte, begann Peter leicht zu schaudern und zu schwitzen.

Es war heiß in ihrer Kabine. Annabel wand sich aus ihrem voluminösen Seidenkleid und baute sich nur mit ihrem Korsett bekleidet vor Peter auf. Sie hob seine Hände und führte sie über ihren zarten Körper.

«Schnür mein Korsett auf», wies sie ihn diesmal an.

Annabel genoss die Berührung von Peters Händen, die sie – selbst mit verbundenen Augen – äußerst geschickt von ihrem letzten Kleidungsstück befreiten. Als die schwüle Luft endlich ihre nackte Haut berührte, seufzte Annabel voller Lust auf. Peter vergrub sein Gesicht sofort in ihren jetzt nackten Brüsten und jagte ihr damit hinreißende Stiche durch die Brustwarzen. Annabel spürte wilde Lustwellen in sich aufsteigen. Sie presste ihre nackten Schenkel zusammen und ergab sich den Gelüsten ihres Körpers, versank ganz in diesem Augenblick.

Plötzlich fiel ihr der Lotse wieder ein. Sie zog ihn von Peter weg, stellte sich rittlings über ihn und drückte ihm ihre Möse ins Gesicht. Der Schiffsgang war jetzt deutlich stärker, doch es gelang ihr ohne Schwierigkeiten, sich dem Rhythmus der Bewegungen anzupassen. Der heiße Mund und die Zunge des nackten Lotsen bohrten sich immer tiefer in den Lustschlitz zwischen ihren Beinen. Annabel drehte sich ein wenig zur Seite, sodass Peter ungehindert weiter an ihren Titten saugen konnte. Es dauerte nicht lange, bis die weichen Lippen des Lotsen zu der heißen, pochenden Knospe ihres Kitzlers gelangten.

Sie hatte ihm ganz genau beigebracht, was er dort zu tun hatte. Seine Zunge flitzte über die Oberfläche ihres Lustpunktes, und die Lippen lutschten an der empfindlichen Haut, die ihn umgaben. Indem er abwechselnd hart saugte und ganz leicht an ihr leckte, brachte er sie an den Rand der Ekstase. Dabei pressten sich seine Hände fest in ihre Pobacken, um Annabel noch näher an sich heranzuziehen. Peters Mund schloss sich unterdessen immer wieder fordernd um eine ihrer Zitzen, während er die andere Brustspitze zwischen seinen Fingern hin- und herrollte. Seine freie Hand strich dabei mit leichtem Streicheln über ihren Bauch.

Annabel wurde ganz taub, die Knie weich wie Butter. Sie war so heiß, dass sie das Gefühl hatte, in ihrer Lust zu ertrinken. Das Schiff ging auf und ab und versetzte ihren gesamten Körper in köstliche Schwingungen. Ihre Hüften zuckten in gierigen, schmelzenden Bewegungen.

Annabel warf ihren Kopf zurück, sodass ihr Haar weich über ihren Rücken fiel. Ihr Atem dröhnte kreischend in den Ohren, und die empfindliche Haut über ihren Brüsten wurde von einer heißen Wallung erfasst. Ihre glühenden Lippen fühlten sich geschwollen und sinnlich an. Und die Lust – die Lust, die sie zurückzuhalten versuchte und doch so verzweifelt willkommen heißen wollte – wurde immer unerträglicher. Sie war sich nur schwach bewusst, dass Peter sie mit seinen starken Armen festhielt, während die saugenden Lippen und die leckende Zunge des Lotsen herrlichste Zuckungen in ihrem Körper auslösten und sie wieder und wieder kommen ließen. Beim letzten, himmlischen Lustanfall ließ Annabel sich laut schreiend gegen Peters nackte Brust fallen.

Sie lächelte. Peter hielt sie voller Zärtlichkeit fest, während sie langsam wieder auf die Erde zurückkehrte. Ihre Haut fühlte sich weich und empfindlich an. Annabel streckte sich genüsslich, bevor sie sich zufrieden an seinem angespannten Seemannskörper rieb. Sie spürte, wie er seine Männlichkeit an ihren Körper presste. Auf jeden Fall würde sie ihr Versprechen halten. «Und jetzt lasse ich deine Träume wahr werden», murmelte sie immer noch benommen. Er sollte der Nächste sein, der echte Ekstase erlebte.

Sie wies den Lotsen an, sich vor Peter hinzuknien. «Nimm seinen Schwanz in deinen Mund!», befahl sie ihm. Der saugte den Riemen des Seemannes tief in seinen feuchten, warmen Mund. Sein wilder und zuckender Schwanz verriet die tiefe Befriedigung, die ihm diese verbotene Situation bereitete. Da drang auch schon das erste sanfte Stöhnen durch Peters Lippen. Er ging leicht in die Knie und Annabel stellte sich hinter ihn, um an seinem Hals zu knabbern. Zusätzlich legte sie die Hände auf seine

Brust, um dort mit seinen Nippeln zu spielen. Sie waren steinhart zwischen ihren Fingern. Als sie spürte, wie ihr Liebhaber immer heißer wurde, bildete sich ein leichter Schweißfilm unter ihren Brüsten.

Annabel lächelte wohlig, während die Schwankungen des Schiffes ihre Brüste in einer aufreizenden Massage über Peters Rücken gleiten ließen. Sie spürte sein Herz unter ihren Händen pochen und hörte die gierigen Sauggeräusche des Lotsen, als er sich Peters fetten Prügel tief in seinen Hals schieben ließ. So wohl hatte sie sich in der Gefangenschaft auf einem der Schiffe ihres Vaters noch nie gefühlt.

Doch dann traf ein scharfes Geräusch ihre Ohren. Die sinnliche, erotische Atmosphäre in der Kabine wurde durch ein lautes, wiederholtes Hämmern einer Faust an der Tür zerstört.

«Sofort aufmachen!»

KAPITEL 2

«Sofort aufmachen!»

Das Holz der Tür schien unter dem wütenden Angriff fast zu bersten.

«Mein Vater!», flüsterte Annabel.

Peter begann hektisch an der schwarzen Maske zu zerren, und der Lotse spuckte den Schwanz in seinem Mund aus. Er starrte Annabel mit vor Schreck geweiteten Augen an.

Sie legte ihre Hand beruhigend auf die von Peter und hieß ihn so, nicht weiter an der Samtmaske zu ziehen. «Lass sie ruhig auf. Ich werde meinem Vater sagen, dass er gehen soll.» Im Rhythmus mit dem schwankenden Schiff ging die Tochter an die Tür. «Geh weg, Papa! Ich schlafe!», jammerte sie.

Die Tür erzitterte erneut. «Bei Gott, mach auf, sonst verschaff ich mir mit der Axt Zutritt! Hast du den Lotsen bei dir?»

«Den Lotsen?», fragte Peter und musste bei dem Gedanken laut lachen. «Der Lotse hat meinen Schwanz gelutscht?» Seine Hände lagen noch immer auf dem schwarzen Samt der Maske, hatten sie aber noch nicht abgezogen.

«Lass die Maske auf dem Kopf! Und warte!», zischte Annabel. «Das war nicht der Lotse. Und meinen Vater werde ich schon los.»

Der Lotse kniete noch immer mit tauben Gliedern zu Annabels Füßen. Sie zog ihn unter den Armen hoch und schubste ihn in ihre kleine Koje, wo sie blitzschnell die rote Decke über ihn breitete. Nachdem sie ihn so versteckt hatte, sammelte sie Peters Kleidung vom Boden auf, warf sie ihm zu und zerrte ihm dann die Maske vom Kopf.

Die Tür wurde unterdessen immer noch mit heftigen Schlägen bearbeitet. «Ich ziehe mich gerade an, Papa», rief sie und versuchte, ihrer Stimme einen möglichst unbekümmerten Ton zu verleihen. Doch ihre Hände zitterten, als sie sich ankleidete.

Immer wieder stieß sie Peter ermahnend an, während er so schnell er konnte in sein weißes Hemd und die Segeltuchhose schlüpfte. «Nur noch einen Moment», keuchte sie und verfluchte innerlich die Enge ihrer Kajüte und die komplizierten Verschlüsse ihres Kleides und des Korsetts.

Die Schläge an der Tür hörten nicht auf, sodass der hölzerne Riegel schließlich nachgab und mit einem splitternden Geräusch aufsprang.

Mit einem weiteren Schlingern des Schiffes wurde ihr Vater förmlich in die Kajüte hineingeworfen. Sein kugelförmiger Kopf prallte gegen den halb nackten Körper von Peter. Wütend starrte der zornige Vater den Seemann mit seinen Schweinsaugen an.

Peter stand angespannt und unentschlossen da, während der zornige Mann ihm seinen rumgeschwängerten Atem ins Gesicht blies. Walter Smith war nicht nur sein Chef, sondern auch der Vater seiner Gespielin. Doch wenn es sein musste, würde er mit ihm kämpfen. Notfalls auf Leben und Tod.

Annabel ließ Kleid und Korsett zu Boden fallen. Es hatte keinen Sinn, so zu tun, als wäre sie nicht eben noch nackt gewesen. Ihr Vater hatte sie erwischt. Unsicher vor Angst griff sie hinter sich, hob den dünnen chinesischen Seidenstoff vom Boden auf und wickelte das orangefarbene Tuch um ihren Körper. Doch die beinahe durchsichtige Seide bot keinerlei Schutz vor den Gefühlen des Zorns, der sich immer spürbarer in der Kajüte breitmachte.

Peter und Walter Smith starrten sich an. Der Raum war erfüllt von der Spannung zwischen den beiden Männern, die um die Vorherrschaft rangen.

Der Kapitän führte das Schiff mit der Autorität des Besitzers und einer neunschwänzigen Katze. Persönliche Auseinandersetzungen schätzte er nicht, und Peter war sein bester Steuermann.

Es war Walter Smith, der den Blick zuerst abwandte. «Wo ist der Lotse?», knurrte er. «Mutter Gottes, ist dieses Schiff denn nur von Idioten bevölkert? Was zum Teufel tut ihr hier unten, wo gerade ein Sturm aufzieht?»

Plötzlich machte das Schiff einen gewaltigen Satz und begann langsam und Schwindel erregend in die Höhe zu steigen. Die Wellen türmten sich zu Gebirgen. Jetzt fielen Annabel zum ersten Mal die wirren Rufe an Deck auf. Der Klang von reißenden Laken verriet ihr, dass die Segel in schnellem Tempo eingeholt wurden. Über ihrem Kopf hörte sie das Trampeln von Schritten. Wenn ein Sturm so schnell derartige Ausmaße annahm, konnte es sich nur um einen Taifun handeln – den gefährlichsten aller Stürme.

Als ihr Vater sich in der Kajüte umsah, entdeckte er schnell die zitternden, menschlichen Umrisse unter der roten Seidendecke. Die Lippen des Kapitäns verzogen sich zu einem grausamen Lächeln. Annabel, die immer noch versuchte, den Lotsen zu schützen, legte eine beruhigende Hand auf den Arm ihres Vaters. Doch er stieß sie beiseite und zog dann in einer blitzschnellen Bewegung die Decke weg. Als er den nackten Lotsen entdeckte, schnaufte er verächtlich.

Die roten Pobacken des Mannes zitterten, und er drückte sein Gesicht noch einen kurzen Moment in Annabels Kissen, bevor er langsam und zögernd den Kopf umwandte, um Peter in die Augen zu schauen. Dieser starrte ihn triumphierend an. Jetzt war er mächtiger als der Mann, der sein Vorgesetzter war. Die Augen des Lotsen wandten sich ab, doch alle Anwesenden hatten die frustrierte Gier nach Peters Schwanz darin geschrieben gesehen.

«Widerliche Perverslinge», murmelte Annabels Vater. Zwar verstand er nicht so ganz, was in dem engen Raum vor sich gegangen war, doch er hatte genug gesehen, um zutiefst abgestoßen zu sein.

Draußen kreischte der Wind, und das Schiff schlingerte in gewaltigen Bewegungen. Plötzlich waren hektische Schritte auf der Treppe zu hören, und ein dreckiger, verängstigter Seemann platzte herein.

«Der Lotse!», brüllte er. «Um Gottes willen! Wo ist der Lotse?»

Einen kurzen Moment lang herrschte angespannte Stille im Raum, während der Eindringling die erotische Situation in Annabels Kabine erfasste. Doch dann siegte die Dringlichkeit des Augenblicks.

«Lotse, wir brauchen Euch!», sagte der Seemann hastig. «Und dich auch, Peter. Der andere Steuermann ist nicht stark genug, um das Ruder zu halten. Dieser Sturm ist gewaltig. Und da draußen sind irgendwo Felsen. Ich weiß nicht genau, wo. Ihr müsst mitkommen!»

Die physische Kraft des Windes, der sich mit dem gefährlichen Tempo eines Tropensturms verstärkte, sorgte dafür, dass die erotische Spannung zwischen den Männern sich sofort in Luft auflöste und sie wieder zu Seeleuten wurden. Peter nahm seine Stiefel und sprang mit wehendem Hemd zur Tür. Der Lotse griff ebenfalls ein paar seiner Habseligkeiten und rannte ihm nach. Nur Walter Smith blieb zurück und starrte seine Tochter unbeweglich durch den schlingernden Raum hindurch an. Die Seeleute brauchten ihn nicht, denn in solch einem Notfall war er völlig nutzlos für sie.

Annabel umklammerte den Seidenhauch, der von ihrem nackten Körper zu rutschen drohte, und schaute ihren zornigen Vater an. In seinem Blick lag etwas Hässliches, das ihr wütend, aber auch mit einer gewissen Gemeinheit ins Gesicht sprang. Jetzt, wo die Männer weg waren, vor denen er insgeheim Angst hatte, schien er wagemutig genug zu sein, diesen Zorn an der schutzlosen Tochter auszulassen.

«Du bist eine verdammte Hure!», bellte er sie an. «Wenn deine Mutter noch leben würde und dich jetzt sehen könnte …»

In Annabels Hals bildete sich ein Kloß. «Wenn meine Mutter noch lebte, würde ich in schöner Sicherheit bei ihr wohnen und nicht von einem Trunkenbold über die Meere geschleppt werden.»

Ihre Gegenwehr ließ die Wut des Vaters nur noch stärker hochkochen. Mit hässlichen, vor Zorn verdunkelten Augen trat er auf sie zu und gab ihr eine schallende Ohrfeige. «Ich arbeite sehr hart, um dich zu ernähren!», brüllte er, doch das Brummen in Annabels Ohren übertönte seine Worte. Die Augen ihres Vaters waren erfüllt von der Unaufrichtigkeit eines Trinkers. Er steigerte sich so sehr in eine Raserei hinein, dass er seine Lügen selbst glaubte.

«Andere Männer hätten dich längst im Stich gelassen. Ich hätte dich deinem Schicksal überlassen sollen. Als die geborene Hure, die du bist, wärst du schon zurechtgekommen. Ich musste meine Männer anflehen, dass sie eine Frau an Bord akzeptieren. Aber du bist ja gar keine Frau. Du bist eine Schlampe! Mit Seeleuten Unzucht zu treiben! Herrgott, jetzt bist du für jeden anständigen Mann verdorben!»

«Welcher anständige Mann würde mich schon nehmen?», schluchzte Annabel bitterlich und ließ endlich den Gedanken freien Lauf, die sie seit dem Tod ihrer Mutter zu vergessen versuchte. «Nach Mutters Tod hast du getrunken und alles verspielt – selbst meine Mitgift!»

Vor ihrem geistigen Auge zog eine plötzliche, quälende Erinnerung an das Glück und die Ruhe ihres alten Lebens vorbei. «Alles ist verloren, weil du es weggeworfen hast», schrie sie ihn an und haute mit der Faust gegen die Wand. Der Schmerz über ihr verlorenes Leben war so heftig, dass er ihren Zorn überdeckte. Sie wandte sich ab und legte die Stirn auf eine der Eichenplanken. «Ja, ich bin ruiniert. Das weiß ich, seitdem ich auf dich angewiesen bin.»

«Du undankbares Flittchen!», fuhr der Vater sie an. Seine feuchten, roten Lippen bebten vor Wut. «Auf Knien müsstest du mir danken. Sorge ich denn nicht für dich? Habe ich dich nicht mit auf mein Schiff genommen?»

«Es blieb dir doch gar nichts anderes übrig», erwiderte Annabel schwach. «Du hast das Haus verspielt, den Garten – Mutters Garten – und unser gesamtes Mobiliar. Selbst die Habseligkeiten der Diener hast du verkauft und sie dann ohne einen Penny fortgejagt.»

«Bei Gott, ich prügle deine Unverschämtheit noch aus

dir raus!», brüllte der Vater. «Wenn du mir wie eine ignorante, durch und durch verkommene Hure widersprichst, dann werde ich dich auch so behandeln. Ich werde dich Dankbarkeit lehren und wie du als meine Tochter mit mir zu sprechen hast.»

Seine schwarzen Augen fielen auf die orangefarbene Seide, die über Annabels Brust rutschte. Der Anblick schien ihn nur noch wütender zu machen. «Hure!», kreischte er erneut. «Hure! Hure! Hure!»

Wie ein Echo hallte das grausame Wort von den Wänden ihrer Kajüte wider. Annabel umklammerte den weichen Stoff fester, um ihre Nacktheit zu bedecken. Der Geruch von säuerlichem Wein in der Luft machte sie ganz schwindelig. Ohne zu wissen, weshalb, schüttelte sie den Kopf und hörte sich protestieren. Schon allzu oft hatte sie erlebt, wie ihr Vater sich in derartige Wutanfälle hineinsteigerte. Es schien fast, als könnte er ohne diesen Zorn keinen seiner Männer auspeitschen – nur war es diesmal seine Tochter, die er am liebsten an den Mast gebunden und ihr die Haut abgezogen hätte. Annabel hatte bereits einige Männer unter seinen Peitschenhieben sterben sehen.

«Komm mit hoch an Deck!» Ihr Vater knurrte förmlich und kam dann bedrohlichen Schrittes auf sie zu. «Ich werde dir schon zeigen, was Dankbarkeit ist. Ich werde dir zeigen, wie eine Tochter sich zu benehmen hat.»

Annabel versuchte noch, ein paar Schritte nach hinten zu tun, konnte sich aber nur noch dichter gegen die schwankenden Wände der Kajüte pressen. Der wütende Mann streckte die Hand nach ihr aus. Annabels Herz schlug wie eine Trommel, als die schwarze, haarige Hand sich ihr wie eine monströse Spinne näherte. Seine Hand strich über die Haut ihrer Brüste, und sie hätte am liebsten laut geschrien. Seine Finger griffen nach der Hand voll hauchdünnem Stoff und zogen sie daran immer dichter zu sich.

Als Annabel ihrem Erzeuger in die Augen schaute, machte sich ein albtraumhaftes Entsetzen in ihr breit. Zwar hatte sie noch nie so etwas wie Anstand in seinem Blick gesehen, doch jetzt sahen seine Augen wie zwei trübe Silberscheiben des Grauens aus. Sie wusste, dass es nichts ausrichten würde, zu betteln oder sich auf das Gute in ihm zu berufen. Er war entschlossen, sie zu züchtigen – und in seiner jetzigen Stimmung konnte es gut sein, dass sie dabei zu Tode kam.

Ihr unschuldiger Plan, den Nachmittag mit etwas Vergnüglichem zu verbringen, hätte nicht schlimmer enden können. Das galt nicht nur für sie, sondern auch für den Lotsen. Wäre es doch nur anders verlaufen. Der Lotse und der Steuermann waren ohnehin schon verfeindet, und jetzt hatte Peter eine Waffe gegen seinen Kontrahenten in der Hand. Plötzlich merkte sie, dass sie die ganze Bande verabscheute. Sie hasste ihr Leben, ihren Vater und jede andere menschliche Kreatur auf diesem verfluchten Schiff. Für sie war das Leben ein Jammertal. Wie anders war es doch gewesen, als ihre Mutter noch lebte.

Auf einmal waren hastige Schritte auf der Treppe zu hören. «Captain Smith!», rief ein zahnloser Seemann, der kalte, salzige Seeluft mit in die Kajüte trug. Seine Kleidung war so nass, dass sich unter seinen Füßen schnell kleine Lachen bildeten. «Captain! Der Lotse ist weg! Er wurde von Bord gespült!»

Walter Smith drehte sich blitzartig um. Dabei ließ er Annabel los, die daraufhin gegen die Eichenwand ihrer Kammer stolperte. Die mächtige, haarige Hand ihres Vaters sprang hervor und packte den skorbutgeplagten

Seemann an seinem dürren Hals. «Seine Karten!», brüllte der Kapitän. «Seine Seekarten! Wer hat sie?»

«Sie wurden mit ins Meer gespült, Sir. Der Lotse hatte sie mit an Deck genommen, um sie dort zu studieren. Und dann kam diese große Welle …»

«War er denn nicht festgebunden?»

Annabel wurde bei den Worten des entkräfteten Seemanns von einer kalten Ahnung gepackt. War das ihr Verschulden? Hatte die Scham den Lotsen in den Tod getrieben?

«Nein, Sir. Er sagte, dass er keine Rettungsleine wollte.»

Die Antwort des Mannes schien Annabel von ganz weit weg zu kommen.

Nachdem Walter Smith den dürren Matrosen wieder an Deck geschickt hatte, sackte er an der Eichenwand in sich zusammen. Annabel sah ihren Vater an. Alles Blut war aus seinem Gesicht gewichen, sodass ein Spinnennetz von roten Venen zu sehen war, das sich deutlich auf der blassen Haut über seinem lückenhaften Bart abzeichnete. «Wir werden alle sterben», sagte er, die feuchten Säuferaugen voller Entsetzen. «Ohne den Lotsen lässt sich unmöglich sagen, wo wir sind oder in welche Richtung wir fahren müssen. Selbst wenn wir dem Sturm entrinnen, sind wir alle dem Tode geweiht!»

Annabel wunderte sich, dass sie gar keine Angst empfand. Im Gegenteil – ihr schien eine schwere Last von den Schultern zu fallen. So als hätte eine sanfte Hand sie von einem tonnenschweren Stein befreit. Ihr Herz machte einen erleichterten Sprung. Sie war glücklich. Sie wollte sterben. Sie wollte nicht länger leben. Jedenfalls nicht dieses grässliche Leben, das sie seit dem Tod ihrer Mutter geführt hatte.

Wenn es vor dem Leben keine andere Flucht als den Tod gab, wie schön war dann doch das Sterben.

Sie sah ihren Vater mit ruhigem, klarem Blick an. «Hast du Angst, vor deinen Schöpfer zu treten?»

Er senkte den Blick vor ihren mutigen Augen.

«Dieser Sturm ist einzig und allein deine Schuld», schrie er. «Du hast die beiden abgelenkt, obwohl sie eigentlich arbeiten sollten. Ich hätte dich niemals an Bord bringen sollen. Die Männer haben gesagt, dass eine Frau nur Unglück bringen würde, und sie hatten Recht. Die See wird uns alle holen, und wir werden zur Hölle fahren!»

Er hielt inne. Sein Atem war ein panisches Hecheln. In seinen Augen stand eine fast wahnsinnige Furcht geschrieben. «Es sei denn, wir können sie milde stimmen – die See, meine ich. Manchmal nimmt sie ein Opfer an. Ich sollte dich über Bord werfen. Das könnte das Unglück vielleicht noch abwenden!»

Eine Zeit lang betrachtete er stumm seine Füße und murmelte dann etwas, das Annabel nicht verstehen konnte. Für einen Moment dachte sie, ihr Vater wäre verrückt genug geworden, sich dem alten Aberglauben zu beugen, doch dann riss er sich zusammen, und sie wusste, dass die Vernunft wieder die Oberhand gewonnen hatte.

Als Walter Smith Annabel ansah, fielen ihm erneut seine Vorwürfe ein, und die Wut kehrte zurück. «Siehst du, was für ein guter Vater ich bin. Andere hätten dich an die Fische verfüttert!»

«Du musst mich gar nicht über Bord werfen», sagte Annabel. «Wenn das Schiff sinkt, dann sind wir alle verdammt. Wieso sollte ich warten? Und ich glaube, ich würde am liebsten allein sterben.»

Die Schiffsglocke ertönte. «Alle Mann an Deck! Alle Mann an Deck!»

Plötzlich wurde sich Annabel der Mächtigkeit des Windes bewusst, denn zwischen den schnellen, dringlichen Lauten der Glocke konnte sie den Wind heulen hören. Als würden die Botinnen des Todes in der Takelage des verdammten Schiffes ihr Unwesen treiben und mit ihren Schreien den Tod der gesamten Besatzung fordern.

«Wieso werden die Männer von den Pumpen abberufen? Bei Gott, denen werde ich helfen!» Annabels Vater eilte zur Tür, drehte sich aber noch einmal um. «Glaub ja nicht, dass ich die Sache vergesse», brüllte er sie an, bevor er hastig die Stiege erklomm.

Annabel sah sich in ihrer schwankenden, unordentlichen Kajüte um. Sie wirkte wie das Zuhause einer Fremden, und sie wusste, dass sie hier nie wieder schlafen würde. Ein seltsam befreiendes Gefühl. Hatte sie wirklich nichts dagegen zu sterben? Die Leichtigkeit in ihrem Herzen war immer noch da, und Annabel nickte. Nein, sie wollte nicht länger leben. «Jetzt, wo Mutter tot ist, bedeutet mir mein Leben nichts mehr», murmelte sie laut.

Die Worte schienen voller Traurigkeit in ihren Ohren widerzuhallen. Beim Aufheben des chinesischen Seidentuchs und dem Verlassen der Kajüte bewegte sie sich so langsam, als würde sie bereits unter den Wellen treiben. Der durchsichtige Stoff umflatterte sie und schmiegte sich um ihren nackten Körper, als sie die Treppe zum Deck hinaufstieg.

Der Sturm hatte jetzt seine volle Stärke erreicht, und das Schiff hob und senkte sich so heftig, dass Annabels Bemühungen, die Balance zu halten, fast wie ein Tanz wirkten. Der Himmel war von dicken Wolken verdunkelt, und die zerfetzten Überreste des Sturmsegels flatterten nutzlos an den Masten.

Der kalte Wind peitschte um die zerstörten Segel, und

die Gischt toste über das Deck. Die dünne Seide auf Annabels nacktem Körper wurde vom Meeresschaum durchnässt. Die Spitzen des Stoffes wehten ihr wie leuchtende Flammen hinterher. Salzwasser traf auf ihr Gesicht und kühlte den stechenden Schmerz, den die Hand des Vaters auf ihrer Wange hinterlassen hatte. Die Luft war frisch und klar und erzählte ihr von Freiheit.

Die Seemänner, die Annabels langsamen Gang über Deck beobachteten, spuckten sie an und warfen ihr böse Blicke zu. Sie hatten von Anfang an keine Frau an Bord gewollt. Es gab Zeiten, da hatte Annabel gehofft, sie auf ihre Seite gebracht zu haben, doch jetzt war ihr völlig gleichgültig, was die Meute von ihr dachte.

Langsamen Schrittes bewegte sie sich auf den Bug zu. Ihr Haar wehte im Wind, und die orangefarbene Seide plusterte sich mutig auf. Das Schiff und alles, was damit zu tun hatte, schienen ewig weit weg zu sein. Einen Moment lang blieb Annabel stehen und sog die Wildheit des Sturms in sich auf. Mit ihren kräftigen jungen Beinen fiel es ihr nicht schwer, an Deck die Balance zu halten. Ihre Zehen drückten fest gegen die Eichenplanken. Sie fühlte sich stark – und gereinigt vom Schmutz ihres alten Lebens. Annabel war bereit für das Neue – was es auch bringen würde.

Das Schiff bäumte sich gewaltig auf, um danach wieder tief in eine dunkle, grüne Hölle wogenden Wassers und tanzenden Schaumes zu stürzen. Dann wieder ein langsamer, quälender Aufstieg in der monströsen Wand einer Welle, die mit aller Macht und Unvermeidlichkeit über sie hereinbrach. Auch die Seemänner waren von der Ehrfurcht einflößenden Größe und Stärke wie betäubt, und Annabel hörte verängstigte Schreie und hektische Gebete hinter sich. Doch sie lachte nur, streckte die Arme weit aus und warf sich frohen Mutes in die alles verschlingende, glasgrüne Umarmung des todbringenden Brechers, der auf die gesamte Besatzung niederging.

KAPITEL 3

Entgegen der liebevollen Ermahnungen, die ihre Mutter ihr zu Anstand und Schicklichkeit immer gegeben hatte, vollzog Annabel das morgendliche Ritual ihres Strandspaziergangs in immer größerer Eile. Heute ging sie so schnell, dass ihr Gang eigentlich eher einem Rennen gleichkam. Ihr Körper glühte bereits von der Wärme des frühen Morgens.

Ihr steifer, blau bedruckter Baumwollkimono war schon ganz zerknittert, als sie angestrengt keuchend hinter einer Düne Halt machte. Annabel sah sich gründlich um, ob jemand in der Nähe war, bevor sie die dunkelblaue Schärpe des Gewands öffnete und ihre Nacktheit offenbarte.

Der Kimono fiel wie eine formlose Masse von ihrem Körper. Die junge Frau musste lächeln, als sie den weichen Stoff ausschüttelte, ihn über ihren Brüsten glatt presste und ihn dann von der Taille in wunderschöne Falten zusammenraffte.

Als sie auch noch die dunkle Schärpe zu einer kunstvollen Schleife gebunden hatte, lächelte sie erneut. Mittlerweile liebte sie es sehr, Kimonos zu tragen. Sie waren kühl, elegant, praktisch und um so vieles bequemer als ihre Korsetts und die schweren Kleider mit ihren kratzenden Halskrausen. Aber bei Gott – es hatte einige Zeit gedauert, bis sie die Kunst des richtigen Zusammenlegens der verschlungenen Falten beherrschte.

Sie spürte den Sand auf ihrem nackten Körper und seidige Dünenpflanzen unter ihren Füßen, als sie langsam die letzten Meter zu ihrem Haus zurücklegte. Vögel kreisten in der klaren, salzigen Luft. Bestimmt waren es Möwen. Und das weit entfernte Kreischen eines Raubvogels gehörte vielleicht zu einem Milan.

Heute würde wieder ein warmer Tag werden. Die Frühlingsluft, die ihre Wangen berührte, brachte eine feuchte Wärme mit sich. Eigentlich war die Sonne schon jetzt viel zu heiß für ihre blasse Haut, und voller Freude rannte Annabel die Stufen empor, die zu ihrer kleinen Wohnstatt führten.

Das Haus, das die Dorfbewohner für sie gebaut hatten, befand sich am Rand der Siedlung; es war sogar das letzte der Gebäude. Die Einheimischen wollten sie nicht zu dicht bei sich haben, doch das war Annabel nur recht. Ihr war schnell klar geworden, dass Privatsphäre in einer aus Holz und Papier gebauten Stadt ein kostbares Gut darstellte.

Sie schob eine der mit Reispapier bespannten Schiebetüren beiseite, sodass das einzige Zimmer, aus dem ihr Bambus- und Reispapierhaus bestand, zum Meer hin offen war. Über der Veranda, die um das gesamte Haus herumführte, war ein schräges, leicht geschwungenes Dach angebracht, das sie vor der heißen Frühlingssonne schützte. Annabel faltete den Kimono unter sich zusammen, setzte sich auf die Knie und betrachtete verträumt die sich endlos kräuselnde Seide des Ozeans. Wie weit England wohl von hier entfernt war? Sie seufzte und zwang sich, ihre Aufmerksamkeit nicht länger auf den Horizont zu richten.

Mit halb geschlossenen Augen betrachtete sie die zarten Zweige des Kirschbaums, der dicht bei ihrem Haus wuchs. Der Wind hob und senkte die majestätischen Zweige, die gesprenkelte Schatten warfen. Ihre feinen, rosafarbenen Blütenpärchen hoben sich gegen den blauen Himmel ab. Die umherziehende Brise lüftete ein paar Strähnen ihres Haares und liebkoste ihre Wangen. Annabel seufzte. Seit vier langen Monaten hatte sie niemand außer ebendieser Brise geküsst. Oder waren es bereits fünf Monate? Es war überaus schwierig, die Zeit zu schätzen.

«Bist du traurig, Annabel-San?»

Nachdem die sanfte Stimme sie aus ihren Träumereien geweckt hatte, drehte die blonde Schönheit sich mit leichtem Lächeln um.

«Hiroko-San.»

Die Seide raschelte, als das zarte japanische Mädchen die Stufen zum Haus erklomm und sich neben Annabel auf die geflochtene Reisstrohmatte kniete. Sie war formell angezogen und hatte ihr herrlich duftendes schwarzes Haar zu einem bläulich glänzenden Geflecht hochgesteckt. Sie verbeugte sich tief, stellte ihr mitgebrachtes Lacktablett vor Annabel auf die Matte, ließ sich dann ebenfalls auf die Knie nieder und sah die Freundin mit ernsten, aber sanften Augen an.

«Wenn du manchmal auf die See gen Westen schaust, werden deine Augen ganz traurig. Ich glaube, dass du dabei an die Heimat denkst, die du nie wiedersehen wirst.»

«Mag sein», erwiderte Annabel. «Vielleicht denke ich aber auch an die Liebhaber, die mich niemals wieder umarmen werden.»

Voller Ungeduld drehte sie den Kopf beiseite, um sich

gleich darauf wieder lächelnd umzuwenden. Schließlich geschah es nicht auf Hirokos Geheiß, dass sie hier festgehalten wurde. «Mein Körper sehnt sich so sehr nach der Berührung eines Geliebten.»

Die Japanerin nahm ihren rot-goldenen Fächer in die Hand und ließ ihn im Sonnenlicht tanzen, sodass er unter ihren eleganten Bewegungen herrlich schimmerte. Dabei sah sie Annabel mit stetem Blick an. «Es mag dir sehr streng erscheinen, Annabel-San, aber wir haben Anweisung, dass niemand dich berühren darf.»

«Nicht einmal aus Liebe?»

Hiroko verbeugte sich erneut. Die Schärpe ihres strahlenden Seidenkimonos stand hinter ihr so steif hoch, das es aussah, als hätte ein orangefarbener Brokat-Schmetterling auf ihrem Rücken Platz genommen. «Dahin gehend gab es keine Anweisungen. Aber der Führer hat entschieden, umsichtig zu handeln. Haben denn die Spielsachen nicht geholfen?»

«Ein wenig», gab Annabel zu. Sie zog einen aus Ebenholz geschnitzten Penis unter einem der flachen Kissen hervor, die über den blassgelben Tatami-Boden verteilt waren, und strich mit dem Finger über die Spitze der künstlichen Männlichkeit. «Manchmal benutze ich ihn sogar. Danke, Hiroko-San.»

«Keine Ursache. Ich tue alles, um deinen Aufenthalt hier so angenehm wie möglich zu machen.»

Annabel legte den Dildo zurück auf die warmen, süß duftenden Strohmatten, die den Fußboden bildeten. Jede der zwei Meter breiten Matten war mit einem grünen und goldenen Band umrandet. Annabels Augen verfolgten abwesend die Muster, die die rechteckigen Blöcke auf dem Boden erzeugten. Sie mochte diese Tatami-Böden, denn jedes Mal, wenn sie auf ihre weiche Oberfläche klopfte, stieg ihr der Duft von frisch geschnittenem Stroh in die Nase.

Hiroko beobachtete sie immer noch mit aufmerksamem Blick. «Sei nicht traurig, Annabel-San», sagte sie.

Die Europäerin streckte daraufhin ohne nachzudenken einen Arm aus, um die Freundin zu berühren und zärtlich einen Finger auf ihre olivfarbene Hand zu legen. Doch Hiroko schreckte zurück.

Annabel ließ die Hand fallen und seufzte. Schon wieder wurde sie an die Regeln erinnert. Hirokos Körper schien vor geheimer Spannung zu beben. Ihre Augen verfolgten Annabels weiße, schlanke Hand. «Hättest du gerne, dass ich dich berühre?», fragte die weiße Frau, nachdem sie die Japanerin einen kurzen Moment lang beobachtet hatte.

Zwar war Annabel erst fünf Monate in diesem Land, doch ihre Sprachbegabung hatte schon für Staunen gesorgt. Sie war in der Lage, sich durchaus flüssig mit den Einheimischen zu unterhalten.

Hiroko presste die zarten Hände vor ihrem goldenen Kimono zusammen, ließ sie gleich darauf aber wieder los. Ihre weichen, vollen Lippen vibrierten leicht. Man konnte die Spitze der Zunge zwischen ihnen ausmachen. Ihre kurzen, stoppeligen Wimpern flatterten, als sie Annabel mit ihren ausdrucksstarken Mandelaugen anblickte. Zwischen den beiden Frauen stieg eine Erregung auf, die immer größer wurde.

«Ja. Und ich selbst würde dich auch gern berühren», flüsterte das schöne japanische Mädchen leise. Die Frühlingsbrise verwischte ihre Worte leicht, und Annabel musste sich vorbeugen, um sie zu verstehen. «Jetzt, wo wir unbefangener sprechen können, habe ich immer öfter das Gefühl, dass unsere Herzen sich näher und näher kommen», sagte Hiroko leise. Annabel bemerkte unter

Hirokos muschelartigem Ohr eine winzige Haarlocke, die nahezu wie ein kleiner Entenschwanz aussah. «Ich habe mich schon oft gefragt, wie es wohl wäre, wenn unsere Körper sich näher kommen dürften.»

«Dann sollten wir es auch ausprobieren», drängte Annabel. «Hör doch einfach nicht auf diese albernen Regeln. Wenn du mit in mein Zimmer kämst, würde niemand davon erfahren. Komm doch zu mir – heute Nacht!»

Ihr ganzer Körper schmerzte und dröhnte von der tief sitzenden Sehnsucht, einen anderen Menschen zu berühren und zu halten. Wie sehr verzehrte sie sich nach der seidigen Berührung der sanften Haut der Freundin. Sie träumte davon, ihre Lippen ganz sanft auf die wunderschöne Fülle von Hirokos Mund zu legen.

Doch die Japanerin saß wie eine Statue unter dem Kirschbaum. «Die Ehre verbietet es mir, mich den Anweisungen meines Führers zu widersetzen», sagte sie traurig. «Ich darf die Freuden der Liebe nicht mit dir teilen.»

«Er ist dein Führer, nicht meiner», erwiderte Annabel leicht schmollend. «Wieso sollte ich wegen seiner verdammten Regeln leiden?»

Hirokos Lippen zogen sich missbilligend zusammen, und mit einem Mal sah sie genau wie die Lehrerin aus, die sie in Wirklichkeit war. «Der Führer Nakano erlässt sehr gute Regeln», sagte sie steif, «und es ist in unserem besten Interesse, wenn wir sie befolgen. Und bitte – das Wort ‹verdammt› solltest du wirklich nicht in den Mund nehmen, Annabel. Das schickt sich nicht für eine Frau. Du hast dich wohl wieder mit den Fischern unterhalten!»

Annabel warf den Kopf zurück. «Wieso auch nicht? Die bringen mir einiges bei.»

«Natürlich. Aber ich bitte dich, sei unserer Bräuche eingedenk. Du darfst nicht dieselben Wörter wie die

Mannsbilder verwenden. Ich habe doch schon versucht, dir zu erklären, dass wir japanischen Frauen unsere eigene Sprache und unsere eigene Art zu reden haben ...»

«Oh, versuch ja nicht, mir heute wieder so etwas Dummes beizubringen», fuhr Annabel sie an. «Mein Kopf tut weh, und ich kann dich ohnehin nicht verstehen. Worte sind doch nur Worte. Und ich sage, was mir gefällt! Geh jetzt!»

Hirokos Gesicht verfinsterte sich, und sie hatte jenen unfreundlichen, verschlossenen Blick, den Annabel noch von ihrer ersten Begegnung mit der Tochter des Führers kannte. Die Japanerin erhob sich voller Anmut, verbeugte sich kühl und zog dann ihre hölzernen Überschuhe an, um elegant davonzutrippeln.

Während Annabel den verletzlichen Hals Hirokos aus den Falten ihres bronzefarbenen Kimonos mit der voluminösen Schmetterlingsschärpe hervorschauen sah, fragte sie sich, wie sie jemals denken konnte, dass alle Japaner gleich aussahen. Nach dem langen Winter, den sie jetzt im Dorf verbracht hatte, konnte sie ohne weiteres erkennen, in welcher Stimmung die Menschen waren, die ihr nahe standen. So auch bei Hiroko. Und der Rücken ihrer davonlaufenden Freundin sagte eindeutig, dass sie zutiefst verletzt war.

Annabel seufzte wütend und stand mit knackenden Knien auf. Sie streckte sich in der Sonne und bog ihren schmerzenden Körper. Vielleicht sollte sie wieder hinunter an den Strand gehen, um die Lust des Frühlings, die in ihren Adern raste, durch Bewegung zu beruhigen. Doch eigentlich sehnte sie sich nach einem Liebhaber und nicht nach sportlicher Betätigung. Außerdem war es bereits zu heiß, um jetzt noch hinauszugehen.

Sie schaute in den blauen Himmel über sich und dann

auf den großen und doch grazilen Baum, der ihrem Haus Schatten spendete. Mehrere dicke Blaumeisen saßen in seinen Zweigen und pickten an den Kirschblüten. Sie verdarben sie – genauso wie die Begegnung gerade eben ihre Laune verdorben hatte. Warum war sie nur so grausam zu Hiroko gewesen, wo sie ihr doch so viel verdankte?

Annabel nahm eine bebilderte Schriftrolle zur Hand und versuchte zu lesen. Doch es gelang ihr nicht, die komplizierten Zeichen ohne Hirokos Hilfe zu entschlüsseln.

Also wandte sie sich ihrem Essen zu. Sie fischte sich einen pinkfarbenen Shrimp aus einer Schale und wickelte ihn in grünes Seegras ein. Als sie den salzigen Bissen in ihren Mund steckte, erinnerte sie sich, wie Hiroko ihr beigebracht hatte, mit Stäbchen zu essen. Der Shrimp schmeckte wie Gummi, und Annabel hatte eigentlich gar keinen Hunger. Also legte sie die Lackstäbchen auf einen blauen Keramikfisch, der als Stäbchenhalter diente, und sprang auf. Essen konnte sie auch noch später. Jetzt würde sie erst einmal ihr Bett reinholen, das immer noch zum Lüften draußen hing.

Die entfernte See glitzerte in der Sonne, als sie die schweren, warmen Schlafmatten von den grünen Stechginsterbüschen holte. Sie presste ihr Gesicht in die weißen Baumwollbezüge und seufzte. Erst nachdem Hiroko ihr gezeigt hatte, wie man das japanische Bettzeug zu einem Futon herrichtete, hatte Annabel gut schlafen können. Und wer hatte ihr die richtigen Bezeichnungen für all die Dinge verraten, die sie umgaben? Hiroko.

Annabel stopfte das Bettzeug in den einen großen Schrank, in dem so gut wie alles in ihrem Haus aufbewahrt wurde. Es war ein verborgener Schrank, der sich dem Rest des Raumes kaum sichtbar anpasste. «Ich hätte nicht so mit ihr sprechen dürfen!», sagte sie auf einmal laut, als sie die Papiertür mit ihren gemalten Bildern von blassrosa Pfingstrosen und Bambuswedeln zuschob.

Annabel stapfte durch den sonnendurchfluteten Raum, trat aus ihrem Haus und zog vorsichtig ihre Holzschuhe an. Sie würde Hiroko suchen und alles tun, um sich wieder mit ihr zu versöhnen.

Sie hatte gerade ein paar Schritte auf dem sandigen Weg getan, der zu der Ansammlung der schräg bedachten Häuser des Dorfes führte, als sie Hiroko auf sich zueilen sah. Ihre zarten Wangen waren von roten, aufgeregten Flecken bedeckt, und unter der Glyzinienblüte in ihrem dunkel glänzenden Haargeflecht quollen ein paar Strähnen hervor. In ihren Augen glitzerten ungeweinte Tränen.

Plötzlich fiel das Entschuldigen gar nicht mehr schwer. «Hiroko-San, teuerste Freundin», schluchzte Annabel, als sie auf das japanische Mädchen zuging. «Was ist denn nur? Meine Worte können dich doch unmöglich derart erregt haben. Du musst doch wissen, dass ich es nicht so meinte. Ich würde dich niemals in Aufruhr bringen wollen. Deshalb bin ich auch gleich gekommen – um dir zu sagen, wie Leid es mir tut.»

Die Freundin blieb schwankend vor ihr stehen und unterbrach die Entschuldigungsrede. «Mach dir keine Gedanken, Annabel-San. Ich kenne dein Herz zu gut, um beleidigt von deinen Worten zu sein.» Sie hielt inne, um kurz Luft zu holen. Ihre Brüste hoben und senkten sich in schneller Abfolge, so als würden sie versuchen, aus den wohlgelegten Falten ihres Kimonos zu entkommen. Von der warmen Haut der Japanerin ging ein ganz eigener, schwerer Mandelgeruch aus, den die Europäerin tief einatmete. Wie sehr sehnte Annabel sich doch danach, ihre Lippen auf die Stelle zu pressen, an der die letzte Seidenlage die schwachen Schatten des Ausschnitts bedeckte, der ihre Phantasie so quälte. Doch sie wusste, dass Hiroko das niemals gestatten würde.

«Ich dachte, eine Dame sollte immer Haltung bewahren», sagte Annabel neckend.

Hiroko ignorierte ihre Anspielung und atmete tief ein. Die Dringlichkeit in ihren Augen glich fast einer Panik, und die Worte ergossen sich nur so aus ihrem zitternden Mund. «Der Führer Nakano ist hier. Der Daimyo. Er ist gekommen und wird mit seinen Bediensteten und den Falken die Nacht hier verbringen. Er wünscht, dass du zu ihm gebracht wirst.»

Mit einem Mal fühlte Annabel sich, als hätte sie einen Knoten im Bauch, und ihr gesamter Körper wurde von einer großen Unsicherheit erfasst. Eigentlich wollte sie doch in Ruhe gelassen werden. Noch nie waren der jungen Frau das stille Studieren der japanischen Sprache und ihre sportlichen Übungen am Strand so verlockend erschienen. Auch ihr Haus kam Annabel nicht mehr wie ein Gefängnis vor, sondern eher wie ein Hafen. Ein Hafen, den sie nie wieder verlassen wollte.

«Ich will aber nicht», flüsterte sie.

Hirokos Augen waren weit aufgerissen und voller Mitgefühl. «Er kann einem schon Angst machen», stimmte sie zu, «aber du hast keine andere Wahl. Du musst mich jetzt in das Bad begleiten. Dort werde ich dir den schönsten Kimono des Dorfes aussuchen.»

«Soll ihn doch der Teufel holen!», flüsterte Annabel in ihrer eigenen Sprache, folgte Hiroko aber dennoch über den Schotterweg ins Dorf.

Hiroko sah Annabel über die Schulter hinweg an. Sie verstand die Worte zwar nicht, machte sich aber dennoch Gedanken über den unmissverständlichen Ton in der Stimme ihrer Freundin. «Du musst dir Mühe geben, Annabel-San. Versuche, ihn zu erfreuen, und verwende all die höflichen Worte, die ich dir beigebracht habe. Du musst sehr vorsichtig sein. Ich fürchte, er ist nicht allzu guter Stimmung. Sein Lieblingsvogel wurde verletzt, und damit ist die ganze Jagd ruiniert. Wir sind sehr darauf bedacht, dass der Aufenthalt in unserem Dorf seine Laune heben wird.»

«Mir ist sein Aufenthalt hier völlig egal!»

«Wäre es dir auch egal, wenn ich bestraft werden würde, weil ich dich nicht korrekt ausgebildet habe? Wenn wir ihn auch nur im Geringsten verärgern, kann er unser aller Tod anordnen. Den Tod des gesamten Dorfes. Das ist sein gutes Recht.»

«Über mich hat er keinerlei Rechte», murmelte Annabel aufsässig. Doch das Herz schlug ihr bis zum Hals, als sie Hiroko zum Wasserbecken folgte.

KAPITEL 4

Die cremegrünen Becken des Bades waren alle verlassen.
Annabel drehte sich zu ihrer Freundin um. «Wo sind denn
die anderen? Die Becken waren doch sonst immer voller
Menschen.»

Die Engländerin hatte lange gebraucht, um sich an das
nackte Eintauchen ins Wasser zu gewöhnen. Zu Hause
war ihr beigebracht worden, dass Waschen schlecht für
die Gesundheit sei – besonders im Winter –, doch nach
und nach hatte sie begonnen, die Berührung des heißen
Wassers auf ihrer Haut zu genießen. Außerdem hatte sie
entdeckt, dass die Nacktheit an frischer Luft das herrliche Gefühl erzeugte, ganz im Einklang mit der Natur
zu stehen.

Doch so sehr sie das Nacktbaden auch zu schätzen
gelernt hatte, so war es ihr doch nie gelungen, sich beim
Waschen ihres bloßen Körpers wohl zu fühlen, wenn der
Rest des Dorfes anwesend war. Wie oft hatte sie sich beim
Baden nach ein wenig Privatsphäre gesehnt. Aber nun, wo
die heißen, schimmernden Becken still und leer dalagen,
wirkten sie geradezu beunruhigend und unnatürlich.

«Wo sind denn alle?», fragte sie erneut. «Stimmt heute etwas mit dem Wasser nicht?»

Hiroko legte ihre Stirn in Sorgenfalten. «Es ist keine Zeit zum Baden. Wir wissen natürlich schon seit dem Tag, an dem wir dich fanden, dass der Führer kommen würde – schließlich bereiten wir uns seitdem darauf vor –, aber es ist immer noch so viel zu tun. Alles muss perfekt sein für ihn.»

Annabel löste die dunkelblaue Schärpe, die ihren steifen Kimono hielt, und ließ den bedruckten Stoff über ihre Schultern gleiten. Sie streckte die Arme hinter ihrem Rücken und presste die nackten, weißen Schultern zusammen, um die Spannung in ihrem Körper etwas zu lockern.

Sie zögerte, denn sie konnte sich nicht entscheiden, in welches der unheimlichen leeren Becken sie nun steigen sollte. Als sie sich umschaute, spürte sie, wie die sanfte, feuchte Luft ihren nackten Körper streichelte. Dabei hob sie immer wieder die bloßen Füße an, um den rauen Kanten des Steinbodens zu entgehen.

Neben ihr war Hiroko damit beschäftigt, das orangefarbene Seidenband um ihre Hüften zu lösen.

«Was war das?», zischte die Japanerin auf einmal und hob abrupt den Kopf.

Von den heißen, sprudelnden Quellen um sie herum stiegen Dampfschwaden auf. Die Luft war von Nebel erfüllt. Die dunklen Pinien auf den Felsen des Berges waren von diamantenen Tropfen übersät, und über die rauchiggrüne Oberfläche des Wassers zogen unheimliche Nebel. Der Wasserdampf bildete eine hauchdünne Wolke, die sie vor der Sonne schützte und das Gelände wie eine Glocke umschloss. Darunter waren immer wieder merkwürdige Echolaute zu hören.

«Ich höre nichts», sagte Annabel und sah Hiroko kurz

an, bevor ihr Blick wieder auf den Wasserfall fiel, der die Becken speiste. «Außer dem Wasserfall. Der klingt heute außergewöhnlich laut. Das liegt wohl daran, dass alle Becken leer sind.»

Hiroko beruhigte sich ein wenig und ließ die bestickte Schärpe ihres Seidenkimonos zu Boden gleiten. Annabel hörte weiter dem Wasserfall zu, der sich fröhlich über die steinigen Ränder der Felsen ergoss, die das Gelände eingrenzten. Doch plötzlich hörte sie über dem Rauschen eindeutig ein weiteres Geräusch: ein Klirren von Metall, das von den schweren, gleichmäßigen Schritten männlicher Füße begleitet wurde. Doch Annabel blieb ruhig. Schließlich hatten sie mittlerweile alle Männer des Dorfes nackt gesehen. Und außerdem starrte hier sowieso niemand auf ihre Nacktheit – jedenfalls nicht offenen Blickes.

Doch Hiroko war ganz offensichtlich entsetzt, denn sie riss vor Schreck ihre Augen auf. «Nimm deine Kleider», flüsterte sie und hob ihre eigene Schärpe mit zitternden Händen vom Boden auf. Die vielen Schichten des Kimonos umgaben sie wie die Blüten einer Chrysantheme, erlaubten aber einen Blick auf ihre Brüste.

«Wieso?», fragte Annabel, die Augen auf die liebliche, freigelegte Weiblichkeit gerichtet. Sie ahnte den Grund für Hirokos Angst. «Ist er es?»

«Nein», antwortete die Japanerin mit stockender Stimme. «Der Lord Nakano badet natürlich zuerst. Und danach seine Samuraikrieger. Ich dachte, sie wären bereits fertig. Aber da kamen noch mehr. Wir müssen uns verstecken!»

Hiroko schlang die Falten ihres Kimonos um sich, als bräuchte sie ein seidenes Schild, und tat ein paar zögerliche Schritte. Dann sah sie sich um.

Das heiße Wasser schwebte unaufhörlich in Schwaden,

die nach Schwefel rochen, gen Himmel. Die jadegrünen Becken des Tals waren allein ein Werk der Natur, doch über die Jahre hatten Generationen von Dorfbewohnern den Lauf des Wassers verändert und so einige der grünen Schwimmbecken vertieft. Stege aus Zedernholz und gebogene rote Brücken waren über den gurgelnden Bächen errichtet worden. Und aus dem Vulkangestein von den Hängen des Wasserfalls hatte man kunstvolle Dekorationen gefertigt, die diesen Ort noch schöner machten.

«Hinter diese Steine da», flüsterte Hiroko und schnellte wie eine bunte Libelle hinter eine der grauen Gesteinswände. Annabel folgte ihr und wunderte sich dabei, dass Hiroko trotz ihrer Furcht ein Versteck ausgewählt hatte, in dem sie beide Platz finden konnten, ohne dass ihre Körper sich dabei berührten. Selbst in solch einem Moment hielt die Japanerin sich an die Verordnungen des Lords.

Während Annabel sich hinter den Steinen einrichtete und ihren Kimono zu einem Kissen faltete, um sich vor den rauen Felsen zu schützen, schien ihr Körper immer wieder wie ein Magnet zu Hiroko hingezogen zu werden – so sehr sehnte sie sich nach menschlicher Berührung.

Dabei wusste Annabel, dass ihre Freundin einem Körperkontakt niemals zustimmen würde. Als sie vorsichtig durch einen Spalt zwischen den grauen Steinen schaute, kühlte ihr Blut wieder ab. Die Männer, die auf die Becken zugingen, trugen jeweils zwei große Schwerter, die eindrucksvoll von ihren Gürteln abstanden und durch den Nebel hindurch bedrohlich glänzten.

Man sah sofort, dass es sich um Soldaten handelte – diszipliniert, muskulös und gefährlich. Sie legten ihre Waffen vorsichtig, fast ehrfürchtig beiseite, und ein voll bekleideter Mann wurde abkommandiert, den glitzernden Schwerterhaufen zu bewachen, während seine Kameraden ihre Kimonos ablegten. Die Männer gaben beim Waschen solch eindeutige Geräusche der Befriedigung von sich – besonders während sie ihre schnell steif gewordenen Geschlechter berührten –, dass Annabel das Gefühl hatte, selbst das Beobachten der Soldaten könnte für sie erregend sein. Sie machte die Augen zu und verabschiedete sich einen kurzen Moment von der Welt.

«Die gehören zur zweiten Garde», hauchte Hiroko. Ihr nach Mandel duftender Atem kitzelte Annabels Ohr. Die Stimme der Japanerin war ruhig, aber ihr Gesicht voller Anspannung. «Wie dumm von mir. Die Samurai würden Lord Nakano niemals ohne Schutz zurücklassen, während sie alle zur selben Zeit baden. Wir müssen warten, bis die Männer weg sind.»

Annabel nickte. Das klang vernünftig. Die Männer gehörten ganz offensichtlich zu ein und derselben Gruppe. Jeder hatte den gleichen Haarschnitt. Jeder trug den gleichen, haselnussbraunen Kimono mit identischen Insignien auf Rücken, Brust und Ärmel. Und jeder trug sein mörderisches Schwert voller Leichtigkeit, als wäre es ihm ein Vergnügen, es einzusetzen. Effektive Wachen, aber keine Männer, die man zur falschen Zeit am falschen Ort treffen wollte.

Annabel fühlte sich ganz schutzlos und kauerte sich hinter die Felswand. Der Vulkanstein fühlte sich auf ihrer zarten, nackten Haut so kalt und rau an, dass sie kurz in Erwägung zog, ihren Kimono zu entfalten und anzuziehen. Doch es war unmöglich, dies ohne ein verräterisches Maß an Bewegung zu tun. Also blieb sie still sitzen und fühlte sich furchtbar schutzlos.

Aber irgendwann konnte sie nicht mehr widerstehen und wagte einen kurzen Blick durch einen Felsspalt. Sie sah drei Männer auf sich zukommen – nackt, wie Gott sie geschaffen hatte. Es sah fast aus, als hätten die Soldaten diesen Weg bewusst eingeschlagen. Annabel stockte der Atem. Konnte es sein, dass man sie und Hiroko gesehen hatte?

Als die Geräusche von spritzendem Wasser zu hören waren und klar wurde, dass die Männer auf das Becken zugingen, das vor ihrem Versteck lag, sackte Annabels Körper vor Erleichterung förmlich in sich zusammen. Aber als die Soldaten zu reden begannen, wurde schnell klar, dass sie sich nur von ihren Kameraden entfernt hatten, um ungestört reden zu können.

Annabels Angst flammte erneut auf, als sie begriff, dass die Kerle ein Komplott gegen Lord Nakano schmiedeten – den Mann, den sie eigentlich beschützen sollten. Wieder schloss sie die Augen. Doch diesmal gelang es ihr nicht, die Stimmen zu verdrängen.

«Das war gute Arbeit», sagte der eine leise. «Niemand kann unserem Verrat auf die Schliche kommen. Der Unfall sah ganz und gar zufällig aus. Jagdvögel kämpfen nun mal. Wer hätte deinen Falken schon davon abhalten können, dem Lieblingsvogel des Lords den Flügel zu brechen?»

In der Stimme des Mannes, der als Nächster sprach, lag eine Ironie, die selbst Annabel mit ihren schlechten Kenntnissen der japanischen Mundart erkannte. «Jammerschade, dass Nakanos Jagd unterbrochen werden musste. Und was für ein Glück, dass dieses schreckliche Ereignis ausgerechnet in der Nähe des Dorfes stattfindet, welches die Europäerin beherbergt.»

Ich bin gemeint, dachte Annabel mit klopfendem Herzen. Wieso reden die über mich?

«Sie ist eine unberechenbare Komponente – und damit überaus gefährlich», sagte einer der Männer.

«Die Entscheidung, was mit ihr zu tun ist, wird Nakano schwer fallen», stimmte ein weiterer voller Zufriedenheit zu. «Ich glaube, bisher ist er jeder Konfrontation mit dieser Frau aus dem Weg gegangen. Seine Situation ist … delikat. Zu diesem Zeitpunkt könnte ein unbekannter Faktor ihn ruinieren.»

«Wieso ist unser Meister – unser wahrer Meister – eigentlich so sicher, dass diese Barbarin Nakano Probleme bereiten wird? Es wäre schrecklich, wenn er durch sie in den Genuss irgendwelcher Vorteile käme. Er könnte sie zum Beispiel als Verhandlungsbasis bei den Portugiesen oder Jesuiten einsetzen.»

«Stinkende Barbaren!»

«Allerdings. Aber sie sind im Besitz von Schätzen, die Nakano braucht: Musketen, Schießpulver und sogar Informationen. Wenn sie sich nun doch als wertvoll erweisen sollte?»

«Das wäre möglich. Sie könnte dem Kaiser zum Geschenk gemacht werden. Oder einem der Daimyos, die auf Nakanos Seite stehen.»

«Die heute noch auf Nakanos Seite stehen, meinst du.»

«Ha! Recht hast du. Aber Nakano weiß nun mal nicht, was er mit der Seehexe anfangen soll. Und unser Meister glaubt, wenn er Nakano zu einer Konfrontation zwingt, ist dieser durch die Gedanken an sie abgelenkt. Dadurch hätte er weniger Zeit, sich dem Wunsch unseres Meisters nach Kontrolle über dieses Gebiet zu widersetzen.»

«Es könnte doch sein, dass Nakano sich entscheidet, die Barbarin zu töten, um das Problem damit aus der Welt zu schaffen.»

«Mag sein. Aber er ist ein Mann mit subtilen Gedanken. Er hätte sie niemals den ganzen Winter am Leben gelassen, wenn er nicht in Erwägung gezogen hätte, dass sie ihm später von Nutzen sein könnte.»

Das Wasser plätscherte unruhig. «Hey! Da sieht jemand in unsere Richtung. Wir dürfen uns nicht anmerken lassen, dass wir etwas im Schilde führen. Nehmt schnell eure besten Stücke in die Hand. Es soll so aussehen, als hätten wir uns nur zurückgezogen, um uns ein wenig zu erleichtern.»

Bei diesen Worten schlug Annabel die Augen schlagartig auf. Ihr Blick wurde durch den Felsspalt zu den drei nackten Männern gelenkt, die sich in dem Becken vor ihr aalten. Ihre Haut glänzte durch den Dampf, und das heiße Wasser hatte ihre Gesichter zum Glühen gebracht. Die sprudelnde Therme reichte bis zu ihren Hüften und bedeckte ihre Geschlechtsteile. Doch durch die Bewegungen ihrer Arme erkannte Annabel sofort, dass sie masturbierten.

Voller Neugier beobachtete sie das Spiel der Armmuskeln, das durch die merkwürdig bekannten, rhythmischen Bewegungen erzeugt wurde. Da rückte einer der Männer plötzlich dichter an den Größten der drei Soldaten heran. Er sprach mit respektvoller Stimme. «Sir, es wäre mir eine Ehre, wenn Ihr mir erlauben würdet, Euch Erleichterung zu verschaffen.»

«Wenn du wünschst. Ich habe es gern, wenn man mich fest an der Wurzel packt und dann in langen, streichenden Bewegungen den Schaft bearbeitet. Oh! Das ist gut! Ah! Deine Berührung ist so köstlich wie die einer Frau.»

«Werdet Ihr Euch später noch eine Frau nehmen, Sir?»

«Auf jeden Fall. Wenn man allerdings an diese stinkenden Hütten denkt, die sich hier Dorf nennen, könnte es schwer werden, eine zu finden, die auch nur für einen schnellen Akt geeignet wäre.»

Annabel spürte eine Bewegung neben sich und wusste genau, dass die Japanerin gebannt zuhörte.

Der älteste Wachmann ließ seinen Kopf nach hinten rollen und sprach mit atemloser Stimme weiter. «Aber wenn ich ein Flittchen finde, das bereit ist, es mit mir zu treiben, kann ich jetzt viel länger aushalten ... Oh! Das fühlt sich so herrlich an!»

Annabels Atem ging bei diesen Beobachtungen immer schneller. Der Kopf des Mannes rollte immer schneller vor und zurück – ein sicheres Zeichen, dass seine körperlichen Freuden immer größer wurden. Als der Orgasmus ihn schließlich überwältigte, kniff er die Augen fest zu und schnaufte wie ein Tier. «Ich gehe! Ich gehe!», brüllte er.

Man konnte die Faust des Soldaten mit immer stärker werdender Wucht unter der Wasseroberfläche arbeiten hören. Sein gesamter Körper krümmte sich vor Konzentration und schien zu einer gigantischen Hand zu werden, deren einziger Zweck es war, den Penis seines Vorgesetzten zu einem Punkt der wahren Ekstase zu treiben.

Der Körper des Wachmannes war steif wie ein Brett. Seine Hüften bäumten sich so heftig auf, dass schon fast sein gesamter Unterleib aus dem Becken ragte. Annabel konnte seinen Schwanz deutlich aus dem Wasser abstehen sehen. Sie hörte den Mann stöhnen. Sein Rücken krümmte sich, und aus dem Schlitz seiner Eichel trat weißer Saft aus. Die Spermafontänen jagten in die Luft und regneten dann auf das Wasser nieder. Sein Erguss schwamm kurz in dicken weißen Klumpen auf der Oberfläche, bevor er schließlich versank.

Nach dem Abklingen seines Höhepunktes sank der erschöpfte Mann mit einem erneuten Stöhnen in das warme

Wasser zurück und legte seinen Kopf auf den Rand des Beckens.

Da begannen auch seine beiden Kameraden zu zucken, und Annabel war ganz erstaunt, dass jeder der Männer ein «Ich gehe» statt «Ich komme» ausrief.

Nach der Beendigung ihrer Vergnügungen schien den Männern das Bad zu heiß zu werden. Sie kletterten aus dem Becken und legten sich auf die glatten Schiefertafeln, die genau zu diesem Zweck um das Wasser herum ausgelegt worden waren.

«Es ist wirklich herrlich, sich in warmem Wasser zu entspannen», meinte der eine.

«Und sich zusammen mit einem guten Freund zu erfreuen», ergänzte der andere.

«Und große Pläne zu schmieden», schloss der offensichtliche Anführer der Gruppe mit zufriedenem Schnurren, das von einer Katze hätte stammen können, die gerade eine große Maus gefangen hat. Sein nackter Körper lag wie taub auf der kühlen Schieferplatte, und er spielte faul an seinem mittlerweile erschlafften Geschlecht herum. Seine erhitzte Haut dampfte, während er in der frischen Luft abkühlte. «Erfolgreiche Pläne, um genau zu sein. Nakanos Hände sind gebunden – genau wie unser Meister es gewünscht hat.»

«Gibt es noch mehr für uns zu tun?»

«Nein. Es reichte, den großen Daimyo Nakano und die Barbarin aus dem Süden, die Gaijin, zusammenzubringen. Das haben wir getan. Jetzt müssen wir nur weiter so tun, als wären wir einfache Samurai, die Nakano treu ergeben sind – bis zum nächsten Befehl unseres wahren Herrschers.»

«Ich verstehe. Bis dahin sollen wir uns so normal verhalten wie die anderen Männer Nakanos auch.»

Plötzlich schallte ein Ruf durch die neblige Luft, der die drei Männer sofort aufspringen ließ. Annabel blieb still und beobachtete, wie das Trio zu den anderen Männern zurückkehrte und dort geduldig wartete, bis alle Soldaten sich angezogen und sorgfältig ihre Schwerter umgeschnallt hatten. Sie blieb so lange ruhig, bis sie sicher war, dass alle Wachmänner das Badegelände verlassen hatten.

Ihr Schweigen war nicht nur Vorsicht, sondern sie wusste schlicht nicht, was sie sagen sollte. Annabel war ganz durcheinander. Ihr erster Impuls war, das Komplott der Männer aufzudecken, aber schließlich war sie Nakano in keiner Weise verpflichtet. Und außerdem könnte das den Anschein erwecken, sie wäre auf irgendeine Weise in die Pläne der Abtrünnigen involviert.

«Was sagst du dazu?», fragte sie Hiroko und drehte sich zu der Freundin um.

«Ich habe nichts gehört», erwiderte die Japanerin. Hinter den sorglos dreinblickenden Augenlidern funkelte ein Blick so hart wie ein Obsidian, der Annabel warnte, keine weiteren Fragen zu stellen. «Lord Nakano kann sich der Treue seiner Samurais gewiss sein. Es besteht kein Grund, dass eine Frau sich dort einmischen sollte.»

Doch Annabel konnte sich einen Einwand nicht verkneifen. «Aber es erscheint mir so unrecht.»

«Und wenn wir uns auf die falsche Weise einbringen und vielleicht in eine Falle tappen, die der Lord voller Sorgfalt gestellt hat, könnte mein gesamtes Dorf ausgelöscht werden. Lass es gut sein, Annabel-San. Du hast keinen Sinn für die Politik von uns Japanern.»

Hiroko stand auf und legte den leicht zerknüllten Kimono über ihre weizenfarbenen Schultern, sodass die Seidenbahnen wie zerknitterte Schmetterlingsflügel herunterhingen. Dann hob sie ihre zarten Arme über den

Kopf und löste die Glyzinienblüte aus ihren glänzenden blauschwarzen Haaren.

Annabel seufzte. Hinter dem schlanken, nackten Körper sah sie den Nebel in den Spinnennetzen der duftenden, dunklen Pinien hängen und über eine winzige rot-goldene Brücke ziehen. Als das japanische Mädchen nach vorne gebeugt ihren Haarknoten gelöst hatte und ihre wallende Mähne offen zu Boden hing, hatte Annabel wirklich das Gefühl, eine Fremde in diesem Land der aufgehenden Sonne zu sein. Es war sicher besser, Hirokos Rat anzunehmen und sich der Aufgabe zu widmen, die jetzt vor ihr lag: die Vorbereitung auf die Begegnung mit Lord Nakano.

Als sie die letzten nervösen Handgriffe erledigt hatten und Hirokos Haus verließen, war es bereits Nachmittag.

«Wo gehen wir denn hin?», fragte Annabel überrascht, als sie bemerkte, dass sie sich aus dem Dorf entfernten.

Hiroko drehte sich um und wies ihr mit einem gefalteten Sonnenschirm die Richtung. «Natürlich in den Haupttempel. In unserem armen Dorf gibt es kein Gebäude, das für Lord Nakano gut genug ist. Daher wohnt er in der Vortragshalle.»

«Ach», erwiderte Annabel uneindeutig und zog sich unter ihren eigenen bunten Sonnenschirm zurück, so als würde er ihr Schutz bieten, während sie über diese neue Information nachdachte.

Von der Küste aus war es möglich, durch die grünen Bäume ein rotes und goldenes Glitzern zu sehen. Daher wusste sie, dass der Tempel dort oben lag. In den Wintermonaten war der träge Bronzeklang seiner Glocken ebenso Teil ihres Lebens geworden wie das Meeresrauschen. Doch als gute Katholikin hatte Annabel sich nie träumen lassen, eine heidnische Kultstätte zu besuchen.

Bin ich denn wirklich eine gute Katholikin, fragte sie sich und dachte an das Ritual ihrer Kindheit. Jeden Abend hatte sie sich in einem bequemen weißen Nachthemd vor das Betpult ihrer Mutter gekniet und sich dabei an ihren Rosenkranz geklammert. Die leise gesprochenen Gebete ihrer Mutter hatten ihr immer ein Gefühl von Sicherheit gegeben. Noch immer konnte sie den Geruch von honigsüßem Bienenwachs riechen und das ruhige Gesicht ihrer Mutter sehen, wie sie sich über eine Kerze beugte, um den Docht zu beschneiden.

Doch wann hatte sie ihr letztes Gebet gesprochen? Voller unangenehmer Erinnerungen dachte Annabel an die Verzweiflung, die sie empfunden hatte, als sie am Bett ihrer sterbenden Mutter gebetet hatte. Damals waren ihre Gebete unbeantwortet geblieben, und danach war Annabel zu niedergeschlagen von dem großen Verlust gewesen, Gott um Erlösung von jenen Schrecken zu bitten, die noch folgen sollten.

Schließlich schien es dem Allmächtigen egal gewesen zu sein, dass ihr Vater nur ein paar Monate brauchte, um das gesamte Familienvermögen zu verspielen. Es schien ihm auch nicht in den Sinn zu kommen, die Gerichtsvollzieher davon abzuhalten, das Mobiliar aus dem Haus zu holen oder den Gemüsegarten umzugraben, bevor sie die Gebäude verkauften. Und dass ein stinkendes, verlaustes Segelschiff nicht der richtige Platz für ein junges Mädchen sein konnte, war ihm offensichtlich auch nicht aufgefallen. Genau aus diesen Gründen hatte Annabel es abgelehnt, je wieder an Gott auch nur zu denken.

Jetzt ist es sowieso zu spät, dachte Annabel, als sie noch darüber nachgrübelte, wann sie das letzte Gebet gesprochen oder ihre Beichte abgelegt hatte. Das war natürlich sehr ungehörig, und vielleicht sollte sie eines Tages doch versuchen, wieder mit ihrem Schöpfer ins Reine zu kommen. Aber die duftende Kirschbaumallee, die sie gerade durchschritten, holte Annabel sofort wieder ins Hier und Jetzt zurück.

Neugierig starrte sie auf das ordentliche Muster der Felder links und rechts des Weges. Zwischen den Bergen und der Küste befand sich nur ein schmaler Streifen Flachland. Um die Fläche des kultivierbaren Landes zu vergrößern, hatte man mit Steinen Terrassen an den Berghängen angelegt. Die meisten der Felder waren frisch gepflügt und bereit für die grünen Halme der ersten Pflanzung. Voller Glücksgefühle atmete Annabel die frische Landluft ein.

Es war herrlich, einmal eine neue Gegend kennen zu lernen. Außer an die Küste hatte sie sich den ganzen Winter lang nicht mehr als ein paar Schritte von ihrem Haus entfernt. Und genau deswegen spürte sie jetzt auch schmerzhaft ihre Füße. Monatelang war sie nur barfuß herumgelaufen und hatte – abgesehen von ein paar feuchten Wintertagen – nur selten in die hölzernen Überschuhe schlüpfen müssen.

Doch jetzt trug sie die formellen weißen Strümpfe, die alle Frauen zu ihren besten Kimonos anzogen. An den Strümpfen war der große Zeh wie bei einem Fäustling einzeln genäht, sodass sie ihre Füße in die eleganten, lackierten Schuhe stecken konnte, die Hiroko ihr gegeben hatte. Sie waren schwer und sahen merkwürdig aus.

«Hiroko!», rief sie. «Diese Schuhe ... Können wir nicht ein bisschen langsamer gehen?»

Die Japanerin drehte sich sofort mit besorgtem Blick zu Annabel um. «Aber natürlich. Tut mir schrecklich Leid. Du bist die japanische Kleidung ja nicht gewohnt. Ist denn der Kimono bequem genug?»

Annabel schüttelte den Kopf, denn sie war sich allzu

sehr der Tatsache bewusst, dass sie unter ihrem hinreißenden Gewand völlig nackt war. Man hatte sie in helle, pinkfarbene Seidenbahnen eingewickelt, die fast so grell wie die Kirschblüten waren, die jetzt vor dem blauen Himmel tanzten, und das sanfte Streicheln dieses Stoffes erinnerte sie permanent an ihre Nacktheit.

Zwar hatte Annabel sich schon an das Gefühl ihrer freischwingenden Brüste unter den japanischen Kleidungsstücken gewöhnt, aber sie hätte am liebsten ein eng geschnürtes Korsett getragen, denn sie wusste, dass sie heute den Mann kennen lernen würde, der über ihr Leben entscheiden konnte. Und Unterwäsche hätte sie auch zu gerne gehabt. Als ihre bloßen Schenkel leicht aneinander rieben, machte sich eine zuckende Unsicherheit in ihrem Geschlecht breit, und ihr Schamhaar kitzelte unter der Seide des Kimonos.

Der einzige Teil der Kleidung, der ihr etwas Schutz bot, war eine Schärpe, die so eng gebunden war, dass ihr Körper in die Aufrechte gezwungen wurde. Annabel streichelte sacht über den haselnussbraunen Stoff, der die Mitte ihres Körpers einhüllte und hinter ihrem Rücken mit einem komplizierten Knoten befestigt war. Unruhig zupfte sie daran herum. «Diese Schärpe – Obi hast du sie wohl genannt – ist so eng gebunden, dass ich kaum atmen kann.»

Bienen umsummten das gesprenkelte, rosafarbene Vordach, unter dem die beiden Frauen standen. In dem Dorf, das jetzt hinter ihnen lag, krähte ein Hahn, und obwohl immer noch ein salziger Geruch in der Luft hing, wurde das Geräusch der Brandung immer leiser, während sie den Berg erklommen. Hirokos Haar glänzte im Sonnenlicht, und ihre Augen glühten wie die Kerne einer Passionsfrucht.

«Eine gute Haltung ist für die japanische Frau sehr

wichtig», sagte die Japanerin spröde und mit leichtem Vorwurf in der Stimme. Ihr Blick aber blieb fürsorglich. «Bist du jetzt ausgeruht, Annabel-San?»

«Ich denke schon», erwiderte Annabel, merkte aber gleichzeitig, dass sie in ihrem Inneren nicht gewillt war weiterzugehen.

Am Fuße des Hügels, wo die Kirschbaumallee endete und die hohen Pinien begannen, standen zwei bedrohlich aussehende Wachmänner vor einem dunkelroten Tor, das von zwei riesigen Holzstämmen gebildet wurde. Als Querbalken diente ein weiterer, sogar noch größerer Stamm, der vergoldet war.

Das Sonnenlicht spiegelte sich in den goldglänzenden Helmen der Wachmänner und strahlte auch von ihren Schwertern ab. Plötzlich hob einer von ihnen die Hand und hieß die Frauen zu warten. Seine Augen sahen wie Schlitze aus, die Annabels Blick vermieden. Sie schauten in den Himmel über ihr, so als hätten sie weder Interesse an ihrer Erscheinung noch an ihrer fremden Art.

Annabel betrachtete ihre braunen Kimonos und die identischen Insignien, die jeweils auf der Brust aufgedruckt waren. Die Zeichen kamen ihr bekannt vor. Sie sahen wie die cremefarbenen Muster aus, die auf die Schärpe ihres eigenen Kimonos aufgedruckt waren. Neugierig sah sie sich diese Uniformen genauer an. Annabel erkannte schnell, dass jedes Muster einen Vogel darstellte. Jedes große Haus hatte sein eigenes Emblem, und das musste wohl das Zeichen Nakanos sein.

Annabel starrte auf ihre Schärpe. Auf der Seide waren umherfliegende, cremefarbene Kraniche zu sehen. Sie trug sein Zeichen! So als wäre sie schon als sein Eigentum gekennzeichnet worden. Ihr Gesicht brannte. Wenn ihr doch nur früher klar geworden wäre, was die Seidenschleife um ihre Hüfte bedeutete. Dann hätte sie es ablehnen können, sie zu tragen. Aber ihr war ja nicht mal aufgefallen, dass sie dieselbe Farbe hatte wie die Kimonos der Wachmänner. Und jetzt war es zu spät.

Da traten vier weitere Wachen in ihr Gesichtsfeld. Neben ihnen lief ein nervöser Dorfbewohner, den Annabel sofort als Hirokos Vater erkannte. Die Wachmänner ignorierten den Mann, der sich peinlich berührt neben seine Tochter stellte. Zwei der Neuankömmlinge bauten sich vor Annabel und Hiroko auf, die beiden anderen stellten sich hinter sie.

Dann begab sich die Gruppe schnellen Schrittes auf die mit Steinen gepflasterte Straße, die steil den Berg hinaufführte. Als Annabel langsamer wurde und den Kopf schüttelte, griff einer der Soldaten ungeduldig an sein Schwert. «Ich kann in den Dingern nicht laufen», sagte Annabel und zeigte auf ihre Schuhe.

Der Mann blieb stehen und betrachtete sie voller Zorn und Misstrauen. Er wusste ganz offensichtlich nicht, was er tun sollte. Seine Augen verengten sich, doch er musste sie wohl verstanden haben, denn er drosselte sein Tempo, bis er sich Annabels Schritt angepasst hatte. Sie seufzte erleichtert.

Je länger sie durch die Pinienwälder gingen, desto kühler wurde die Luft. Das dumpfe Rauschen des Meeres war längst durch den hellen Klang der Zikaden ersetzt worden. Als Annabel in einer Biegung des Weges einen kurzen Blick auf das Blau des Wassers erhaschte, wurde ihr klar, wie hoch sie bereits aufgestiegen waren.

Der Weg bog erneut ab, und bald tauchte ein weiteres großes Tor auf. Wieder ließen die Wachen sie warten, bis der nächste Trupp zu ihnen gestoßen war. Sechs weitere Männer vor ihnen und sechs weitere hinter ihnen.

«Die müssen uns ja für ziemlich gefährlich halten», witzelte Annabel. Hiroko sah sehr nervös aus und ging nicht auf den Scherz der Freundin ein.

Mittlerweile hatte der Steinweg sich in einen stufenartigen Aufgang verwandelt, den Annabel voller Vorsicht erklimmen musste. Stufe für Stufe setzte sie ihre lackierten Schuhe auf und hob dabei jedes Mal ihren Kimono an, damit die Seide nicht den staubigen Boden berührte. Die Soldaten mussten sich wohl kurz abgesprochen haben, denn jetzt versuchte keiner mehr von ihnen, sie zur Eile zu treiben. Annabel war dankbar. Die Anstrengung ließ feine Schweißperlen auf ihre Haut treten – die Anstrengung und die Unruhe, die sich immer deutlicher in ihrem Bauch ausbreitete.

Am Ende dieser Treppe stand ein drittes riesiges Tor, durch das sie in das Sonnenlicht der Tempelanlage traten. Nachdem die Wachmänner sie zum Stehenbleiben angewiesen hatten, sah Annabel sich blinzelnd um und entdeckte sogleich den Schrein auf der Bergspitze.

Trotz der zahlreichen bewaffneten Wachen, die geschäftig mal hierhin, mal dorthin marschierten, fühlte sie sich doch wie an einem heiligen Ort. Die Größe des Platzes war so immens, dass die Soldaten ihre kriegerische Wirkung verloren. Über den goldenen Pagoden erhoben sich elegante, dunkelrote Dächer. Man konnte das kurze Schlagen einer tiefen Glocke hören, die aber gleich darauf wieder verstummte.

«Wo ist denn dieser Nakano nun?», fragte Annabel. Sie versuchte, ihrer Stimme einen möglichst sorglosen Tonfall zu geben, doch sie klang nur schrill und dünn. Als die Soldaten die Respektlosigkeit in ihren Worten bemerkten, bauten sie sich vor ihr auf und brachten sie sofort mit hasserfüllten Blicken zum Schweigen.

Hiroko schien den Tränen nah. «Bitte, Annabel-San», flehte sie mit zitternder Stimme. «Auch wenn du es nicht verstehst, würdest du bitte trotzdem an die Dinge denken, die ich dir über höfliches Benehmen beigebracht habe?»

Annabel kochte innerlich. Was hatte Höflichkeit denn mit diesen fremden Tabus zu tun? Zu diesem Zeitpunkt entschied sie sich, dass sie auf keinen Fall klein beigeben würde. Sie würde genauso höflich sein, wie die Mutter es ihr beigebracht hatte, und würde trotz der Macht, die Nakano über sie hatte, niemals vor ihm kriechen.

Da tauchte ein weiterer Soldatentrupp auf und winkte Annabel und ihre Gefährtin zu einem Haus, das eines der Hauptgebäude zu sein schien. Eine breite Treppe führte in einen riesigen Raum in Rot und Gold. Davor stand ein Bronzekessel, der über einem offenen Feuer baumelte. Über seinen metallenen Rand ergoss sich der Dampf der Räuchermittel, die den Saal mit einem intensiven Duft füllten.

Am Eingang zu dem großen rot gestrichenen Gebäude machte die Gruppe zu Annabels Erleichterung eine kurze Pause, um sich die Schuhe auszuziehen. Dann schritten sie an zwei Furcht erregenden, vergoldeten Gottheiten vorbei, deren Statuen den Eingang flankierten. Annabel blieb stumm in dem kühlen, schummrigen Raum stehen.

Es roch nach Tatamis, und die Frühlingssonne fiel gedämpft durch die Reispapierpaneele der äußeren Wände. Sie beleuchtete das Gold der Strohmatten und die braunen Kimonos der knienden Samurai. Alle Männer trugen Braun – die Seide ihrer Kimonos war in der üppigen Herbstfarbe der Haselnüsse gefärbt worden. Und alle trugen die Insignien mit dem Kranich.

Erst jetzt bemerkte Annabel, dass die Samurai zwar in ordentlichen Reihen, aber doch ganz bequem saßen, und dabei den grünen Tee schlürften, den die Frauen des Dorfes ihnen bereits serviert hatten. Die Seide ihrer Kimonos glitzerte wie das Federkleid der Kolibris, während sie den Männern Reis, Fisch und Gemüse aus kleinen Schälchen anboten.

Die Wachen schubsten Annabel durch die Reihen der knienden Männer hin zu einem Podium, das in der hintersten Ecke des Tempels stand.

Die Empore war bedeckt mit dicken Tatami-Matten, und die dahinter stehenden Wandschirme waren mit ausgewählten Szenen aus dem alten China bedruckt. In einer Nische in der Wand stand eine Tonvase mit blauen Irisblüten, und Annabel konnte die gelben Pollen riechen, die aus dem Herz der Blüten auf den Boden der düsteren Halle fielen.

Doch ihre Augen flüchteten vor den zwei Männern, die dort erhöht standen, und wanderten zu der einzigen Frau. Sie kniete mit bescheiden gesenktem Blick und wartete darauf, dass die Männer Notiz von ihr nahmen. Unter ihrem dunkelroten Kimono trug die Frau grüne Seide, die mit silbernen Kranichen bestickt war. Die schmale Taille wurde von einer riesigen, pfirsichfarbenen Schärpe betont.

Sie war tief über ein Lacktablett mit einigen Reisschalen gebeugt, die mit Blüten und eleganten Zweigen dekoriert worden waren. Das Essen schien unberührt, und auch die schwarzen, mit Goldbändern zusammengehaltenen Stäbchen lagen unbenutzt auf einem Keramikteller.

Doch Reis war nicht das einzige Gericht auf dem Tablett. Voller Ekel sah Annabel einen Teller mit stachligen Seeigeln und klebriger, fermentierter Bohnenpaste. Dann fiel ihr Blick auf zerklüftete schwarze Bällchen, von denen sie wusste, dass sie nach Galle schmeckten.

Das Tablett sah wunderschön aus. Doch je mehr ein Gericht hier als Delikatesse galt, desto wahrscheinlicher war es, dass sie es verabscheute, hatte Annabel bereits gelernt. Sie hoffte nur, dass Lord Nakano sie nicht bitten würde, mit ihr zu essen.

Lord Nakano! Annabel konnte nicht länger warten, ihn endlich anzuschauen. Langsam schwenkte ihr Blick von der stumm knienden Frau hin zu dem Podest.

Neben ihr kniete Hiroko auf einer Tatami-Matte, den Kopf auf den Boden gelegt und die Hände jeweils neben ihrem dunklen Haarknoten.

Das Dorfoberhaupt, Hirokos Vater, hatte sich ganz in der Nähe ausgestreckt – wenn auch mit weitaus weniger Anmut als seine Tochter. Der Samurai, der sie in den Tempel geführt hatte, verbeugte sich ebenfalls tief vor dem großen Daimyo. Doch Annabel hatte sich geschworen, dass sie nicht kriechen würde.

«Nieder!»

Sie ignorierte das strenge Zischen des Wachmannes hinter sich.

«Bitte, Annabel-San!»

Sie ignorierte auch das schwache Flüstern von den fahlen Lippen ihrer Freundin.

Da endlich drehte die majestätische Person auf dem Podest sich um und sah sie an. Die riesigen, flügelähnlichen Schultern seines gestärkten Übermantels gaben ihm eine eindrucksvolle Präsenz. Doch seine Augen waren viel zu kalt, um irgendwelche Gefühle auszudrücken. Sie starrten einfach nur stumm über den Abgrund zwischen zwei Kulturen.

Für Annabel war dieser Blick wie ein Schlag. Eine kalte, hasserfüllte Intelligenz brannte in den Augen, die sich mit den ihren trafen. Zwar hatte sie schon damit gerechnet, dass er eine machtvolle Autoritätsperson sein würde, aber so viel Feindseligkeit und Abgehobenheit hatte sie nicht erwartet.

Sie zitterte am ganzen Körper und wünschte, sie hätte sich an die Anweisungen gehalten und sich auf den Matten ausgestreckt. Doch jetzt war es zu spät, dem Daimyo gegenüber eine servile Haltung einzunehmen.

Hiroko hatte ihr genug über das japanische Protokoll erzählt, um zu wissen, dass ihr Verhalten als tödliche Beleidigung gegenüber den Samurai eingestuft werden konnte – vom Daimyo ganz zu schweigen. Aber sie war nun mal keine Japanerin. Sie kam aus dem Westen und würde ihm genau den Respekt entgegenbringen, der sich für eine Engländerin geziemte.

Jetzt war sie dankbar für die Stoffbahnen um ihren Körper, die sie um die Taille stärkten und aufrecht hielten. Die eng anliegende Seide ließ sie zwar kaum atmen, aber wenigstens wurde dadurch ihr aufgeregtes, flatterndes Herz in Schach gehalten. Annabel gab sich alle Mühe, ihre blauen Augen so ruhig wie möglich aussehen zu lassen. Ihre Zunge klebte am Gaumen, und sie konnte kaum sprechen. Dennoch zwang sie sich, ein höfliches Lächeln auf ihre Lippen zu zaubern, und ging mit einem eleganten Hofknicks leicht in die Knie.

Der Daimyo beobachtete sie die ganze Zeit. Die männliche Stärke brannte in seinen Augen, und er schaute sie mit dem kühlen, ruhigen Gestus eines Königs von oben bis unten an.

Die Enge ihres Seidenkimonos hielt Annabel davon ab, so tief zu knicksen, wie sie es gern getan hätte. Nach ihrer überaus vorsichtig dargebotenen Ehrerbietung kniete sie sich neben die bewegungslos daliegende Hiroko.

Und noch immer sah Nakano Annabel mit großer

Strenge an. Sie wollte nicht unhöflich wirken und verbeugte sich schließlich doch so tief, wie Hiroko es ihr beigebracht hatte. Aber dann setzte sie sich trotz klopfenden Herzens und feuchter Handflächen wieder auf die Knie und sah dem mächtigen Mann mit ihren blauen Augen direkt ins Gesicht. Der Daimyo erwiderte ihren Blick mit festem, abschätzendem Ausdruck, sodass Annabel fast das Gefühl hatte, von unsichtbaren Fäden in die Tiefen seines berechnenden Geistes hineingezogen zu werden. Alle Bilder, Klänge und Gerüche, die sie umgaben, schienen auf einmal blass zu werden und zu verschwimmen. Übrig blieb nur der Blick des Lords.

Und selbst als er scheinbar entschlossen seinen Blick abwandte, um sich dem Mann zuzuwenden, der direkt vor ihm kniete, hatte Annabel nicht das Gefühl, ihre Freiheit wiedererlangt zu haben. All ihre Gedanken schienen auf ihn gerichtet und ihr Blick an seine Gestalt gefesselt zu sein.

Sein Körper war bei dem Versuch, sich der Größe seines Denkens anzupassen, zu riesigen Ausmaßen angewachsen. Nakano war bei weitem größer als jeder der anwesenden Krieger. Über seinen Schultern trug er kostbare Seide, und in einer Scheide steckte ein glänzendes Schwert. Auf der Tatami neben ihm lag ein weiteres, sehr langes Schwert. Der Mann sah nicht aus, als ob er jemals unbewaffnet war. Sein dunkles Haar war auf dieselbe Art wie das der Soldaten geschnitten, aber sein Haarknoten war höher und das majestätische Gesicht ausdrucksloser. Und obwohl er Annabel jetzt nicht mehr zugewandt war, konnte sie die Hitze seines männlichen Testosterons spüren.

Bei ihrem Versuch, den Atem und auch sich selbst unter Kontrolle zu bringen, wurde das Band um ihre Taille immer enger. Annabel wusste, dass ihre Brust sich unter dem Kimono verräterisch hob und senkte.

Und sie wusste auch um die nackte Verletzbarkeit ihres Geschlechts, das vor Hitze pulsierte. Doch Annabel versuchte, diese Signale ihres Körpers zu ignorieren, und richtete ihre Konzentration ganz auf die beiden Männer dort vor ihr.

Der vor dem Daimyo kniende Mann war alt. Zwar trug er noch immer die Uniform eines Samurai und auch die Schwerter, aber die Hand, die er Nakano steif entgegenhielt, war müde und knorrig. Auf seinem Arm, der mit einem Lederband geschützt war, saß ein riesiger Vogel mit spitzen Krallen. Es handelte sich um ein Falkenweibchen, und als Nakano mit einem Handschuh bekleidet nach ihm griff, sah Annabel, dass der Vogel eine Maske trug.

Das Falkenweibchen kreischte, als es von einem Mann zum anderen weitergereicht wurde, und flatterte wild mit den Flügeln. An seinen Füßen klingelten winzige Glöckchen, und die weiche Ledermaske diente dazu, es blind zu halten, damit es nicht davonfliegen konnte.

«Ganz ruhig, meine Schöne.» Selbst in diesem tiefen Singsang strahlte die Stimme immer noch eine immense Stärke aus.

Annabel sah fasziniert zu, wie Nakano mit weichen und doch bestimmten Bewegungen seinen Falken zur Raison brachte. Seine Berührung ließ den Vogel tatsächlich ganz still werden. Er senkte seine Flügel und legte die Federn ineinander.

Es dauerte nur wenige Momente, bis der Vogel sich eine Untersuchung durch Nakano gefallen ließ und seine wunderschönen Flügel wieder ausbreitete. Sie bogen sich am Ende in einem schiefen, unnatürlichen Winkel, den Annabel auf einen gebrochenen Flügel zurückführte.

Vor dem Daimyo lag ein Haufen geheimnisvoll wirkender Dinge, aus dem er ein Stück auswählte, das aussah wie ein blanker Knochen, der zu einem Federkiel geformt worden war. Dann nahm er eine Nadel, in der bereits ein schwarzer Faden steckte, und nähte diese Schiene an dem Flügel des Falken fest.

Seine Hände bewegten sich fast grob, wirkten aber präzise und kompetent. Das Falkenweibchen blieb ruhig unter seinem Griff und protestierte nicht. Fast so, als verstünde es, dass Nakano ihm nur helfen wollte. Als er das Fleisch durchbohrte, blitzte kurz die Nadel auf, mit der er den Vogel behandelte. Annabel sah so lange aufmerksam zu, bis die kleine Operation abgeschlossen war.

«Das war's», sagte Nakano und streichelte den Falken beruhigend, sodass er sich nicht wehrte, als er an den alten Mann zurückgereicht wurde. «Ich denke, der Flügel wird jetzt heilen. Behalte ihn ein paar Wochen in deiner Obhut, und wenn er so weit ist, bringst du ihn mir zurück.»

Der alte Mann verbeugte sich tief und trat ein paar Schritte zurück, bis er sich schließlich mit dem Falkenweibchen entfernte. Annabels Herz tat einen erneuten Satz, als Nakano sich die Hände an ein paar sauberen, weißen Tüchern abwischte – erst an einem feuchten, dann an einem trockenen. Das feuchte Tuch war parfümiert, und der zarte Blumenduft verdrängte den staubigen Geruch des Falken.

Der Daimyo ließ sich Zeit bei der Reinigung. Er rieb seine Hände so langsam und gründlich mit dem Tuch ab, dass Annabel an die Worte der Verräter in dem Badebecken denken musste: Er wollte ihr nicht gegenübertreten.

Und während er sich ganz langsam in ihre Richtung

drehte und sie dabei über die große Entfernung anblickte, die ihrer beider Leben zu trennen schien, erinnerte sie
das Klirren seines Schwertes daran, dass es in Japan keine Macht und kein Gesetz gab, das sie vor ihm schützen
würde, sollte sie ein zu großes Problem für den Daimyo
darstellen!

KAPITEL 5

Lord Nakano blickte Annabel mit einem festen Blick aus seinen dunklen Augen an. Dann drehte er den Kopf leicht in Hirokos Richtung, um dem japanischen Mädchen mitzuteilen, dass es ihn jetzt ansprechen durfte.

«Es tut mir unendlich Leid, Lord. Bitte verzeiht, dass ich Euch störe, aber hier ist die Europäerin, die Ihr sehen wolltet», flüsterte Hiroko. Sie hob ihren Körper leicht an, unterstrich ihre Worte aber immer wieder durch tiefe Verbeugungen.

«Hast du der Europäerin denn gar nichts beigebracht?» Nakanos Stimme war so scharf wie eines seiner Schwerter.

Annabels Herz schlug bis zum Hals und blieb dort wie ein Felsblock hängen. Verzweifelt versuchte sie, genug Speichel zu sammeln, um ihre Freundin verteidigen zu können, doch ihr Mund wollte nicht gehorchen. Der merkwürdige Geschmack der Angst brachte sie zum Verstummen. Zitternd lagen die Hände in ihrem Schoß, und als sie bemerkte, dass die Knie unter ihrem pinkfarbenen Kimono in nervöse Zuckungen gerieten, wurde ihr ganz flau im Magen.

«Es tut mir sehr Leid, Herr», erwiderte Hiroko. «Ich habe getan, was in meinen bescheidenen Mitteln stand. Ich bitte, meine Unwürdigkeit zu entschuldigen.»

Hirokos Vater lag ausgestreckt neben ihr. Auch er zitterte zu stark, um seiner Tochter beistehen zu können.

Nakano blieb einen langen, gefährlichen Moment ganz still. Dann zuckte er mit den Achseln und blickte Annabel erneut unverhohlen an. «Einerlei. Sie sind sowieso unbelehrbar. Ich habe noch nie einen von ihnen kennen gelernt, der mehr als ein paar Worte grunzen konnte. Die hier stinkt wenigstens nicht. Du hast sie sehr gründlich sauber geschrubbt.»

«Zu freundlich. Ihr seid sehr großzügig. Ich danke Euch, Lord Nakano. Aber diese Europäerin kennt viele Worte.»

«Sehr gut. Dann zeig mir, was sie kann.»

«Ja, Herr. Wie Ihr beliebt. Annabel-San, steh auf und sprich ein paar Worte für den ehrenhaften Daimyo.»

Als Annabel sich langsam erhoben hatte, kam sie sich sehr groß vor, wie sie da so über der knienden Frau, dem Dorfoberhaupt und Hiroko stand, die alle flach auf den Tatami-Matten lagen.

Aus der großen Halle hinter ihnen drang ein fernes Murmeln, das Annabel jedoch für künstlich hielt, denn die Aufmerksamkeit der Samurai und der bedienenden Frauen war eindeutig auf das Podest gerichtet, auf dem Lord Nakano saß.

Obwohl der Daimyo auf ein paar riesigen, flachen Kissen kniete, wirkte er nicht klein. Die steifen Falten seiner kostbaren Robe gaben ihm eine gewisse Größe, doch Annabel ahnte, dass er selbst splitternackt eine eindrucksvolle Figur abgab.

Sie machte einen Knicks – einen englischen Knicks

– und dachte an die vielen Male, die sie ihn geübt hatte. Nur für den Fall, dass das Schiff ihres Vaters mit einem Vermögen heimkehren und sie mit ihrer Mutter der Königin vorgestellt werden würde. Es war ein merkwürdiges Gefühl, sich vor einem königlichen Mann zu verbeugen, der sich so sehr von ihren kindlichen Träumen unterschied.

Annabel senkte kurz ihre blauen Augen, neigte dabei anmutig den Kopf und sah Nakano dann wieder an. Ihr angespannter Mund hatte sich mittlerweile gelöst, und die Worte kamen ihr ganz leicht von den Lippen.

«Es ist eine große Ehre, Euch kennen zu lernen, Lord Nakano. Bitte schimpft nicht auf die liebe Hiroko. Sie hat mir eine Menge Interessantes über das japanische Protokoll berichtet, aber ich habe mich entschieden, Euch nach den Gepflogenheiten des englischen Hofes zu grüßen.»

Ihre Stimme klang ein bisschen hoch und wackelig in Annabels Ohren, doch gleichzeitig war sie von einem Gefühl des Triumphes erfüllt. Der Knicks war trotz ihrer wackeligen Knie überaus graziös geraten, und auch ihr Lächeln war perfekt gewesen. Außerdem hatte sie zu guter Letzt den Mut gefunden, die Frau zu verteidigen, die ihr tatsächlich alles beigebracht hatte, was sie über dieses seltsame und exotische Land wusste.

Zu Anfang ihrer Rede hatte Nakano noch sehr gewalttätig dreingeschaut, hatte sich aber am Ende ihrer Worte wieder unter Kontrolle. Seine Augen bohrten sich mit erneuter Intensität in die ihren, und obwohl sie schwarz waren, brannten sie doch vor dunkler, intensiver Leidenschaft. Er schien Annabel mit Blicken abzuschätzen und jede ihrer Poren zu prüfen.

«Sehr hübsch», urteilte er schließlich voller Zustimmung in Hirokos Richtung. «Das hast du sehr gut gemacht. Selbst wenn die Europäerin sich nur diese eine Rede eingeprägt hat, so ist das doch mehr, als ich jemals von solch einer Person erwartet habe.»

Es war ausgesprochen ärgerlich, stumm vor Nakano zu stehen, während er sich mit Hiroko über sie unterhielt, als wäre sie ein Stück Fleisch. Annabel spürte Wut in sich aufsteigen. Nakano maß sie wie eine Ware ab, die zum Verkauf stand. Doch um ihrer Freundin willen schlug sie die Augen nieder, um nicht den Hass zu verraten, der darin geschrieben stehen musste. Doch das Senken ihres Blickes geschah nicht schnell genug, um seinen Ausdruck vor Nakano zu verbergen.

«Ha! Dieses Wesen hat Augen wie eine Wilde. Zorn brennt darin – fast als würde sie wissen, worüber wir hier sprechen.»

«Verzeihung, Lord Nakano, Ihr werdet feststellen, dass die Europäerin sehr viel versteht.»

«Unsinn!»

«Verzeihung, Herr. Aber was würdet Ihr zu einem kleinen Test sagen? Bittet sie doch, etwas zu tun oder für Euch auszuführen.»

«Und du glaubst wirklich, das könnte diese Kreatur verstehen?»

Hiroko legte ihre Stirn auf die Matte. «Herr, Annabel-San, die Europäerin, ist überaus intelligent.»

«Na schön. Dann wollen wir es versuchen.» Er wandte Annabel jetzt seine volle Aufmerksamkeit zu. «Du! Europäerin! Sieh mich an!»

Annabel hob langsam den Kopf und gehorchte. Schließlich hatte sie gar keine andere Wahl. Innerlich war sie mittlerweile aber so wütend, dass sie hoffte, all die Abscheu für ihn deutlich genug zu zeigen. Der Blick aus seinen dunklen, unergründlichen Augen traf sie wie ein Pfeil.

«Ha! Diese Augen sprühen immer noch vor Hass – wie die eines ungezähmten Falken. Hiroko-San, es ist ausgeschlossen, dass solch eine barbarische Kreatur die noblen Feinheiten der japanischen Sprache begreift. Es ist doch wohl bekannt, dass die Europäer zu dumm und primitiv sind, um etwas von Kultur zu verstehen.»

«Herr, ich bitte Euch, ihr ein paar weitere Fragen zu stellen.»

Nakano starrte Annabel an und richtete zum ersten Mal das Wort direkt an sie. Er sprach mit nachsichtiger Stimme, so als würde es ihn nicht überraschen, von ihr ignoriert oder missverstanden zu werden.

«Weshalb so wütend, Europäerin?»

«Wegen der Art, mit der Ihr mich behandelt.»

Als Annabel seine Frage in bestem Japanisch beantwortete, beugte Nakano sich gespannt nach vorn. Sein strenger Blick verließ nicht eine Sekunde lang ihr Gesicht. «Wieso? Hat man dir nichts zu essen gegeben? Wurdest du im Dorf schlecht behandelt?»

«Nein, nicht im Dorf. Ich meine, hier und jetzt. Ihr behandelt mich wie ein Ding. Ihr redet von mir wie von einem Gegenstand – als besäße ich keinerlei Intelligenz und hätte keine Gefühle.»

Nakano schien sie immer noch zu testen. «Wie würdest du denn gern von mir behandelt werden?»

Annabels verwirrte Gefühle über ihre völlige Abhängigkeit von Nakanos gutem Willen ließen sich ganz einfach ausdrücken. So war ihre Stimme bei der Antwort auch ganz weich und traurig: «Wie eine Frau», erwiderte sie.

«Ha! Dein Wunsch ist mir Befehl. Zeig mir deine Brüste!»

Seine Worte kamen mit solcher Macht, dass Annabel erstarrte und ihm direkt in die Augen sah. Sie spürte, wie das Blut in ihre Wangen stieg und sie knallrot werden ließ.

«Wie bitte?»

Nakanos Hand glitt langsam über sein Schwert. «Wenn du wie eine Frau behandelt werden willst, musst du erst einmal beweisen, dass du überhaupt eine bist. Ich habe noch nie ein menschliches Wesen mit blauen Augen und gelbem Haar gesehen. Nicht mal eine Europäerin. Die Portugiesen sind zwar seltsame, stinkende Teufel, aber sie haben dieselbe Farbe wie wir. So etwas wie dich habe ich zuvor noch nie erblickt, und ich möchte dich eingehend betrachten.»

Er lächelte sie an – zum allerersten Mal. Der Ausdruck in seinen Augen war zwar angenehm, hatte aber auch etwas kühn Entschlossenes. «Zeig mir deine Brüste!», wiederholte er.

Annabels Augen klebten an seinem Schwert. Auf der Matte neben ihm lag eine weitere dieser Waffen – sichtbare Symbole seiner Macht. Annabel wurde klar, dass sie ganz und gar hilflos war und keinerlei Mittel hatte, ihn von dem abzuhalten, was er mit ihr vorhatte. Die einzige Hoffnung bestand darin, ihn für sich zu gewinnen. «Ja, Lord», flüsterte sie.

Nakano prüfte mit ernstem Blick ihr Gesicht und lehnte sich dann entspannt auf seine Kissen zurück. Es hatte fast den Anschein, als würde ihr Gehorsam ihn erleichtern.

«Wie Ihr wünscht.» Der Gedanke, dass sie sich ihm gegenüber gleich entblößen würde, dämpfte ihre Stimme.

Nakano schaute sie mit seinen schwarzen, gefährlichen Augen an. Annabel gestikulierte hilflos mit den Händen, bis er bemerkte, dass sie zu eng in den riesigen Seiden-Obi eingebunden war, um die verschlungene Schärpe zu öffnen, die das Ganze zusammenhielt.

«Helft der Europäerin!», knurrte Nakano die beiden ausgestreckt daliegenden Frauen an, die sich sofort erhoben und dann Annabel zuwandten.

Sie spürte die sanften Hände der Frauen an der Seide zupfen, bis die Schärpe sie endlich freigab.

Die Schichten ihres Kimonos strichen beim Lockern über ihre Beine, öffneten sich aber noch nicht. Annabel stand zitternd da und bemerkte, wie die beiden Frauen sich wieder auf Tatami-Matten zurückzogen, wo sie geduldig warteten, ob der Lord noch weitere Befehle für sie hatte. Zu wissen, dass die beiden alles sehen würden, was jetzt geschah, machte die Engländerin sehr nervös.

Nakano erhob sich langsam und in flüssigen Bewegungen von seinen Kissen. Auch als er sein langes Schwert von der Matte aufhob und es in die Scheide steckte, behielt er sie die ganze Zeit im Auge. Das Verstauen seiner Waffe schien mehr aus einer Gewohnheit heraus zu geschehen und nicht aus der Vermutung, dass er es vielleicht noch einsetzen musste. Annabel spürte ihr schmerzhaft pochendes Herz, als der Lord einige Schritte auf sie zukam.

Der Mann überragte sie lediglich um ein paar Zentimeter. Annabel war überrascht. Sie hatte eigentlich damit gerechnet, weit zu ihm aufschauen zu müssen, so mächtig war seine Aura. Doch sein Körper war nicht viel größer als der ihre – es war lediglich sein Wille, der ihm seine überragende Größe verlieh.

Als sein Geruch schließlich ihre Nase erreichte, begann sie erneut zu zittern. Er roch nach Land, Pferden und geöltem Stahl. Darunter lag eine scharfe Moschusnote – der Duft eines sexuell aktiven Mannes.

Einen endlos langen Moment stand er einfach nur da und sah auf sie herab. Annabels Herz raste, als sie einen letzten Versuch unternahm, ihm mit einem formellen japanischen Satz Einhalt zu gebieten. «Ich bitte Euch, ehrenhafter Lord, behandelt Eure ergebene Dienerin mit Nachsicht.»

«Jetzt komm schon …» Nakano zögerte einen Moment, bevor er sich entschied, wie er sie ansprechen wollte. «… Annabel-San. Wir waren uns einig, nicht wahr? Du wolltest als Frau behandelt werden.»

Blitzschnell versuchte Annabel, die Situation einzuschätzen, und ließ ihren Kopf dann in einem langsamen Nicken nach unten sinken. «Wie sonst kann ich Euch beweisen, dass ich mit Nachsicht behandelt werden sollte?»

Sie fühlte seinen sanften Atem auf ihren Wangen. «Das ist die beste Methode», flüsterte er beruhigend, «und ich werde dich mit Nachsicht behandeln. Lass mich nur die Seide etwas beiseite schieben. Ich möchte deine Reize freilegen.»

Da hob Annabel plötzlich die Hand, als wollte sie ihn davon abhalten. Doch als sie seine zärtlichen Finger über den Stoff gleiten spürte, der lose über ihre Brüste hing, ließ sie die Arme ergeben sinken. Ihr Körper reagierte jetzt einzig und allein auf die Nähe eines Mannes und die erste, zärtliche Berührung, die ihre Haut seit vielen langen Monaten erfuhr.

Als seine Finger in den weichen Stoff des Kimonos kniffen, ihn auseinander schoben und dann zart über die sanfte Haut ihrer Brüste strichen, schluchzte sie fast auf und musste Gefühle unterdrücken, die leicht zu Tränen hätten werden können.

Ihr Blick blieb gesenkt, als sie seine Hände jetzt willentlich über ihre Brüste streichen fühlte. Er war sehr zärtlich, und ihr Busen wuchs unter seinen Berührungen, schwoll geradezu an und verhärtete sich. Sie wollte, dass er fester zudrückte. Seine federleichten Bewegungen erregten sie und machten ihre Nippel steinhart. Doch statt seinen Griff zu verstärken, entzog er seine Hand. «Brüste wie weiße Tauben», urteilte Nakano mit leiser Stimme.

Da flammte ein Schmerz in Annabels Lenden auf, der ebenso stechend war wie die Gefühle, die ihre Kehle zuschnürten. Annabel wusste, was dieser Schmerz eigentlich war – Lust. Die Gier nach einem Mann überkam sie mit einer derartigen Wucht, dass ihr Körper dröhnte. Sie wusste, dass sie ihren Drang nach Sex jetzt nicht mehr kontrollieren konnte, denn sie war liebeshungrig wie nach einem Winterschlaf.

Nakano stand vor ihr und sah sie offenen Blickes an. Der Stoff ihres Kimonos stand jetzt weit offen und ließ ihre Brüste etwas herausstehen. Annabel sah hinunter auf die cremig-blassen Kurven und wusste genau, dass sie sich nach einer weiteren Berührung Nakanos sehnte.

Dessen Augen ruhten auf ihrer feinen Haut und den rosa Spitzen ihrer Brüste. «Wunderschön, Annabel-San! Du hast so herrlich helle Haut.» Er trat einen Schritt zurück.

«Und jetzt zeig mir alles!», ergänzte er in scharfem Ton.

Annabels Kopf fuhr hoch, als hätte er sie geschlagen. Diesen eindeutig sexuellen Tonfall hatte er bisher vermieden. Zitternd sah sie ihm in die Augen. «Ich verstehe nicht. Was soll ich tun?»

«Ich möchte, dass du mir deine *Momo* zeigst.» In dem schattigen Raum klang seine Stimme geradezu abstoßend.

Annabel spürte ein Zucken zwischen ihren Beinen, das immer intensiver wurde. Ihr Schoß zog sich abwechselnd zusammen, entspannte sich wieder und machte sich so bereit für diesen Mann. Der lange, dunkle Tunnel ihrer Möse war wie schwarzer Samt, der sich um ein Nichts herum presste. Ihr Fleisch lechzte danach, sich mit einem Mann zu vereinen. Die Blume ihres Geschlechts konnte es nicht erwarten, sich um die samtene Härte von Nakanos Männlichkeit zu legen.

Annabels Körper hatte keine Zweifel. Er verstand nichts von den sozialen Restriktionen, die ihrem Bedürfnis entgegenstanden. Er verstand nur die einfachen Gelüste.

Als Annabel das leichte Rasseln von Nakanos schneller werdendem Atem hörte und so wusste, dass sie ihn erregte, reagierte ihr Leib mit den ersten silbernen Säften. Zwischen ihren Schenkeln machte sich ein erster köstlich glitzernder Liebestropfen bemerkbar.

Doch ihr Kopf wehrte sich noch, und Annabel hatte das nutzlose Bedürfnis, die Hand schützend über ihren Schlitz zu legen, der da so warm zwischen ihren Beinen pulsierte. Vielleicht konnte sie ja so tun, als wüsste sie nicht, was er meinte? Annabel starrte Nakano voller Verwirrung an. «Was muss ich jetzt zeigen?»

Auf den Lippen des Lords zeichnete sich ein sprödes Lächeln ab. «Deine *Momo*, Europäerin-San. Deinen herrlichen Schatz einer Frauenmöse – das sollst du mir zeigen.»

Annabel starrte in die sanfte Buddha-Maske seines Gesichts. Wenn diese versteinerten Züge sich doch wenigstens zu einem warmen Ausdruck verziehen würden. Nur für sie. Das würde die Sache viel leichter machen.

Als sie immer noch keine Anstalten machte, sich zu bewegen, trat Nakano hinter sie. Annabel zitterte am ganzen Körper, als sein gefährlicher Ton die Stille im Raum durchbrach. «Du begreifst nicht gerade schnell, Europäerin-San. Aber das ist nicht so schlimm. Ich werde dir beim Entkleiden helfen.»

Annabel fühlte das sanfte Streicheln seiner Finger, während er mit der Hand über ihren Hals fuhr. «Tut mir nicht weh», flüsterte sie.

Ein leises Kichern drang in ihr Ohr. «Ich werde dir schon nicht wehtun. Im Gegenteil – ich möchte dir Vergnügen bereiten.»

Annabel spürte seinen Atem auf ihrem Rücken und weiche, warme, männliche Lippen, die sie kurz und zärtlich auf den Haaransatz küssten. Die flüchtige Berührung jagte ihr die pure Ekstase das Rückgrat hinunter, und Annabel hatte das Gefühl, dass der Abdruck seiner Lippen auf alle Zeiten dunkelrot auf ihrem Hals zu sehen sein würde.

Die Wellen der Lust ebneten sich ihren Weg bis zu ihrer Kehle, und kurz darauf öffneten sich ihre Lippen zu einem ungewollten Stöhnen. Noch nie zuvor hatte sie so ein köstlich schmelzendes Gefühl empfunden.

Nakano stand jetzt wieder direkt vor ihr. Zwar sah er überaus entzückt aus, hatte aber immer noch eindeutig die Kontrolle über die Situation. «Öffne deinen Kimono!», befahl er. «Ich will dich nackt sehen!»

Seine Anweisung ließ Annabel kurz zusammenzucken, aber sie griff trotzdem nach unten und nahm beide Schöße ihres Kleidungsstückes unsicher in die Hände. Als sie den Stoff langsam beiseite schob, spürte sie die Seide über ihre Haut gleiten, bevor sie endlich ihre Nacktheit bloßlegte.

Nakano ließ sie keinen Moment aus den Augen, während sie immer mehr von ihrem hellen Fleisch zeigte. Seine Lippen öffneten sich zwar leicht, aber eine andere Reaktion konnte Annabel nicht ausmachen.

Sie stand da wie eine Statue, fühlte sich aber mit dem weit geöffneten Kimono wie eine Hure, die irgendeinem

Freier ihre Ware präsentierte. Als Nakanos Blick auf ihre Schambehaarung fiel, senkte sie den Kopf.

«Gelb!» Seine Stimme war voller Verwunderung und Ehrfurcht. Noch immer starrte er sie unumwunden an. «Zieh dich ganz aus!»

Annabel schauderte, gehorchte ihm aber und ließ die Schöße ihres Kimonos fallen. Dann beugte sie sich vor, um ihre weißen, japanischen Socken auszuziehen. Als sie sich ihrer entledigt hatte, hielt sie einen Moment inne und spürte die warme, weiche Tatami-Matte unter ihren bloßen Füßen. Aber sie konnte das Folgende nicht für immer hinauszögern. Einmal musste sie ihn noch anblicken.

Als sie sich schließlich aufrichtete, stockte ihr der Atem. Nakano sah sie verträumt an. Sein Gesicht war ganz weich. Doch mittlerweile kannte sie die eiserne Härte, die sich dahinter verbarg, und Annabel wusste, dass sie sich ganz für ihn ausziehen musste.

Sie ließ ihre Hand unter die Tücher gleiten, die ihren Leib noch vor seinen Blicken schützten, und zog die pinkfarbenen Stoffbahnen dann über die Schultern. Die nach Sandelholz duftende Seide glitt über ihren Körper und fiel in einem Haufen zu Boden.

Während Nakanos Augen die schlanken Kurven von Annabels nackter Figur verschlangen, trat eine gewisse Bewunderung in seinen Blick. Seine Stimme war nur noch ein Flüstern. Gleichzeitig lag eine Bestimmtheit in seinem Befehl, der Annabel sich unmöglich widersetzen konnte. «Fass deinen weichen Goldpelz an!»

Annabel bekam ein ganz flaues Gefühl im Bauch, als ihre Hände sanft über die parfümierte Haut glitten. Nakano schaute jetzt direkt auf ihre Möse. «Wie der erste reife Pfirsich des Sommers – und ebenso duftend.»

Sie legte die Hände schützend auf ihr Geschlecht. «Geh in die Knie!», ordnete der Lord mit flüsternder, aber entschlossener Stimme an.

Annabel gehorchte mit gesenktem Blick.

«Und jetzt spreiz die Blätter deiner Blüte mit den Fingern. Zeig mir offen und direkt, was sich zwischen den Beinen einer Europäerin verbirgt.»

Das korallenfarbene Fleisch fühlte sich ganz schwer an, als Annabel seinem Befehl gehorchte.

Nakano atmete tief ein. «Parfümiert», murmelte er. «Und mit so einem köstlichen Duft. Wie eine empfindliche Blume.» Mit etwas tieferem, amüsiertem Tonfall fügte er hinzu: «Die Blütenblätter glitzern ja von dem Beweis deiner Erregung, Annabel-San.»

Als Nakano sich nach unten beugte, um sie eingehender zu betrachten, merkte Annabel, wie sehr es sie aufheizte, von ihm angeschaut zu werden. Die Erregung war berauschend, sorgte allerdings auch dafür, dass sie sich äußerst verletzlich fühlte.

Da streckte der Daimyo eine Hand aus und berührte sie sanft zwischen den Beinen. Seine Finger erforschten ihre Schamlippen, kreisten dann um ihren Kitzler und klopften zart an den Eingang zu ihrem Geschlecht.

«Es fühlt sich genau wie eine *Momo* an. Sie ist ebenso weich, und auch ihre feuchte Hitze auf meinen Handflächen ist dieselbe.»

Annabel zuckte vor der schockierenden Intimität seiner Berührung zurück, schwebte aber gleichzeitig auf einer Wolke traumhaften, sinnlichen Vergnügens.

Nakano schaute sie träge lächelnd an. «Du bist eine Frau, Annabel-San. Und so werde ich dich auch behandeln», sagte er leise.

Sie hatte Angst vor dem, was er vielleicht meinen und

als Nächstes tun könnte. Ihr Herz flatterte bei seinen sanften Worten auf merkwürdige Weise, und sie senkte mit bebenden Lippen den Kopf. Dann schlossen sich ihre Augenlider, so als könnte sie sich damit vor seiner Anwesenheit schützen.

Einen ewigen Moment lang geschah gar nichts. Doch als sie Nakano leise hinter sich treten hörte, begann Annabel erneut zu zittern. Ihr Kitzler pulsierte wie verrückt, als er mit den Händen ihre Pobacken umfasste. Während er das feste Fleisch streichelte und einen Ball gegen den anderen rieb, war deutlich sein rasselnder Atem zu hören.

Seine Hände fuhren der Länge nach über ihren Rücken und auch kurz über die Schultern, um sie im Nacken zu packen – ein düsteres Vergnügen, das ihre Knochen weich werden ließ. Dann glitten seine Hände wieder hinab zu ihren Hüften und den üppigen Kurven ihrer Schenkel.

Als Annabel seinen Atem auf ihrem Rücken spürte, wurde ihr klar, dass er wohl hinter ihr knien musste. Seine Finger wanderten tiefer und tiefer, und als sie das sanfte Streicheln seines warmen Atems auf ihrem Po spürte, begann ihre Haut fast zu brennen. Dann forderten seine Finger Einlass in die Ritze zwischen den sinnlichen Backen ihres Hinterteils. Annabel kniff schamhaft den Po zusammen, und der Gedanke, was er wohl zu dieser Verweigerung sagen würde, verstärkte diesen Reflex noch.

Seine Hände glitten ein bisschen weiter hinab, liebkosten kurz ihre Beine und spreizten sie dann mit einem sicheren Griff in die Kniekehlen. Annabels Gesicht brannte vor Scham, als sie ihre Schenkel öffnete. Ihre Augen waren immer noch fest geschlossen, doch die verstummten Gespräche im Hintergrund schienen ein sicheres Zeichen dafür, dass sie von allen Anwesenden in der Halle beobachtet wurde.

Sie fragte sich, was Nakano wohl zwischen ihren Beinen sah. Ihre Schamlippen fühlten sich steif und geschwollen an. Das Blut raste genauso schnell durch sie hindurch wie durch ihr Herz. Dass Nakano ihre Spalte betrachtete und ihren intimsten Geheimnissen so nah war, ließ sie erschaudern. Langsam schwoll auch ihr Kitzler zwischen den weichen Hautfalten an. Annabel spürte, wie der weiche Saft der Lust in einem zarten Regen aus ihrem zuckenden Schoß heraustropfte.

«Beug dich vor!» Der Befehl war nicht mehr als ein Flüstern.

Mit gespreizten Beinen tat Annabel wie ihr geheißen. Ihr Schlitz stand jetzt weit offen und gab all ihre Schätze preis, während ihr Herzschlag völlig aus dem Takt geriet.

Dann spürte sie plötzlich eine weiche Zunge an ihrem Po. Sie seufzte lange, behielt die Augen aber geschlossen. Da fühlte sie die Zunge schon wieder. Diesmal leckte sie direkt über die Ritze zwischen ihren Beinen. Nakano hatte sein Gesicht zwischen ihre Pobacken gesteckt und ließ seine Zunge von dort in das feuchte Becken am Eingang zu ihrer Muschi gleiten.

Annabels Körper wurde von einem heftigen Zittern erfasst. Die Zunge wanderte weiter – erst leckte sie ein paar Tropfen ihres Liebessaftes auf, um sich gleich darauf ihres Kitzlers anzunehmen. Annabel bekam ganz schwache Knie. Sie bebten und ließen ihr Geschlecht tiefer in Richtung der forschenden Zunge sinken. Wie sehr sie diese weichen Berührungen brauchte. Ihr ganzes Wesen schrie danach.

Es war merkwürdig, dass er ihren Körper auf diese Weise erkundete – von hinten. Gleichzeitig hatte sein

Forscherdrang etwas unglaublich Erregendes und fühlte sich erschreckend intensiv an. Noch nie hatte sie sich so sehr nach der erleichternden Berührung ihrer Lustknospe gesehnt. Ihr Kitzler schien in Erwartung der männlichen Berührung förmlich zu stöhnen.

Aber plötzlich entfernte die Zunge sich wieder, der Druck seines Gesichts zwischen ihren Pobacken ließ nach, und die herrliche Wärme verließ ihren Körper.

Annabel schwankte leicht, wie sie da so nackt und verlassen in der Mitte des Tempels stand. Doch dann hörte sie auf einmal Schritte und geschäftiges Treiben.

Als sie die Augen öffnete, sah sie einen stämmigen Mann vor sich stehen, der sie ungläubig anstarrte. Er trug einen herrlichen blauen Kimono, auf dem allerdings andere Insignien aufgedruckt waren als die von Nakano. Die Samurai, die um ihn herumstanden, trugen dieselbe Uniform, und auch sie starrten die Europäerin an. Ihre Augen bohrten sich förmlich in ihre Nacktheit, doch Annabel wandte sich ab, um ihren Führer anzublicken – den Mann, der Nakano abgelenkt hatte.

Der Akzent des neuen Daimyo war breit und schwer zu verstehen. «*Nan-da*, Nakano-Sama?», grunzte er. «Was um alles in der Welt ist das?»

«Yoritomo-San. Was für ein überraschender Besuch», erwiderte Nakano. Er wäre beiseite getreten und hätte das Gespräch an einem anderen Ort weitergeführt, doch Yoritomo blieb wie angewurzelt vor Annabel stehen.

«Was ist das?», wiederholte der Gast seine Frage.

«Das ist eine europäische Frau.» Nakano stellte sich neben Yoritomo. «Habt Ihr noch nie zuvor eine gesehen?», fragte er beiläufig.

«Noch nie. Die Männer sind stinkende Teufelsschweine, daher nahm ich an, dass die Frauen ebenso niedere

Wesen seien. Aber die hier. Was für eine Hautfarbe! Sie ist unvergleichlich!»

«Ich muss gestehen, dass auch ich recht angetan von ihr bin», gab Nakano zu.

Bei diesen Worten überkam Annabel ein Hauch sinnlichen Vergnügens. Sie schwebte förmlich auf einer Wolke der Lust und war jetzt bereit, geduldig auf die Wiederaufnahme seiner köstlichen Zuwendungen zu warten.

«Sie ist eine wilde, ungezähmte Kreatur», erklärte Nakano dem Neuankömmling. «Zwar ist sie noch recht ungeübt in der Liebe, aber ich begehre sie. Wir sollten abwarten, was Mamma-San zu ihrer Ausbildung beitragen kann.»

«Eine europäische Geisha? Ist das möglich?»

«O ja», antwortete Nakano und lächelte Annabel mit der lieblichen Intimität an, die sie eben noch geteilt hatten. «Als ich ihr parfümiertes Tal berührte, wusste ich sofort, dass ich sie zu meiner Geisha machen will.»

Während Nakano über Annabels Weiblichkeit sprach, sah sie, wie der Blick des blau gekleideten Daimyo zwischen ihre Beine wanderte. Voll Lüsternheit blickte er auf das verräterische Glitzern ihrer Liebestropfen.

«Sie scheint deine Berührungen zu mögen», kommentierte der ältere Mann mit heiserer Stimme. Er tauschte einen wissenden Blick mit Nakano aus. «Sie ist schon ganz saftig. Und ihre Nippel mögen zwar rosa sein, doch sind sie prall und steif. Genauso fest wie die einer japanischen Frau.» Die Wollust verdunkelte seine Augen. «Ich habe noch nie eine Europäerin berührt.»

«In diesem Fall darfst du dich gern bedienen, Yoritomo-San», bot Nakano ihm höflich an.

Annabel starrte ihn schockiert und voller Empörung an. Damit hatte sie nicht gerechnet. Ihr Körper zitterte immer noch von der sehr persönlichen Begegnung mit dem Daimyo und rebellierte mit allen Sinnen gegen die Berührung eines anderen Mannes.

So schreckte sie auch zurück, als der Fremde mit rauen Händen über ihre Brüste rieb. Ihre Haut zuckte unter seiner Berührung.

Nakanos dunkle Augen verfolgten jede Bewegung Yoritomos, und er sah genau hin, als der Mann hart in Annabels Brustwarzen kniff. Dieses grobe Grabschen bescherte ihr eine wilde und immer größer werdende Erregung. Ihre Nippel wurden unter der Hand des Fremden immer härter. Und in dem Blick, den sie Nakano zuwarf, stand nicht nur Scham über ihre Erregung, sondern auch ein Flehen, vor den plumpen Berührungen gerettet zu werden.

«Es scheint ihr zu gefallen», urteilte Yoritomo. «Ich berühre eine Europäerin. Ich bin ganz überwältigt! Sie hat die hellste Haut, die ich je gesehen habe.»

Mit diesen Worten fing er an, in die Haut um Annabels Brustwarzen zu kneifen. Das Blut, das dabei rot in ihre Alabasterhaut schoss, faszinierte ihn ganz offensichtlich. Immer wieder kniff er zu. Hart und brutal. Auf der zarten, weißen Oberfläche zeichneten sich bereits kleine Druckstellen ab. Ihre Lippen bebten, als sie ihren Blick erneut Nakano zuwandte und ihn mit den Augen um Erlösung anflehte.

«Wie ich sehe, fasziniert sie Euch. Würdet Ihr die Europäerin als Geschenk annehmen? Dann könntet Ihr mit ihr machen, was Ihr wollt», schlug Nakano vor.

Die groben Finger hielten inne. «O entschuldigt, Nakano. Verzeiht mir. Ich wollte Euch nicht beleidigen. Sie ist so hinreißend, so einzigartig in ihrer Schönheit, dass ich mich zu unhöflichem Benehmen habe hinreißen lassen. Ich bitte um Vergebung.»

Annabel musste mit aller Macht gegen die Gefühle

ankämpfen, die bei Nakanos Worten über sie gekommen waren. Die tiefe und starke Empörung, die sie empfand, enthüllte für sie neue Facetten ihrer Empfindungen.

Und diese Erleichterung ermöglichte ihr auch zu verstehen, dass Nakanos Angebot lediglich eine Zurechtweisung Yoritomos gewesen war. Der Fremde verbeugte sich tief vor dem Daimyo.

«Verzeihung», murmelte der Gast erneut. «Würdet Ihr mir wohl ein paar Minuten Eurer Zeit gewähren? Ich möchte Euch gern um einen Gefallen bitten.»

Annabel war einen Moment vergessen und konnte so ungestört den seltsamen Empfindungen ihres Herzens nachgehen. Eigentlich konnte es ihr doch ganz egal sein, welcher Daimyo sich nun ihrer annahm. Für ein englisches Mädchen sollte ein japanischer Lord wie der andere sein. Aber dem war nicht so.

Sie kannte Nakano noch nicht lange, und er hatte eindeutig vor, seine Dominanz über sie zu demonstrieren. Er hatte sie gezwungen, ihren nackten Körper zu seinem Vergnügen zur Schau zu stellen. Er hatte davon gesprochen, sie auszubilden – und das klang nicht gerade angenehm. Annabel hatte also keinerlei Grund, ihn zu mögen oder ihm zu vertrauen.

Doch schon bevor er sie berührt hatte, meinte Annabel eine geheimnisvolle Verbindung zu Lord Nakano zu spüren. Und als sein erster Kuss ihr Schauder über den Rücken jagte, wusste sie ganz sicher, dass es ein Band zwischen ihnen beiden gab. Es war flüchtig, ungreifbar, und sie konnte die transzendente Natur ihrer Gefühle kaum erklären. Zwar würde ihre Beziehung vielleicht nicht von Glück beschienen sein, doch Annabel war entschlossen, sich auf diese merkwürdige Verbindung einzulassen – was sie auch bringen würde.

«Annabel-San …», sagte Nakano auf einmal mit leicht reuigem Blick, «… da mein Freund unerwartet eingetroffen ist, habe ich mich um einige Dinge zu kümmern. Du musst dich von den Dorfbewohnern verabschieden, denn du wirst mich in meine Festung begleiten. Ich muss sofort aufbrechen.»

Annabel bückte sich, um ihren zerknitterten Seidenkimono aufzuheben, doch Nakano hob die Hand und gebot ihr innezuhalten. Sie sah ihn mit fragenden Augen an.

«Das brauchst du nicht. Von nun an musst du passendere Gewänder tragen», erklärte Nakano mit einem zärtlichen Lächeln. «Gewänder, die dich nicht nur schön machen, sondern dir auch einen Eindruck der Natur unserer Beziehung geben werden.»

Ein Diener eilte herbei, verbeugte sich tief und übergab Nakano ein wirres, schwarzes Bündel. Annabel starrte ihn erschrocken an, als der Daimyo es zu zwei langen, schwarzen Stoffbahnen entfaltete.

Er trat einen Schritt auf sie zu, sodass Annabel seinen Atem auf ihrem Gesicht spüren konnte. Dann strich er mit einem der schwarzen Streifen sanft über ihre Wange. Der Stoff war weich, zart und hatte einen leichten Flor. Annabel roch Leder, und seine Weichheit verriet ihr, dass es von einer Ziege stammte. Sie stöhnte leicht auf und presste ihr Gesicht in das Leder.

Ihre Reaktion gefiel Nakano. Sein Blick war sinnlich und warm. «O Annabel-San, du weckst den Wunsch in mir, mehr Zeit mit dir zu verbringen. Aber das ist jetzt nicht möglich. Ich werde dich also auf eine Art an mich binden, die dich meine Rückkehr ersehen lässt.»

Als er das schwarze Leder ausbreitete, begriff Annabel, dass es sich um Handschuhe handelte. Zwei lange, schwarze Handschuhe, die ihr bis zu den Ellenbogen reichten.

Nakano hob ihren linken Arm und begann, ihre Finger in den Handschuh zu schieben. Seine Berührung war behutsam und gab einen Ausblick auf die Freuden, die noch kommen sollten. Annabels Atem ging immer schneller, als sie die Wärme seines Körpers spürte. Er stand jetzt dicht an sie gepresst und schob jeden ihrer Finger voller Sorgfalt in seine schwarze Hülle.

Sie zitterte vor Verlangen, die Arme um ihn zu legen. Doch da er scheinbar Passivität von ihr erwartete, um sie ankleiden zu können, blieb sie still stehen.

Als er fertig war, trat Nakano einen Schritt zurück und betrachtete sie voller Besitzerstolz. «Gut», nickte er, «sehr schön.»

Als Annabel ihre schwarz umhüllten Arme genüsslich vor ihm ausstreckte, bemerkte sie, dass Schlaufen an das Leder genäht worden waren, die die gesamte Naht hoch verliefen, doch besonders viele Schlaufen befanden sich auf der unteren Hälfte um die Handgelenke herum.

Fragend schaute sie zu Nakano, der sie bohrend anblickte. «Leg deine Arme auf den Rücken», befahl er.

Da sah Annabel, dass er eine lange schwarze Kordel in der Hand hielt. Zwar fuhr ihr eine leichte Vorahnung in den Bauch, doch sie legte gehorsam die Arme hinter sich. Dabei hoben sich ihre Brüste, und Nakano zwirbelte anerkennend einen ihrer Nippel. «Und jetzt dreh dich um!»

Annabel tat, wie ihr geheißen. Ihr Blick war jetzt auf die Mitte der Halle gerichtet, und sie sah, wie viele Menschen auf das Podest stierten. Als sie mit dem Rücken zu ihnen gestanden hatte, war sie noch in der Lage gewesen, ihre Anwesenheit zu verdrängen, doch jetzt wurde ihr bewusst, dass alle sie begierig anstarrten.

Annabel schloss die Augen, um sich vor ihren Blicken zu schützen. In der Dunkelheit spürte sie, wie Lord Nakano sie bei den Handgelenken packte und sie hinter ihrem Rücken vorsichtig zusammenschnürte.

Seine Bewegungen waren sanft, aber bestimmt. Sie merkte, wie erst ihre Hände an den Gelenken und dann auch ihre Arme zusammengezogen wurden. Dann ließ Nakano kurz los – aber nur, um die Schnüre erneut zu spannen. Annabel wurde klar, dass er mit der Beweglichkeit ihrer Arme experimentierte und sehen wollte, bis zu welchem Punkt er die schwarzen Handschuhe zusammenbinden konnte, ohne ihr wehzutun.

Die schöne Europäerin schauderte und ließ den Kopf hängen. Wie gern hätte sie ihr Haar geöffnet, um ihr Gesicht darunter zu verbergen. Durch die gebundenen Arme standen ihre Brüste stolz von ihrem Oberkörper ab. Die roten Striemen an ihren Nippeln, die Yoritomo ihr beigebracht hatte, waren immer noch deutlich sichtbar. Sie brannten und schmerzten. Doch die heftige Stimulation hatte sie auch erregt. Annabel verzehrte sich danach, dass Nakano die gierigen Spitzen in seinen weichen, feuchten Mund nehmen und so den Schmerz lindern würde. Zwischen ihren Beinen bildeten sich bereits neue Lusttropfen, und ein leises Kichern im Hintergrund verriet ihr, dass sie nicht die Einzige war, der das auffiel.

Nach einem letzten Ziehen an ihren Handgelenken baute Nakano sich wieder vor Annabel auf. Seine Augen ruhten auf den Brüsten, die sich ihm so einladend entgegenstreckten. Berühren wollte er sie jetzt nicht.

«Ein wunderschöner Kontrast, Annabel-San. Schwarze Fesseln auf weißer Haut. Bis wir mein Zuhause erreichen, werde ich keine Zeit für eine Liebelei haben. Aber ich weiß, dass du mich nicht vergessen wirst.»

Nakano schaute von ihren Brüsten auf und Annabel direkt ins Gesicht. Sie wusste, dass er ihre Erregung bemerken musste, denn ihr Blick war voller Sehnsucht. Doch seine Stimme war ausgesprochen kontrolliert. «Du wirst in einer Sänfte reisen und keine Kleider brauchen. Leider habe ich keine Dienstmädchen, die ich dir mitgeben könnte, aber zwei meiner Männer werden sich um alles kümmern, was du auf der Reise benötigen könntest.»

«Um alles, was ich benötigen könnte?», fragte Annabel mit schwacher Stimme. «Wie lang ist die Reise denn?»

«Nur ein paar Tage.» In seinen Augen stand ein verschlagenes, wissendes Entzücken.

Annabel schloss die Augen. «Ein paar Tage? Wie soll ich denn …? Meine natürlichen …»

Die Stimme, die ihr antwortete, war sanft, aber unerbittlich. «Es ist für eine Frau nur natürlich, wenn sie sich ohne ihren Mann unwohl fühlt. Ich möchte, dass du dir meiner Abwesenheit bewusst bist, Annabel-San. Ich möchte, dass du dich danach sehnst, endlich mein Heim zu erreichen, und dass du dich nach den Freuden sehnst, die ich dir dort spenden werde.»

In der Sänfte hatte Annabel sich verschlafen in die Kissen gekuschelt und war sogar ein wenig weggedöst. Doch in der Luft lag eine seltsame Vorahnung. Oder waren es doch die Laute von Huftritten, die ihr mitteilten, dass Nakano sich näherte?

Annabel gähnte und setzte sich auf. Da stoppte der Tross auch schon ruckartig, und sie merkte, wie die Sänfte erst leicht kippte und dann zu Boden gesetzt wurde. Das Gefährt bot nicht gerade die größte Bequemlichkeit, und Annabel hatte sogar gefragt, ob sie nicht zu Fuß laufen könnte. Doch die einzige Entgegnung auf ihre Bitte war ein unverständiges Starren mit einem leichten Kopfschütteln gewesen.

Annabel hob ihre behandschuhten Finger und richtete sich die Haare, die sie während der Reise offen getragen hatte. Die Länge ihres Haars und seine schwere Fülle waren ihr irgendwie ein Trost, denn ansonsten war sie splitternackt. Bei jedem Halt des Trupps hatte man ihr einen gefütterten Mantel zum Anziehen gegeben, den sie in der Sänfte aber nicht tragen durfte. Die Handschuhe auszuziehen, war ihr ebenfalls nicht erlaubt. Aber immerhin hatte man die Schnüre – trotz Nakanos Drohungen – beim Einsteigen in die Sänfte gelöst.

Durch die Vorhänge, die sie in der engen Dunkelheit abschirmten, konnte sie jetzt das Klirren des Pferdegeschirrs und tiefe Männerstimmen hören. So kam die Hand, die sich jetzt durch die Stoffbahnen schob und sie öffnete, auch nicht unerwartet. Sofort zog kalte Bergluft in das Innere der Sänfte und berührte ihren Körper. Sie roch dünn und frisch. Ihre Umarmung ließ Annabels Brustwarzen sofort hart werden, und sie begann zu zittern.

«Raus!», brüllte einer der Wachmänner.

Annabel streckte ihre langen, nackten Beine aus und zog den Kopf ein, damit sie durch die Tür des Gefährts passte. Auf dem Boden wartete ein Paar Sandalen auf sie, die sich schrecklich kalt anfühlten, als sie mit den Füßen hineinschlüpfte. Sie blickte auf.

Nakano wartete bereits. Er trug eine goldene Rüstung, deren leicht überlappende Metallquadrate von roten Bändern zusammengehalten wurden. Der Blick in seinen Augen war nicht zu deuten – als wäre er während der Reise wieder zu einem Fremden geworden.

«Komm mit, Annabel-San», sagte er. Auch aus seinem Tonfall ließ sich nicht ablesen, welcher Laune er war.

Einer der Wachmänner brachte Nakano den gefütterten Mantel, den er Annabel zärtlich über die Schultern legte. Er hatte dieselbe Form wie der Kimono, war aber mit Baumwolle wattiert und dann gesteppt worden. Annabel zog den dicken Stoff um ihren Körper und war überaus dankbar für die Wärme und den Beweis, dass der Daimyo sich um sie kümmerte.

Nakano gab Annabel ein Zeichen, ihm zu folgen. Er verließ den engen Bergpfad und bewegte sich auf einen felsigen Gebirgskamm zu, der sich dunkel vor den leuchtenden Wolken abzeichnete. Die Sonne war gerade untergegangen. Der Himmel glühte zwar noch leicht, aber die Nacht kam mit schnellen Schritten näher.

Annabel sah sich nach den Pferden, den Trägern und den Samurai hinter ihr um. Sie alle standen herum und warteten auf Nakanos Befehle zum Fortsetzen der Reise. Zwei- oder dreihundert Menschen, die alle Braun trugen. Von dem anderen Daimyo war nichts zu sehen. Und auch nicht von seinen Männern, den ungehobelten Kerlen.

«Hat Euer Freund uns verlassen?», fragte sie.

Nakano warf ihr einen Blick zu, antwortete ihr aber bereitwillig. «Er hat sich schon bei Okitsu von uns getrennt, als wir auf dem Tokaido Rast machten.»

«Dieser kleine Weg war die östliche Küstenstraße?»

«Immerhin groß genug, um Edo und Kyoto zu verbinden.»

«Ich dachte, wir würden vom Tokaido in Richtung Edo weitergehen!»

Annabel spürte eine schneidende Enttäuschung in sich aufsteigen. Zu gern wäre sie nach dem langen Winter in einem Fischerdorf in eine Stadt gereist. Von Hiroko wusste sie, dass Nakano ein Haus in Edo hatte, wo sich die politische Macht konzentrierte, und Annabel hatte gehofft, dass die Reise sie dorthin führen würde. Doch der Mann schien sie in die Berge schaffen zu wollen.

Nakano gab ihr keine Antwort. Je höher es auf den Gebirgskamm ging, desto schneller wurde sein Tempo, und Annabel musste sich mühen, um Schritt mit ihm zu halten. Dann blieb er auf einmal stehen, packte sie bei den behandschuhten Gelenken und hielt sie so fest, dass sie ihm ins Gesicht blicken musste. «Wir gehen nach Shimoyama», sagte er mit einem winzigen Lächeln auf den Lippen. «Ins Bergschloss. Mein Vater hat uns zwar in Edo ansässig gemacht, aber das ist meine Festung. Ich habe sie erbaut.»

Daraufhin legte er Annabel sanft die Hände auf die Schultern und drehte sie, sodass sie den Blick von dem felsigen Vorgebirge genießen konnte, in dem sie sich jetzt befanden. Annabel schaute hinab und sah weit unter sich die unruhigen Spitzen der dunklen Zedern. Der Wald wogte wie die See und brach sich in einer grünen Welle an den aufragenden weißen Steinen eines riesigen japanischen Gebäudes. Annabels Augen wanderten über die zahlreichen Schichten steiler Dächer hin zu einem zentralen Turm, der zu schweben schien.

Das Gebäude glühte förmlich in dem weichen Licht und spiegelte wie eine Perle die dunstigen Schleier des Abendhimmels in Rosa, Blau und Grüngrau. In der Ferne konnte Annabel die Silhouette eines Vulkans ausmachen. Der Fujiyama. Ihre Lippen öffneten sich staunend über die Aussicht unter ihr.

Sie betrachtete den runden Vollmond, der über den blauschwarzen Bergen thronte, die links von Shimoyamas schrägen Dächern lagen. Der Mond leuchtete wie ein roter Lampion am Himmel und befand sich auf exakt derselben Höhe wie die Spitze des Festungsgebäudes. Der zentrale Bergfried, der Donjon der Festung, hing schimmernd über den großen Steinen seines Fundaments.

Annabel lächelte Nakano begeistert an. «Ich bin froh,

dass Ihr mich zu diesem Aussichtspunkt gebracht habt, um mir Euer Zuhause zu zeigen.»

Sie drehte sich wieder um und sog den Blick auf die irisierenden Steine der Festung in sich auf, die nun das rosafarbene Mondlicht reflektierten. Die Zeit verging. Der Schein des Abendrots verblasste auf dem Mond. Die Farben der Nacht wurden immer dunkler, während sie schweigend neben Nakano stand und ihr die kalte Bergluft sanft um ihre Ohren strich.

Als Nakano sich endlich bewegte, war der Mond bereits silbern und der Himmel indigoblau. Er sah über die herrlichen Umrisse seiner Festung hinweg zu der klar gezackten Linie, mit der die weit entfernten Berge in den Himmel ragten. «Der Vollmond gibt mir das Gefühl, dass mir die ganze Welt gehört», sagte er mit leiser Stimme.

Doch als Annabel seinem Blick folgte, zog vom Horizont eine graue Wolke auf und legte sich über den Kegel des weit entfernten Vulkans. «Bald wird der Frühlingsregen einsetzen», erklärte er.

Das Metall seiner Rüstung klapperte, als er sich umdrehte. Auf seinem Gesicht stand ein Ausdruck des Friedens geschrieben, den Annabel zuvor noch nicht bei ihm gesehen hatte. «Komm. Dein neues Zuhause, Shimoyama, erwartet dich.»

KAPITEL 6

Trotz der späten Stunde wartete Mamma-San im Eingang des Festungsturms auf die Ankömmlinge. Ihr kleiner, aufrechter Körper erstrahlte im Licht der Lampe, die vor ihr auf dem Boden stand. Das Licht flimmerte auf den grün-silbernen Stickereien ihres schwarzen Kimonos. Ihre Unterröcke und der Obi standen mit ihrem kräftigen Rot in starkem Kontrast zu der Stickerei und waren mit Laub- und Beerenmotiven bedruckt. Ihr Haar hatte sie mit echten Beeren geschmückt.

Mamma-Sans Gesicht war eine wohlerzogene, weiß gepuderte Maske. Erst als Nakano sie wahrnahm, öffnete sie die Lippen zu einem breiten Lächeln. «Es ist so lange her, dass wir Euch zuletzt hier begrüßen durften, Lord Nakano», flötete sie, während sie neben ihm hertappte. «Ich dachte mir, dass Ihr vielleicht Hunger habt, also habe ich eine Mahlzeit für Euch herrichten lassen. Die allerköstlichsten Dinge habe ich bestellt, aber wenn meine bescheidene Auswahl Euch nicht zusagt, können wir sofort etwas anderes holen.»

Annabel fühlte sich nach der langen Reise ganz

schmutzig und unattraktiv in dem wattierten Mantel, den sie immer noch trug. Und auch die schwarzen Handschuhe waren ihr jetzt eher lästig, und sie konnte es nicht erwarten, sich ihrer endlich zu entledigen.

Mamma-San ignorierte die Fremde völlig, als sie die polierten Holzflure entlanggingen und mehrere Treppenfluchten passierten. Ihr Redefluss gegenüber Nakano versiegte jedoch nicht. «Ich bin untröstlich über Euren Falken. Aber klug wie Ihr seid, habt Ihr ihn ja schnellstens wieder gesund gepflegt, Lord Nakano. Und die Frühlingswolken kehren auch schon wieder zurück, hat man mir erzählt. Traurig, nicht wahr? Denn im Frühjahr wird es keine Mond- und Kirschblütenfeste mehr geben. Aber wir sollten trotzdem dankbar für den Regen sein, denn ohne ihn gäbe es keine so reiche Ernte.»

Die kleine Gruppe hatte mittlerweile einige Stockwerke erklommen, und Annabel meinte, dass man sich jetzt bald der Spitze des zentralen Turms nähern müsste. Die drei wurden von Nakanos Leibwache begleitet – einer vor ihnen, einer dahinter. Doch der Rest ihrer Reisebegleitung war verschwunden und hatte sich auf die Ställe, Küchen und Schlafkammern verteilt. Außer den Wachen und Mamma-San war Annabel jetzt die einzige Begleitung des Daimyo. «Ich dachte mir, dass Ihr heute Abend vielleicht in Euren Gemächern speisen wollt, Lord Nakano», erklärte die ältere Dame. «Verzeiht meine Voreiligkeit, aber ich habe Lady Kiku gebeten, sich dazuzugesellen. Ach, da ist die kleine Kiku-San ja auch schon und wartet auf ihren Lord.»

Die rechte Seite des Flurs schien eine Außenwand zu sein, denn durch die Schießscharten, die man in den weißen Stein geschlagen hatte, drang frische Luft. Die linke Seite des Korridors war mit bambusfarbenen Schiebewänden aus Papier verkleidet, von denen zwei leicht offen standen. Hinter dieser Öffnung kniete eine grazile Figur, die verstohlen auf den Flur blickte. Als sie Nakano sah, verbeugte Kiku sich so tief, dass ihr Kopf den Boden berührte.

Ihr Kimono war ebenfalls schwarz und mit Bademotiven und goldenen Libellen bestickt, die über Wasserlilien hinwegflogen. Die große rote Schleife ihrer Schärpe stand steif von ihrem Rücken ab. Als Kiku ihren Kopf hob, sah Annabel ihr Gesicht – eine porzellanweiße Maske mit puppenähnlichen Zügen und aufgemalten, geschwungenen Augenbrauen. Ihre Lippen waren ein dunkelroter Schlitz. «Willkommen zu Hause, Lord Nakano», begrüßte sie den Daimyo.

Genau wie Mamma-San schien sie keinerlei Notiz von der Europäerin zu nehmen, doch Annabel hatte das deutliche Gefühl, dass Kiku sie aus den Winkeln ihrer dunklen, schmalen Augen beobachtete. Sie selbst brauchte gar nicht direkt hinzuschauen, um zu wissen, dass das japanische Mädchen ihr nicht freundlich gesinnt war. Aus jeder ihrer Poren drang Feindseligkeit, die förmlich in der Luft hing. Eine Feindseligkeit, die sich bei den folgenden Worten von Nakano noch verstärkte. «Sehr freundlich von dir. Aber bitte, du musst nicht aufbleiben. Ich werde heute Abend auf meinem Zimmer speisen – mit der Europäerin Annabel-San.»

Mamma-San verbeugte sich tief, sodass ihre Augen nicht mehr zu sehen waren. Doch in ihrer Stimme lag nichts als aufrichtige Sorge um ihren Herrn. «Natürlich, Lord Nakano. Ich lasse das Essen sofort von den Mägden dorthin schaffen. Und auch etwas heißen Sake. Der ehrenwerte Daimyo wird nach der Reise sicher etwas Wein brauchen. Und grünen Tee – den allerbesten natürlich.

Kiku! Beeil dich, Kind, und weck die Mägde auf! Diese faulen Dinger! Sie sollen sich sofort um alles kümmern!»

Kiku erhob sich und verschwand graziös in der Dunkelheit eines Raumes hinter ihr.

«Zunächst sollten wir ein Bad nehmen», sagte Nakano. «Lass einen sauberen Kimono für Annabel bringen.»

«Natürlich, Lord», erwiderte Mamma-San mit tiefer Verbeugung. Als sie ihren Kopf wieder hob, sah sie Annabel zum ersten Mal direkt an. In ihren Augen stand eine feindselige, wachsame Überlegenheit geschrieben, die in scharfem Gegensatz zu der honigsüßen Stimme stand, mit der sie zu Nakano sprach.

«Wenn Ihr mit dem Kupferzimmer vorlieb nehmen würdet. Das Bad ist bereits vorbereitet. Wahrscheinlich ist es nicht heiß genug. Die Dienstboten sind so nutzlos. Aber bitte, kommt doch hier entlang. Die Diener warten bereits darauf, Euch zu baden.»

Der Raum, in den man sie führte, war ganz offensichtlich ein privates Badezimmer, das nur von dem Daimyo benutzt wurde. Der Boden war mit Zedernholz in der Farbe von Süßkartoffeln ausgelegt, und es duftete herrlich nach Pinienharz. In der Mitte des Raumes stieg bereits Dampf aus einer großen Kupferwanne auf.

Nakano legte seine Schwerter ab und stellte sie vorsichtig beiseite, ehe er sich grunzend auf einen der niedrigen Waschstühle setzte. Unschlüssig, was sie jetzt tun sollte, stand Annabel an der Tür, atmete den Piniengeruch ein und schaute sich im Raum um. Bei einer der zahlreichen Öllampen zischte und zitterte der Docht, sodass goldene Schatten über den Dampf tanzten.

Da kamen auch schon die Diener, die den Kriegsherrn ausziehen sollten. Als sie begannen, seine Rüstung aufzuschnüren, sah Annabel, dass sie nur weiße Lendentücher trugen. Die Männer waren so phantastisch tätowiert, dass die junge Frau sie so lange anstarrte, bis Nakano sie ansprach.

«Weißt du nicht, wie du dich niedersetzen und waschen sollst, Europäerin-San?»

Annabel war unter dem schweren Mantel ausgesprochen heiß, denn er war viel zu dick für den schwülen Raum. Also ließ sie ihn über die Schultern fallen und präsentierte voller Stolz ihren nackten Körper in dem weichen Licht der Öllampen. Dann hob sie in stummer Erklärung die Arme hoch. Die langen, schwarzen Handschuhe zitterten leicht, als Annabel sie dem Daimyo entgegenstreckte.

«Ich bitte um Verzeihung, Annabel-San. Die hatte ich ganz vergessen.» Nach diesen Worten bellte Nakano einen der tätowierten Bediensteten an, der sofort nach vorne schnellte. Er nahm Annabels Arm, doch anstatt wie erwartet die Handschuhe abzustreifen, führte er sie direkt zu Lord Nakano. «Knie dich hin, Annabel-San!»

Langsam und in vollem Bewusstsein ihrer Nacktheit ging sie vor ihm in die Knie. Ihre Haut wurde von der heißen Luft gestreichelt, und die Nippel standen stolz und rot von ihren Brüsten ab. Schon als Nakano ihre Finger langsam von den Handschuhen befreite, wünschte sie, dass er stattdessen ihren Busen anfasste. Sie sehnte sich danach, dass er dem Verlangen nach Berührung entsprach, das ihre Brüste förmlich zu seinen Händen zog.

Doch als er die Handschuhe beiseite geworfen hatte, war es ihr Gesicht, das Nakano in seine Hände nahm, um ihr einen Kuss auf die Stirn zu geben. Seine Finger vergruben sich in ihrem Haar. Er hob es an und ließ es dann wieder fallen. Es glänzte in dem fahlen Licht, und Annabel sah, dass es sich durch den Dampf bereits lockte.

Nakanos Blick war voller Ehrfurcht und Verwunderung, als er die feine, gelbe Mähne streichelte. «Es ist so fein. So weich und seidig. Noch nie habe ich solches Haar gesehen. Es ist schöner als Gold. Ja, sogar schöner als das Sonnenlicht», flüsterte er beeindruckt. Seine großen Hände waren weich und warm. Sie glitten über ihr Gesicht, strichen um die Ohren und erkundeten ihren Haaransatz.

Die Bediensteten warteten auf Knien, während Lord Nakano Annabels Haar bewunderte. Nachdem er ungläubig den Kopf geschüttelt hatte – als könne er immer noch nicht fassen, dass jemand solch hinreißendes Haar hatte – und seine Arme dann wieder sinken ließ, sprangen die Bediensteten sofort zu ihm, schoben Annabel beiseite und fuhren fort, die steifen Seidenschichten abzuwickeln, die Nakanos Körper bedeckten.

Annabel schaute wartend zu, wie die Tracht des Daimyos entfernt wurde. Mit jeder Seidenlage kamen mehr Teile von Nakanos Körper zum Vorschein. Er war stämmig und muskulös. Sein Po war stramm und trainiert und der Bauch ein Wunder aus Muskeln.

Nachdem Nakano seine starken Arme angehoben hatte, sodass die Bediensteten ihm auch noch den seidenen Übermantel ausziehen konnten, stand er endlich in seiner machtvollen Fleischlichkeit vor ihr. Außer ein paar weichen, dunklen Locken von Schamhaar – die ungewohnt attraktiv wirkten – hatte er kaum Körperbehaarung.

Seine Haut hatte eine herrlich weiche Farbe: ein gleichmäßiger Ton zwischen Honiggelb und Dunkeloliv. Er sah gut aus. So viel besser als ein Seemann, dachte Annabel. Er war nicht blass, hatte keinen Schwabbelbauch, keine plumpen, roten Füße, keinen ungepflegten Bart und auch keine Brusthaare, die vor Läusen nur so strotzten. Nakano war sauber, gesund und muskelbepackt – ein verlockender

Mann, der da fast nackt im flackernden, bernsteingelben Licht der Lampen stand.

Annabels Atem ging ein bisschen schneller, denn sie wusste, dass als Nächstes seine Männlichkeit freigelegt werden würde. Sie sehnte sich nach diesem Anblick, als einer der Diener sie plötzlich wegzog. Doch Annabel wollte unbedingt sehen, wie sein männliches Organ aussah. Sie musste sich aber zuerst auf einen der niedrigen Holzstühle setzen und sich waschen lassen, und eigentlich war diese Verzögerung sogar anregend.

Merkwürdig, sich von einem Mann so bedienen zu lassen – besonders von einem nackten, tätowierten Mann. Doch seine blau gemusterten Hände waren ganz unpersönlich, als er ihre Haut mit einem rauen Handtuch massierte. Annabels Rücken bäumte sich auf wie der einer Katze, und sie wurde unter seinem Griff regelrecht taub und fühlte sich, als hätte sie keinen Knochen mehr im Körper. Wie herrlich, so gewaschen zu werden und sich den Schmutz der Reise von fachmännischen Händen aus den Haaren spülen zu lassen.

Danach musste Annabel sich auf ein warmes, weiches Handtuch begeben. Als sie auf dem Bauch lag, begannen die starken, tätowierten Hände, ihr eine Massage zu verabreichen, die ihren Körper nur so dahinschmelzen ließ. Die Hand des Dieners presste sich tief in ihr Fleisch. Es tat sogar ein bisschen weh – bis sie entdeckte, dass der Schmerz aufhörte, wenn sie sich entspannte. Die magischen Finger massierten alle Angespanntheit und Steifheit aus ihrem Rücken.

Als der Masseur ihr mit Gesten zu verstehen gab, dass sie sich jetzt umdrehen sollte, tat Annabel dies ohne einen weiteren Gedanken, dass da fremde Hände über ihren nackten Körper glitten. Seine Dienste hatten absolut nichts Sexuelles. Er machte sie nur locker und knetete mit fast mütterlichen Berührungen allen Schmerz und alle Spannung aus ihrem Körper.

Auf der anderen Seite des Raumes sah sie, dass ein weiterer Bediensteter sich tief über Nakano gebeugt hatte und den Daimyo ebenfalls massierte. Auf den Rücken seines Masseurs war ein gigantischer blauer Karpfen tätowiert, an dessen Rückenflosse sich ein stilisierter, stämmiger, nackter Samurai klammerte. Als der Diener in dem düsteren Licht aufstand und Lord Nakano zum Badezuber führte, schien der Fisch förmlich über die Haut des Mannes zu schwimmen. Der Masseur verbeugte sich tief und zog sich dann in eine Ecke des Raumes zurück, wo er sich wartend auf seine Fersen hockte.

Auch Annabels Diener verbeugte sich jetzt tief. Ihre Massage war vorbei. Sie wurde zu dem großen Kupferzuber geführt, in dem bereits Nakano mit genießerisch geschlossenen Augen saß. Als sie sich näherte, flogen seine Lider auf und offenbarten ein fröhliches Leuchten in seinem Blick. «Ha, Annabel-San. Du willst sicher, dass ich ein wenig Platz für dich mache.»

Als sie spürte, welch guter Laune er war, lächelte sie und zauberte Grübchen auf ihr Gesicht. «Da scheint doch jede Menge Platz für zwei zu sein.»

«Mutiges Fräulein», grummelte Nakano, doch seine Stimme war ebenso milde wie das Lächeln in seinen Augen. Das warme Bad planschte, als er beiseite rutschte und kurz auf das Wasser schlug, um ihr zu zeigen, wo sie sich hinsetzen konnte.

Vorsichtig stellte Annabel einen Fuß auf den Rand des Zubers. Als sie den Zeh hineinsteckte, schrie sie kurz auf. «Oh! Das ist ja viel zu heiß!»

Nakanos Lächeln hatte etwas träge Sinnliches, als er

den Kopf zurücklegte und seine Augen zu dem Schlitz zwischen ihren Beinen wandern ließ. «Sehr schöne Position», murmelte er. «Da ich vorhabe, meine Studien bezüglich der Pfläumchen von Europäerinnen fortzusetzen, hast du meine Erlaubnis hier zu bleiben.»

Die Scham, die Annabel in die Wangen schoss, war fast ebenso heiß wie das Bad, und sie tauchte blitzschnell mit den Beinen in das Nass. Als das heiße Wasser ihre Beine emporkroch und schließlich auch über ihren unteren Bauch spülte, zischte sie laut auf. «Ich kann mich da nicht reinsetzen!», keuchte sie.

«Hast du denn im Dorf nicht gebadet?»

Auf Annabels Stirn standen bereits Schweißperlen, die langsam auf ihre Brüste tropften. «Doch. Aber draußen. Die Becken hatten alle unterschiedliche Temperaturen, und ich habe mir immer ein kühles ausgesucht.»

«Ich verstehe», sagte Nakano mit dunklem Blick. «Aber du musst baden, Europäerin-San – sonst kann ich dich nicht mit in mein Bett nehmen.»

Annabel zögerte und dachte über die Wichtigkeit seiner Worte nach. Sie hatte gewusst, was sie erwartete. Seitdem Mamma-San und Kiku weggeschickt worden waren, hatte ein kitzelndes, aufregendes Gefühl zwischen ihren Beinen Annabel genau wissen lassen, was passieren sollte. Sie würde mit dem Daimyo schlafen – eine Intimität, vor der sie Angst hatte, nach der sie sich aber auch sehnte.

«Setz dich schon!», unterbrach Nakano ihre Gedanken.

Sie ließ ihren Körper noch ein bisschen tiefer sinken. «Es ist einfach zu heiß!», stöhnte sie. Das Wasser war eine Qual. Die Hitze biss und kniff in ihre Haut, sodass jeder Instinkt ihr sagte, dem Zuber wieder zu entsteigen.

Doch in Nakanos Augen blitzte ein wütendes Licht auf. «Setz dich!»

Annabel wagte nicht, ihm Widerstand zu leisten. Sie sank in das brühend heiße Wasser, bis nur noch Kopf, Hals und die runden Kurven ihrer Schultern hinausschauten. Es gelang ihr nicht, die reflexartige Reaktion auf die Hitze zu kontrollieren, und ihr Körper schnellte leicht aus dem Wasser empor. Doch obwohl ihre Haut von dem kurzen Kontakt bereits scharlachrot war, zwang sie ihren Instinkt nieder.

Nakano kicherte und schaute ihr mit freundlichen Augen ins Gesicht. «Das Geheimnis liegt darin, ganz still zu sitzen, Annabel-San. Dann wird dein Körper das Wasser kühlen, wenn es deine Haut berührt.»

Gehorsam lag sie so still es eben ging und fühlte ihr Herz vor Anstrengung rasen. Die Schweißtropfen auf ihrer Stirn rannen brennend in ihre Augen.

Nach einem weiteren, langen Moment schmeckte sie bereits Salz in ihrem Mund, denn die Schweißtropfen auf ihrer Oberlippe waren mittlerweile groß genug, um ihren gesamten Mund zu benetzen.

«So ist's gut», kommentierte Nakano. Sein heißer Körper dampfte, als er aufstand. Der Daimyo war weitaus länger als Annabel im Wasser gewesen. Sie schaute ihn an und fragte sich, ob er sie wohl dazu bringen würde, noch weiter auszuharren. Doch er lächelte. «Du kannst jetzt aussteigen», ließ er sie wissen.

Nachdem sie sich erhoben hatte, wurde ihr so schwindelig, dass sie sich am Rand des Zubers festhalten musste. Ein dumpfes Röhren klang in ihren Ohren, doch niemand reagierte. Man ließ sie einfach in Ruhe, bis ihr Schwindelgefühl sich gelegt hatte und sie den Kopf wieder heben konnte.

Dann spürte sie ein sanftes Streichen und Klopfen auf ihrer heißen Haut – die Bediensteten trockneten sie mit Handtüchern ab. Annabel setzte sich erneut auf einen der niedrigen Stühle und ließ sich die Haare kämmen. Genau wie Lord Nakano, der ihr gegenüber saß und den sie unumwunden anstarrte.

«Was ist denn so merkwürdig, Annabel-San?»

«Euer Haar! Ich habe noch nie Männer gesehen, die ihr Haar auf die Weise tragen, wie ihr Samurai es tut. Sind die Seiten rasiert?»

Das lange schwarze Haar reichte Nakanos gesamten Rücken hinunter, doch über den Ohren gab es einen kahlen Streifen. Der Haarschnitt sorgte dafür, dass sich ein sehr attraktiver, spitz zulaufender Haaransatz auf der Mitte der Stirn bildete.

«Ich rasiere es jeden Tag. Genau wie jeder andere gut ausgebildete Samurai», erwiderte Nakano mit leichtem Schalk in den Augen.

«Was? Selbst wenn Ihr krank seid?», neckte Annabel.

«Wenn ich krank bin, natürlich nicht.» Sein Lächeln wanderte ihr zu und schuf eine warmherzige Verbindung.

«Dann seid Ihr ja ganz stoppelig», sagte Annabel mit frechem Blick. «Was tut Ihr dagegen?»

Nakano sah sie lachend an. «Dann bleibe ich zu Hause und zeige mich erst, wenn ich wieder ein respektabler Samurai bin.»

Der Daimyo hielt ihrem Blick stand. Er drehte sich nicht weg, setzte aber auch die Neckereien nicht fort. Zwischen den beiden entwickelte sich eine gewisse Spannung, und seine Augen waren beängstigend stechend.

Annabel blickte nach unten und wickelte eine Haarsträhne um ihre langen, zarten Finger. Die Locke trocknete blitzschnell und glänzte im Licht der Öllampen.

Nakano betrachtete ihre spielenden Hände, stand dann aber auf.

Sie hatte immer noch nicht seinen Schwanz gesehen. Annabel war merkwürdig schüchtern zumute. Ihr Kopf war gesenkt, denn sie wusste genau, was sie zu Gesicht bekommen würde, wenn sie ihn anhob. Das Blut rauschte in ihren Ohren. Annabel spürte einen Blick, der sie zum Hinsehen aufzufordern schien.

Unter Seemännern gab es die weit verbreitete Mär, dass die Schwänze orientalischer Männer nicht der Rede wert wären. Nicht nur ein grinsender Seefahrer hatte ihr versichert, dass Japaner und Chinesen solch winzige Organe hätten, dass sie zu künstlichen Penissen aus Holz oder Elfenbein greifen mussten, um ihre Frauen zu befriedigen. «Winziger als mein kleiner Finger. Und deshalb lieben die Frauen uns Briten auch so sehr», hatte der Steuermann ihr gesagt. «Bis sie mich kannten, wussten sie gar nicht, was wahre Befriedigung heißt.»

Annabel war neugierig zu erfahren, ob diese Geschichten wohl stimmten, und hob langsam den Kopf, um Nakano zu betrachten. Der stand nackt und stolz über ihr und genoss die Inspektion. Als sie zwischen seine Beine schaute, wusste Annabel, dass sie nichts zu befürchten hatte.

Seine Männlichkeit war genau wie sein übriger Leib von köstlicher, dunkler Färbung. Nicht übergroß, nein. Doch als die Europäerin die schöne, arrogante Erektion betrachtete, die von Nakanos strammem Bauch abstand, fühlte sie den sofortigen Impuls, seinen Schwanz in den Mund zu nehmen. Er sah aus, als würde er gut zwischen ihre Lippen passen. Es war sicher wunderbar, den warmen Schaft einzusaugen und sich an dem dunklen Haar zu reiben, das um ihn herum wuchs.

Annabel war froh, dass der Lord nicht beschnitten war – so wie sie es von anderen Ausländern gehört hatte. Sie mochte seine Ganzheit, die so gut zu seinem natürlich gesunden Körper passte. Als sie seine Hoden und die zarte Haut zwischen den Schenkeln betrachtete, keimte langsam die Lust in ihr auf. Sein dunkler, muskulöser Körper war so anders als ihr zarter, heller Leib. Und dieser Kontrast erhöhte ihre Sehnsucht nur noch. Sie wollte ihn.

«Wickel dich in den Kimono ein, Annabel-San», sagte er sanft und hielt ihr einen Mantel hin. Sie ging mit scheu gesenktem Blick auf ihn zu. Der Mantel war rosa und aus schwerer, gewebter Baumwolle, einer Art Damast. Er strich leicht über ihre Haut, als Nakano ihn um ihre bloßen Schultern legte. Annabel wickelte sich fest in den sauber riechenden Stoff ein. Geschlossen wurde er mit einer roten Schärpe, die weich zwischen ihren Fingern lag, als sie versuchte, sie schicklich zuzubinden.

Auch Lord Nakano mühte sich mit der dunklen Schärpe seines blau bedruckten Kimonos ab und rief schließlich nach einem Samurai. Der erschien hinter einer der Papierwände und machte Annabel durch Gesten klar, dass sie ihm auf den Korridor folgen sollte, wo es etwas kühler war. Sie schlüpfte in die Holzsandalen, die man ihr hingestellt hatte, und folgte dem schnell davonschreitenden Mann. Die Papierwände auf dem Flur waren goldbraun, und zwei von ihnen standen offen.

Annabel stieg aus den Sandalen und betrat den Raum nach dem Daimyo. Er war schlicht – der schlichteste Raum, in dem sie bisher gewesen war. Die allgegenwärtigen Tatami–Matten fühlten sich ganz weich unter ihren Füßen an, und sie atmete dankbar den Duft von Sommerheu ein. Es roch wie daheim. Es roch nach der Sicherheit in ihrem Zimmer direkt bei der See.

Außer den Matten war der Raum völlig leer. Der Effekt der Leere wurde durch die dunklen Borten der Matten und die schwarze Farbe der Shoji-Wände betont. Der Raum war dunkel, schattig und sehr friedlich.

Nakano öffnete zwei der geschlossenen Schiebewände, um frische Luft und das kühle Mondlicht hereinzulassen. Einen Moment lang stand er nur da und schaute hinaus. Als die Bediensteten mit einigen Lampen erschienen, wurde das Mondlicht von Wolken verdunkelt.

«Morgen wird es Regen geben», sagte Nakano und drehte sich zu Annabel um.

Plötzlich waren Schritte auf dem Flur zu hören, und eine weitere Papierwand öffnete sich. «So wie es um diese Zeit jedes Jahr regnet. Das muss sein, denn die Brunnen müssen voll werden, damit die Bauern den Reis ernten können, den wir so dringend brauchen», sagte Mamma-San, als sie den Raum betrat. Sie hielt ein schwarz-goldenes Lacktablett in der Hand, das auf wunderschöne Weise mit eingelegtem Seegras und Ingwerscheibchen belegt war. Annabel wollte die ältere Frau nicht dabeihaben. Sie hatte das ungute Gefühl, dass Mamma-San sie längst als unzulänglich eingestuft hatte und ihre Freundlichkeit nur noch Fassade war.

Weitere Diener trugen einen niedrigen Tisch und flache blaue Kissen herein. Dazu dampfende Schalen voll klebrigem Reis und köstlicher Misosuppe neben winzigen Flaschen mit heißem Wein.

Nakano, Annabel und Mamma-San knieten sich um den Tisch herum. Mamma-San plauderte höflich, während sie Nakano und die Europäerin scheinbar voller Freude bediente. Doch als Nakano sich nach vorne beugte, um Annabels Tasse mit heißem Sake zu füllen, spürte sie eine deutliche Abneigung von der älteren Frau ausgehen. Sie war kaum zu greifen, aber Annabel wusste, dass sie da war. So wurde sie denn von Nakanos nächsten Worten auch überaus beunruhigt. «Ab morgen wirst du bei Mamma-San in die Lehre gehen. Sie wird dich die Kunst der Liebe lehren, Annabel-San. Aber nicht nur das. Ihr werdet euch mit Dingen wie Musik, Poesie und Gesang beschäftigen. Für eine Geisha ist Zivilisiertheit überaus wichtig. Um genau zu sein, ist ein Mädchen nichts weiter als eine Prostituierte, wenn sie keine Ahnung von Kultur hat.»

«Wie wahr, Lord Nakano», pflichtete Mamma-San ihm mit tiefer Verbeugung bei. «Ihr versteht etwas von der Sache. Gewöhnliche Huren kann man überall treffen, doch ein schönes, zurückhaltendes und wahrhaft elegantes Mädchen wie Eure treue Kiku-San findet sich nicht an jeder Ecke.»

Annabel wusste, dass diese Bemerkungen direkt an sie gerichtet waren. Und sie wusste auch, in welche Kategorie Mamma-San sie da zwängte. Ihr Herz zog sich zusammen, doch die Tatsache, dass Nakano die alte Frau sofort wegschickte, verschaffte ihr eine gewisse Genugtuung.

Er lehnte sich über den Tisch und füllte Annabels kleine Saketasse auf. Da Mamma-San nicht mehr anwesend war, um ihn zu bedienen, beugte die Europäerin sich mutig über den Tisch, um auch ihm nachzuschenken. Dabei musste sie die Ärmel ihres Kimonos hochkrempeln, damit sie nicht über den Tisch schleiften. Die kleine Sakeflasche war kochend heiß in ihren Händen, doch es gelang ihr trotzdem, beim Eingießen nichts von dem Wein zu verschütten.

Danach stellte sie das Fläschchen, das mit fliegenden Kranichen verziert war, voller Konzentration zurück auf das Lacktablett. «Gut gemacht, Annabel-San.» Sie schaute hoch und sah, dass Nakano sie wohlwollend anlächelte.

«Du lernst schnell, und deine Bewegungen sind exquisit. Du wirst einmal eine gute Geisha abgeben.»

Kurz darauf erschien ein sehr kleines Dienstmädchen, kniete sich neben Annabel und beugte sich dann elegant über den Tisch, um die Reisschalen abzuräumen. Ihr folgten noch einige andere appetitliche Mädchen, die alles außer dem Wein vom Tisch nahmen. Nicht mehr lange, und die beiden würden allein sein. Dieses Wissen machte Annabels Möse ganz schwer, als sie so dasaß und auf das Unausweichliche wartete.

Sie fühlte sich sehr wohl in ihrem Körper. Es war, als wäre in dem Zuber eine ganze Schicht schmutziger Haut entfernt worden. Annabel kam sich leicht, sauber und erfrischt vor. Das rote Glühen war von ihrer Haut verschwunden und hatte sich in einen zarten Roséton verwandelt. Sie war müde, doch obwohl die Bediensteten jetzt weiß bezogene Futons in den Raum trugen, glaubte sie keinen Moment daran, dass sie friedlich schlafen konnte.

Die Diener schlossen die Schiebewände aus Papier hinter sich, als sie den Raum verließen. Das sanfte Zischen der brennenden Lampen dröhnte in Annabels Ohren. Als einer der sechs Wachmänner auf dem Flur seine Position wechselte, war ein fernes Metallklirren zu hören. Diese Männer werden alles hören können, was wir tun! Der Gedanke jagte einen lüsternen Kitzel durch ihren Körper.

Annabel nahm einen Schluck Reiswein. Die heiße, vollmundige Flüssigkeit rann über die Zunge in ihre Kehle und erzeugte ein wohliges Brennen in ihrem Bauch. Dabei war ihr Blick die ganze Zeit auf die Tasse gerichtet. Sie wartete und wartete.

Nakanos Stimme war in dem warmen Raum wie eine Liebkosung. «Annabel-San. Erhebe dich für mich.»

Ihre Knie bebten, als die Europäerin sich auf die Füße stellte. Sie beugte ihren Kopf leicht vor, sodass ihr das Haar wie ein weicher Vorhang ins Gesicht fiel.

«Dreh mir deinen Rücken zu.» Die Anordnung war ein leises Seufzen, kaum mehr als ein Atmen.

Zögernd, langsam … Wie bedeutsam ihre Bewegungen sich durch den Zuschauer doch anfühlten.

Seine Befehle drangen wie zärtliche, weit entfernte Laute zu ihr. «Öffne deine Schärpe!»

Ihre Hände wollten kaum gehorchen, als sie das Band entknotete.

«Lass deinen Mantel über die Schultern zu Boden fallen!»

Annabel fühlte den Damaststoff über ihre Haut gleiten. Doch sie entblößte sich nur bis zu den Brüsten und hielt ihn mit den Ellenbogen so fest, dass er sich hinter ihrem Rücken leicht auftürmte.

«Lass ihn ein bisschen weiter runter.»

Die Haut auf Annabels Rücken war nun höchst sensibel, und sie konnte den steifer gewebten Ausschnitt auf der Rundung ihres Hinterteils spüren.

Nakanos Stimme wurde immer sanfter. «Und jetzt lass ihn ganz fallen.»

Der Mantel fiel zu Boden. Annabel stand wartend da und war erleichtert, dass Nakano ihren Körper zu genießen schien.

Da hörte sie hinter sich das Rascheln von Stoff – der Daimyo entkleidete sich ebenfalls.

«Dreh dich um!»

Er lag inmitten eines Futonhaufens auf dem Rücken und betrachtete sie mit intensivem Blick. Sein Kopf ruhte leicht angehoben auf einem Kissen, und das dunkle Haar floss über seine Schultern. Das bernsteinfarbene Glühen der Lampen verwandelte den einfachen Tatami-Raum in einen Ort der Wärme und der Magie – und ihren Liebhaber in ein geradezu mystisches Wesen. Seine Brust und die Arme waren durch zahlreiche Muskeln strukturiert. Ohne Zweifel trainierte er jeden Tag mit seinen Waffen.

Nakanos Taille war überaus schmal und sein Bauch von Muskeln durchzogen. Obwohl er still dalag, trat auch jeder Muskel seiner gespreizten Schenkel deutlich hervor. Doch seine Männlichkeit – Annabels Augen ruhten mittlerweile auf seinem Geschlecht – war der herrlichste Anblick von allen. Seine Hoden lagen leicht angehoben auf der Oberfläche der Futons, und der Penis war erigiert, prächtig und ungeduldig – er wartete auf sie.

«Komm her!»

Mit sanften Schritten durchquerte Annabel den Raum, um sich neben ihn zu stellen.

«Setz dich auf mich!»

«Ich soll mich auf Euch setzen?»

«Auf mein Gesicht. Setz dich auf mein Gesicht!»

Annabel wurde von einer bebenden Lust erfasst, als sie in seine gierigen Augen schaute. Ihre Hände glitten zu ihrem Venushügel, wo sie mit den Fingern ihre Schamlippen auseinander zog, damit er einen guten Blick auf das rosa Fleisch hatte, wenn sie über ihm stand. Dann trat sie zu Nakano und drehte ihm den Rücken zu. Sie wusste sehr wohl, was er wollte.

Langsam und voller Vorsicht, nicht das Gleichgewicht zu verlieren, ging Annabel in die Hocke. Erst benutzte sie ihre Hände, um nicht umzufallen, und setzte sich dann langsam auf die Knie. Sie versanken förmlich in dem wunderbar sauberen Laken, während sie ihren Po behutsam auf Nakanos Gesicht absinken ließ.

Als Annabel den Kopf zurückwarf, stockte ihr fast der

Atem. Das offene Haar streichelte ihren Hals und die Schultern, und ihre Brüste fühlten sich schwer und erregt an. Je aufgewühlter sie wurde, desto mehr Blut schoss in das Zentrum ihrer Weiblichkeit. Der Raum roch förmlich nach Begierde – nach ihren eigenen und nach Nakanos Körpersäften. Die Luft war schneidend vor Lust.

Da spürte Annabel feste Hände an ihren Pobacken, die ihr zartes Fleisch behutsam in Position brachten. Nakano gab einen unterdrückten Laut von sich und presste sein Gesicht gegen ihren Hintern. Sie spürte seine Nase in ihrer Poritze und das Kinn an ihrem feuchten Geschlecht.

Als Annabel hinter sich griff, um ihre Backen für einen leichteren Zugriff auseinander zu ziehen, musste sie selbst leise aufstöhnen. «O ja, genau dort!», hörte sie sich keuchen. Seine heiße, suchende Zunge stieß mitten in die gekräuselte Öffnung ihres Anus.

Nakanos Saugen und Lecken fühlte sich einfach göttlich an. Annabel beugte sich vor, sodass ihre Brüste auf den Knien ruhten, und streckte ihm ihre empfindliche, weich geleckte Rosette entgegen. Das aufregende, laute Schlürfen war so intensiv, so phantastisch, dass sie schon bald kurz vor der Ohnmacht stand.

Die junge Frau konnte kaum atmen und spürte, wie sie in einen Strudel der Leidenschaft gesogen wurde. Bebende Gier und Nakanos Lippen hatten sie jetzt fest im Griff. Annabel hob leicht den Kopf und ließ ihre halb offenen Augen über den nackten Körper des Daimyo gleiten – über seine schlanke Taille, den Bauch und hin zu der sanft gerundeten Brust.

Wie gern wäre sie nach unten gerutscht, um den herrlich steifen Penis in den Mund zu nehmen, der da zwischen der weichen Haut seiner Oberschenkel hervorstach. Sie öffnete die Lippen und ließ ihre Zungenspitze hervorschnellen, so als wollte sie den Speer damit zärtlich ablecken.

Doch das Saugen von Nakanos Lippen an ihrer Rosette fühlte sich zu gut an. Viel zu gut, um ihm Einhalt zu gebieten. Annabel streckte den Körper etwas und erhöhte so den Druck auf sein Gesicht. Sie wackelte mit den Pobacken und setzte sich jetzt vollends auf ihn. Die Härte seines Liebesorgans und die perlengleichen Tropfen der Lust, die sich bereits auf der Eichel bildeten, verrieten ihr, dass sie ihm Freude bereitete. Wie herrlich sich seine Zunge anfühlte – wie ein weiches, feuchtes Blütenblatt, das ihren intimsten Ort verwöhnte.

Nakano war mit dem Lecken jetzt am Eingang ihrer pulsierenden Höhle angelangt. Annabel stöhnte erneut auf und begann instinktiv, ihre Brüste zu streicheln. Ihre Nippel waren hart und reagierten auf die winzigste Berührung. Ihr gesamtes Inneres wurde von seiner Zunge ausgeschleckt, und Annabel kannte in diesem Moment nichts weiter als die pure Lust.

Da packte der Lord sie bei den Pobacken und hob sie an. Dann erhob er sich und drückte sie in die Kissen. Annabel drehte sich schnell um, legte sich auf das weiche Baumwolllaken und schaute ihrem Liebhaber ins Gesicht. Sein Kinn glänzte vor Speichel und ihren Säften, die er mit einer Handbewegung wegwischte. «Köstlich», kommentierte er, atmete tief ein und leckte dann seine Finger ab. Nakano fiel nach vorn und küsste sie, sodass Annabel ihre eigene weibliche Süße auf seinen männlichen Lippen schmeckte und in seinem Atem roch. Sein Kuss war tief, langsam, leidenschaftlich und einfach himmlisch.

Wieso nur dieser Mann, fragte sich Annabel. Wieso bringt dieser japanische Kriegsherr meinen Körper nur so zum Klingen? Ich bin seine Gefangene und doch behandelt er mich voller Zärtlichkeit – so als würde er mich wertschätzen.

Sie erwiderte seinen langsamen Kuss mit Inbrunst, aber auch mit gemischten Gefühlen. Annabel wusste so wenig über ihn und seine Welt.

Könnte es jemals so etwas wie Liebe zwischen ihnen geben? Liebe? Ist es die Liebe, die mich so sinnlich fühlen lässt? Oder einfach göttliche Lust? Die Qualen meines Körpers, die liebliche Freude meiner Seele …

Als Nakanos harte Lippen zu ihrem Hals wanderten, wurde Annabel in ihren Gedanken unterbrochen. Seine Zähne knabberten erst an ihrer Ohrmuschel, bevor er seine Zunge auf den warmen, pulsierenden Punkt unter ihrem Ohrläppchen presste und dann zu ihren nackten Brüsten wandern ließ.

Dort saugte er an einem ihrer Nippel und verfolgte mit der Zunge die blassblaue Linie einer winzigen Vene, die von ihrem Warzenhof ausging. Den Nippel der anderen Brust versorgte er mit einer Hand – und das mit genau dem richtigen Druck.

Annabel fiel mit einem Schrei der reinen, hilflosen Lust zurück in die Kissen. Als Nakano von ihren Brüsten aufschaute, hörte sie ihn schwer atmen. In jeder seiner Hände hielt er eine ihrer Brustwarzen. Trotz des animalischen Begehrens, das heiß in seinem Blick brannte, stand doch etwas sehr Zärtliches in seinen Augen geschrieben. So fühlte Annabel sich auch ganz in Sicherheit, als sie schmelzend davondriftete und tief in der glückseligen Erfahrung der Liebe versank.

Der Rausch seiner Nähe, der feine Moschusgeruch, der von seinem Körper ausströmte – all das vereinigte sich, um die junge Frau zu ungeahnten sexuellen Höhen zu führen.

Wie sie da so sich wiegend in dem weichen Bettzeug lag, wanderten Nakanos Augen hinab zu ihrem parfümierten Tal. Annabel schien hilflos zu sein. Ihre Schenkel waren weit geöffnet. Sie hatten sich bereitwillig für seinen inspizierenden Blick gespreizt und sehnten sich nach Berührung.

Nakano beugte sich vor und bedeckte ihre Schamlippen mit seinem Mund. Sie waren ganz glitschig von ihren Säften und hießen den Freudenspender willkommen. Die Oberfläche seiner Zunge war weich und heiß, als sie über ihren Kitzler und wieder zurück zu ihrer Möse schnellte. Annabel gab ein tiefes Seufzen von sich und vergrub die Finger in Nakanos Haar, um seinen Kopf noch fester auf sich zu pressen.

Mehr Ermutigung brauchte der feurige Japaner nicht. Er packte sie bei den zarten, weißen Pobacken und hob sie so hoch, dass ihr Geschlecht noch direkter vor seinem Mund lag. Da spürte sie auch schon, wie seine Zunge den heißen Saft aufnahm, der aus ihrer Muschi tropfte. Die geschwollene Knospe ihres Kitzlers rieb gegen seine Nase. Als Annabel laut aufschrie, nahm Nakano den kleinen Knopf in den Mund und begann wie wild daran zu saugen.

Die Europäerin merkte sofort, wie sich ein tiefes, vibrierendes Zittern in ihrem Körper ausbreitete. Sie gab sich jetzt ganz dem unnachgiebigen Lecken und Saugen hin. Er hörte gar nicht mehr auf und saugte immer fester an ihr. Annabel stand kurz vor dem Höhepunkt.

Der Orgasmus war nicht mehr aufzuhalten, und Annabel wurde von der herrlichen Sturzflut der Entladung mitgerissen. Nakanos Gesicht drückte sich fest gegen ihre Spalte und erlebte so aus nächster Nähe das gewaltige, krampfartige Zittern zwischen ihren Beinen. Plötzlich kroch eine Hand zum Eingang ihrer Möse, und sie spürte, wie ihre fließenden Säfte von kühlen Fingern aufgenommen wurden. Seine Berührung war herrlich – und dann wurde sie von der Fülle der Empfindungen überwältigt.

Annabel versuchte, Nakano wegzudrücken. «Warte», keuchte sie, «es ist einfach zu viel … Ich kann nicht …»

Nakanos dunkle Augen waren vor Erregung geweitet, doch selbst jetzt verstand er sie. «Bist du empfindlich nach dem Orgasmus? Das geht vorbei.»

Ihr Liebhaber griff nach einem Kissen in einem weißen Bezug. «Leg das unter deinen Po», ordnete er an und reichte es Annabel. Im Inneren des Kissens rasselten kleine, harte Erbsen, die sich wie eine Form an ihre Rundungen anpassten, als sie die harte, kühle Hülle unter sich legte. Ihre Scheidenmuskeln zuckten erst leicht, entspannten sich dann aber schnell. Sie war bereit für den Mann. Bereit, sein hartes Organ tief in ihr Inneres aufzunehmen.

Als Annabel den Rücken leicht krümmte und ihre Knie über dem Kissen auseinander zog, kam sie etwas aus dem Gleichgewicht. Trotzdem hob sie Nakano ihr Becken entgegen und öffnete ihre Lusthöhle, so weit sie konnte.

Der Daimyo kniete mit seinem Schwanz in der Hand über ihr. Er glänzte im Lichterschein, als er ihn mit seinen Fingern umkreiste und ihn schließlich in ganzer Länge rieb – von der geschwollenen Eichel, die jetzt aus den Falten seiner zurückgeschobenen Vorhaut herausschaute, bis hinunter zum dicken Ansatz des Stammes, der unter dem dunklen Schamhaar verborgen lag.

Annabel beobachtete ihn die ganze Zeit. Ihr Atem stieß immer schneller zwischen den leicht geöffneten Lippen hervor. Sie spürte, wie ihr Geschlecht sich für etwas öffnete, was es dringend haben wollte. Da schaute Nakano von seinem voll ausgefahrenen Schwanz auf – ein liebevolles, wissendes Lächeln auf den Lippen. Er wollte sie. Zwar mochte er im Moment die Kontrolle über sie haben, aber er wollte sie. Ihre weibliche Intuition ließ sie das nur allzu deutlich spüren.

Annabel schloss die Augen und hörte, wie er näher an sie heranrückte. Zwischen den halb geschlossenen Lidern war seine Gestalt nichts weiter als ein dunkler, gebeugter Schatten, der vor dem Eingang zu ihrem samtenen Tunnel kniete. Als sie die erste, sanfte Berührung seines Luststabes an ihrer Möse spürte, verstärkte sich ihr Atem noch einmal.

Er drang nicht sofort in sie ein. Stattdessen spürte Annabel, wie er sie zärtlich mit seiner harten Männlichkeit anstupste. Die Schwanzspitze war bereits feucht – die Säfte, die den Eingang zu ihrer Lustöffnung benetzten, hatten sie mit einer Schicht glänzender Liebestropfen überzogen.

Ihre Hände wanderten zu Nakano, so als wollte sie nach seinem pochenden Herzen greifen und es in ihren kleinen Händen halten. Sie wollte ihn. Sie wollte ihn in sich spüren. Die weiche, provozierende Zärtlichkeit seiner Rute an ihrem Loch war einfach zu viel. Ihre Hüften bäumten sich ihm entgegen – einladend, zuckend und gierig.

Ihr Mund öffnete sich, und sie biss sich lüstern auf die Unterlippe. Ihre hellrote Zunge leckte über die empfindliche Haut ihrer Lippen. «Lass ihn mich spüren!», stöhnte sie in die Dunkelheit.

Nakano setzte sich etwas zurück, sodass sein Schwanz deutlich sichtbar war. «Den hier?», fragte er frech.

Annabel konnte ihren Blick gar nicht abwenden. Die Eichel war mittlerweile blasslila und sah von ihren Säften ganz fett und poliert aus. Aus dem Schlitz perlten seine eigenen Lusttropfen.

Fasziniert erhob Annabel sich von dem weißen Bettzeug und griff nach dem Körperteil, das da vor ihr schwang. Das Fleisch zuckte vor heißer Vitalität, als sie es berührte. Als sie die Finger auf und ab gleiten ließ und sanft seine Venen nachzeichnete, konnte sie seinen Puls spüren.

Dann nahm sie mit einer zärtlichen Fingerspitze die Tropfen auf, die aus seiner Eichel drangen, und rieb seinen Schwanz in ganzer Länge damit ein, sodass sein Schaft feucht glitzerte. Sein männlicher Geruch trieb Annabel fast in den Wahnsinn.

Sie sah Nakano ins Gesicht. Seine Wangen waren gerötet, und er atmete schwer. Der Hunger in seinen dunklen Augen hieß sie, sich auf den weißen Futon zurückfallen zu lassen und ihre Beine erneut in unverhohlener Bereitschaft zu spreizen. Und diesmal reagierte er auch …

Annabel spürte, wie die Spitze seiner Eichel in die Furt ihrer Schamlippen stieß und dann den engen Ring durchdrang, der ihre Möse verschloss. Ihr Eingang öffnete sich sofort, und es war das reinste, köstlichste Hochgefühl, als die gesamte Länge seines Riemens in ihr duftendes Tal eintauchte. Als er in ihr steckte, umarmten die zarten Wände ihrer Lusthöhle liebevoll seine männliche Härte. Nakano drang tief in sie ein und verwöhnte sie mit ein … zwei … drei … vier … fünf festen Stößen.

Dann hielt er plötzlich inne und stützte sich auf seine Arme. Annabel hob erneut die Hüften und rieb sich an seinem harten Körper, während sie wie von Sinnen stöhnte.

Nakano sah auf sie hinab und lächelte sie lange an. «Ein Mädchen mit Frühlingsgelüsten», wisperte er und setzte seine Stöße fort. Zärtlich und wunderbar.

Die volle Länge seines Gemächts, das sich mehrmals langsam aus ihrer Möse zurückzog, um gleich darauf wieder behutsam in sie einzudringen, jagte Schauer der Lust durch Annabels Körper. Sie verschmolz förmlich mit seinen sensiblen Bewegungen. «Gelüsten nach Euch», gab sie leise zu.

Doch dann wurden seine Bewegungen wilder. Seine Hoden klatschten gegen ihre Schenkel. Sein Schwanz rammte sich in ihre feuchte Grotte. Seine Stöße waren jetzt so schnell und gierig, dass er Annabel schon bald den gewaltigsten Orgasmus bescheren würde, den sie je erlebt hatte – als er plötzlich aufhörte.

Die junge Frau klammerte sich keuchend an den Daimyo. Sein Körper war heiß und verschwitzt, und das Herz hämmerte in seiner Brust. Als Annabel ihren Kopf nach hinten fallen ließ, spürte sie sofort seine heißen Lippen auf ihrem Hals. Er fickte sie noch einmal mit langsamen, köstlichen Bewegungen, die sie irgendwann in eine erneute Welle der wohligen Lust warfen.

Doch auch Annabel war gierig. Als seine Bewegungen wieder schneller wurden, hob sie ihr Becken etwas an und warf sich ihrem Geliebten entgegen. Sein Körper war jetzt ihr Meister, und seine drängenden Stöße kontrollierten ihre Erfahrung. Seine Härte versank in ihrer Weichheit. Köstlich. Sein Schaft spießte sie auf. Atemberaubend. Sie keuchte in schweren und leidenschaftlichen Atemzügen. Ekstase.

Da fuhr eine immense Spannung durch Nakanos Körper. Er stand kurz vor dem Höhepunkt und fühlte sich ganz schwer an, als er immer heftiger in sie hineinstieß. Annabels Reaktion auf seinen Orgasmus war ein lauter Schrei – ein zweiter Höhepunkt, der wie aus dem Nichts auf sie zugeschossen kam. Er war so mächtig, dass ihr Tränen in die Augen traten. Sie spürte, wie Nakanos Männlichkeit sich an ihren inneren Muskeln rieb, die ihn fest umschlungen hielten, während er seinen Saft in sie hineinpumpte.

Keuchend fiel sie nach hinten und entließ ihn aus ihrer Mitte. Sein Orgasmus war wie eine Flut der Freude gewesen. Oder war sie noch einmal gekommen? Annabel wusste schon gar nicht mehr, welche Gefühle die ihren waren und welche zu dem dunklen Lord gehörten, der da auf ihr lag und sie mit seinem männlichen Körper verwöhnte.

Es dauerte nur ein paar Sekunden, bis Nakano wieder bei sich war und sein Gewicht mit den eigenen Armen abstützte. Annabel atmete tief ein, als seine Masse sich von ihrem Körper entfernt hatte. Und doch vermisste sie ihn sofort. Als sie ihr Gesicht dem seinen zuwandte, schaute er sie mit ernsthaften, zärtlichen und auch ein wenig traurigen Augen an. Am liebsten hätte sie diese Augen gefragt, ob die Kluft zwischen ihnen jetzt überwunden sei, doch die Worte wollten ihr nicht über die Lippen kommen.

Nakano seufzte tief, als er sie ansah. Er setzte sich auf seine Fersen und ordnete die Kissen des fleckenlosen Futons. Dann zog er Annabel an seine breite, starke Brust und fiel mit ihr zurück auf das warme, duftende Bett.

Befriedigt sank sie gegen seine weiche Haut, wo sie wie auf einer Wolke herrlichen Nichts schwebte. Seine Stärke gab ihr Sicherheit, und sie fühlte sich sehr beschützt. Wie herrlich sein Körper sich doch nach diesem langen, einsamen Winter anfühlte. Annabel hatte ganz vergessen, wie wundervoll es war, sich nach dem Sex eng an einen Mann zu kuscheln.

Doch noch immer wollte sie wissen, ob ihre Gedanken sich jetzt so nahe gekommen waren wie ihre Körper. Unter dem Vorwand, eine der schweren Decken über sich zu ziehen, drehte sie sich so, dass sie mit erfülltem Blick zu ihm aufsehen konnte.

Ihre Augen trafen sich nur für eine Sekunde, dann schloss er die Lider. Annabels Herz schmolz beim Anblick seiner sanft geschwungenen Wimpern nur so dahin. «Ich liebe dich», sagte sie in sanftem Englisch.

Die Augen öffnete er zwar nicht, ließ aber eine zärtliche Hand über ihr Gesicht gleiten, wo er ihr eine feuchte Haarsträhne aus der Stirn wischte. «Annabel-San, war das deine Sprache? Was hast du gesagt?»

Die Europäerin wusste nicht recht, wie sie ihre Gefühle in Japanisch ausdrücken sollte – und auch nicht, ob es klug war, sie Nakano überhaupt mitzuteilen. «Nichts», antwortete sie.

Er öffnete die Augen und lächelte sie an. «Dann schlaf jetzt, meine kleine Wilde», sagte er und umklammerte sie sanft. Es dauerte nicht lange, bis ihre Körper taub und schwer wurden und sie schließlich gemeinsam einschliefen.

KAPITEL 7

Mamma-Sans Lippen verzogen sich zu einem missbilligen-
den Lächeln. «Selbst eine Europäerin müsste in der Lage
sein, die Shamisen besser zu spielen, Annabel-San.»

Die Schülerin stellte das Instrument mit einem ver-
zweifelten Seufzen beiseite. Ohne die schrägen Töne, die
sie dem Instrument bisher entlockt hatte, schien der Raum
sehr still. Annabel hörte den Frühlingsregen auf das Dach
trommeln und in den Dachrinnen gurgeln. Das Licht, das
durch die Reispapierwände in den Raum drang, war grau
wie ihre Stimmung und die Luft feucht und kühl.

Mamma-San trug einen orange-goldenen Kimono,
der mit den üblichen Blüten bedruckt war. Der Blick in
ihren verächtlichen Augen war eisig. «Das klingt für mich
einfach nicht wie Musik», versuchte Annabel zu erklären.
«Ich war schon bei englischer Musik nicht unbedingt be-
gabt. Aber mit japanischer …» Ihre Stimme klang sehr
niedergeschlagen.

«Du solltest es so spielen, Annabel-San», erklärte Kiku-
San selbstgefällig. Die Japanerin nahm das langhalsige Instrument in die Hand und begann auf den Saiten zu zup-

fen. Der eckige Körper der Shamisen gab disharmonische, merkwürdig hallende Geräusche von sich.

Mamma-San nickte anerkennend mit dem Kopf. «Wunderschön gespielt, Kiku-San», gurrte sie. «Was für ein Talent. Was für eine künstlerische Begabung.» Sie schloss die Augen und setzte sich auf die Fersen. Ihre Pose verriet, dass sie nichts als Vergnügen für die bizarren Laute empfand, die sie da hörte.

Annabel versuchte, ihre Gesichtszüge in den Griff zu bekommen und wenigstens höflich interessiert zu wirken. Dabei war alles, was sie hören konnte, nur ein sinnloses Geklimper. Sie merkte keinerlei Unterschied zu den entsetzlichen Lauten, die Mamma-San und Kiku-San auf der Shamisen von sich gaben. So war sie auch aufrichtig verblüfft, als sie über ihr Spiel jammerten und protestierten.

Annabel seufzte, als sie Kiku spielen sah. Zwar mochte das Spiel des japanischen Mädchens grässlich klingen, aber dafür sah sie in ihrem hellen, orangefarbenen Kimono wunderschön aus. So zart, so gepflegt, so elegant. Die Frau besaß einen zerbrechlichen, puppenähnlichen Charme, den Annabel niemals entwickeln konnte – auch nicht, wenn sie es eine Million Jahre lang versuchen sollte.

Sie hatte das ungute Gefühl, als wollte Mamma-San sie in eine Form pressen, in die sie niemals hineinpassen würde. Erstklassige Kurtisanen sollten nicht nur in der Lage sein, ihre Frau zu stehen, sondern auch mit der intelligenten Bandbreite ihres Wissens zu unterhalten und zu erstaunen. Annabel genoss es durchaus, etwas über Literatur und Poesie zu lernen, und ihr fabelhaftes Gedächtnis erlaubte ihr, die Geschichte und die politischen Gegebenheiten Japans leicht in sich aufzunehmen. Doch das Ritual und das Protokoll, das Mamma-San ihr beizubringen versuchte, fand sie sinnlos und langweilig, ja sogar besorgniserregend. Wie genau sollte ihre Rolle in Shimoyama eigentlich aussehen?

Annabel wollte keine Kurtisane werden. Sie wollte ihr Leben nicht in einem parfümierten Salon verbringen, in dem sie darauf wartete, dass ihr Lord ein paar Minuten Zeit mit ihr verbrachte. Sie wollte …

Was will ich, fragte Annabel sich selbst.

Ich will alles, gab sie sich leidenschaftlich zur Antwort. Ich will Liebe, Abenteuer und Romantik. Ich will das Leben spüren. Ich will morgens an seiner Seite sein und mit ihm in den Kampf ziehen, wenn es sein muss. Ich will mit ihm essen, trinken und leben. Ich will ihn in meinen Armen halten, wenn er müde ist und schlafen will. Ich will da sein, wenn er sich sehnt und in der dunklen Nacht nach Liebe dürstet.

Annabel ließ den Kopf hängen und seufzte leise. Sie hatte Nakano nicht mehr gesehen, seit sie sich geliebt hatten. Ihre Begegnung kam ihr jetzt wie ein Traum vor. Sie hatte sogar mehrfach versucht, von Kiku und Mamma-San Informationen über seinen Aufenthaltsort zu erhalten. Doch die beiden waren ihren Fragen immer geschickt ausgewichen, hatten sie mit Platituden abgespeist und jedes dieser Gespräche dazu genutzt, sie auf ihre Unzulänglichkeiten hinzuweisen.

«Bitte entschuldigen Sie die Störung, meine Damen.»

Annabel drehte sich in Richtung der sanften Stimme. Kiku legte ihr Instrument nieder, und Mamma-San öffnete die Augen. «Guter Junge. Wie schön, dass du gekommen bist. Bitte tritt doch ein und lass dich in unserem bescheidenen Raum nieder.»

Als Annabel voller Neugier den jungen Mann betrachtete, der jetzt zu ihnen trat, lief ihr ein köstlicher Schauer über den Rücken. Die Männer, die man ihr zum Üben schickte, waren alle jung, sauber und gesund. Doch dieser Junge sah außerdem noch blendend aus. Ein geschmeidiger junger Kerl – parfümiert und mit gut frisierten Haaren. Er war ungefähr zwanzig Jahre alt – die Japaner sahen immer jünger aus, als sie eigentlich waren – und glühte förmlich vor sinnlicher Energie.

Annabel schloss sich dem Begrüßungsritual von Kiku und Mamma-San an und verbeugte sich so tief, dass sie den Heuduft der Tatami-Matten in der Nase spürte. Der Jüngling mochte zwar ein bezahlter Helfer aus einem der Bordelle sein, die von Mamma-Sans Schwester geführt wurden, aber er wurde trotzdem mit all dem Respekt begrüßt, den die beiden Frauen jedem männlichen Wesen zollten.

Er lehnte alle Angebote ab. Er wollte weder etwas zu essen noch grünen Tee, noch eine Schultermassage – seine ganze Aufmerksamkeit war allein auf Annabel gerichtet. Als diese sich wieder aufrecht auf die Fersen gesetzt hatte, starrte er sie unumwunden fasziniert und voller Bewunderung an.

«Wenn du so weit bist, kannst du deinen Kimono ausziehen», sagte Mamma-San knapp.

Der junge Mann reagierte bereitwillig und ließ seinen Kimono auf die Tatami-Matten fallen. Ein Blick aus den Augenwinkeln verriet Annabel, dass sein Schwanz bereits halbsteif war und sich nach der Berührung durch die Europäerin zu sehnen schien.

Kiku schüttelte einen Futon aus und legte ihn vorsichtig auf die Matten. «Damit Ihr es bequem habt, junger Mann», flötete sie und setzte sich so hin, dass sie alles beobachten konnte, was jetzt passieren sollte.

«Danke, werte Dame», erwiderte der Jüngling höflich

und legte sich in herrschaftlicher Weise auf das frische, weiße Bett. Er legte die nackten Arme hinter seinen Kopf und versuchte mit dem Selbstbewusstsein eines gut aussehenden Mannes, Annabels Blicke auf sich zu ziehen. Sie musste lächeln. Er war so jung und frech. So überaus anziehend in seiner männlichen Eitelkeit.

Bevor Mamma-San ihren Gesichtsausdruck interpretieren und mit einer Lektion über unpassendes Verhalten beginnen konnte, wandte Annabel ihr Gesicht etwas ab. Doch das Grinsen zupfte immer noch leicht an ihren Mundwinkeln. Zwar wusste sie noch nicht genau, was sie heute zu lernen hatte, doch sie war sicher, dass sie die Lehrstunde mehr als sonst genießen würde.

«Mamma-San, benötigt Ihr mich, um die Europäerin zu entkleiden?», fragte der junge Mann voller Hoffnung.

Die Lippen der älteren Dame verzogen sich nachdenklich, doch sie schüttelte bald den Kopf. «Nein. Der Europäerin mangelt es an Schicklichkeit. Sie soll lernen, beim Verwöhnen eines Mannes unbeeindruckt zu bleiben. Du wirst nackt sein, sie behält ihre Kleider an.»

«Welche Spielart der Liebe werdet Ihr sie denn heute lehren?», fragte Kiku aufgeregt.

«Ich denke, heute sollte sie daran arbeiten, wie man dem Geschlecht eines Mannes mit den Händen einen herrlichen Orgasmus bereitet. Es gibt so viele Griffe, die sie noch zu lernen hat», antwortete Mamma-San und drehte sich zu dem jungen Mann um. «Ihr werdet es nicht glauben, aber als sie herkam, wusste sie rein gar nichts über eine geschickte Penismassage. Und selbst jetzt kann ich ihr kaum Grundkenntnisse bescheinigen.»

«Das stimmt», bestätigte Kiku selbstgefällig. «Wir haben den Handorgasmus gestern und vorgestern geübt, und sie schafft es einfach nicht, den wunderschönen Stachel eines Mannes mit der Anmut und der Finesse einer erstklassigen Geisha zu reiben.» Die Japanerin gab ein kicherndes Lachen von sich, das Annabel mittlerweile zu verabscheuen gelernt hatte. «Sie genießt es einfach zu sehr, um wahre Kunstfertigkeit zu erlangen. Sie lässt sich zu sehr mitreißen.»

Annabel warf dem japanischen Mädchen einen stechenden Blick zu. Das Lächeln verschwand, und Kikus Gesicht verzog sich leicht, bevor es wieder ausdruckslos wurde. Zwar würde sie jetzt sicher ein oder zwei Stunden still sein, doch danach würden das Kichern und die spitzen Kommentare garantiert zurückkehren. Annabel seufzte. An diesem Ort gab es keine Freunde für sie.

«Jetzt komm, Annabel-San», forderte Mamma-San sie auf.

Annabel ging auf den Jüngling zu. Sie strich die Röcke ihres Kimonos mit einer mittlerweile automatischen Geste glatt und setzte sich kniend neben seinen nackten Körper. Dicht genug, um seinen sauberen, würzigen Duft zu riechen. Nach Mamma-Sans Ansicht hatte sie sich nicht im richtigen Winkel zu ihm gesetzt, und Annabel spürte winzige, aber stählerne Hände, die an ihrer Taille zerrten und sie dichter zu dem nackten Mann schoben.

«Du darfst nicht zu weit weg sitzen!», schimpfte ihre Lehrerin. «Deine Haltung muss immer aufrecht und voller Anmut sein. Und jetzt nimm seinen einzigartigen Stachel in die Hand. O nein! Du bist wirklich durch und durch eine Europäerin. Zerquetsche ihn nicht! Denk daran, dass du es mit einem empfindlichen Organ zu tun hast.»

«Gestern habt Ihr mir noch gesagt, dass beim Kitzler vielleicht die Regel ‹Je zarter, desto besser› gilt, die Regel für den Penis aber ‹Je fester, desto besser› lautet», erwiderte Annabel zwischen zusammengebissenen Zähnen.

Trotzdem lockerte sie ihren Griff und hielt den Schaft des Mannes etwas weniger fest. Der Penis in ihren Händen schien sich ihrer Behandlung nicht zu widersetzen. Die satinweiche Haut lag warm in ihren Handflächen, und sie spürte, wie der Schwanz des Jünglings unter ihrem Griff langsam wuchs. Seine Hoden sahen in ihrem haarigen Nest ganz dunkel und geschwollen aus. Annabels Hand wanderte von seinem Geschlecht zu den Eiern, die sie mit einer sanften Wellenbewegung ihrer Fingerspitzen verwöhnte.

«Leg deinen Zeigefinger auf den kleinen Faden, der von der Spitze seiner Männlichkeit zum Schaft führt», befahl Mamma-San.

Annabel veränderte ihre Position. Der warme, dicke Riemen fühlte sich herrlich in ihrer Hand an. Sie schloss ihre verbleibenden Finger um die Unterseite seines Geschlechts. Dabei sah sie aus den Augenwinkeln, wie Mamma-San erneut den Mund öffnete. Gleich würde sie Annabel wieder an die Position des Daumens erinnern. Also platzierte die Europäerin diesen Finger so, dass er am Rand der Penisoberseite zu liegen kam. Die seidenen Falten ihres Kimonos strichen über seinen Bauch, und sie begann vorsichtig damit, sein Lustfleisch zu stimulieren.

«Das ist ein jämmerlicher Griff!», bellte Mamma-San. «Nimm die Hände weg. Du hast wohl ganz vergessen, wo die empfindlichen Stellen des männlichen Organs liegen.»

Annabel spürte, wie ihr Übungsgegenstand zitternd protestierte, als sie ihre Hand wegnahm und damit begann, ihre Lektion aufzusagen. Dabei berührte sie mit den Fingerspitzen immer wieder die Stellen seines Riemens, von denen sie gerade sprach.

«Zunächst die Spitze», begann sie, «die ist sehr empfindlich.» Sie schob die Hautmütze, die seine geschwollene Eichel bedeckte, vor und zurück.

Dem Jüngling entwich ein leises Stöhnen, und Annabel wagte einen kurzen Blick in sein lustverzerrtes Gesicht. Sie war froh, dass er die Erfahrung angenehmer zu finden schien, als Mamma-Sans unablässige Kritik vermuten ließ.

In einem plötzlichen Anflug von Übermut beugte sie sich plötzlich vor und leckte die salzige Träne auf, die aus dem Schlitz seiner immer praller werdenden Schwanzspitze ausgetreten war. Dann ließ sie die Zunge kurz über die gesamte Eichel wandern, machte eine kurze Pause und leckte über die Stelle, wo die Eichel auf den Schaft traf. Sie hob den Kopf. «Der untere Rand der Eichel ist ebenfalls sehr empfindlich», fuhr sie in frechem Ton fort.

«Nur mit den Händen!», fuhr Mamma-San sie an und betrachtete Annabel missbilligend. «Du hast keinerlei Disziplin, Annabel-San. Als Nächstes hättest du die lange, erhabene Ader erwähnen sollen, die an der Unterseite eines Samuraischwerts verläuft.»

Die Finger der jungen Frau tanzten gehorsam über die pulsierende Länge der dicken Vene. Der Jüngling zitterte und bebte unter ihren Händen. Auch wenn Mamma-San anderer Meinung zu sein schien, die Lanze in ihrer Hand schien überaus zufrieden mit ihrer Behandlung.

«Und jetzt berühr das dünne Vorhautbändchen an der Unterseite», ordnete Mamma-San an und schien dabei gar nicht zu bemerken, dass Annabels Hände dort bereits beschäftigt waren. «Das war schrecklich. Ich kann mir nicht vorstellen, dass du mit deinen untrainierten Pranken irgendeinen Mann glücklich machen wirst.»

Annabel betrachtete den Jüngling, der da vor ihr ausgebreitet lag und die Augen in Ekstase geschlossen hatte. Seine Brust hob und senkte sich im Rhythmus seines erregten Atems. Auf der Haut waren bereits ein paar Schweißtropfen zu sehen, die seinen würzigen Geruch noch verstärkten.

Sein Schwanz sah riesig aus – ein langer, dicker Knüppel, der aus einem Busch federnder schwarzer Schamhaare abstand. Die Venen stachen jetzt so deutlich hervor, dass die Haut sich dadurch regelrecht verdunkelte. Die fette Spitze am Ende seines Geschlechts war stark angeschwollen, und die Hoden des jungen Mannes sahen aus, als würden sie jeden Moment explodieren.

«Ja, Mamma-San», entgegnete Annabel, ignorierte die Nörgeleien der alten Frau aber ansonsten. Sie wusste genau, was ihre Hände bewirkten, als sie an dem Penis des nackten Jünglings herumspielte, der da so glückselig vor ihr lag. Annabel lächelte, als sie ihre Hände so auf seinem Schaft positionierte, dass er die größtmögliche Lust daraus zog.

«Die Zärtlichkeiten einer Dame sind immer vollendet in ihrer Kunstfertigkeit», erklärte Mamma-San und rückte näher an ihre Schülerin heran. «Deine Bewegungen müssen fehlerlos sein.» Annabel legte ihre zarten weißen Hände erneut auf den pulsierenden, dunklen Zylinder des japanischen Mannes. «Fester! Und gleichmäßiger! Ach, Annabel-San, du bist einfach zu ungeschickt!»

Die Europäerin spürte, wie die alte Frau ihre kleinen Hände auf die ihren legte. Die merkwürdige Berührung ließ sie erschaudern. Ihre Haut war kalt und glitt mit einem trockenen, kühlen Schaben über die ihre – fast wie die Berührung durch eine Schlange.

«In schönem, sanftem Rhythmus», wies Mamma-San sie an und benutzte ihre eigenen Hände, um die Bewegungen von Annabels Fingern zu lenken.

Als die alte Frau endlich zufrieden mit Annabels Rhythmus war, nahm sie ihre kleinen Klauen weg. «Jetzt ist der Zweig ein starker Ast», gurrte sie zustimmend und schaute auf den ausgefahrenen Schwanz des jungen Mannes. Dann setzte sie sich zurück auf ihre Fersen und beobachtete weiter jede Bewegung ihrer Schülerin.

Annabel hoffte, dass Mamma-San sich jetzt nicht noch einmal einmischen würde. Sie fühlte sich dabei nicht wohl und hatte das Erlebnis bisher nicht recht genießen können. Doch jetzt fing sie langsam an, an der Behandlung des Fremden Gefallen zu finden.

Der Anblick des erregten Gesichts ihres Versuchsobjektes brachte Annabels Herz zum Rasen. Der Jüngling zuckte und zitterte unter ihren Händen, und Annabel konnte nicht umhin, sich schuldig zu fühlen, dass sie diese bizarre Situation so genoss. Schließlich brachte sie einem völlig Fremden unter den Augen von Mamma-San und Kiku einen Orgasmus bei. Doch gleichzeitig breitete sich in ihrer Brust auch eine wilde Erregung aus.

Erwartungsvoll biss sie sich auf die Lippen. Annabel war sich durchaus bewusst, dass ihre Brüste unter der Seide des hinreißenden Goldkimonos frei herumschwangen. Wie gern hätte sie ihre Hände unter den weichen Stoff gesteckt und dort ihre Spalte berührt. Doch sie wusste, dass Mamma-San ihr niemals erlauben würde, sich anzufassen, während sie den jungen Mann befriedigte. Ihre eigene Erlösung würde noch warten müssen.

«Halt!», kreischte die Lehrerin auf einmal. «Du willst doch wohl nicht, dass er zu schnell zum Höhepunkt kommt. Er ist zu erregt. Nimm deine Hände weg! Zärtlich und gleichmäßig, du Närrin! Und jetzt warte einen Moment und fang dann wieder an. So ist's gut. Und jetzt wird es Zeit, ihn zum Wolkenbruch zu führen.»

Annabel bildete mit Daumen und Zeigefinger ihrer Hände jeweils einen Ring und legte sie dann in der Mitte des gierig wartenden Organs übereinander. Sie konnte den Duft seiner Säfte riechen und wusste, dass er kurz vor dem Höhepunkt war. Mit zunächst sanften Bewegungen zog sie die warme, angespannte Haut seines Riemens gleichzeitig in beide Richtungen.

Die Hände des Japaners verkrampften sich, und sein Gesicht war verzerrt. Annabel wiederholte ihre Behandlung in einem so geschickten Rhythmus, dass selbst Mamma-San sie nicht mehr kritisieren konnte. Der Atem des jungen Mannes drang zischend durch die geschlossenen Lippen, und die Haut zwischen ihren Händen wurde immer glitschiger, je mehr Vorsaft aus seiner Schwanzspitze trat. Als Annabel die Flüssigkeit in seine Penishaut einmassierte, wurde der Atem des Mannes noch lauter. Sie erhöhte Druck und Geschwindigkeit.

Als der Orgasmus ihn übermannte, gab der Jüngling seine passive Rolle auf. Sein Rücken krümmte sich, das Becken hob sich, und schnell stand sein gesamter Körper unter Hochspannung. Er fing an, mit den Hüften zu pumpen und rammte seine geschwollene Lanze zwischen Annabels liebkosende Hände. «Ich komme», brüllte er und bäumte sich ein letztes Mal auf.

Da spritzte auch schon heißer Samen aus seiner Eichel. Annabel hob instinktiv die Hände, damit die milchige Flüssigkeit nicht auf ihre mit Seide bedeckte Brust traf. Das Sperma rann über ihre Hand und zwischen die Finger. Im Raum breitete sich ein stechender Geruch aus, und sie hörte ein leises Prasseln, als die zähflüssigen Tropfen seines Saftes auf die nackte Brust des Jünglings niedergingen.

Ganz taub von seinem Orgasmus fiel der Japaner schwer keuchend auf den weißen Futon zurück. Annabel lächelte verklärt, als sie ihre Hand an einem bereitliegenden Handtuch abwischte. Nachdem sie sich gesäubert hatte, nahm sie ein weiteres der weißen Tücher und tupfte die Perlen ab, die seine dunklen Schamhaarlocken und den mittlerweile schlaffen Schwanz schmückten.

Annabel setzte sich zurück auf die Fersen und betrachtete den glücklichen, befriedigten Gesichtsausdruck ihres Übungsobjekts. Es war schön zu wissen, dass sie ihm so viel Freude bereitet hatte. Wenn sie seine Hände doch nur an die Stelle zwischen ihren Beinen führen könnte, wo sich auf dem Seidenstoff bereits ein feuchter Fleck abzeichnete. Die Vorstellung von sanften, kühlen Fingern, die ihr weibliches Geschlecht verwöhnten, brachte sie zum Zittern.

Doch plötzlich wurde ihr sinnlicher Traum von Mamma-Sans strenger Stimme unterbrochen. «Das war einfach jämmerlich, Annabel-San. Selbst eine Bäuerin hätte diesem Mann mehr Vergnügen bereiten können.»

Annabel biss sich verärgert auf die Lippen. Wie sehr sehnte sie sich doch danach, endlich von diesen Restriktionen und der Kritik befreit zu werden. Sie öffnete den Mund für eine zornige Antwort, wurde aber von einer frohgemuten, angenehmen Männerstimme unterbrochen.

«Also, ich weiß nicht, Mamma-San.» Hinter Annabel öffnete sich eine der Reispapierwände. «Ich bin gerade rechtzeitig eingetroffen, um den Höhepunkt zu beobachten, und er sah mir ganz danach aus, als ob jeder Mann ihn genossen hätte.»

Annabel wirbelte herum, um den Neuankömmling in Augenschein zu nehmen. Die gestärkten Lagen seines eindrucksvollen Kimonos konnten zwar nicht verbergen, dass er von recht kleinem Wuchs war, doch er hatte ein ansehnliches Gesicht und strahlte eine geradezu majestätische Sicherheit aus. Mamma-San und Kiku gaben ein kurzes Kreischen von sich und warfen sich sofort auf die Tatami-Matten. Der nackte Jüngling tat es ihnen gleich. Während er sich wieder und wieder verbeugte, hüpften seine Pobacken auf groteske Weise auf und ab.

Der Neuankömmling ignorierte sie alle. Seine Augen waren einzig und allein auf Annabel gerichtet. Diese verbeugte sich einmal sehr langsam und so anmutig sie konnte, setzte sich dann aber aufrecht auf die Knie und erwiderte seinen Blick standhaft. Sie wollte und konnte sich der Unterwerfungsgeste der anderen Anwesenden nicht anschließen.

«Das ist also die unglaubliche Europäerin», stellte der Mann fest und starrte die blonde Schönheit dabei unablässig an. Sein äußerer Kimono war haselnussbraun, doch Annabel fiel auf, dass die Kraniche darauf kleiner und in anderen Positionen dargestellt waren als die auf der Kleidung der Wachen. Sie fragte sich, wer der Fremde wohl war.

«Ich hielt es erst für einen Trick mit Haarfärbemittel und Schminke, aber die Berichte haben nicht gelogen. Sie ist eine ganz und gar umwerfende Kreatur. Augen so blau wie der Himmel und rund wie die Sonne. Wer hätte das für möglich gehalten.»

«Wie Recht Ihr doch habt, Herr Hiroshi. Sie ist sehr merkwürdig, das kann man wohl sagen», zwitscherte Mamma-San und hob ihren Kopf vom Boden. «Ein ausgesprochen ungewöhnlicher Fund, meint Ihr nicht auch, Herr Hiroshi?» Herr Hiroshi! Dann handelte es sich also um Nakanos jüngeren Bruder, der aus dem Familienschloss in Edo zurückgekehrt war. Annabel versuchte sofort, irgendwelche Ähnlichkeiten in ihren Gesichtern festzustellen, während der Mann lächelnd auf Mamma-Sans Frage antwortete. «Allerdings. Doch eigentlich fehlen mir die Worte. Um ehrlich zu sein, hatte ich gedacht, dass die anderen mich anschwindeln. Sie sind natürlich mit Erzählungen über Aussehen und Benehmen der Europäerin zurück nach Edo gekommen, aber ich hielt ihre Beschreibungen für das übertriebene Gerede von jungen Männern. Ich hätte nicht gedacht, dass sie wirklich eine fremdländische Frau ist. Wo kommt sie denn her, Mamma-San?»

«Ihr wisst natürlich längst, dass sie aus einem Land kommt, das man England nennt, Herr Hiroshi. So schlau seid Ihr schließlich. Es ist wie Japan ein kleines Land, das jedoch von einer Königin regiert wird – einer Frau also! Und das klingt für mich überaus unnatürlich.»

«Also nicht aus derselben Gegend wie die stinkenden Priester? Aber ich kann sehen, dass sie sich sehr von diesen minderen Kreaturen unterscheidet. Was denkt sie über Japan?»

«Wenn Ihr mögt, Herr Hiroshi, könnt Ihr sie gern selbst fragen. Sie spricht unsere Sprache.»

«Nein! Das ist ja ganz wunderbar! Eine sprechende Europäerin!» Die schmalen, glänzenden Augen wandten sich wieder Annabel zu. Ihr leichtes Glitzern machte sie unruhig.

Sie bemerkte sofort, dass Nakanos Bruder zwei Schwerter an seiner Seite trug – ein langes und ein kurzes, wie alle Samurai. Seit sie in die Festung gekommen war, wusste sie, dass diese Schwerter dem Träger das Recht verliehen, ihr den Kopf abschlagen zu lassen, wenn er es denn wollte. Und dafür brauchte er nicht einmal einen besonderen Grund. Es reichte aus, dass er ein Samurai war, zu dessen Vorrechten die Entscheidung über Leben und Tod nun einmal gehörte.

Während sie darauf wartete, dass Hiroshi das Wort an

sie richtete, konnte sie draußen den unablässig prasselnden Regen hören. Es musste wohl die kühle Feuchte sein, die ihre Gedanken so düster machte. Nichts konnte angenehmer sein als das freundlich lächelnde Antlitz, das sich jetzt zu ihr wandte.

Hiroshi sprach langsam, klar und betonte jedes Wort, als würde er mit einem Kind sprechen. «Wie gefällt dir Japan, Europäerin-San?»

Annabel neigte anmutig den Kopf. «Ich finde es überaus charmant», sagte sie mit lieblicher Stimme. «Und obwohl ich das trockene, kalte Winterwetter in meinen ersten Monaten hier bevorzugt habe, muss ich zugeben, dass der Frühlingsregen mich ein wenig an England erinnert. In meinem Land regnet es nämlich sehr häufig.»

Hiroshis Augen wurden immer größer. «Verzeih mir, Annabel-San», sagte er lachend. «Ich habe bisher nur europäische Handelsleute und Seemänner kennen gelernt, und das waren die reinsten Barbaren. Ich hatte ja keine Ahnung, dass die europäischen Frauen so anders sind. Liegt es daran, dass du eine Frau bist? Oder ist es eine Frage der Erziehung?»

Sie lächelte ihn an. «Ein wenig von beiden, Herr. Genau wie in Japan gibt es auch in England unterschiedliche Lebensstile. Man kann von einem armen Seemann nicht erwarten, dass er die Zeit zum Studieren findet.»

«Ich verstehe, was du meinst.» Er schaute sie nachdenklich an. «Dann ist es wohl tatsächlich möglich, dass es Europäer gibt, die nicht wie tote Hunde stinken?» Er atmete tief ein, sodass seine Nasenflügel sich aufblähten. «Du riechst nämlich genau so, wie eine Frau riechen sollte – ein feiner Duft, der die Sinne des Mannes entflammt.»

«Keiner meiner Freunde oder meiner Familie stinkt», erwiderte Annabel etwas scharf. «Ich fürchte, Ihr seid bisher nur den niedersten Formen von Seekaufleuten begegnet.»

Andauernd sagten die Leute ihr hier, dass Europäer stanken, und obwohl sie jedes Mal sofort hinzufügten, dass Annabel anders wäre, ärgerten sie diese Kommentare zunehmend.

«Köstlich!», rief Hiroshi mit glänzenden Augen. «Ich habe mich schon immer für Länder jenseits des Meeres interessiert. Als ich noch ein kleiner Junge war, habe ich mir oft ausgemalt, ich hätte einen europäischen Freund. Und jetzt scheint es fast, dass diese Phantasie Realität werden würde.» Er hielt inne und lachte laut auf. «Aber damals war ich ja noch ein Kind. Da ist es mir nie in den Sinn gekommen, mir ein weibliches Exemplar dieser Gattung zu erträumen.» Er strich eine Falte seines Kimonos glatt und rückte seine Schwerter gerade. Seine Stimme wurde heiser und ging etwas nach unten. «Geschweige denn, mir gewisse köstliche Dinge auszumalen, die wir beide zusammen tun könnten.»

Die darauf folgende Pause war voller Spannung. Annabel hörte hinter sich ein verstohlenes Rascheln, als der Junge aus dem Bordell seine Sachen zusammensuchte und auf Zehenspitzen den Raum verließ. Auch Mamma-San hatte sich von den Tatami-Matten erhoben. Sie kniete nach vorne gebeugt und schien nur darauf zu warten, jeden Wunsch zu erfüllen, den der Bruder des Daimyo vielleicht äußern könnte. Da öffneten sich lärmend die Reispapierwände, und Kiku erschien mit einem Tablett.

«Danke», sagte Hiroshi und nahm abwesend eine dünne, henkellose Tasse an, die halb mit grünem Tee gefüllt war. Er nippte vorsichtig daran und schaute weiter auf Annabel. Von seiner Tasse stieg bitterer Dampf auf. Das Unbehagen der blonden Frau kehrte zurück, doch Hiroshi war immer noch freundlich. Er lächelte und drehte sich dann zu der Lehrerin um. «Wie ich höre, lässt mein Bruder sie in der Kunst der Liebe ausbilden. Wie macht sie sich denn bisher, Mamma-San?»

Die ältere Frau verbeugte sich tief. Ihr orange-goldener Kimono glitzerte bei jeder Bewegung. «Langsam, Herr. Ich tue, was in meiner Macht steht. Ist es zu glauben, dass sie nichts, absolut nichts wusste, bevor sie hierher kam?»

«Tatsächlich?» Hiroshi betrachtete Annabel neugierig. «Hat deine Mutter dir denn nicht beigebracht, wie man einem Mann Vergnügen bereitet?»

Annabel fragte sich, wie sie ihm wohl die Absurdität einer solchen Frage begreiflich machen sollte. «Das entspricht nicht unseren Bräuchen, Herr», erwiderte sie schließlich schlicht.

«Wirklich? Das erscheint mir äußerst merkwürdig. Wie hält man dann den Ehegatten davon ab, sich die erotischen Freuden von einer Frau zu holen, die es in der Kunst der Liebe zur Meisterschaft gebracht hat? Selbst das einfachste Bauernmädchen weiß doch, dass man den Mann am leichtesten ans Haus binden kann, wenn er im Bett nichts zu missen hat.»

«Ich glaube nicht, dass englische Ehegatten fremdgehen», sagte Annabel und schüttelte den Kopf.

Hiroshis kleine schwarze Augen glitzerten. «Dann unterscheiden sie sich allerdings vom Rest der Welt. Alle Männer gehen fremd. Alle Männer erleben gern etwas Neues.» Seine Worte kamen jetzt langsamer und nachdenklicher. «Das Außergewöhnliche. Das Exotische zieht mich magisch an, könnte man wohl sagen.»

Als ihre Augen sich trafen, wurde Annabel plötzlich von einer scharfen Erregung erfasst. Hiroshis Ausdruck war forschend, verträumt und sinnlich. Die Lust auf sie ließ sich deutlich in seinen Augen ablesen. Da glitten seine Hände auch schon zu der Stelle seines Kimonos, die seine Männlichkeit bedeckte. «Du bist doch nicht zu müde von deinen vorherigen Übungen?», fragte er sie frei heraus. Annabels Herz schlug bis zum Hals. Was legte er ihr da nahe? Er war Nakanos Bruder! Annabel warf Mamma-San einen erschrockenen, Hilfe suchenden Blick zu. Es konnte doch unmöglich sein, dass sie ihn richtig verstanden hatte. Man konnte doch nicht von ihr erwarten, dass sie mit dem Bruder des Daimyo intim wurde!

Doch die alte Frau lächelte nur. «Oh, Herr Hiroshi, natürlich ist sie nicht zu müde! Sie würde sich voller Freude jeder sexuellen Spielart hingeben, die Ihr Euch wünscht.»

«Ihr Mund ist hinreißend», stellte Hiroshi fest und starrte auf Annabels Lippen.

Annabel senkte den Kopf. Was für ein Land! Was für ein verrücktes Land! Wie konnte man von ihr erwarten, dass sie eine Kultur verstand, in der man sie ermutigte, mit Nakanos Bruder Liebe zu machen?

Doch während sie Hiroshis nachdenkliches Gesicht betrachtete, wurde ihre Spalte immer feuchter. Er schaute noch immer auf ihren Mund. Annabel leckte sich die geöffneten Lippen und spürte das laszive Gewicht ihrer Zunge. Sie wusste, dass sie sexuell erregt war. Aber noch mischte sich unter diese Erregung auch eine gewisse Beklommenheit. Würde Nakano davon erfahren, dass sie Sex mit seinem Bruder gehabt hatte? Würde er wütend darüber sein?

«Dein Mund, Annabel-San», begann Hiroshi verträumt, «ich sehne mich nach dem herrlichen Gefühl deiner feuchten Lippen.»

Wie gelähmt von dem Durcheinander in ihrem Kopf blieb Annabel auf den Knien sitzen. Mamma-San warf dem wartenden Besucher einen sorgenvollen Blick zu. «Beweg dich, du tölpelhafte Europäerin!», zischte sie ihrer Schülerin zu.

Wie in einem Traum schwebte Annabel über die süßlich duftenden Tatami-Matten, bis sie dicht vor Hiroshi stand. Er hatte den Kopf leicht zurückgelegt und beobachtete die Fremde durch halb geschlossene Augen. Sein Haar war sehr dick und blauschwarz. «Ich möchte dich nur ungern zwingen», erklärte er durch sinnlich geöffnete Lippen.

Annabel beugte ihren Kopf als Zeichen der Erwiderung. «Ihr gereicht mir zu großer Ehre», entgegnete sie schließlich. Dieser Satz war eine rituelle Phrase, und die junge Frau war sich nicht sicher, wie ernst sie diese Worte meinte. Doch sie war voller Lust und Neugierde. Eine aufregende Mischung von Emotionen raste durch ihren Körper – Emotionen, derer sie in ihrer Verwirrtheit nicht näher gewahr werden konnte.

Da beugte Hiroshi sich auch schon vor und drückte ihr langsam seine Lippen auf den Mund. Die Zunge, die er ihr schließlich in den Mund schob, schmeckte nach bitterem grünem Tee. Weich und feucht leckte und neckte sie Annabel, bis sie plötzlich ganz steif wurde und voller Härte in die warmen Tiefen ihres Mundes stieß. Die blonde Frau saugte mit spitzen Lippen daran – so als würde sie an seiner Schwanzspitze saugen. Hiroshis Gesicht wurde immer heißer. Das spürte sie.

Auf einmal entzog er ihr seine Lippen mit einem schmatzenden Laut. Dann setzte er sich zurück und fuhr mit ungläubigen Fingern über seine Lippen, so als könne er ihre Berührung immer noch spüren. «Dieses liebliche Gesicht! Die weichen, rosa Lippen! Wie überaus erregend. Mein Schwanz ist ganz steif geworden, und meine Hoden beben vor Verlangen. Mamma-San!»

«Ja, Herr!»

«Öffne ihr Haar. Ich möchte diesen fabelhaften Goldschleier sehen, während sie mich leckt.»

Annabel spürte Mamma-Sans kalte Finger an den Nadeln, die ihre blonde Mähne zusammenhielten, und dann ein sanftes Kitzeln, als die Strähnen lose über ihre Schultern fielen.

Hiroshi griff zwischen die Falten seines Kimonos und holte sein Gemächt heraus. Als sie sah, wie die rotblaue Eichel fast rhythmisch pulsierte, beschleunigte Annabels Atem sich zusehends. Der untere Teil seiner Männlichkeit war immer noch unter den Falten des Kimonos verborgen, aber sie konnte sehen, dass der Schaft fleischig, steif und stramm war. Als sie sich die unweigerlich folgenden Intimitäten vorstellte, rann ein Schauer über ihren Rücken.

«Soll ich Euch entkleiden, Herr Hiroshi? Die Europäerin kann blitzschnell ausgezogen werden, wenn Ihr es wünscht.»

Hiroshis Augen blieben wie hypnotisiert auf Annabels Mund gerichtet, doch er antwortete der alten Frau voller Höflichkeit, so als würde er die dadurch entstehende Verzögerung genießen. So als würde es ihm gefallen, den Moment hinauszuzögern, in dem er seinen ungezügelten Schwanz endlich zwischen Annabels zärtliche Lippen schieben konnte.

«Überaus freundlich, aber für eine längere Liebelei fehlt mir die Zeit. Eigentlich wollte ich nur einen kurzen Moment verweilen, um mir die fabelhafte Europäerin anzuschauen. Aber jetzt, wo ich sie kennen gelernt habe, kann ich meinen Weg nicht fortsetzen, ohne das herrliche Gefühl gehabt zu haben, mich in diesem unglaublich sinnlichen Mund zu ergießen.»

«Wie Ihr wünscht, Herr», sagte Mamma-San, verbeugte sich und kroch dann nach hinten. «Bitte, fahrt nur fort. Es wäre uns eine große Ehre, wenn Ihr Eure Freuden ganz in unsere Hände legt!»

«Das Vergnügen ist ganz auf meiner Seite», erwiderte Hiroshi. Seine Augen wurden immer dunkler, und trotz seiner scheinbaren Ruhe war ein leichtes Zittern in seiner Stimme spürbar. «Wenn du jetzt beginnen möchtest, Annabel-San ...»

Als die junge Frau sich vorbeugte, spürte sie erneut eine gewisse Beklommenheit. Ihr Gesicht strich über die unordentlichen Falten von Hiroshis Kimono, als sie ihren Kopf unter die warme Masse von weicher Seide und steifer Baumwolle steckte, um seinen Liebesstab zwischen ihre Lippen zu legen.

Das zarte Fleisch seiner Lanze füllte ihren Mund ganz aus. Der erotische Geschmack und Geruch nahmen ihre Sinne sofort gefangen. Sein Organ zuckte lebhaft, als ihre Lippen es umschlossen.

Auch ihr eigenes Blut begann zu kochen. Annabels Lustgrotte reagierte mit einem leichten Zucken auf die erfüllende Erfahrung eines Schwanzes in ihrem Mund.

Ihre Zunge wanderte über die samtweiche Haut seiner Eichel, die sie mit gierigem Schlecken ableckte. Sie hörte seinen zischenden Atem, während seine Hände ihr voller Zärtlichkeit über den Kopf strichen und sie so ermutigten, ihn weiter zu erfreuen. Annabel saugte die Härte seiner Erektion tief in ihren Mund, sodass ihre Wangen ganz hohl aussahen. Ihre Augen flatterten kurz auf, als Hiroshis Gemächt gegen ihre Kehle stieß. Sein Gesichtsausdruck war angespannt, und die Augen wanderten immer wieder über ihr blondes Haar und das fremdländische Gesicht. Er schien sich der Tatsache voll bewusst zu sein, dass es

Annabel die Europäerin war, die ihn da bis zur Ekstase aussaugte.

Irgendwann kam Annabel zu dem Schluss, dass sie das gute Recht hatte, diese Erfahrung ebenso zu genießen. Also zog sie den Kopf etwas zurück, um das glänzende, feuchte Liebesfleisch betrachten zu können, das da zwischen ihren geöffneten Lippen steckte. Als sie den Riemen wieder zurück in die Höhle ihres Mundes saugte, gab sie ein schlürfendes Geräusch von sich. Das Blut stieg ihr in die Wangen, und Annabel wusste, dass sie rot wurde. Hiroshis Penis zuckte wie ein eigenständiges Wesen in ihrem Mund. «Welch himmlische Musik!», stieß er ekstatisch hervor.

Ungeachtet der feuchten Geräusche und des Speichels, der von ihrem Mund tropfte, wurde Annabel immer sicherer. Sie saugte mit größer werdender Gier an seinem dicken Luststab. Irgendwann hörte sie sich bei seinem lustvollen Zucken selbst laut stöhnen und war ganz überrascht, wie sehr ihre Aufgabe sie erregte. Ihre Möse fühlte sich wie eine aufgeplatzte Frucht an und war schwer vor Verlangen. Sie verwöhnte Hiroshis dunkle Lanze mit immer schnelleren Kopfbewegungen.

Das sinnliche Gefühl seines nackten Organs in ihrem Mund war so verlockend und herrlich, dass Annabel viel darum gegeben hätte zu wissen, wie sie das bevorstehende, explosive Finale hinauszögern konnte. Doch gerade als sie überlegte, sich zurückzuziehen und ihre Liebkosungen kurz zu unterbrechen, spürte sie auch schon den ersten dünnen Strahl gegen ihre Kehle spritzen. Sie verschluckte sich fast, bevor sie den Schwall ganz in sich aufnehmen konnte. Annabel schluckte hart, als seine Keule eine kurze Pause bis zur nächsten Eruption machte. Dann wirbelte sie mit der Zunge erneut über seine fleischige Eichel, um die nächste, zuckende Entleerung herbeizuführen. Als es ihm schließlich kam, schluckte sie eine weitere Ladung der dicken Creme, die erst warm über ihre Zunge rann, um dann den Weg in ihren Hals zu finden. Für ein weiteres, zärtliches Lecken wurde sie mit einer dritten Spermafontäne belohnt. Annabels Körper zitterte, so als erlebte sie Hiroshis Höhepunkt am eigenen Leib mit. Während er sich ergoss, strich er ihr mit kraftlosen Händen über den Kopf.

Annabel behielt seinen Penis so lange in ihrem Mund, bis er weicher wurde. Als er ganz erschlafft war, entließ sie ihn aus ihren geöffneten Lippen. Dann kuschelte sie sich kurz in die Dunkelheit von Hiroshis Kimono, sog den schweren Duft seiner Männlichkeit ein und setzte sich wieder auf die Knie.

Annabel faltete die herrlichen Seidenröcke ihres Kimonos und klopfte sie glatt. Der bestickte Obi war nach wie vor fest um ihre Taille geschlungen. Er hatte sich trotz ihrer erregten Zuckungen nicht gelockert. Doch ihr Haar war immer noch frei über die Schultern ausgebreitet. Annabel neigte den Kopf zur Seite und nahm die goldene Kaskade zu einem langen Zopf zusammen, den sie dann zu einem saloppen Dutt drehte.

Hiroshis Atem beruhigte sich langsam wieder, und er sah Annabel mit verhangenen Augen an. Er schüttelte den Kopf und schien nach Worten zu suchen. Kiku und Mamma-San waren mittlerweile aufgesprungen und hielten dem Gast heiße, feuchte Tücher hin. Abwesend nahm er eines davon an und tupfte damit so beiläufig sein Geschlecht ab, dass Mamma-San hörbare, missbilligende Laute von sich gab und ihm das Tuch schließlich wieder abnahm. Sie rieb sein Gemächt trocken, als wäre er ein hilfloses Kind. «Schon fertig, Herr Hiroshi», gurrte sie. «Jetzt ist er wieder schön sauber.»

«Ja, danke», erwiderte der Japaner beiläufig. «Ich muss … Eigentlich werde ich vom Kriegsrat erwartet … Ich bin jetzt schon spät dran …»

Er atmete tief ein, um sich zu beruhigen. Seine Augen, die eben noch vor unausgesprochenen Phantasien und geheimnisvoller Sinnlichkeit glühten, waren wieder zu den sorglosen, glänzenden Knöpfen geworden, die Annabel zuerst gesehen hatte. «Ein äußerst bemerkenswertes Erlebnis», urteilte er knapp und verbeugte sich tief. «Annabel-San, ich danke dir für deine köstlichen Dienste.»

Nach diesen Worten stand er wieder auf und ordnete seinen Kimono mit geschickten Bewegungen. «Wie immer stehe ich tief in Eurer Schuld, Mamma-San», sagte er und ging auf die Reispapierwand zu, die Kiku ihm aufhielt. Scheinbar ohne sie zu bemerken, ging er an der knienden Annabel vorbei und trat auf den Flur. Dort war sofort das metallene Klirren von Rüstungen zu hören, als seine Eskorte Haltung annahm. Es dauerte nicht lange, und die Gruppe entfernte sich mit gleichmäßigen, militärisch anmutenden Schritten. Noch immer konnte Annabel seinen Samen in ihrem Mund schmecken. Sie war völlig überwältigt und erschöpft von der erotischen Intensität dieses Dienstes mit ihrem Mund.

«Bitte, Mamma-San, darf ich mich entschuldigen?», begann sie mit eindringlicher Stimme. «Ich würde gern auf mein Zimmer gehen. Ich muss unbedingt allein sein.»

KAPITEL 8

Annabel lag mit dem Bauch auf den warmen, süßlich riechenden Tatami-Matten und schaute durch die offenen Reispapierwände in den feuchten, grünen Garten unter ihr. Da man ihr mitgeteilt hatte, dass heute kein Unterricht für sie stattfinden würde, trug sie nur einen einfachen blau-weißen Kimono, der von einer schlichten roten Schärpe zusammengehalten wurde. Es war schön, dieses Gefühl von Freiheit zu haben. Selbst der heftige Regen konnte Annabels Urlaubsgefühl nichts anhaben. Sie hatte lange geschlafen und lag jetzt seit ungefähr einer Stunde auf dem Bauch und beobachtete verträumt, wie der prasselnde Regen auf den Garten niederging.

Sobald die schweren Tropfen auf die Wasseroberfläche des Teichs fielen, bildeten sie Silberringe von der Größe eines englischen Shillings. Dunkelgoldene Koi-Karpfen schwammen träge unter den Wasserlilien umher, die in einer Ecke des Gewässers blühten. Der Teich lag in einer Kurve unter den moosbedeckten Steinen, die Annabels winzigen Garten eingrenzten. Dieses kleine Stück Natur bestand in erster Linie aus Felsblöcken, Kies und einigen

Steinen. Annabel fand den Garten recht merkwürdig, doch die Farne, die in den Ecken wuchsen, hatten etwas Beruhigendes an sich, und das Fleckchen Erde wurde von niemandem außer ihr selbst besucht.

Die junge Frau war überaus dankbar, dass sie nach langem Betteln und Streitereien endlich einen Ort für sich hatte – auch wenn er sich nur in einer vergessenen Ecke der Festung befand. Ohne eine Möglichkeit zum Rückzug hätte sie es niemals in Shimoyama ausgehalten. Jetzt, wo sie jede Nacht auf demselben Futon schlief, war sie viel glücklicher. Das zufällig ausgewählte Bettzeug aus einem Schrank, der jedem zugänglich war, mochte zwar wärmen, aber es gab ihr nicht das sichere Gefühl eines Zuhauses.

Annabel hasste die Tatsache, dass die Japaner ohne jede Privatsphäre lebten. Alle Räume waren öffentlich und multifunktional. Wenn nötig, wurden Möbel, Kissen und Betten einfach von Raum zu Raum getragen. Praktisch, aber nicht gemütlich oder friedlich.

Plötzlich öffnete sich knirschend eine der Reispapierwände, und Annabel zuckte zusammen, als sie Mamma-San eintreten sah. «Immer muss ich so weit laufen, wenn ich zu dir will, Annabel-San», beschwerte sie sich sofort. «Es ist mir ein Rätsel, wieso du in dieser dunklen Ecke herumlungern musst. Es sei denn, du suchst die Abgeschiedenheit, um in dieser unschicklichen Haltung rumliegen zu können. Eine wohlerzogene, junge Dame liegt nicht auf ihrem Bauch! Steh sofort auf!»

Seufzend erhob sich die Angesprochene und verbeugte sich höflich. Die warme, feuchte Frühlingsluft war zum Ersticken, und Annabel fragte sich, ob wohl ein Gewitter aufzog. Die letzten Tage hatte sie sich eingeengt und gedämpft gefühlt – als würde der Luftdruck fallen. Sie kam sich durch das Wetter geradezu eingeschlossen vor.

Seit sie vor ein paar Wochen in Shimoyama angekommen war, hatte sie nirgendwohin gehen dürfen außer auf ihr Zimmer und in die Flure, die zu Mamma-Sans Gemächern führten. Deshalb war sie auch sehr überrascht, als die Lehrerin sie jetzt zur Eile trieb. «Schnell, schnell! Wir gehen heute Abend zum Sumoringen. Lord Nakano selbst hat uns dazu eingeladen.»

Nakano! Endlich würde sie ihn wiedersehen. Und Hiroshi? Würde er auch dort sein? Annabel zitterte. Würden die beiden zusammen dort sein? Wie konnte sie ihnen gegenübertreten? Ihr Verstand arbeitete auf Hochtouren, während sie Mamma-San durch die klammen, hallenden Korridore folgte. Zwar wollte sie Nakano unbedingt sehen, fürchtete sich aber auch vor der Begegnung. Wieder stieg das Bild des dunklen, potenten Mannes vor ihrem geistigen Auge auf. Es ließ ihren Kitzler pulsieren, und die samtenen Muskeln in ihrem Schoß zogen sich krampfartig zusammen.

Der smaragdgrüne Kimono, der in Mamma-Sans Gemächern auf sie wartete, war der schönste, den Annabel je gesehen hatte. Beim Anblick der Stickereien jauchzte sie vor weiblicher Begeisterung laut auf. Die helle Seide war mit goldener Plattstickerei verziert – stilisiertes Herbstlaub in Rot und Gold, in das sich lebendige, bunte Pflaumenblüten mischten. Der Saum war mit phantastischen, bronzefarbenen Chrysanthemen-Garben versehen worden. Funkelnde Silberschnüre und goldene Bänder schlängelten sich hinter den Darstellungen und verbanden die Muster untereinander. Dazu hatte Mamma-San einen steifen Obi aus dunkelgrüner Seide mit hellgelben Drachen ausgewählt. Der Aufzug war überaus farbenfroh und widersprach jedem guten Geschmack, den Annabel kannte. Der Kimono war ein glorreicher Triumph.

Wie so oft hatte Mamma-San für alle drei Frauen dieselbe Farbpalette vorgesehen. Dunkelgrüne Seide mit einem wirren Pinienmuster für sich selbst und einen Kimono in hellem Jadeton für Kiku. Innerlich mochten die drei zwar nicht harmonisieren, aber die ähnlichen Farben ihrer Kimonos ließen sie wahrscheinlich wie eine Familie aussehen, als sie den Turm der Festung hinabstiegen.

An der Schwelle zum Bergfried standen grüne und goldene Lackschuhe für den Außenbereich. Annabel zog ihr Paar an, ohne besonders darauf zu achten, wie sie aussahen – sie war zu neugierig auf den Innenhof des Bergfrieds. Bei ihrer Ankunft war es dort nämlich zu dunkel gewesen, um irgendetwas zu erkennen.

Der Regen hatte einem feinen Nebel Platz gemacht. Der Himmel war grau, und die Luft fühlte sich feucht auf ihren Wangen an. Das Wetter schien ebenso grau wie die Steine, mit denen der Innenhof ausgelegt war. Annabel zitterte, als sie die stille und düstere Szenerie betrat.

Die einzige Bewegung, die sie ausmachen konnte, kam von vier Männern in dunklen blau gefärbten Kleidern, die sich über die Erde beugten. Sie trugen kegelförmige Strohhüte – die typische Kopfbedeckung der Bauern. Annabel ging mit knirschenden Schuhen an ihnen vorbei und beäugte sie dabei neugierig. Sie bearbeiteten die Steine mit gebogenen Metallwerkzeugen und säuberten den grauen Kies. Neben jedem der Bauern stand ein geflochtener Korb, in dem kleine Schmutzteilchen und ein paar welk aussehende Kräuter lagen.

Als Annabel sich zu dem Gebäude umdrehte, das sie gerade verlassen hatte, fiel ihr auf, wie makellos sauber der massive, düstere Bau doch wirkte. Die überwältigende Größe des Gebäudes wurde durch die Eleganz der Konstruktion ausgeglichen. Die dunklen Ziegel glänzten im Regen, sodass man den Eindruck gewinnen konnte, als würden die geschwungenen Dächer jeden Tag gebohnert werden. Wahrscheinlich war das Holz einfach nur vom Regen aufgeweicht, doch die hölzernen Treppen, die vergitterten Fenster und alle Balkone glänzten in poliertem Schwarz und hoben sich eindrucksvoll von den weiß verputzten Wänden ab.

Es wehte ein scharfer Wind, als Mamma-San sie um eine Ecke führte und dann auf den massiven Bogen des Eingangstores zuging, hinter dem sich die Straße in die Stadt befand. Plötzlich fiel Annabel ein leises Klimpern auf. Als sie aufsah, entdeckte sie eine metallene Eule, die unter einem Dachfirst hin und her baumelte.

«Wozu sind diese Vögel gut?», fragte sie und zeigte mit ihrem Schirm aus Bambus auf das unechte Tier. Das japanische Wort für Eule kannte sie nicht.

«Die Eulen? Die sollen natürlich die Mäuse verjagen. Was Schädlinge angeht, sind wir Japaner sehr wachsam. Hygiene ist überaus wichtig für uns.»

Annabel dachte an das Segelschiff ihres Vaters und die Rattenkötel, die sie dort häufig einsammeln musste. Ihr lief noch heute ein Schauer über den Rücken, wenn sie daran dachte, wie sie einmal in eine Dose mit Keksen gelangt und dabei mitten in eine wabernde Masse knolliger, warmer Körper gefasst hatte – ein Nest quiekender, haarloser Ratten mit langen Schwänzen.

An ihrem ersten Tag auf dem Schiff war Annabel der abscheuliche Gestank von Ungeziefer noch unerträglich vorgekommen, sie hatte sich dann aber doch daran gewöhnt. Genauso wie sie sich an Shimoyama gewöhnt hatte. Es fiel ihr schwer, sich an das Leben auf See zu erinnern. So merkwürdig ihr neues Leben hier auch war, sie hatte sich nicht ein einziges Mal nach dem wachenden Auge von Walter Smith zurückgesehnt.

Mittlerweile trippelten die Frauen über eine gebogene Steinbrücke, um dann in ihren Lackschuhen die gepflasterte Straße hinunterzulaufen, die neben dem Gewässer entlangführte. Den Wassergraben, der um die Festung herumführte, hatte Annabel schon von ihrem Fenster aus gesehen. Doch ihr war nicht klar gewesen, wie breit er war und wie tief man ihn ausgehoben hatte. Er bot hervorragenden Schutz. Die einzige Brücke war diejenige, die sie gerade überquert hatten. Annabel blieb stehen und schaute zurück auf den fein geschwungenen Steinbogen.

An den grasbewachsenen Ufern des Grabens wuchsen duftende Zedernbäume. Unter der Brücke segelten zwei Schwäne umher, die sich auf der glasigen schwarzen Oberfläche des Wassers spiegelten. Über der ganzen Szenerie thronten die vielen Dächer des Donjons, wie der zentrale Bergfried genannt wurde. Sie waren auf seltsame Weise verwinkelt und geteert und überlappten sich gegenseitig wie die Schichten eines Kiefernzapfens. Die Dächer waren so konstruiert, dass Brandbomben genauso von ihnen abglitten wie der Regen – eine Angst einflößende Erinnerung an den wahren Zweck Shimoyamas.

Annabel seufzte, als sie sich wieder der Straße zuwandte. Noch eine scharfe Kurve, und sie befanden sich auf dem direkten Weg zu ihrem Ziel. Die Stadt war sehr dicht bebaut. Aus Sicherheitsgründen waren alle Gebäude durch die dicken Steinmauern der Festung eingeschlossen. Als sie schließlich die erste schmale Gasse betraten, sah Annabel sich neugierig um. Sie konnte gar nicht fassen, wie sauber und ordentlich der Ort wirkte. Wie offen und bunt doch alles war.

Die Geschäftsleute hatten einfach die Reispapierwände

entfernt, die zur Straße zeigten, sodass alle Vorderseiten der Läden offen standen. Das graue Nachmittagslicht wurde bereits dunkler, sodass die meisten der offenen Fronten von bunten Lampions erhellt wurden. Die Dreiergruppe ging an einem Geschäft vorbei, das voll gestellt war mit strohbedeckten Fässern, und Annabel war hocherfreut, als sie die großen japanischen Zeichen darauf entzifferte: feinster Sake! Es war ein Laden für Reisweine. Sie versuchte, noch etwas langsamer zu gehen, doch Mamma-San zog sie unerbittlich weiter – vorbei an einem Laden für grünen Tee, einem Geschäft voll seltsamer Taschen und dann an einem Seidenhandel.

Plötzlich spürte sie den stechenden Geruch des Meeres. Als Annabel sich umschaute, sah sie eine ganze Reihe Kisten, die mit silbernen Fischen gefüllt waren – alle so ausgerichtet, dass ihre kleinen Schwänze in dieselbe Richtung zeigten.

«Hör auf, so zu glotzen, Annabel-San!», fuhr Mamma-San sie streng an. «Und geh eleganten Schrittes. Hier wissen schließlich alle, dass ich dich ausbilde.»

Annabel bemerkte rasch, dass praktisch jeder Dorfbewohner sie anschaute. Die meisten zwar nur mit diskreten Seitenblicken, aber doch sprach Neugierde aus ihren Gesichtern. Trotz des warmen Frühlingsregens, der unaufhörlich vom Himmel prasselte, senkte sie ihren Schirm ein wenig, um sich dahinter zu verstecken. Doch da hielt Mamma-San auch schon vor einem großen, geschlossenen Gebäude an. Der Baustil erinnerte Annabel an den Tempel, in dem sie zum ersten Mal Nakano begegnet war. Die eleganten Holzpfeiler waren rot angemalt, und schwarze Gittersprossen strukturierten die Reispapierwände. Vor dem Eingang erhoben sich weitere imposante rote Pfeiler.

Mamma-San und Kiku hoben die seidenen Röcke ihrer

Kimonos an und traten von der Straße auf eine polierte Holzstiege, die um das Gebäude herumführte. Annabel folgte dicht hinter ihnen. Die drei Frauen taten ein paar Schritte in Richtung Eingang und blieben kurz davor stehen, um sich die Schuhe auszuziehen. Das elegante, lackierte Schuhwerk gesellte sich zu einem riesigen Haufen Stiefel mit einer extra Aussparung für den großen Zeh, kostbaren Schuhen und abgetragenen Sandalen, die vor dem Eingang lagen.

«Finden wir die Schuhe denn hier jemals wieder?», erkundigte Annabel sich neugierig, wurde aber ignoriert.

Die Zehen von Mamma-Sans weißen Socken blitzten unter ihrem Kimono hervor, als sie über den Korridor ging. Da kam auch schon ein offiziell wirkender Mann auf sie zugerannt, der sich zwischen seinen Sätzen immer wieder verbeugte. «Tut mir schrecklich Leid … Man hat bereits begonnen … Wärt Ihr so freundlich, Euch ein wenig zu beeilen? … Hier entlang, bitte … Lord Nakano erwartet Euch bereits …»

Nakano! Annabel hatte ihn bei all der Aufregung über den Anblick der Stadt völlig vergessen. Doch jetzt, wo sein Name fiel und sie erneut an ihn dachte, verschwamm alles vor ihren Augen. So bemerkte Annabel kaum, wie groß die Arena war, die sie jetzt betraten, und ihr klopfendes Herz übertönte das Summen von Tausenden von Stimmen. Ihr Magen rumorte, als der Geruch von kochendem Reis und eingelegtem Fisch in ihre Nase stieg. Doch auch das registrierte sie wie durch einen Nebel hindurch. Und als ein weiterer, besorgt aussehender Beamter auftauchte und sich ebenfalls tief verbeugte, konnte sie ihn nur mit leerem Blick anstarren. Er wollte sie vom Eingang des Gebäudes hinunter zum Zentrum der Arena eskortieren.

Annabel folgte ihm gehorsam, doch ihre Verwirrung

machte mittlerweile selbst die einfachsten Dinge unmöglich: Sie konnte nicht denken, sie konnte nicht richtig gehen, und zu allem Überfluss verfing sich eine ihrer weißen Socken auch noch in einem Nagel, der aus den Tatami-Matten hervorschaute, und sie stolperte. Der Beamte sprang ihr sofort zur Seite und nahm sie beim Arm. Dann führte er sie vorsichtig durch die Menschenmasse, die auf dem Boden saß.

Auf den ersten Blick sah es aus, als würde das Publikum in Familienverbänden zusammensitzen. Viele der Menschen hatten Körbe voller Lebensmittel bei sich – so als wollten sie in einem Park ein Picknick veranstalten. Doch auf den zweiten Blick erkannte die Fremde, dass die Gruppen fast nur aus Männern bestanden, die nur ein paar vereinzelte Frauen dabeihatten.

Dann sah Annabel den Kampfring – ein aufgeschütteter Erdhügel mit einem Kreis aus Lehm. Er war mit flackernden Fackeln beleuchtet, die nach Teer stanken. Über dem Ring war ein hängendes Zeltdach errichtet worden, von dem rote und goldene Kordeln herabhingen.

Auf den besten Plätzen direkt vor dem Ring saßen fünf oder sechs Männer in steifer, aufrechter Haltung. Sie sahen aus wie Seelöwen an einem Strand. Zwischen den deutlich separierten Plätzen mit ihren sandfarbenen Matten und der schwatzenden Menge im Rest des Raumes lag ein respektvoller Abstand.

Mamma-San gesellte sich ohne Scheu zu der ernst blickenden Gruppe. Charmant, feminin, elegant. Zwar mochte Annabel die alte Frau verabscheuen – und in diesem Moment wurde ihr klar, wie sehr sie sie wirklich hasste –, doch sie kam nicht umhin, den flüssigen Smalltalk und die zarten Gesten zu bewundern, mit denen Mamma-San ihnen Zugang zu den Plätzen verschaffte. Die Männer entspannten sich merklich, als die ältere Frau sie lachend neckte. Verschwunden war die förmliche Atmosphäre, und die Gruppe wirkte bereit, sich endlich unterhalten zu lassen.

Annabel aber blieb unsicher hinter Mamma-San stehen. Sie fühlte sich riesig und tollpatschig in ihrer Schüchternheit und zögerte, sich zu der Gruppe hinzuzugesellen. Als sie Nakano ansah, wurde ihr Mund sofort trocken. Seine majestätische Figur war unverkennbar. Direkt neben ihm kniete der etwas weniger eindrucksvolle Umriss von Hiroshi. Annabels Wangen wurden ganz heiß. Ob die beiden wohl über sie gesprochen hatten? Wusste er, dass sie mit seinem Bruder intim gewesen war?

Als die junge Frau sich schließlich auf die weiche Matte kniete, hörte sie einen der Anwesenden witzeln: «Die Europäerin wird den besten Blick auf den Sumo haben.» Alle saßen hinter ihr. Sie hörte Mamma-San brabbeln, Kiku schrill kichern und die Männer in tiefer Tonlage lachen – sehen aber konnte sie nichts.

Annabel war in höchster Alarmbereitschaft. Sah Nakano sie an? Wie gern hätte sie sich doch umgedreht. Ihr Hals fühlte sich ganz nackt an. Entblößt unter ihrem hochgesteckten Haar und dem nach unten umgeschlagenen Kragen ihres Kimonos.

Als schließlich die kleine, ernste Gestalt des Zeremonienmeisters in den Ring stieg, ging ein Raunen durch die Menge, das sich wie der Wind in einem Wald anhörte. Sein Kimono glitzerte in dem bunten Licht, und Annabel konnte die Spannung der Menge spüren. Das Publikum beugte sich erwartungsvoll vor, um ja nichts zu verpassen.

Der Anblick der Sumoringer, die die Arena betraten, lenkte Annabel kurzfristig ab. Noch nie hatte sie solch fette Männer gesehen! Sie trugen nichts weiter als Lendenschurze am Leib, sodass die Europäerin gar nicht anders konnte, als auf ihre nackten, wabbligen Hintern zu starren, während sie im Ring umherstolzierten. Der Zeremonienmeister hatte eine krächzende Stimme, und Annabel konnte ob der unbekannten Sprechmelodie seine Einführungsrede kaum verstehen.

Die Zeremonie hatte etwas sehr Rituelles, und der Kampf selbst war ausgeklügelt organisiert und wirkte sehr formell. Annabel sah, wie sich zwei riesige Ringer voreinander verbeugten, deren Erscheinung keinerlei Rückschluss bot, wer wohl der aussichtsreichere Kämpfer von ihnen wäre.

Sie dachte an zu Hause und an die Ringkämpfe, die sie dort gesehen hatte. Wenn ihre Mutter das gewusst hätte … Aber Timothy, der dritte Stallbursche, träumte davon, sein Glück mit diesem Sport zu machen. Und so hatten sich alle Bediensteten und Annabel regelmäßig davongestohlen, um ihm dabei zuzusehen. Die schrecklich brutalen Kämpfe hatten Annabel zutiefst schockiert. Sie waren immer erst dann vorbei, wenn einer der Beteiligten in die Bewusstlosigkeit geprügelt worden war, und wurden später oftmals inoffiziell in der Dorfkneipe fortgesetzt. Das Ganze war weit entfernt von dieser nett verpackten, gezähmten und zivilisierten Gewalttätigkeit.

Plötzlich wurde Annabel von einer kühlen, feindseligen Stimme hinter ihrem Rücken überrascht, die sie regelrecht zusammenzucken ließ. «Eigentlich wollte Lord Nakano dich ja als Preis bei diesem Turnier aussetzen. Aber nicht mal diese fetten Monster wollten eine Europäerin haben.»

Kiku! Das japanische Mädchen hatte sich vorgebeugt, um Annabel unter dem Lärm des Ringkampfes Beleidigungen ins Ohr zu flüstern. Annabel war versucht, herumzufahren und die Widersacherin mit einem Blick in den Boden zu rammen. Kiku hatte Angst vor dem mächtigen Blau ihrer Augen, und normalerweise reichte ein Blick aus, um die Kleine zum Schweigen zu bringen. Doch leider hätte sie damit die Aufmerksamkeit der gesamten Männergruppe und damit auch Nakanos auf sich gezogen.

Ich werde mich einfach nicht davon beirren lassen, dachte Annabel und entschloss sich, ruhig zu bleiben.

«Du stinkst wirklich», fuhr die gemeine Stimme flüsternd fort. «Wir Japaner sind eigentlich zu höflich, um es dir zu sagen, aber du stinkst so, wie alle Europäer stinken!»

Annabel verharrte statuenhaft auf ihrem Platz und konzentrierte sich ganz auf die zwei dunkelhäutigen Monster im Ring, von denen eines gerade seinen enormen Bauch in das Gesicht seines Gegners drückte. Wie schön wäre es, wenn er das mit Kiku täte.

«Du gehörst hier nicht her! Du passt nicht zu uns! Niemand will dich hier haben! Geh heim, Europäerin! Kehr zurück in dein stinkendes Loch!»

Annabel rückte unruhig hin und her. Ihre Nerven lagen blank. Schließlich hatte Kiku Recht – sie passte nicht hierher. Zunächst hatte die Reglementierung der japanischen Gesellschaft sie noch amüsiert, in der selbst die niedrigsten Ränge definiert waren. Doch für soziale Außenseiter wie sie – eine Europäerin in Shimoyama – gab es keine Kategorie. Annabel war isoliert wie vielleicht sonst niemand in ganz Japan. Noch nie hatte sie sich so allein und bezugslos gefühlt.

Doch wenn sie sich anmerken ließ, dass Kiku sie verletzte, würde sie damit nur ihre Schwäche zeigen. Und das würde die kleine Japanerin gnadenlos als Waffe einsetzen – da hatte Annabel gar keine Zweifel. Obwohl ihr Hals sicher rot vor Zorn war und sie sich damit ohnehin verriet, gelang es der blonden Frau doch wenigstens, so still zu sitzen, als wäre gar nichts los. Aber dann erklang die Stimme erneut: «Wenn du nur deinen Akzent hören könntest, Europäerin! Selbst ein Fisch klingt besser! Was für eine Schande, dass nur die minderwertigsten Schwachköpfe bereit waren, dich ihr niederes Japanisch zu lehren! Aber vielleicht war das auch Schicksal. Dreck zu Dreck, sozusagen.»

Jetzt hatte sie genug! Vor Annabels geistigem Auge erschien das liebevolle, zarte Gesicht Hirokos, und sie musste an die vielen schönen Stunden denken, die sie zusammen verbracht hatten. Liebe, treue, geduldige Hiroko. Annabel konnte es nicht ertragen, dass ihre Freundin beleidigt wurde.

Da begann die zischende Flüsterin auch schon, neues Gift auszuspucken. «Ich habe gehört, dass Fischschleim …»

Annabel drehte sich ruckartig nach hinten, um Kiku mit einem Blick zum Schweigen zu bringen. Das japanische Mädchen gab ein hasserfülltes, nervöses Kichern von sich und legte die Hand auf den Mund.

«Was ist denn hier los?», fragte plötzlich eine tiefe, männliche Stimme.

«Es ist nur die Europäerin», flötete Kiku hinter vorgehaltener Hand. «Ich fürchte, sie weiß einfach nicht, wie man sich zu benehmen hat. Es tut mir schrecklich Leid, aber was kann man schon erwarten? Sie hat bisher bei einer schleimigen Schnecke gelebt.»

Da schnellte Annabels Hand auch schon unwillentlich vor und erzeugte ein zutiefst befriedigendes Geräusch, als sie auf Kikus gepuderte Wange traf. Die Handfläche tat sofort weh. Annabel war glücklich, diesen Schmerz zu spüren, denn er lenkte sie von ihrem bohrenden Zorn ab.

Die Japanerin gab ein kleines Kreischen von sich und fiel nach hinten um. Annabel wurde ganz mulmig zumute. Sie rechnete fest damit, dass das Mädchen sich schnell erholen und dann rächen würde. Die Europäerin hatte sich noch nicht oft geschlagen und es bisher immer vorgezogen, jedem Streit aus dem Weg zu gehen. Doch in diesem Moment käme ihr eine Auseinandersetzung sehr gelegen. Ihr Blut kochte immer noch, denn Kiku hatte auf grausame Weise an ihren tiefsten Ängsten gerührt und sie an den empfindlichsten Stellen getroffen. Es wäre sicher eine Erleichterung, sich jetzt in den Zorn zu flüchten und ihre Emotionen auch körperlich zu entladen.

Doch Kiku lag nur zitternd auf dem Boden und bedeckte ihr Gesicht mit den Händen. So schlimm kann ich sie doch gar nicht verletzt haben, dachte Annabel und fragte sich gleichzeitig, wieso das Mädchen sich nicht wieder aufrichtete und etwas unternahm.

Dann spürte sie schließlich eine Unmenge Augenpaare auf sich gerichtet. Die Arena war in albtraumhafte Dunkelheit gehüllt, in der nur noch Tausende von schockierten Blicken leuchteten. Der Ringkampf war eingestellt worden, und auch die Kämpfer schauten in ihre Richtung. Der Zeremonienmeister, der jetzt den Schiedsrichter gab, hatte eine Hand gehoben, um den Geschehnissen Einhalt zu gebieten. Hilfe suchend blickte er Lord Nakano an.

Annabel drehte sich in Zeitlupentempo um und blickte Nakano zum ersten Mal ins Gesicht. Er schaute sie von seiner erhöhten Sitzposition aus mit unangenehm blitzenden Augen an. Annabel spürte sofort, dass es die Augen eines Fremden waren.

«Kämpfst du etwa, Europäerin-San?», fragte er mit eiskalter, vorwurfsvoller Stimme.

Voller Sorge suchte Annabel in seinen Augen nach der Erinnerung an ihre intime Begegnung. Sie beugte den Kopf, blieb ansonsten aber aufrecht sitzen. «Verzeiht, wenn wir Euch gestört haben», sagte sie leise. «Ich entschuldige mich für meine schlechten Manieren.»

«Kiku-San.»

Die Japanerin nahm die Hände vom Gesicht, rollte sich auf den Bauch und streckte sich auf dem Boden aus. «Oh, oh, oh, es tut mir so schrecklich Leid!», schluchzte sie. «Um nichts auf der Welt würde ich Euch stören wollen. Es war die Europäerin. Verzeiht, aber sie ist wie ein wildes Tier, das man nicht einschätzen kann. Ohne jede Vorwarnung hat sie mich angegriffen.»

Nakanos Blick wanderte zurück zu Annabel. Er betrachtete sie still, doch die junge Frau sagte kein Wort. Schließlich hatte sie sich bereits entschuldigt und würde sich nicht noch mehr erniedrigen, indem sie versuchte, Kiku die Schuld für den Vorfall zu geben.

Mittlerweile blickte der Daimyo beide Frauen mit ernstem Blick an. «Ihr dürft euren Kampf fortsetzen», sagte er schließlich.

Kikus Atem wurde zu einem ängstlichen Schluchzen. Annabel starrte ihn verwirrt an, doch Nakano wandte sich sogleich an den Zeremonienmeister und gab ihm ein Zeichen. «Es tut mir Leid, das geplante Programm zu unterbrechen, aber diese Damen würden gern kämpfen», teilte er ihm mit ruhiger Stimme mit. «Bitte bring sie nach hinten und bereite sie entsprechend vor. Sie sollten nackt sein und dürfen keine Waffen tragen. Ihr Kampf findet nach der Entscheidungsrunde der Meisterschaft statt.»

Der Schiedsrichter verbeugte sich sofort. «Selbstverständlich, Lord Nakano. Wird es irgendeinen Preis für die Siegerin geben?»

Der Daimyo zögerte. Da beugte sich sein jüngerer Bruder, Hiroshi, vor. «Männer kämpfen für Geld, da sollten Frauen doch um etwas ringen, das ein wenig interessanter ist. Bei der Aussicht auf einen nackten Kampf läuft mir das Wasser im Mund zusammen. Könnt Ihr Euch etwas Köstlicheres vorstellen? Etwas Erregenderes? Man sollte den Preis so auswählen, dass er zur Natur des Ereignisses passt. Der Gewinnerin wird ein herrlicher Orgasmus gewährt, und die Verliererin muss ihn ihr beibringen.»

Annabel blickte Hiroshi entgeistert an. Seine schwarzen Augen glänzten vor niederträchtigem, geradezu kindlichem Entzücken. Doch sein Mund zuckte mit überaus erwachsener Lüsternheit. «Na los, mir zuliebe …», bettelte er seinen Bruder an.

Nakano beugte mit ernster Miene den Kopf. «So soll es denn sein», beschloss er.

In den paar Sekunden, bevor sie weggeführt wurde, war es Annabel nicht gelungen, irgendetwas in seinen Augen zu lesen. Ihr war schlecht, und ihre Handflächen schwitzten. Die Köpfe aller Anwesenden folgten ihr und Kiku, als sie um den Ring herum und hinter einen Vorhang geführt wurden.

Der schattige Umkleideraum neben der Bühne war voller dicker nackter Männer. Sie rochen nach Haaröl, Schweiß und dem Talkumpuder, mit dem sie sich die Füße einrieben. Als man Kiku und Annabel ihrer dekorativen Roben entledigte, sahen sie zwar neugierig, aber in keiner Weise überrascht aus. Die blonde Frau fragte sich, ob schon jemals andere Frauen zu einem Kampf gezwungen worden waren.

«Aber ich kenne die Regeln gar nicht», entfuhr es ihr aufgeregt.

Ein schwerfälliger Elefant von einem Sumoringer lachte sie freundlich an. «Die genauen Regeln nützen Euch gar nichts. Es dauert Jahre, bis man die Feinheiten des Sumo kennt.» Dann drehte er sich um und sprach mit dem Schiedsrichter. Sie kamen schnell zu einer Übereinkunft. «Für euch Frauen wird der Kampf dann entschieden sein, wenn ein Körperteil außer den Fußsohlen den Boden berührt oder wenn ihr aus dem Ring tretet oder auch geworfen werdet. Zu diesem Zweck dürft ihr jedwede Taktik einsetzen.»

Der Mann kam mit einem gepolsterten Gürtel und einer langen, lila gefärbten Stoffbahn auf sie zu. Annabel zitterte leicht, als die Finger des fetten Mannes ihre nackte Haut berührten. Doch sie ergab sich seinen fürsorglichen Händen, die den Stoff so um ihren Körper legten, als wäre er eine Windel – der Lendenschurz eines echten Sumoringers.

Annabel war froh, dass sie nicht völlig nackt sein würde, aber andererseits würde der Gürtel ihrer Gegnerin während des Kampfes etwas zum Greifen geben. Kämpfen? Der Gedanke daran ließ ihren Mund staubtrocken werden. Wieso nur spielte sie bei dieser Scharade mit? Sie blickte hinüber zu Kiku. «Die ganze Sache ist doch völlig lächerlich», sagte sie, «wir sollten den Kampf ablehnen. Wieso sollten wir uns in aller Öffentlichkeit zum Narren machen?»

Kiku starrte nur auf ihre Füße und spielte unruhig an ihren Fingern herum. Die beiden waren in dem warmen, engen Umkleideraum so platziert worden, dass genügend Abstand zwischen ihnen bestand. «Lord Nakano hat es nun mal befohlen», erwiderte die Japanerin stumpf.

«Heißt das denn, dass wir ihm unbedingt gehorchen müssen?», fuhr Annabel die Gegnerin an, die ihr einen unverständlichen Blick zuwarf. «Europäerin», seufzte sie, «du verstehst rein gar nichts.»

Annabel zuckte mit den Schultern. Sie hatte keinerlei Lust auf einen öffentlichen Kampf und wäre durchaus bereit gewesen, Frieden mit ihrer Widersacherin zu schließen. Doch da Kiku das scheinbar ablehnte, blieb nichts anderes mehr, als die Sache durchzustehen. Und wenn sie schon kämpfte, dann auch für den Sieg. Annabel versuchte, ihren Zorn zurückzuholen und sich all den vorherigen Groll gegen die Japanerin wieder ins Gedächtnis zu rufen, aber das fiel ihr angesichts der bevorstehenden Prüfung überaus schwer.

Die fetten nackten Sumoringer hatten sich um den Vorhang herum versammelt, um dem letzten Wettkampf beizuwohnen. Der Lärm in der Arena verwandelte sich langsam in einen regelrechten Tumult, und es wurde immer wieder der Name eines Mannes gebrüllt. Der Champion war gefunden. Annabel versuchte, ihren Atem zu zügeln – sie waren als Nächste an der Reihe.

Schon bald wurde klar, dass für Annabel selbst ein Kätzchen ein härterer Gegner gewesen wäre. Die schlanke Japanerin schlug mit ihren kleinen Händen planlos in die Luft. Ihre Augen waren fest geschlossen, und ihr Gesicht war nur noch eine komische Mischung aus Resignation und Entschlossenheit.

Annabel trat einen Schritt zurück und betrachtete die nackte, puppenähnliche Person. Sie brachte es gar nicht recht über sich, jemanden anzugreifen, der so verletzlich wirkte und so unfähig war, sich selbst zu verteidigen. Langsam machte sich ein Gefühl von Schuld in ihr breit. «Kiku», flüsterte sie leise, «lass uns doch einfach aufgeben.»

Kiku öffnete die Augen, die so voller Schmerz waren, dass es Annabel fast das Herz zerriss. «Lord Nakano wird sehr wütend sein, wenn wir nicht kämpfen. Die Menge erwartet es. Wir werden ihn demütigen, wenn wir versagen.»

Plötzlich bemerkte die Europäerin, dass die Menge immer unruhiger wurde. Die qualmenden Fackeln, die den Ring beleuchteten, waren so grell, dass sie nur vage Wellen von Bewegungen ausmachen konnte. Doch das ruhelose Scharren der Füße war deutlich zu hören. Ab und zu erklangen heisere Rufe. «Feiglinge! Fangt endlich an!»

Kiku schloss erneut die Augen und schlug wieder in die Luft. «Bitte, Annabel-San, du musst mich schlagen!», winselte sie kläglich.

«Ich will verdammt sein, wenn ich das tue!» Annabel schloss selbst einen Moment lang die Augen. Während sie fieberhaft nachdachte, wurde der Lärm des Publikums immer dröhnender. «Lass uns einfach so tun, als ob», flüsterte sie der Japanerin zu.

Kikus Blick schnellte hoch, und sie sah Annabel fragend an. Ihre Wangen waren gerötet, und sie schien jeden Augenblick weglaufen zu wollen. Und doch stand sie einfach nur da – eine winzige, nackte, verletzliche und auch irgendwie tapfere Person. Annabel vergaß ihre vorherigen Animositäten, denn angesichts der rasenden Menge, die nur aus Männern bestand, waren sie doch Schwestern.

«Mach mir alles nach», flüsterte Annabel mit eindringlicher Stimme. «Ich werde dir nicht wehtun, aber wir werden dem Publikum eine Show bieten.»

Kiku, die sie eben noch verwirrt angeschaut hatte, schien langsam zu begreifen, denn auf ihrem Gesicht machte sich ein spitzbübisches Grinsen breit. «Was soll ich tun?», fragte sie.

«Leg deine Hände auf meine Oberarme und stemm dich gegen mich.»

Als Kiku sich eiligst gegen sie presste und ihre schlanken, nackten Arme packte, roch Annabel das dezente Parfüm auf der Haut des japanischen Mädchens. Sie begann sogleich, den Druck zu erwidern, und das Publikum tobte, als die zwei nackten Frauen ihren Kampf begannen.

Kiku legte ihre ganze Seele in die Vorstellung. Sie spannte ihren cremefarbenen Körper an und beugte sich mit gespieltem Grunzen und Keuchen vor. Als sie dem Publikum schließlich ihren wunderschönen Po zeigte, hörte Annabel ein Raunen durch die erste Reihe gehen. Kiku zappelte mit ihren Armen wild umher und wackelte mit den gespreizten Pobacken, die nur von einem kleinen Stück Stoff des Lendenschurzes bedeckt waren.

Die Vorstellung gefiel Annabel immer besser. Sie wand sich in Kikus Armen, sodass die Männer einen guten Blick auf ihre Brüste mit den herrlichen rosa Nippeln hatten. Alle Augen waren darauf gerichtet, und sie machte sich einen Spaß daraus, mit dem Busen zu wackeln und Kiku dabei gespielt anzuknurren. Das Publikum wurde immer aufgeregter. Es schien fast so, als würde ein unsichtbares Band der erotischen Spannung zwischen ihr, Kiku und der anonymen Menschenmenge bestehen. Sie hatte zwar durchaus im Hinterkopf, dass Nakano auch zusehen musste, war aber zu abgelenkt, um sich umzudrehen und nach ihm zu suchen.

Plötzlich lockerte sich Kikus Griff, und sie tat ein paar Schritte zurück. Die Japanerin atmete schwer, und auf ihrer Stirn war ein dünner Schweißfilm zu erkennen. Ihr winziger Körper war perfekt geformt – schlanke Beine, eine schmale Taille und stolze, aufrecht stehende Brüste, die förmlich nach Küssen zu betteln schienen.

Genau in dem Moment, als Annabel die Anordnung für die Verliererin von Nakano einfiel, sah sie, wie Kikus Nippel hart wurden. Die zierliche Frau atmete tief ein, wandte sich den Zuschauern zu und stemmte die winzigen Fäuste in ihre Seiten. Die Männer brüllten. Dann ging sie leicht in die Knie, griff hinter sich und zog ihr Lendentuch gerade – eine clevere Parodie auf die schwerfälligen Bewegungen der echten Sumoringer. Das Publikum war begeistert. Die blassen Köpfe schwankten vor Gelächter, und die Atmosphäre bekam etwas Warmes und Prickelndes.

«Hey, Europäerin!», brüllte Kiku plötzlich und drehte sich wieder zu ihrer Gegnerin um.

Annabel schwenkte bedrohlich die Fäuste und wedelte vorgeblich aggressiv damit in der Luft umher. «Selbst hey!», erwiderte sie. «Komm her, damit ich dich zu Brei schlagen kann!»

Kiku wandte sich erneut an das Publikum. «Soll ich die Europäerin zusammenschlagen?», schrie sie.

Die Antwort war ein Brüllen, das in seiner Stärke etwas überaus Sexuelles hatte. Es war heiß zwischen den gleißenden Flammen der Fackeln, und Annabel spürte, wie ihr langsam der Schweiß ausbrach. Der Lärm, die Wärme, das kaum sichtbare, aufgepeitschte Publikum – all das trug zu einer völlig unerwarteten Erregung bei. Und zwar so sehr, dass sie langsam anfing, den Kampf zu genießen. Annabel sprang auf Kiku zu, riss ihr die Blumen aus dem Haar, hielt sie triumphierend in die Höhe und zertrampelte sie dann auf dem Boden des Rings.

Die begeisterten Zuschauer johlten unisono, als Kikus schweres blauschwarzes Haar offen über ihre schmalen Schultern fiel. Annabel wich ein wenig zurück, und die zwei Frauen umkreisten sich und keuchten heftig. Beide waren sich der zuschauenden Männer sehr wohl bewusst.

Doch nicht nur das. Sowohl Kiku als auch Annabel wussten, dass sie einen Pakt miteinander geschlossen hatten, mit dem sie sich gegen den Rest der Welt verschworen hatten. Und das schmiedete sie zusammen – sehr eng zusammen.

Irgendwann schaute die Japanerin einen langen Moment in Annabels Gesicht. «Es tut mir so Leid, Annabel-San. Ich war eifersüchtig auf dich, und das hat mein Herz vergiftet», gestand sie leise und lächelte auf geheimnisvolle, fast kindliche Weise. «Können wir nicht Freundinnen sein?»

Annabel wurde ganz warm ums Herz. «Aber natürlich», murmelte sie.

Plötzlich sprang Kiku erneut auf sie zu. Die blonde Frau spürte die heiße Haut der Japanerin, als diese sie eine kurze Sekunde lang voller Wildheit umarmte und sich dann mit dem gesamten Körper auf den Boden fallen ließ.

Annabel war ein wenig erstaunt über Kikus schnelle Kapitulation, aber da stürzte auch schon der Schiedsrichter herbei und erklärte sie zur Siegerin. Die begeisterten Rufe des Publikums nahm sie nur wie durch einen Nebel hindurch wahr. Die beiden Frauen verbeugten sich rituell voreinander, um das Ende der ersten Runde zu kennzeichnen, stellten sich sogleich aber wieder in Position, um mit der zweiten Vorführung zu beginnen.

Die Spannung, die vom Publikum ausging, hatte sich noch verstärkt. Es ließ sich aufgrund des grellen Lichts zwar nur schwer sagen, aber Annabel hatte das Gefühl, dass die Menge sich bewegt hatte. Die verschwommenen, blassen Kreise der Gesichter schienen näher gerückt zu sein. Sie waren jetzt dichter am Ring, so als ob die Männer gierig nach vorne gekrochen wären, um deutlicher sehen zu können, was als Nächstes passierte. Die Europäerin stand wartend und mit trockenem Mund da.

Kiku stand ihr gegenüber. Sie blickte Annabel mit einem Ausdruck in die Augen, der mehr sagte als jedes Wort. Einen Moment lang tauschten die Frauen einen warmen, konspirativen Blick aus, doch dann riss Kiku die Gegnerin auch schon in ihre Arme und hielt sie mit überraschender Stärke umschlungen. Sie hielt die Engländerin mit solcher Kraft an ihrem Lendentuch fest, dass Annabel schließlich jede Gegenwehr aufgab.

Doch nach kurzer Zeit beugte sie sich leicht hinunter, sodass sie ihren Kopf gegen Kikus Brust pressen konnte. Während sie mit angespanntem Körper und von Kikus Armen gehalten dastand, genoss Annabel die Weichheit des weiblichen Busens an ihrer Wange. Zunächst spürte sie noch, wie die Brust sich durch den schnellen Atem der Japanerin auf und ab bewegte. Doch je länger sie im Schutz von Kikus Armen lag, desto ruhiger ging auch der Atem ihres Gegenübers. Die bloßen Fußsohlen schienen Kraft aus dem gebrannten Lehm des Ringes zu ziehen.

Nach und nach wurde Annabels Körper immer weicher. Sie lehnte sich jetzt mit ihrem ganzen Gewicht gegen Kiku und genoss die Wärme ihrer Berührung und das Streichen ihrer Finger auf dem Rücken. Durch eine leichte Drehung gelang es ihr schließlich, die Hände so zu positionieren, dass sie das Gesicht der Japanerin in die Hände nehmen und sie näher an sich heranziehen konnte. In Kikus Augen stand Verlangen und auch ein wenig Traurigkeit geschrieben. In ihrem Kopf verschwand der grell beleuchtete Ring, bis nur noch sie beide da waren. Kikus Blick verschwamm im Nichts, als ihre Münder sich langsam näher kamen. Gott steh uns bei, dachte Annabel, während sie ihren Mund ganz sanft über die Lippen des japanischen Mädchens gleiten ließ. Den Beistand würden sie dringend brauchen können.

Noch nie hatte jemand sie so geküsst. Jeder männliche Kuss, jede männliche Intimität, jede Berührung verblasste bei dem Gefühl, das Kikus weiche Lippen in ihr auslösten. Der kühle Geschmack ihres Mundes verschlug ihr förmlich den Atem. Ihre Lippen waren schmeichelnd und zärtlich – so ganz anders als das harte Eindringen einer männlichen Zunge. Doch auch in Kikus Zunge lag etwas Forderndes. Sie verlangte eine Reaktion von Annabel. Die herrlichen Gefühle, die da aus den geheimnisvollen, archaischen Tiefen ihres Daseins aufstiegen, brachten sie förmlich zum Schmelzen.

Mittlerweile waren beider Gesichter mit Kikus schwarzen Haarsträhnen bedeckt. Die Japanerin hob ihre zarten Hände, um Annabels Gesicht zu halten. Das Gefühl war überwältigend. Und die Gerüche erst: Kikus zartes Parfüm, ihr weiblicher Schweiß und der kräftige Austernduft der weiblichen Erregung. Annabel nahm diese Düfte so stark wahr, dass sie das Bewusstsein zu verlieren drohte. All diese Gefühle sammelten sich in ihrem Inneren und ließen sie nach mehr lechzen.

Sie musste Kiku einfach noch näher kommen und schlang die Arme um den sanft geschwungenen Hals der Gegnerin. Kiku gab einen tiefen, kehligen Laut von sich und zog Annabel an der Hüfte noch näher an ihren winzigen, duftenden Körper. Doch sie waren sich immer noch nicht nahe genug. Annabel gab ein frustriertes Seufzen von sich, das Kiku ermutigte, ihre Hände auf den Po der Engländerin zu legen. Nackte Haut auf nackter Haut – ein herrliches Gefühl.

Irgendwann presste sich das dunkle Dreieck von Annabels Weiblichkeit in das Schamhaar von Kikus Muschi.

Einen Moment lang standen die zwei Frauen dicht beieinander und atmeten im selben Tempo. Beide waren etwas schockiert über die Intimität ihrer Berührungen, sehnten sich gleichzeitig aber auch nach mehr.

Annabel ließ von Kikus Mund ab und zog ihren fremden und doch so vertrauten Kopf zurück, während sie ihren Körper zur selben Zeit an dem schlanken Leib des Mädchens rieb. Die beiden Frauen verloren sich immer mehr in ihrem zärtlichen Spiel. Kikus Mund verzog sich zu einem unvergleichlichen Lächeln, und ihr Blick verschwamm zunehmend. Annabel knabberte an den Lippen der Gefährtin, doch als diese sich vorbeugte, um den Kuss zu intensivieren, drehte die Engländerin sich weg und drückte ihren Mund sanft auf Kikus Hals.

Da zerriss ein scharfes Pfeifen die Luft. «Hey! Hey! Nun macht mal Ernst, ihr Huren!»

Annabel zuckte bei der rauen, männlichen Stimme merklich zusammen und versuchte, sich aus Kikus Umarmung zu winden. Doch die Japanerin hielt sie eng umschlungen und presste Annabels Kopf gegen ihre Brust, sodass die blonde Frau nicht mehr aufschauen konnte, um zu sehen, wer sie da beleidigte.

Doch es blieb nicht bei dem einen Zwischenruf. «Na los! Wir wollen mehr sehen!», erklang dieselbe trunkene Stimme. Würden auch noch andere Männer aus dem Publikum sie mit derartigen Rufen bombardieren?

Annabel begann zu zittern. Ihre Stimmung war dahin, und das Adrenalin in ihrem Körper erregte sie nicht mehr, sondern brachte sie auf. In ihrer Magengegend machte sich eine schreckliche Übelkeit breit, und sie fühlte sich schuldig und verdorben. Blitzschnell entzog sie sich Kiku und schlug die Hände vors Gesicht, damit sie Nakano nicht sehen musste, der sich langsam dem Ring näherte.

«Werte Herren, ich denke, Ihr solltet Euren Freund mal ein wenig an die frische Luft bringen.» Sein befehlender Ton sagte mehr als tausend Worte.

Die nervösen Geräusche eines hastigen Aufbruchs verrieten Annabel, dass das Problem gelöst war. Sie nahm gerade rechtzeitig die Hände vom Gesicht, um die Rücken zweier Männer zu erkennen, die ein torkelndes Wesen in Richtung Ausgang zerrten. Sie lächelte Nakano warm an, und er erwiderte es voller Leichtigkeit, während er sich direkt an den Rand des Ringes setzte. In den Tiefen seiner dunklen Augen stand ein brennendes Verlangen geschrieben. «Bitte fahrt doch fort», forderte er die Frauen mit sanfter Stimme auf.

«Ihr wisst ja gar nicht, was Ihr da verlangt», murmelte Annabel, denn durch die Unterbrechung ihres erotischen Spiels mit Kiku war sie sich jetzt wieder schmerzhaft der Umgebung bewusst – der flackernden Fackeln, der wartenden Männer … Und doch sehnte sie sich nach den verbotenen Freuden, sich mit einer Frau zu lieben. Sie würde das Unerwartete tun, das Undenkbare – und das in der Öffentlichkeit und unter Nakanos interessierten Blicken.

Da näherte Kiku sich ihr auch schon wieder mit sanften Bewegungen. Annabel schaute sie unumwunden an. Sie wollte das japanische Mädchen berühren und die Gefahr und die Aufregung in ihren Liebesakt integrieren. Erst berührte sie Kiku nur an der Wange, ließ die andere Hand dann aber hinunter zu der zarten Schwellung der dunklen Brust gleiten. Ganz sachte fuhr sie mit der Rückseite ihrer Finger erst über einen, dann auch über den anderen strammen braunen Nippel. Der keuchende Atem der Gefährtin verriet ihr, dass sie die Berührung über alle Maßen genoss. Die dunklen Brustwarzen sahen riesig aus, und der eher kleine Busen war gespannt.

Als Annabel die Brust schließlich mit ihren Fingern anhob und das Gewicht, die seidige Haut und die perfekte Form bewunderte, begann Kiku zu zittern. Die Engländerin nahm einen der dunklen Nippel zwischen Daumen und Zeigefinger und rollte ihn hin und her. Dann beugte Annabel sich hinab und legte ihre Lippen auf ihre perfekt geformte dunkle Zitze.

Kiku schrie leise auf. Vor Überraschung? Vor Lust? Annabel verstärkte ihr Saugen. Der leicht salzige Schweißgeschmack wich sehr bald der natürlichen Lieblichkeit von Kikus Fleisch. Schließlich umfasste Annabel auch die andere Brust und bearbeitete auch deren Nippel, bis er zu einer harten Knospe angeschwollen war.

Es war herrlich. Wie angenehm, einen weiblichen Busen zu lecken und daran zu saugen. Aus Annabels Kehle drang ein ungewolltes Stöhnen, das aber sofort im Duft der köstlichen Kurven von Kiku verschwand. Plötzlich jedoch schubste Kiku sie weg und trat einen Schritt zurück. Die junge Frau stolperte und griff in die Luft, um irgendwie das Gleichgewicht wiederzuerlangen. Als sie wieder aufrecht stand, bemerkte sie Kikus intensiven Blick. Die beiden Frauen schauten sich einen langen Moment aus der Nähe an.

«Leg dich hin», befahl das japanische Mädchen ihr mit sanfter Stimme.

Annabel legte sich sofort auf den unebenen, warmen Lehm. Das Publikum rückte immer näher heran, doch das verdrängte die Engländerin. Dass aber auch Nakano direkt am Ring sitzend zuschaute, dessen war sie sich sehr wohl bewusst.

Kiku legte sich sogleich neben Annabel. Sie nahm die Nadeln aus ihrem blonden Haar und breitete es wie einen glänzenden Mantel auf dem Boden aus. Ein Anblick, bei dem ein begeistertes Murmeln durchs Publikum ging. Annabel schloss die Augen und begann leise zu stöhnen.

«Perfekt», flüsterte die Japanerin, als sie ihre Hände mit der seidigen Haut von Annabels Brüsten füllte. «Jetzt können alle dein goldgelbes Haar bewundern. Deine Farbe ist so außergewöhnlich, so unglaublich.» Sie blickte fasziniert auf das dunkle Rosa von Annabels Nippeln, beugte sich dann vor und nahm eine der harten Knospen in den Mund. Sie liebkoste das Fleisch mit der Zunge und saugte daran, bis ihre Geliebte sich vor schierer Wollust aufbäumte.

Dann setzte das Mädchen sich auf und ließ die Hand tiefer wandern, bis sie auf Annabels Bauch liegen blieb. Mit der anderen Hand öffnete sie das lila Lendentuch und zog es weg, sodass die Europäerin jetzt splitternackt vor den Augen der Menge lag.

Kiku hob erst eines und dann auch das zweite von Annabels langen weißen Beinen an und beugte deren Knie, sodass die offene Blüte ihres Geschlechts für das Publikum gut sichtbar war. Die entblößte Frau wusste genau, dass ihre Schamlippen feucht waren und dass alle Anwesenden auf die weit offene Bereitschaft ihres glänzenden geschwollenen Lusttunnels starrten.

Als Kiku ihr von den langen Haaren umrahmtes Gesicht zwischen die bloßen, hellen Schenkel presste, war Annabel zunächst etwas irritiert. Nie hätte sie gedacht, dort jemals von einer Frau berührt zu werden. Doch als die Zunge der Japanerin die ersten perlförmigen Safttropfen ableckte, die sich am Schlitz ihrer Schamlippen gesammelt hatten, ließ Annabel sich stöhnend zurückfallen.

Noch nie hatte ihre feuchte Blume sich so gut angefühlt, und noch nie war sie mit derartigem Geschick und Talent geleckt worden. Je länger Kiku sie mit ihrer Zunge verwöhnte, desto weiter spreizten sich Annabels Beine, um ihr noch besseren Zugang zu verschaffen und die immer aufregender werdenden Gefühle in ihrem Körper weiter zu verstärken. Die Erregung der Europäerin wuchs ins Unermessliche. Kikus Zungenschläge wurden immer fester, fühlten sich aber trotzdem weich und zärtlich am Kitzler an. Der dunkle, samtene Tunnel ihrer Lust wurde immer feuchter – doch kein Mann kam zu ihr, um ihn auszufüllen.

Sie blickte durch halb geschlossene Augenlider zu Nakano. Sein Gesicht war ganz nah, der Blick intensiv. Er hatte sich in der Zwischenzeit noch dichter zu den beiden Frauen gesellt. Kikus Kopf setzte seine köstliche Arbeit zwischen Annabels Beinen fort, doch Nakano hatte nur Augen für die Fremde.

Er schaute auch noch zu, als Annabel die Augen schloss und der Schiedsrichter einen Singsang anstimmte, der den Rhythmus ihres Orgasmus vorzugeben schien. Die blonde Frau spürte, wie ihr Körper sich anspannte und zu zucken begann. Ihr Atem war nur noch ein bloßes Keuchen, und sie konnte an nichts anderes als die spitze rote Zunge denken, die ihren Kitzler bis zur Raserei leckte.

Irgendwann schnellten Annabels Hüften hoch, und ihre Lust brach sich in tiefen, kehligen Lauten Bahn. Ihre Haut war jetzt so empfindlich, dass sie die Hitze von Nakanos Körper zu spüren meinte, als er noch näher heranrückte und die Ekstase ihrer Lustschreie in sich aufnahm.

Sie konnte nicht aufhören. Sie konnte nicht denken und verlor vor Wollust beinahe den Verstand. Mittlerweile bäumten sich nicht nur ihre Hüften auf, auch die Schultern erhoben sich aus dem Lehm, als sie gierig nach Kiku griff.

Sie packte das Mädchen bei den Schultern und presste ihren Kopf und die kitzelnde Zunge noch fester und dichter in ihren zuckenden Schritt. Ihre Nägel gruben sich fast verzweifelt in Kikus Rücken, und sie schrie erneut laut auf. Der fulminante Höhepunkt glich einem Feuerwerk in den schillerndsten Farben. Ihr Körper wurde von einer rauschhaften Kette köstlicher Implosionen erfasst, die länger zu dauern schienen, als sie es ertragen konnte.

Als die zuckenden Krämpfe vorüber waren, ließ Annabel auch die Schultern der armen Kiku los, deren zarter, olivfarbener Haut sie einige hässliche rote Blessuren zugefügt hatte. Erschöpft sank sie auf den trockenen Lehm des Rings zurück.

Plötzlich bemerkte Annabel, dass die weißen Flecken, die sie jetzt in den Augenwinkeln wahrnahm, tatsächlich Gesichter waren. Hunderte von Stimmen lachten, und Hunderte von Händen applaudierten ihrer Hingabe. Noch gelang es ihr, die Anwesenden auszublenden. Im Moment war sie sich nur der feuchten Offenheit ihres Geschlechts bewusst und fühlte sich einfach herrlich befriedigt.

Doch irgendwann beugte sich Nakano vor und zwang sie, ihn anzusehen. Ganz plötzlich hasste sie seine unerbittlichen männlichen Augen. Sie waren dunkel, sie waren böse, und Annabel wusste nicht, wie sie seinem sexuellen Charisma begegnen und dabei ruhig bleiben sollte. Hastig setzte sie sich auf, verschränkte die Beine, um ihre intimste Stelle zu verbergen, und schüttelte ihr Haar nach vorn, damit es die Brüste bedeckte. Auf Nakanos Lippen zeichnete sich ein kleines Lächeln ab.

«Steh auf, Europäerin-San!»

Langsam und zögerlich tat sie, wie ihr geheißen. Annabel schaute auf ihre Füße, wo die weißen Zehen sich in den roten Boden des Rings bohrten. Es war fast unmöglich, das nervöse Zittern zu kontrollieren, das sich mittlerweile in ihrem Bauch ausbreitete.

«Sieh mich an!» Der sanft gesprochene Befehl war nur für ihre Ohren bestimmt.

Sie blickte ihn an, als würde es ihr schwer fallen, die Augen auf ihn zu richten.

«Eigentlich hatte ich gedacht, dass ein öffentlicher Kampf und anschließend eine sexuelle Befriedigung vor aller Augen eine Strafe für dich wäre. Aber du scheinst das Ganze so genossen zu haben, dass ich immer noch das Gefühl habe, dir eine Lektion schuldig zu sein», sagte er mit ruhiger Stimme.

Als er die Hände hob, sah Annabel drei dünne schwarze Schnüre. Sie sah ihn mit wildem Blick an, war aber nicht in der Lage, seinen Gesichtsausdruck einzuschätzen. Doch da band Nakano auch schon eine der Schnüre um ihr rechtes Handgelenk. Die sanfte Berührung seiner Finger brannte wie heißes Eisen auf ihrer Haut. Die Hitze floss durch Annabels gesamten Körper hin zu ihrer Möse, und ihre Schamlippen schwollen sofort wieder an.

Die zweite Schnur wurde um ihr linkes Handgelenk gebunden. Annabels Kitzler begann sogleich in einem scharfen, beständigen Rhythmus zu zucken. Er glühte wie ein rotes Juwel im Herzen ihres weiblichen Organs. Unglücklich schaute sie Nakano an. Sie spürte, wie das Blut ihr in die Wangen schoss und auch auf die zarte, blasse Haut über den Brüsten einen verräterischen Fleck der Erregung zauberte. Jetzt war die letzte Schnur an der Reihe. Nakano zog sie genüsslich mit den Fingern lang, sodass Annabel den Blick gar nicht abwenden konnte.

Sie schmolz nur so dahin, als der Daimyo ihr einen zärtlichen Kuss auf den Nacken gab.

«Die Lektion, die ich dir gern erteilen möchte, kann ich leider erst morgen ausführen. Man wird dich in meine Gemächer führen, wo du auf mich warten wirst. So lange werden diese Schnüre als sichtbare Erinnerung an deine Unterwerfung dienen.»

Seine Finger umfassten ihre Kehle und legten das dünne schwarze Band um ihren Hals. Die sanfte Berührung der Schnur war so erotisch aufgeladen, dass sich zwischen Annabels Beinen sofort ein Meer der Erregung bildete. Ihr Atem ging stockend und unregelmäßig. Ihr Blick war eine Mischung aus Lust und Scham.

Plötzlich schnipste der Lord erst auf eine, dann auf die andere ihrer steifen Brustwarzen.

Noch nie in ihrem Leben hatte eine einzige Berührung derartige Wirkung auf Annabel gehabt – ihre Nippel reagierten nicht weniger stark, als ihr Kitzler reagiert hätte.

«Wird es dir Freude bereiten, auf mich zu warten, Annabel-San?», fragte Nakano mit tiefer, sinnlicher Stimme.

Sie wusste, dass er die Antwort von ihren steifen Brustwarzen, der verräterischen Röte ihrer Haut und der hilflosen Unterlegenheit ihrer Haltung ablesen konnte. Entschlossen antworten konnte sie ihm jedenfalls nicht. Annabel blickte zu Boden und senkte die Augenlider, um ihn nicht ansehen zu müssen.

Über ihr war ein sanftes Lachen zu hören. Die folgenden Worte waren so leise, dass sie fast wie nur eingebildet klangen. «Ich werde auf eine ehrliche Antwort bestehen, wenn ich morgen mit deiner Bestrafung beginne.»

Annabel starrte den seidenen Flügeln seines festlichen Kimonos nach, als Nakano sich langsamen Schrittes entfernte. Das Kleidungsstück ließ ihn groß, eindrucksvoll, ja sogar Angst einflößend aussehen. Er sprach nur kurz mit dem Schiedsrichter und gratulierte ihm, so als hätte er die ganze Sache choreographiert und Kiku und Annabel wären lediglich Marionetten gewesen.

Erneut schloss sie die Augen. Ihr Körper zitterte vor unausgesprochenen Emotionen – vor allem vor sexueller Erregung. Nakanos Berührung hatte sie auf eine Ebene der Sinnlichkeit geführt, die jenseits aller Erfahrung lag. Annabel hatte Angst: Angst vor ihm und vor der Macht ihrer Gefühle.

Die dünnen schwarzen Schnüre schnitten in ihr nacktes Fleisch, als sie Nakanos Abschiedsworte hörte. «Ausgezeichneter Wettkampf», wiederholte er. «Und denkt daran, dass die Europäerin in meinen Gemächern auf ihre Bestrafung zu warten hat.»

KAPITEL 9

Auch am späten Nachmittag musste Annabel immer noch an Nakanos Worte denken. Vom Balkon seiner schmucklosen Gemächer hatte man einen schönen Blick über die Holz- und Reispapiergebäude der Stadt, über die massiven Wälle aus Stein und Erde, die Shimoyama beschützten, bis hin zu den zerklüfteten Bergspitzen, die sich in dunkelgrauen Falten gegen den hellgrauen Himmel abzeichneten.

So viel Grau! Zwar regnete es nicht, aber die Luft fühlte sich feucht und warm auf Annabels nackter Haut an. Sie wandte sich vom Fenster ab und warf sich auf einen der neu riechenden Futons, die in einer Ecke des Tatami-Raumes lagen. Man hatte ihr gesagt, dass die Regenzeit bald enden und der Hitze des Sommers weichen würde. Die Menschen hier schienen Angst vor der heißen Jahreszeit zu haben, doch Annabel mochte die wärmere Luft, die sanft ihre Haut umschmeichelte, während sie in all ihrer nackten Pracht auf den Decken lag.

Nackt bis auf die dünnen schwarzen Schnüre, die ihre Handgelenke und den Hals in einem überwältigenden

Kontrast von Unschuld und Erotik umschlangen. Als sie sich die feinen Bänder genauer anschaute, stellte Annabel fest, dass sie aus sehr dünnem, geflochtenem Material bestanden und dass jedes von ihnen ungefähr so dick wie eine Peitschenschnur war. Es war ihr unmöglich, die Erregung zu unterdrücken, die dieser ganz offensichtliche Beweis von Nakanos Dominanz in ihr auslöste. Genau genommen war sie dadurch rund um die Uhr erregt.

Annabel drehte sich auf den Bauch und warf ihren geflochtenen Zopf über die Schultern. Das steife weiße Bettzeug knisterte, als ihre Hände hinab zu ihren Schamhaarlocken wanderten und kurz vor ihrem Schlitz innehielten. Sollte sie sich erneut zum Höhepunkt bringen? Nachdem die Bediensteten sie gestern Abend in Nakanos Gemächern allein zurückgelassen hatten, konnte sie einfach nicht widerstehen. Doch das Masturbieren vermochte nicht einmal im Ansatz die Leere in ihrer Möse zu füllen – die schreckliche Sehnsucht nach etwas, das sie bis in ihre Seele erfüllte, das sie aber nicht beim Namen nennen konnte.

Mit einem frustrierten Stöhnen vergrub Annabel den Kopf im Kissen. Die Füllung aus harten, getrockneten Bohnen raschelte bei jeder Bewegung, formte sich aber nie so, dass man auch nur annähernd von Bequemlichkeit sprechen konnte. Alles war fremd und kalt. Annabel setzte sich auf und griff wütend nach dem Kissen. «Dieses Land macht mich schrecklich wütend!»

Die Worte drangen wie von selbst aus ihrem Mund, und sie warf das verhasste Ding auf die strohigen Matten.

Das Kissen landete mit einem dumpfen Geräusch direkt vor einer der Reispapierwände, die sich unmittelbar darauf öffnete. Annabels Blick war durch den Tränenschleier etwas vernebelt, und sie erwartete eigentlich das erschrockene Gesicht eines Bediensteten oder eines Wachmanns – doch stattdessen erblickte sie den eindrucksvollen Umriss Nakanos, der durch die offene Shoji den Raum betrat. Sein Erscheinen traf sie völlig unvorbereitet und brachte sie aus dem Gleichgewicht.

«Was wollt Ihr?», fuhr sie ihn an. Doch als sie ihre Tränen wegwischte, fielen ihr erneut die schwarzen Schnüre auf, und zwischen ihren Beinen machte sich sofort eine sinnliche Schwere breit, die immer heißer brannte.

Der Lord stieg über das Kissen hinweg, ohne es auch nur eines Blickes zu würdigen. Er trug eine grellweiße Robe, und das Haar hing ihm offen über die Schultern. Beide Wangen waren von roten Flecken bedeckt. Seine Haut hatte einen warmen, feuchten Schimmer, der Annabel verriet, dass er gebadet hatte. Sie versuchte den Blick einzuschätzen, mit dem er ihr in die Augen schaute. Er stand jetzt so dicht vor ihr, dass die junge Frau langsam unruhig wurde. Am liebsten hätte sie ihn noch einmal angebrüllt und so von sich fern gehalten, doch ihre Stimme versagte, und es drangen nur noch schwere Atemzüge aus ihrem Mund.

Seine tiefe männliche Stimme war streng und abschreckend. «Schon wieder zornig, Europäerin-San?»

Der verwirrende Unterton seiner Stimme veranlasste Annabel instinktiv dazu, ihre Brüste zu bedecken. Dabei fiel ihr Blick erneut auf die schwarzen Schnüre. Sie wandte sich ab, um ihr Gesicht zu verbergen.

Nakano sah mit ernstem Blick auf sie herab und sprach mit tiefer Stimme. «Du bist zu wild, zu unbeherrscht in deinem Temperament! Ich muss dich zähmen – zu deinem eigenen Besten!»

Annabel konnte ihr Gegenüber nicht ansehen. Wenn ihr Haar doch nur offen gewesen wäre, dann hätte sie sich dahinter verstecken können. Da berührten seine Finger sie auch schon ganz sanft am Hals, wo ihr Puls unter dem verhassten Symbol seiner Fesselung flatterte. «Ich muss dich unterwerfen, Annabel-San!»

Die Europäerin sah ihn mit hasserfülltem Blick an, doch der Daimyo lachte nur. «Genauso sehen meine Falken mich immer an. Aber die lernen mit der Zeit auch, sich unterzuordnen – genau wie du.»

Annabel rang nach Luft. Seine rauchige Stimme brachte ihr Herz zum Rasen und ihre Spalte zum Schmelzen. Seine Größe, seine Macht und auch seine arrogante Sicherheit ließen sie Hitze, Angst, Liebe und Hass gleichzeitig spüren. Zitternd vor Erwartung blickte sie in seine dunklen, mandelförmigen Augen. Sie wollte ihn! Stück für Stück verschwand ihre alte Welt, und sie begehrte ihn voll brennender Sehnsucht. Und doch – als er sich ihr so dicht näherte, dass ihre Nasenlöcher von der feinen Mischung aus Moschus und Testosteron bebten, fiel sie ihm nicht etwa direkt in die Arme.

«Wieso siehst du denn so beunruhigt aus?», fragte er mit begierigem Blick. Annabel schüttelte nur wortlos den Kopf. Da packte er sie auch schon mit festem Griff an den schwarz eingebundenen Handgelenken und zog sie zu sich hinauf. Die Europäerin hatte schon gar kein Gefühl mehr in den Beinen und zitterte bei den unbeschreiblichen Gefühlen in ihrem Inneren am ganzen Körper.

Plötzlich stellte er sich mit wenigen schnellen und sicheren Bewegungen hinter sie. Annabel fühlte seine Robe über ihre nackte Haut streichen, und die verwirrende Hitze seines männlichen Körpers presste sich gegen den ihren. Sein Griff wurde immer fester, löste sich dann aber. Doch jetzt waren ihre Arme fixiert – hinter dem Rücken, sodass sie nicht sehen konnte, wie er sie festgebunden hatte.

Die blonde Frau war völlig hilflos. Nur amüsierte sie diese Erkenntnis eher, denn das Gefühl war im Grunde gar nicht so unangenehm. Diesmal reagierte sie nicht mit dem Kopf, sondern mit dem Herzen.

Unsicher stand sie mit gebeugtem Haupt da, doch konnte sie die Wärme von Nakanos Körper deutlich spüren. Er stand jetzt direkt vor ihr. «Kopf hoch, Schultern zurück, Europäerin-San!», ordnete er mit sanfter Stimme an.

Annabel schlug alarmiert die Augen auf, gehorchte ihm aber. Als sie Kopf und Schultern anhob, bewegten ihre Brüste sich auf und ab, zeigten unbedeckt in Nakanos Richtung und flehten förmlich um eine Berührung. Seine Augen fielen auch sofort auf die harten, dunkelroten Nippel, die sich wunderschön von den cremeweißen Kurven ihres nackten Fleisches abhoben. Er machte jedoch keinerlei Anstalten, sie zu berühren, und ließ seinen Blick über ihr Gesicht wandern. «Ich bin dir noch eine Bestrafung schuldig, Annabel-San», sagte er mit belegter und heiserer Stimme, die Annabel beunruhigte.

Allein diese Worte und das Wissen, dass er seine Drohung aller Wahrscheinlichkeit nach auch in die Tat umsetzen würde, beeindruckten Annabel zutiefst. Beider Körper wurden durch eine unsichtbare, pulsierende Energie zueinander hingezogen. Doch die zu Bestrafende konnte nur den Kopf schütteln. Ihre Knie zitterten, und die Erregung wuchs ins Unermessliche. «Nein», flüsterte sie kaum hörbar, «nein.»

Aber Nakano lächelte und trat so dicht zu ihr heran, dass ihre Gefühle sie fast ohnmächtig werden ließen. Er berührte sie jetzt, umfasste ihr Kinn zärtlich mit den Händen und hob so ihr Gesicht an. Diese besitzergreifende, ausgesprochen männliche Geste brachte Annabels Herz zum Rasen. Eine Hitzewelle rollte schmerzhaft durch ihren Körper und breitete sich von der Mitte ihrer Schenkel über den Bauch bis hin zu den Brüsten aus. Annabel wandte erneut den Blick ab. Ihre Augen wanderten zum Fenster, hinter dem bereits die Sonne unterging. Ein warmes Licht fiel in den Raum.

Doch sie konnte ihren Blick nicht lange von ihm lassen. Die Stärke von Nakanos Persönlichkeit zog sie geradezu magisch an. Als ihre Blicke sich trafen, wusste sie auf einmal, dass er die Emotionen begriff, die in ihrem Gesicht geschrieben standen. Er wusste, wie sie sich fühlte und wie tief sie der überwältigende Kontrast zwischen ihrer weiblichen Verletzbarkeit und seiner überlegenen Stärke berührte. Das gefiel ihm. Der Triumph glühte förmlich in seinen Augen, als der sehnige, muskulöse Körper sich vorbeugte und ihre Lippen mit den seinen öffnete. Die Bestimmtheit seines Kusses brachte Annabel fast um den Verstand.

«Liebst du mich?», fragte er leise. Sein Atem hauchte voller Wärme über ihre Lippen. Sie waren sich jetzt so nah, dass ihre heißen Körper langsam miteinander verschmolzen.

«Ja.» Ihre Bestätigung schwebte leicht wie eine Feder durch den Raum.

Da beugte der dunkle Kopf sich erneut hinab und drückte ihr einen harten Kuss auf den Mund. «Soll ich dich jetzt bestrafen?»

Annabels Verlangen war jetzt so mächtig, dass ihr geradezu schwindelig wurde und ihr Kopf sich völlig leer anfühlte.

«Ich weiß nicht, was ich empfinde ...» Ihre Stimme war leise, zittrig und von den starken, widerstreitenden Gefühlen ganz angespannt.

Nakano schaute ihr wieder in die Augen, um darin nach einer Antwort zu suchen. Annabels Körper bebte. Sie erstickte fast unter dem Druck ihres Verlangens, als sie mit gefesselten Händen nackt vor ihm stand. Die Wollust machte sie schutzlos und handlungsunfähig.

Nakanos Augen verengten sich. «Ich glaube, du weißt sehr wohl, was du empfindest», murmelte er leise, bevor er ihren offenen Mund erneut mit der Stärke seiner Lippen verschloss. Je tiefer seine sinnliche Zunge in ihren Mund wanderte, desto mehr schwand Annabels Widerwillen. Schon presste sie sich stöhnend gegen seine heiße Haut und gab ihm so zu verstehen, was sie einfach nicht aussprechen konnte.

Seine Stärke hielt sie noch einen Moment gefangen, doch dann entzog Nakano sich plötzlich mit einem sinnlichen, zufriedenen Lächeln. Er nickte ihr mit einem Blick zu, der so lüstern war, dass all ihre Vorbehalte mit einem Mal wie weggeblasen waren.

«Du wirst schon sehen, wie gut sich das anfühlt», versprach er, um sich gleich darauf umzudrehen und nach den Dienern zu rufen.

Als die Gerufenen eintraten, stand Annabel zitternd in dem dämmrigen Raum. Keine der hin und her trippelnden Figuren schien sie direkt anzuschauen, doch die junge Frau war sicher, dass die emsig arbeitenden Diener jedes Detail mitbekommen hatten und es später entsprechend weitertragen würden: «Denkt euch, die Europäerin stand nackt in den Gemächern des Lords Nakano! Das blonde Haar fiel ihr in einem langen Zopf über den Rücken. Ihr zarter weißer Hals war von einem schwarzen Mal der Erniedrigung gezeichnet. Und als Symbol der Unterwerfung waren die Hände fest hinter ihrem Rücken zusammengebunden.»

Annabel spannte die Handgelenke an. Ihr rasender Puls hallte in ihrem Kopf nach. Und doch hatten sich ihr erhitztes Fleisch und das pumpende Blut in ihrem Körper noch nie so lüstern und so gierig erregt angefühlt.

Die Diener brachten unter anderem einen niedrigen Tisch her, gegen den sie ein Kissen lehnten, das auf Nakanos Befehl noch zusätzlich mit einer Schnur festgebunden wurde. Als endlich all seine Wünsche erfüllt waren, hieß er die Dienerschaft gehen und wandte sich wieder Annabel zu. «Bereit?», fragte er sie fast zärtlich.

Beinahe panisch sah sie, dass er eine dünne schwarze Gerte in der Hand hielt. Sein Gesichtsausdruck war unnachgiebig und seine Augen gnadenlos. Er sah jetzt genauso aus wie der Kriegsherr, der er in diesem Land war.

«Nein …» Schon beim Aussprechen dieses Wortes war klar, dass es nichts weiter als eine Lüge war. Mit dem Mund konnte Annabel ihre Gefühle vielleicht verleugnen, doch sie wusste genau, was er wollte, als sie ihn immer näher kommen sah.

Der Daimyo blieb in ein paar Schritten Entfernung vor ihr stehen. Seine dunkle, sinnliche Gestalt erzeugte in ihr eine hingebungsvolle Leidenschaft, die sie selbst überraschte, gleichzeitig aber auch so herrlich schien, dass sie jeden Gedanken fortwischte. Sie erlaubte ihr, im Hier und Jetzt zu versinken und nur den Moment zu genießen. Annabel würde hinnehmen, was auch immer geschehen sollte, ohne darüber nachzudenken.

Annabel konnte Nakanos Stimme in dem schattigen Zwielicht des Raumes kaum hören. «Ich möchte, dass du jetzt rüber zu dem Tischchen gehst, dich darüberbeugst und mir deinen Po präsentierst!»

Annabel senkte ihren Kopf, als wollte sie ihm diesen Befehl verweigern, wusste aber bereits instinktiv, dass sie ihm gehorchen würde. Die unglaubliche Erregung, die sie in sich spürte, war zu stark, um sie zu verleugnen oder dagegen anzukämpfen. Ganz langsam und mit dem Wunsch, sie möge sogleich im Erdboden versinken, zwang sie ihre wackeligen Beine, den Raum zu durchqueren.

Als sie am Tisch ankam, betrachtete sie ihn von oben und erkannte, dass das Kissen ihre Haut vor den harten Kanten schützen würde, wenn sie sich hinkniete und darüberbeugte. Aber konnte sie Nakanos Forderungen wirklich willentlich nachkommen?

Eine schreckliche Schüchternheit überkam sie und hielt sie in bewegungsloser Unentschlossenheit. Als sie schließlich doch in die Knie ging, geschah dies mit dem Gefühl, von etwas besessen zu sein, das sich jeder Kontrolle entzog. Langsam sank sie auf die Tatami-Matte und legte sich dann auf die kühle Oberfläche des Tisches.

Ihre Brustwarzen zuckten, als sie die lackierte Platte berührten. Der Tisch war schwarz, aber so überbordend mit fein gezeichneten Goldbildern bedeckt, dass er beinahe gelb wirkte. Annabel drehte den Kopf zur Seite und ließ ihre Brust auf der spiegelblanken Fläche ruhen. Ihr Atem zauberte einen feinen Nebel auf die glänzende, polierte Platte. Zitternd wartete sie auf Nakanos nächsten Schritt.

«Spreiz deine Pobacken», ordnete Nakano mit unerbittlicher, aber doch warmer und erregender Stimme an.

Die verschnürten Handgelenke schränkten Annabels Bewegungsfreiheit ein, doch sie verlagerte ihr Gewicht und stellte die Knie etwas breiter auf. Dabei versank ihr Bauch in dem weichen Kissen. Als sie Nakano ihren Po entgegenreckte, spürte sie, wie ihre Möse jetzt frei in der Luft schwang. Eigentlich war die Position recht bequem, doch die wachsende Verletzbarkeit und Erregung machten ihr das Atmen von Sekunde zu Sekunde schwerer.

Irgendwann drang ein stimmloses, protestierendes Stöhnen von ihren Lippen. Das Warten war einfach unerträglich. Sie spürte genau, dass Nakano über ihr stand und einfach nur zu genießen schien, wie sie gefesselt, nackt, wartend und hilflos unter ihm lag.

Die Pause steigerte ihre sexuelle Erwartung ins Unermessliche. Ihre Erregung wurde in der Stille immer größer. Ihr Bauch fühlte sich heiß und gespannt an. Ihre fleischigen Schamlippen waren steif und mittlerweile wohl stark angeschwollen. Auch das summende Pochen ihrer Ritze war ungewöhnlich intensiv. Noch nie war ihr Kitzler zu solch extremen erotischen Reaktionen gereizt worden. Jetzt übernahm der Körper die Kontrolle und bereitete ihrer letzten, schwachen Gegenwehr ein Ende. Jetzt war sie ein rein sexuelles, unterwürfiges weibliches Wesen.

Als Annabel hörte, wie die Luft von dem scharfen Zischen der Gerte geteilt wurde, begann sie erwartungsvoll zu zittern. Das düstere Geräusch wiederholte sich und warnte sie erneut vor dem, was gleich kommen würde. Berühren tat die Gerte sie jedoch noch nicht.

«Nun beginnt deine Bestrafung», sagte Nakano. In seiner schmeichelnden, tiefen Stimme schwang ein Unterton mit, der sie noch mehr verwirrte als der erste Schlag. Er fühlte sich heiß auf ihrer Haut an, und ihr Po zuckte unter dem Schmerz. Dann begann wieder das Warten.

Nach einem Moment, der wie eine Ewigkeit schien, ging der zweite Hieb auf das vibrierende Fleisch nieder. Eine Sekunde lang spürte sie nichts, doch dann setzte ein brennender Schmerz ein.

Als sie auf den dritten Schlag wartete, spürte sie, wie sich Schweißtropfen auf ihrer Stirn bildeten.

Der dritte Hieb schmerzte nicht einfach nur, sondern setzte eine Explosion in Annabels Innerem frei, die ihr schlagartig eine neue Dimension der Lebendigkeit eröffnete. Jedes einzelne Gefühl nahm sie nun intensiver denn je wahr. Das rote Glühen breitete sich aus, vereinigte sich wieder und verwandelte die Haut ihres Hinterteils in eine zitternde, gequälte, aber auch herrlich lüsterne Masse.

«Dein Po ist so rein und so weiß», murmelte eine sanfte Stimme hinter ihr. «Ich mag es, wie seine Farbe sich verändert. Ich liebe es, wie deine Haut langsam rot wird.» Die Stimme verschwand wieder, und eine lange Zeit sagte der Lord gar nichts. Er stand einfach nur mit der Peitsche in der Hand hinter ihr.

Annabels Körper wurde von unfreiwilligen Zuckungen erschüttert. Die Stimme der Vernunft hätte ihr am liebsten befohlen, aufzuspringen und um ihr Leben zu laufen. Doch der primitive Geist, der sie nun zu kontrollieren schien, wollte nur kapitulieren. Er wollte einfach aufgeben und sich hingeben. Wollte ihre Beine spreizen und der düsteren Gestalt, die sie so unmittelbar beherrschte, ergeben ihr Geschlecht darbieten.

Annabels Po brannte wie Feuer. Die lodernden Striemen taten jetzt mehr weh als unmittelbar nach den Schlägen. Aber warum fühlten sie sich nur so gut an? Sie wand sich. Sie stöhnte. Die Intensität ihrer Erregung ließ keinen vernünftigen Gedanken mehr zu.

Plötzlich spürte die junge Frau die kühlen Finger des Daimyo über ihren Hintern gleiten. Die Berührung der brennenden Kreise fühlte sich geradezu widersinnig gut an. Die Muskeln in ihrer Möse zogen sich wie von selbst zusammen, und aus dem Dunkel ihres Tunnels drangen die ersten Tropfen der Lust. Annabel spürte genau, wie sie ihre Oberschenkel hinabbrannten. Sie roch das unverkennbare Parfüm ihrer eigenen Säfte. So schwang sich irgendwann ihr gesamtes Hinterteil vom Tisch auf, wa-

ckelte einladend vor Nakano hin und her und bot sich unumwunden zum Eindringen an.

Annabel wäre vor Scham über ihre Lüsternheit am
liebsten gestorben. Doch die Worte, die aus ihren geschwollenen, sinnlichen Lippen drangen, lauteten: «Bitte!
Oh, bitte! Ich brauche es!»

Nakano stand immer noch hinter ihr und ließ seine
quälenden, kitzelnden Finger über das Fleisch ihrer miss-
brauchten Rückseite gleiten. Dann hielt er auf einmal
inne. Das Warten kam Annabel erneut wie eine Ewigkeit
vor. Sie war schon ganz angespannt und wartete sehnsüch-
tig auf den nächsten Schlag, doch diesmal gab es keinen
zischenden Warnlaut. Diesmal gab es nur die gewaltige
Hitze der Hiebe, die scharf auf den bereits brennenden
Pobacken niedergingen. Und diesmal schrie Annabel auch
laut auf. Der Schmerz war so groß, dass ihr Tränen in die
Augen traten.

Nakano hörte sofort auf.

Annabels Gliedmaßen fühlten sich unglaublich schwer
an, doch ihr Kopf war herrlich leicht. Der Daimyo beugte
sich über sie und berührte sie mit geschickten Händen, die
genau zu wissen schienen, wo er sie anzufassen hatte, um
größtmögliche Lust zu bereiten. Sie glitten unter ihren
Körper, über ihre Brüste, hoben sie leicht vom Tisch an
und kniffen dann in ihre steinharten Brustwarzen.

«Das tut weh!», weinte die misshandelte Frau, brach
die Beschwerde aber sogleich keuchend ab, weil sie doch
nur eine Lüge war. Seine Finger fühlten sich herrlich an.
Ihre Brüste schienen mittlerweile zu schweren Hügeln
angewachsen zu sein. Und ihre Nippel hatten sich durch
die Intensität der Gefühle und die unheimliche Erregung
zu kleinen, festen Knospen zusammengezogen.

Schwer lag Nakanos heißer Körper auf ihrem Rücken. «Soll ich aufhören?», flüsterte er ihr fragend zu. Sein Mund war überall. Er schmeckte, provozierte und quälte sie. Seine Zähne knabberten, rieben und bissen sie von den Ohrläppchen bis hin zu der Haut an ihrem Hals. Sein Atem auf ihrem Haaransatz ließ sie erschaudern, und sie schmolz unter seinen Berührungen dahin.

«Nein! Nicht aufhören!» Die Worte waren nur ein atemloses Flüstern. Annabel war wie eine hilflose Gefangene ihrer eigenen Lust. Er war so erfahren. Und er war im Vorteil. Sein Mund glitt die seidige Haut ihres Rückens hinab und teilte ihr so seine Gelüste mit. Kurz darauf löste er seine Hände von ihren Brüsten und erhob sich leicht von ihrem Körper, sodass seine warme, feuchte Zunge liebevoll über die roten Striemen gleiten konnte, die auf ihren Pobacken brannten.

«Du stöhnst wie eine Besessene! Erkennst du mich jetzt als deinen Meister an?», fragte er, während seine Finger mit überwältigender Sicherheit zwischen ihre Schenkel stießen. Dort fand er mit traumwandlerischer Sicherheit sofort die überhitzte Perle von Annabels Kitzler und presste mit steter Beharrlichkeit die köstlichsten Gefühle aus ihr heraus. «Ergibst du dich mir? Bist du jetzt mein?» Seine sicheren, maskulinen Finger strichen noch immer mit besitzergreifenden, flatternden Bewegungen über ihr Lustzentrum.

Annabel schwieg. Sie stand so kurz vorm Orgasmus, dass sie einfach nicht antworten konnte.

Dann entzog Nakano sich.

Der Höhepunkt war zum Greifen nah, doch sie brauchte seine Berührung, um zu kommen. Annabel war völlig außer Atem und so angespannt vor Gier, dass sie den Verstand zu verlieren drohte, wenn Nakano diesem Wahnsinn nicht bald ein Ende bereitete.

«Sag es», drängte er.

Annabel zögerte noch eine weitere Sekunde, ließ dann aber auch die letzte Hemmung in ihrem Inneren fallen.

«Ja! Ich erkenne dich an! Du bist mein Meister!»

Bei diesen geflüsterten Worten traten ihr Tränen in die Augen, doch es waren die reinigenden Tränen einer tiefen Empfindung. Als sein heißer, schwerer Körper sich wieder fest auf ihren Rücken presste und dabei die fixierten Arme gegen ihre Wirbelsäule drückte, fühlte Annabel sich, als hätten starke, aber zärtliche Hände alle Sorgen von ihren Schultern genommen.

Da spreizten seine schlanken Hände auch schon ihre Schenkel. Jeder weitere Gedanke war überflüssig, als seine kräftigen Finger erneut ihren Kitzler berührten und ihn mit geschickten Bewegungen massierten.

Annabel war jetzt nur noch Verlangen. Sie wollte von ihm zum Gipfel der Lust gebracht werden. Seine Finger lösten weitere magische Empfindungen nicht nur in ihrem Körper, sondern auch in ihrem Geist aus. Nakano hatte etwas in ihrem Inneren geheilt, das einsam und roh gewesen war. Er hatte ihren Rhythmus gefunden – den Schlüssel zu ihrer Sexualität. Die blinden Wellen ihres Höhepunktes rissen sie fort, bis sie der Schnüre gewahr wurde, die ihre Handgelenke festhielten. Ihre Gliedmaßen fühlten sich mittlerweile schon ganz taub an. Sie atmete schwer, und ihre Brust, ihr Bauch, der ganze Körper waren empfindsamer als je zuvor. Sie wollte mehr von ihm, als sie jemals für möglich gehalten hätte.

Plötzlich spürte sie an den Gelenken den Kuss von kaltem Stahl. Die Schnüre, die Nakano ihr nach dem Ringkampf angelegt hatte, blieben zwar, wo sie waren, doch die neue Fixierung ihrer Arme auf dem Rücken löste ihr Meister nun. Er hatte sie mit seinem Schwert durchtrennt.

«Setz dich auf!», befahl er mit strenger Stimme.

Annabel rutschte vom Tisch und setzte sich auf die Knie. Dann drehte sie sich mutig um und schaute ihren Meister an. Der stand groß, dunkel und arrogant über ihr. Noch immer hatte er das Schwert in der Hand, mit dem er sie soeben befreit hatte. Die junge Frau blickte ihm lange ins Gesicht und fiel dann endlich in einer ausgesprochen eleganten, aber absolut unterwürfigen Geste nach vorn und verbeugte sich vor ihm.

Ihr nackter Körper fühlte sich weich und sanft an, als sie mit dem Kopf die Matte zu seinen Füßen berührte. Sein schneller Atem ging in einen zufriedenen, tiefen Ton über, der tief aus seiner Kehle zu kommen schien. Er trat zu ihr heran und öffnete mit einer sanften Berührung ihren Zopf. Ihr üppiges blondes Haar wurde mit zärtlichen Fingern entflochten. Als sie den Zopf heute Morgen gebunden hatte, war ihr Haar feucht gewesen, daher bildeten sich jetzt fließende Wellen, als es lose über ihre kniende Gestalt und auf die Tatami-Matten unter ihr fiel.

Jetzt war es an Nakano, sich auszuziehen, und Annabel hörte, wie der Stoff seiner Robe raschelnd über seine Schultern zu Boden glitt. Danach entledigte er sich auch seines tödlich scharfen Schwertes. Annabels Pobacken brannten, während sie wartete, und ihre Schamlippen fühlten sich so schwer an, dass sie den Eingang zu ihrer Möse förmlich aufzureißen schienen. Zwar waren ihre inneren Muskeln noch immer gepeinigt vor Lust, doch die rohe Gier von eben war vorerst verschwunden. Jetzt konnte sie warten. Sie konnte Nakano das Tempo und die Richtung ihres Liebesspiels bestimmen lassen.

Nakano vergrub die Hände in ihrem Haar und zwang die kniende Annabel, ihn anzusehen. Dann beugte er sich langsam vor und küsste sie. Sie entzog sich nicht, und als seine Lippen sich von ihrem Mund lösten, hatte sie wieder Tränen in den Augen. Sein Kuss hatte etwas Einfaches, Elementares und Natürliches. Nakano beobachtete ihre Reaktion. Und als er ihre Kapitulation, ihre Unterwerfung erkannte, schien ein kleines, aufgeregtes Zittern durch seinen Körper zu fahren.

«Leg dich auf den Bauch!» Seine tiefe Stimme hallte in ihrem Herzen nach.

So als wären all diese Geschehnisse vorherbestimmt, legte Annabel sich voller Leichtigkeit auf den Boden. Sie ruhte jetzt flach auf dem Bauch, die Brüste fest auf den Boden gedrückt. Den Kopf bettete sie so, dass ihre Wange auf der Tatami-Matte lag und sie ihren sommerlichen, heuähnlichen Duft einatmen konnte.

Plötzlich spürte sie eine heiße, wandernde Zunge auf den brennenden Striemen ihres Hinterteils. Sofort hob sie ihren Po in Richtung des Freudenspenders an. Da schob sich auch schon eine Hand zwischen die Ritze ihrer Backen. Annabels Kopf flog zurück. Sie schloss die Augen und merkte, wie sich ein lüsternes Lächeln auf ihren Lippen breitmachte. Ein Schock fuhr durch ihren Körper – eine Aufregung, die in ihrer Intensität ebenso unangenehm wie köstlich war. Sie hörte auf zu zittern und lag ganz still da. Die faltige Auster ihrer Rosette krampfte sich um Nakanos Finger zusammen und hinderte ihn so an weiteren Bewegungen. Annabels Atem waren das Einzige in ihrem Körper, das nicht gebannt innehielt – abgesehen von ihrem pochenden Herzen.

Ihr Meister richtete sich auf, kniete sich zwischen ihre Schenkel und ließ seine Brust auf ihren Rücken sinken. Sein Bauch war heiß und rund, und seine Erektion pulsierte zwischen ihren Pobacken. Deutlich konnte Annabel das Heben und Senken seines Atems hören. Sein Körper zitterte.

Die Unterwürfige wimmerte schwach und presste ihre Backen zusammen, so als wollte sie ihm den Zutritt zu diesem Reich verwehren. Doch dazu war es zu spät. Er steckte bereits einen Finger in ihr Poloch, das sich offenbar langsam seiner harten Männlichkeit öffnen wollte.

Seine Lippen brannten auf ihrem Hals. Die erregenden Berührungen seines Mundes und das sanfte Beben ihres Körpers ließen sie mehr und mehr dahinschmelzen.

Plötzlich zog Nakano den Finger aus ihrem Hinterteil, verlagerte sein Gewicht auf die Ellenbogen und erhob sich leicht. Dann ließ er seine Arme seitlich unter ihren Körper gleiten und griff gierig nach ihren Brüsten. Annabels Oberkörper schnellte sofort hoch, um ihm noch besseren Zugriff zu verschaffen. Erneut wurde ihr bewusst, wie sehr sie ihn wollte.

Ihr Busen baumelte in seinen Handflächen, als er mit festen Kniffen ihre Brustwarzen stimulierte. Die rosigen Knospen waren steinhart angeschwollen.

Je länger Nakano an ihren Brüsten spielte, desto steifer und größer wurde sein Schwanz zwischen ihren Pobacken. Und je länger er seinen Riemen an ihr rieb, desto schneller ging auch sein Atem. Beiden brach jetzt der Schweiß aus und befeuchtete ihre heiße Haut. Wie ein Klebstoff, der sie noch enger miteinander verband. Annabel wimmerte, doch ihr Po entspannte sich langsam. Noch einmal spürte sie einen forschenden Finger an den Wänden ihres Inneren. Doch diesmal leistete sie keinen Widerstand mehr – selbst als Nakano seinen harten Finger so tief in sie hineinschob, wie es nur möglich war.

«Zieh deine Beine an, mein kleiner Frosch», wies er sie an, «bereite meinem Schwanz eine offene Tür!»

Bevor sie ihm gehorchte, schaute Annabel ihn über ihre Schulter hinweg an. Obwohl der Raum dunkel und voller Schatten war, konnte sie dennoch sein Gesicht deutlich erkennen. Intensiv starrte sie ihm in die Augen. Die Unterworfene wollte wissen, wie die Dinge zwischen ihnen standen. Sie sah die Leidenschaft, die in ihm brannte. Und sie sah auch, dass er sie erneut verstand. Seine Worte bestätigten das nur: «Das ist für dich, Annabel-San. So etwas kann nur zwischen dir und mir geschehen», murmelte er.

Mit dieser Versicherung ließ Annabel sich entspannt auf den Boden gleiten. Als die Schenkel sich unter ihr öffneten, bemerkte sie, wie ein Stöhnen über ihre leicht geöffneten Lippen kam. Nakanos Körper fühlte sich heiß und hart an, als er sich auf seine Knie setzte. Er balancierte sein Gewicht auf einem Ellenbogen und benutzte seine freie Hand, um seine Männlichkeit zu führen. Als die Spitze seines Liebesorgans an den dunklen Ring ihrer Rosette stieß, schrie Annabel laut auf. Vor Angst oder vor Ekstase? Sie wusste es nicht. Die Gefühle, die sie da übermannten, waren so neu, so intensiv und so beängstigend, dass sie sich jeder genaueren Einordnung entzogen.

Doch es fühlte sich gut an – das wusste sie. Tief versank die harte Länge seines Schaftes in der Höhle hinter ihrer Rosette. Seine starken Hände hatten sich streichelnd, kneifend und knetend auf ihre Hüften gelegt. Der Pulsschlag ihres Kitzlers passte sich dem Schlag ihres Herzens an, das in aufgeregtem Rhythmus Blut durch ihren Körper pumpte.

Nakano stieß ein zweites Mal zu, und diesmal versank sein Riemen so tief in ihrem Inneren, dass sie seine Hoden gegen ihre Schamlippen klatschen spürte. Annabel wurde von einer neuen Welle der Lust gepackt und entspannte sich dabei so sehr, dass er endlich ganz in ihr versinken konnte. Ein tiefer Schauer ging durch ihr Hinterteil. Nakano hielt kurz inne, sodass Annabel genau spüren konnte, wie sie ihn abmolk.

Heiße Schweißtropfen fielen auf ihren Rücken. Von einem Instinkt geleitet, wechselte sie auf einmal ihre Position, erhob sich leicht von der Matte und stützte sich auf die Ellenbogen. Die Rundungen ihrer Pobacken pressten sich in seinen Bauch, und Annabel konnte nicht nur seinen heiseren Atem hören, sondern auch den ihren. Jedes Heben und Senken ihrer Brust schien die Erregung noch zu vergrößern. Als die blonde Frau den Kopf zurückwarf, spürte sie ihren Schweiß über den Hals bis zu der Kurve unter ihren Brüsten laufen. Die Freude über diese reine und animalische Gier war so herrlich, dass sie die Lippen zu einem Lächeln verzog, das ihre Zähne zeigte.

Langsam setzte Nakano seine Stöße fort. Der Gang seines Atems verriet Annabel, dass er zutiefst erregt war und sein Orgasmus kurz bevorstand. Sie gab sich ganz ihrer Lust hin. Sie ließ ihn so tief in sich eindringen, wie es nur ging, und akzeptierte die Invasion in diese Körperöffnung damit als etwas Richtiges und Natürliches.

Nakanos dunkler Schopf war dicht über ihren Kopf gebeugt, sodass beider Haare sich verfingen und eine wunderschöne Mischung aus Mitternachtsschwarz und Mondlichtsilber schufen. Der Japaner atmete jetzt zischend. Annabels Pobacken klatschten mit jedem Stoß laut gegen seinen Schritt. Doch so aufregend das Erlebnis auch war, ein Orgasmus schien ihr versagt zu bleiben.

Die anale Stimulation war langsamer und tiefer als die gewohnte Reizung ihres Kitzlers. Die verführerischen Empfindungen, die vom Po auf ihren gesamten Körper ausstrahlten, waren zwar schön, sehr lustvoll und fühlten sich wie Honig in ihren Adern an, doch orgiastisch waren sie nicht. Bis sie voller Dankbarkeit spürte, wie Nakano seinen schweren Körper verlagerte und glatte, geschickte Finger in der ausgehungerten Tiefe ihrer Möse versenkte.

Annabels samtene, innere Muskulatur schloss sich voller Härte um die Finger, und das ungewohnte Gefühl seines Riemens in ihrem Hintereingang, der immer wieder gegen die Finger in ihrer Muschi stieß, überwältigte sie. Endlich näherte sie sich dem so heiß ersehnten Höhepunkt.

Nakanos Bewegungen blieben langsam und gleichmäßig und erlaubten Annabel, sich ganz auf ihren inneren Rhythmus zu konzentrieren. Sie spürte, wie ihre Erregung immer mehr anwuchs, und gab sich den Wellen hin, die Nakanos flinke Finger in ihrem Körper auslösten.

Dann setzte der Höhepunkt ein. Er begann zunächst mit einem leichten Flattern, doch je fester sie sich gegen den brutal harten Schwanz in ihrem Po presste, desto mächtiger wurden ihre Empfindungen.

Annabel wäre am liebsten für alle Zeiten an diesem Punkt der Erregung stehen geblieben, um die schmelzend liebliche Lust des ersten Höhepunktes zu genießen, der von hinten auf sie zukam. Doch als auch Nakano spürte, wie kurz sie davor war, erhöhte er sein Tempo und stieß immer wieder tief und heftig in ihre Rosette. Er schwitzte jetzt sehr stark, grunzte bei jeder Bewegung und sorgte so dafür, dass auch Annabel ihrer Geilheit mit heiseren, gepressten Schreien Ausdruck verlieh.

Einen kurzen Moment lang erschrak die aufgespießte Frau vor der Härte seines Körpers und der Macht seiner Stöße, doch es dauerte nicht lange, bis sich auch ihre eigene Leidenschaft Bahn brach. Ihre orgiastischen Gefühle waren stärker als je zuvor, und auch sie schrie jetzt laut. In der Tiefe ihres Geschlechts breitete sich ein herrliches Gefühl in den Muskeln aus, das sich noch verstärkte, als sie sich um den Schwanz in ihrem Anus und um die Finger in ihrer Möse krampften. Dieses ekstatische Gefühl breitete sich wie eine Spirale von ihrem Lustkanal aus und verhüllte sie und Nakano mit einem heißen schwarzen Umhang aus purer Lust. Obwohl Annabel genau spürte, wie ihre Fußballen sich auf den Boden drückten und die Zehen sich in die weiche Matte bohrten, schienen beider Körper in der Luft zu schweben.

Ihre schwitzenden, nackten Leiber bildeten eine perfekte Einheit. Nakanos Arme umfassten sie von unten und pressten sie eng an sich. Die Wellen der Wollust kamen und gingen, bis der heiße Fluss seines Samens sich ganz mit der Flut ihres eigenen Saftes vermischte.

Schließlich lag das Paar einfach nur eng umschlungen da, bis beider Atem sich wieder beruhigte. Annabel spürte einen kalten Lufthauch über ihre Haut wehen und protestierte lautstark, als sie bemerkte, dass Nakanos heißer Körper sich von ihr gelöst hatte. Es dauerte nur Sekunden, bis er wieder da war und das schwere Bettzeug in seiner glitzernd weißen Hülle fürsorglich ausbreitete. Dann hieß er seine Gespielin, sich auf der glatten Oberfläche direkt in seine Arme zu rollen.

Annabel hielt ihn fest, als wollte sie ihn nie wieder gehen lassen. Nakano berührte sie liebevoll am Hals. Seine Finger waren trotz ihrer Härte und Stärke sehr zart. Die erschöpfte Frau lehnte ihren Kopf ein wenig zurück und sah ihren Geliebten lächelnd an. Nakano legte ihr in einer besitzergreifenden, befriedigten Geste den Arm um die Taille.

Sie lehnte den Kopf an seine Schulter. Der Duft ihrer Leiber hing schwer in der Luft, und Annabel fühlte sich weich und herrlich gesättigt. Zwischen ihren Beinen herrschte ein köstlich feuchtes Gefühl, und ihre Gliedmaßen waren auf wohlige Weise träge. Es kam ihr vor, als hätte sie ihren Körper endlich dazu eingesetzt, wozu er bestimmt war. Als sie die Augen schloss und noch einmal daran dachte, wie wundervoll ihre Begegnung gewesen war, fuhr ein Nachbeben durch sie hindurch, das auch vor ihrem Kitzler nicht Halt machte.

Doch kurz darauf wurde sie von seiner tiefen Stimme wieder zurück in die Gegenwart geholt. Annabel blinzelte schläfrig. Das Mondlicht strömte durch ihre Lider, bis sie die Augen schließlich ganz öffnete. Die hintere Wand des Raumes war geöffnet, die Shoji ganz zurückgeschoben. Man konnte deutlich den großen silbernen Mond erkennen, der hoch über den zerklüfteten Spitzen der entfernten Berge am schwarzen Himmel leuchtete. Der Raum war angenehm warm. Neben dem Paar lagen einige Decken, doch sie brauchten nichts weiter als den Schutz ihrer Umarmung. Annabel sah auf und warf ihm ein vertrauensvolles Lächeln zu.

«Annabel-San, Annabel-San», begann er mit sanfter Stimme und blickte sie ernst an. «Nie hätte ich eine derartige Kapitulation von dir erwartet, meine kleine Europäerin.»

Annabels Kopf war angenehm schwindlig, als er sie küsste. Hingebungsvoll schmiegte sie sich an ihren Meister und biss ihn zärtlich. «Oh, ich habe noch jede Menge Gegenwehr in mir», neckte sie ihn.

Nakano sah sie in stummer Dankbarkeit an und strich mit abwesenden Fingern über ihr Haar. Irgendetwas in seinem versunkenen Ausdruck bereitete Annabel Sorge. «Ist denn jetzt nicht alles gut?», fragte sie.

Als er sie diesmal küsste, sah er geradezu reuevoll aus. Annabel presste sich voller Hitze an ihn. Sein Kuss war zärtlich und leidenschaftlich, doch es schwang auch eine große Traurigkeit und Sehnsucht darin mit. Die junge

Frau spürte das und war schon etwas vorbereitet, als er den Kopf hob und einen tiefen Seufzer von sich gab. «Nein, nichts ist gut. Der Wind wird noch über viele Schlachtfelder fegen, bis alles gut ist.»

Nakano sah sie traurig an und ließ seinen Blick dann zu der offenen Shoji wandern. Annabel blieb wartend neben ihm liegen, hörte ihrem Atem zu und spürte ihren Herzschlag. Sie konnte ja auch gar nicht wissen, welche Gedanken seinem Gesicht einen so nachdenklichen Zug gaben, als er durch die Lücke in den Reispapierwänden auf die Berge starrte. Ein Hahnenschrei war zu hören. Zuerst dachte Annabel, das Tier hätte sich in der Zeit geirrt oder krähte einfach nur so in die Nacht hinein, so wie junge Hähne das manchmal tun. Doch dann hörte sie die tief klingende Tempelglocke.

Nakano zuckte zusammen, so als würden seine Gedanken von weit weg wieder ins Hier und Jetzt zurückkommen. «Ich muss dich bald verlassen», sagte er mit zärtlicher, fast trauriger Stimme. Dann brüllte er auf den Flur hinaus. «Bringt uns Tee!»

Auf dem Korridor waren sofort Schritte zu hören, und eine Dienerin mit Kerze und Tablett in der Hand betrat den Raum. Das Flackern der Kerze warf unheimliche Schatten an die Wände.

Die Dienerin verbeugte sich tief, bevor sie sich dem Paar näherte. Als sie den Futon mit den ineinander verschlungenen Leibern erreichte, stellte sie das Tablett ab. Auf der schwarzen Oberfläche spiegelten sich eine elegante, mit Bambusblättern verzierte Teekanne und zwei passende Tassen. Auf dem Tablett lag auch ein geöffneter Fächer, auf dem weiße Blüten ruhten.

Nakano nahm eine dieser Blüten in die Hand und reichte sie Annabel, um ihren Duft zu kosten. Auf den leicht geäderten Blütenblättern glitzerten kristallene Tropfen. «Sie sind mit Morgentau beträufelt», erklärte Nakano.

Annabel vergrub ihre Nase in der kühlen Feuchte der Blume. Ihr Duft war nur schwach, aber spürbar wild und lieblich zugleich. In der dunklen, verregneten Nacht sangen Vögel. Nakano blies die Kerze aus. Als ihr gelbliches Licht erloschen war, kroch das erste Grau der Dämmerung in den Raum.

Nakano beugte sich ernst über das Tablett und reichte Annabel eine der zarten, henkellosen Tassen. Die Gefäße waren etwa bis zu zwei Dritteln mit grünem Tee gefüllt. Heiß, dampfend, bitter und außerordentlich wohltuend. Die duftende Erfrischung umspielte köstlich Annabels Zunge. Bisher hatte sie sich nicht allzu viel aus grünem Tee gemacht und ihn als zu stark und bitter empfunden. Doch jetzt, wo seine herbe Stimulation ihre Lebensgeister neu weckte und dem Morgen eine besondere Bedeutsamkeit verlieh, entwickelte sie einen Geschmack dafür, der sie ihr ganzes Leben nicht mehr verlassen würde.

«Danke für den Tee», sagte sie und starrte in ihre Tasse. Sie sprach die Worte etwas peinlich berührt aus – fast als würde sie mit einem Fremden und nicht mit ihrem Liebhaber reden. Erneut hatte sie die Distanz gespürt, die zwischen ihnen herrschte.

Nachdem Nakano seine Tasse geleert und sie wieder auf das Tablett zurückgestellt hatte, befreite er seine Glieder aus ihrer Umschlingung und stand auf. «Für heute Morgen ist ein Kriegsrat einberufen», sagte er mehr zu sich selbst, «und ich weiß immer noch nicht, was ich den Männern antworten soll. Ich hatte gehofft, dass ich nach dem Aufschub dieser Nacht klarer im Kopf sein würde. Doch ich konnte mich immer noch nicht entscheiden, ob man Yoritomo nun trauen kann oder nicht.»

«Yoritomo?», fragte die Europäerin, setzte sich auf und sah den Daimyo an.

«Du hast ihn im Fischerdorf kennen gelernt. Er bittet um Erlaubnis, seine Armee durch mein Gebiet zu führen. Er sagt, dass er gegen meinen Nachbarn zu Felde ziehen wolle, aber kann ich ihm das glauben?»

Annabel erinnerte sich an den Samurai in der blauen Robe und auch daran, wie seine sadistischen Finger an ihren Brüsten gespielt hatten. Sie schauderte, denn kurz darauf musste sie auch an die verräterischen Mitglieder von Nakanos Partei und ihr Gespräch im Bad des Dorfes denken.

«Ihr habt Feinde», erklärte sie, hielt aber sofort inne, als ihr Hirokos Angst vor Vergeltungsmaßnahmen einfiel. Sie wollte nicht jener Frau schaden, die sie beschützt, ihre Freundschaft gesucht und ihr so viel über Japan beigebracht hatte.

Doch da drehte Nakano sich auch schon mit hochgezogener Braue zu Annabel um und gebot ihr, weiterzusprechen.

«Ich war allein im Bad des Fischerdorfes», begann sie und hoffte, dass ihre Lüge Hiroko vor eventuellen Konsequenzen bewahren würde. Sie erzählte dem grimmig dreinschauenden Lord mit knappen Worten, wie sie die Pläne der Männer belauscht und dabei gehört hatte, wie sie von ihrem wahren Herrscher sprachen.

Einen kurzen Moment sagte Nakano gar nichts. Er sah erst zu Boden, warf ihr dann aber einen strengen Blick zu. «Würdest du diese Männer wiedererkennen?»

«Nein. Ich konnte ihre Gesichter nicht richtig sehen, denn ich habe mich zu der Zeit hinter einem Felsen versteckt. Außerdem stieg recht starker Dampf aus dem Becken.»

Sie sah ihn besorgt an. Seine Augen waren voller Misstrauen.

«Es wäre deine Pflicht gewesen, mich so schnell wie möglich über dieses Komplott zu informieren! Wieso hast du das versäumt?», fragte er mit kühler Stimme.

«Ich hatte Euch ja noch nicht kennen gelernt. Und ich wusste nicht, ob ich Euch gegenüber in der Pflicht wäre oder nicht», protestierte Annabel, war sich gleichzeitig aber bewusst, dass sie ihm nach japanischem Recht absoluten Gehorsam schuldig war.

Der Daimyo sah sie aufmerksam an. «In deinen Augen steht die Lüge geschrieben», murmelte er nachdenklich.

«Nein», flüsterte Annabel und versuchte, seinem Blick auszuweichen.

Sie sah deutlich, wie Nakanos Augen einen harten Zug annahmen und seine Brauen sich zu einer wütenden Linie zusammenzogen. Seine eisige Stimme brannte auf ihrer Seele. «Ich dachte, du wärst gezähmt und nur mir treu ergeben, Europäerin.»

Annabel verschloss die Augen vor seinem mächtigen Blick. «Ich bin Euch treu ergeben», versicherte sie ihm schwach. Die Tränen rannen ihr jetzt über die Wangen, und sie brach unter dem Druck seines Zorns fast zusammen. Jetzt wagte sie es erst recht nicht, ihm von Hiroko zu erzählen, denn sie hatte schreckliche Angst vor seiner Reaktion. Annabel konnte nichts weiter tun, als die Augen zu öffnen und ihn flehentlich wissen zu lassen, dass er ihr doch vertrauen sollte.

Nakano stand noch einen Moment vor ihr und blickte ihr prüfend in die Augen. Das Ergebnis seiner Inspektion missfiel ihm, und Annabel spürte genau, dass das Geheimnis wie eine Mauer zwischen ihnen stand. Auch der Daimyo schien ihre Empfindungen zu spüren. «Mir scheint, deine Loyalität ist geteilt», erklärte er schließlich und drehte sich von ihr weg. «Ich werde dich in den öffentlichen Käfig sperren lassen.»

Annabel starrte ihn ungläubig an. Sie konnte nichts erwidern und wurde ganz langsam blass. «In den Bambuskäfig auf dem Marktplatz? Sodass mich jeder sehen kann? Als wäre ich eine gewöhnliche Hure?» Es fühlte sich an, als wäre eines von Nakanos Schwertern in ihre Magengrube gefahren.

Der Blick, den er ihr daraufhin über die Schulter zuwarf, schmerzte am ganzen Körper. «Du wirst nackt sein und wie eine Hure behandelt werden, während die Menschen zusehen. Ich glaube, dieses Erlebnis wird dir gefallen.»

«Wie könnt Ihr so etwas nur sagen?», jammerte Annabel halb ohnmächtig.

«Schließlich hast du auch auf meine Peitschenhiebe wollüstig reagiert.»

Der Körper der jungen Frau wurde sofort von einem erregten Zittern erfasst, denn sie wusste genau, welche ihrer sexuellen Reaktionen die lustvollen Erinnerungen ausgelöst hatten, die jetzt vor Nakanos Augen tanzten. «Aber dabei waren wir allein», erinnerte sie ihn und suchte in seinem Gesicht wenigstens nach einem Hauch von Verständnis.

«Auch diese Bestrafung geschieht nur für mich», teilte er ihr mit tiefer, entschlossener Stimme mit. «Entweder ich zähme dich und bringe dir Gehorsam bei, oder ich lasse ab von dir.»

«Ich bin Euch treu. Es besteht keinerlei Grund, mich derart zu behandeln.» Instinktiv streckte sie die Hand aus, um ihn zu berühren.

Doch Nakano wich ihr aus. «Ich werde schon dafür sorgen, dass du es genießt.»

«Nein!», schrie Annabel ängstlich.

Der Daimyo kehrte ihrem flehenden Gesicht jetzt endgültig den Rücken zu und rief nach zwei Wachmännern. Dann entfernte er sich und tat so, als wäre er mit seiner Kleidung beschäftigt. Auch als er seinen Wachen Befehle zubrüllte, schaute er sie nicht einmal an. Und selbst als die beiden riesigen Samurai sie bei den Oberarmen packten und aus dem Raum zerrten, blieb sein Blick abgewandt.

KAPITEL 10

Die drei billigen Kurtisanen in der Ecke des Käfigs spiel-
ten mit bemalten Muscheln und ignorierten Annabels
vorsichtige Versuche der Annäherung. Ihre Feindseligkeit schreckte die junge Frau so sehr ab, dass sie sich weg-
drehte und sich in einer Ecke des Bambuskäfigs auf die
abgenutzte und ausgefranste Tatami-Matte setzte, die den
Boden bedeckte.

Der Käfig der Kurtisanen stand vor der Lücke zwischen
einem Seetangladen und einem Geflügelhändler. In der
Gasse, die die beiden Geschäfte trennte, stand ein großer
rauschender Bambusbusch, über dessen grünen Blättern
sich der strahlend blaue Himmel auftat. Die eleganten
Zweige hingen über dem hinteren Teil des Käfigs und
täuschten so Sicherheit und Schutz vor. Auf dem Boden
tanzten die Blätter im Sonnenlicht. Annabel weigerte sich,
ihren Blick zu den angemalten Huren wandern zu lassen,
die über ihrem Spiel zankten und immer wieder in den
Geflügelladen schauten.

Gänse, Enten und Hennen gluckten traurig in ihren
winzigen Käfigen aus gelbem Bambus. Auch Annabel

starrte neugierig auf das Geschäft. In Hirokos Dorf hatte es natürlich Fisch gegeben, doch Fleisch hatte man ihr selbst hier in Shimoyama nie angeboten. Bisher hatte sie angenommen, dass man in Japan kein Tierfleisch aß, doch dieser Laden legte das Gegenteil nahe.

Im vorderen Teil des Ladens war eine kleine Schlachterei untergebracht. Der Geflügelhändler – ein fröhlich aussehender Kerl mit einem eng um den Hals geschlungenen blau gepunkteten Tuch – fuchtelte gerade mit einem großen Hackbeil über dem Hals einer unglückseligen Ente herum. Annabel zuckte zusammen und schaute weg, als die Klinge fiel, hörte aber dennoch den dumpfen Schlag.

Die drei Kunden im Laden – ein kleiner Junge, ein glatzköpfiger Mann, der über seinem einfachen Kimono die Robe eines Lehrers trug, und ein Diener, der einen Korb in der Hand hielt – warteten alle geduldig, bis der Geflügelhändler die mittlerweile tote Ente von ihren Federn befreit hatte. Von Annabel nahm hier niemand Notiz, und sie fragte sich langsam, ob sie ihre Gefangenschaft vielleicht sogar ohne weitere Demütigungen aussitzen konnte.

Irgendwann ging ein alter Bauer vorbei, der unter der Last seiner langen weißen Rettiche fast stolperte. Eine der drei spielenden Huren rief ihm etwas derart Anzügliches zu, dass Annabel sofort das Blut in die Wangen schoss. Sie schämte sich für die Gesellschaft der Frauen und war froh, dass der uralte Mann die Beleidigungen ignorierte. Sein zerfurchtes Gesicht veränderte sich zwar nicht merklich, Annabel meinte aber dennoch einen Hauch von Ekel in seinen Augen zu erkennen.

Sie vergrub den Kopf in ihren Händen. Wieso hatte Nakano ihr das nur angetan? Sie schienen sich bei ihrem Liebesspiel so nahe gewesen zu sein, so verbunden durch ein unsichtbares Band. Doch dann war die Trennung gekommen – ihre unterschiedlichen Kulturen, ihr unterschiedliches Geschlecht, ihre unterschiedlichen Lebensweisen. Annabel wusste zwar nichts über die politischen Machenschaften, in die Nakano verwickelt war, aber sie wusste, dass er Feinde hatte, zu denen scheinbar auch sie selbst zählte.

Sie spürte einen Kloß im Hals, und Tränen traten in ihre Augen. Annabel legte das Gesicht auf die Knie und wiegte sich einige Zeit lang traurig hin und her. Doch irgendwann seufzte sie laut auf, hob den Kopf und wischte die Tränen fort. Selbstmitleid würde ihr jetzt ganz sicher nicht helfen. Schließlich konnten aus Feinden auch Freunde werden. Das hatte sich im Fall von Kiku bereits gezeigt.

Das japanische Mädchen war sehr erstaunt gewesen, als Annabel von zwei riesigen Samurai in Mamma-Sans Gemächer geschleppt worden war. Kiku hatte sich ungeachtet ihrer Größe und Stärke sofort auf die Männer gestürzt und sie so lange laut beschimpft, bis man ihr erlaubt hatte, Annabel ein Bad einzulassen, ihre Haare zu einer eleganten Frisur aufzutürmen und ihr den einfachen gelben Kimono anzuziehen, den sie jetzt trug.

Zwar hatte die neue Freundin nichts tun können, um die Samurai von der Ausführung ihrer Befehle abzuhalten, aber gerade als Annabel ihre letzte Träne wegwischte, kam eine Dienerin mit einem Tablett über den sonnenbeschienenen Platz getrippelt, die ihr bekannt vorkam.

«Von Miss Kiku», sagte die kleine Magd freundlich, nachdem Annabel sich erhoben hatte. Das Tablett passte nicht durch die Stangen des Käfigs, sodass die Besucherin die kleinen Schälchen einzeln hineinreichen musste. Als die Gefangene die Deckel öffnete, lief ihr das Wasser im Mund zusammen. Die Schalen waren mit flockigen

Reishäufchen, einer göttlich duftenden Misosuppe, einer Sammlung eingelegter Gemüse und einem süßen rosa Reiskuchen gefüllt. Selbst an eine Flasche heißen grünen Tee hatte Kiku gedacht.

Als Annabel ihre Stäbchen zur Hand nahm, war ihr schon um vieles leichter zumute. «Übermittle Miss Kiku meinen Dank», sagte sie warmherzig. «Sag ihr bitte, wie glücklich ihr Geschenk mich gemacht hat.»

Die Magd nickte. Über ihren rosigen Wangen blitzten schwarze Augen. «Ja, ehrenwerte Europäerin», erwiderte sie, «ich werde Miss Kiku Eure Nachricht überbringen.»

Mit diesen Worten lief sie, während sie das Tablett gut gelaunt hin und her schwang, zurück über den holprigen Platz.

Annabel nahm den ersten Bissen in den Mund, und sofort sorgten salzige Fischeier für ein kulinarisches Feuerwerk auf ihrer Zunge. Ihr Magen knurrte, sodass sie immer schneller aß. Gierig machte sie sich über das eingelegte Gemüse her und trank dann ihre Suppe. Die Sonne stand bereits hoch am klaren blauen Himmel. Es musste fast Mittag sein. Das hieß, sie hatte seit vierundzwanzig Stunden nichts mehr gegessen. Die angespannten Nerven hatten es ihr unmöglich gemacht, das Essen zu sich zu nehmen, das ihr während des Wartens auf Nakano angeboten worden war. Und jetzt war sie am Verhungern.

Annabel aß den Reis bis zum letzten Körnchen auf, stellte die Schüsseln ordentlich an den Rand des Käfigs und suchte sich dann den saubersten Punkt der abgewetzten Matte, um sich darauf niederzulassen. Ihr zarter Po brannte wie Feuer beim Hinsetzen – eine immer noch schmerzende Erinnerung an die Peitschenhiebe Nakanos. Doch als sie an den Mann dachte, der sie derart gebrandmarkt hatte, wurde ihr Körper sofort weich und sinnlich.

Es war warm. Annabel nahm den Fächer zur Hand, den Kiku ihr gegeben hatte, und wedelte sich träge Luft zu. In dem Bambusbusch hinter ihr surrten einschläfernd die Insekten. Rauschende Schatten tanzten in hypnotischen Blättermustern vor ihr, und Annabel schlief ein.

Irgendwann wurde sie jedoch von einem heftigen Rippenstoß geweckt, dem wilde Schreie folgten. Die Insekten flogen immer noch umher, die Luft fühlte sich noch warm an, doch die Schatten des Bambus waren weiter über den Boden des Käfigs gewandert. Das unerbittliche Sonnenlicht war weicher und sanfter geworden. Es musste Nachmittag sein.

«Hey, hey, meine kleinen Kätzchen», jodelte eine freche, männliche Stimme. «Der reiche Bankier Takatoshi feiert ein Fest. Er hat uns befohlen, ein paar mollige kleine Täubchen dafür zu besorgen. Wer von euch kommt zu der Feier mit?»

Die Huren kreischten vor Freude und griffen sofort nach ihren Kämmen, Handtaschen und Fächern. Annabel setzte sich auf. An den Stangen des Käfigs standen zwei lachende, muskulöse Männer mit Tätowierungen auf Rücken und Schultern. Sie trugen Tücher um ihre Lenden und Köpfe – sonst nichts. Hinter ihnen stand eine sehr schlichte Sänfte, die an einem langen Bambusstamm aufgehängt war, sodass die beiden Männer sie zwischen sich tragen konnten.

«Hey, hey!», brüllte der andere, als er Annabel im hinteren Teil des Käfigs entdeckte. «Kommst du auch zu dem Fest, meine kleine Schauspielerin?»

Eiskaltes Blut schoss in Annabels Herz. War das etwa die Bedeutung des Käfigs? Dass jeder, der seine animalische Lust stillen wollte, nach ihr schicken konnte und sie gehorchen musste?

«Sei doch kein Idiot!», fauchte eine der Huren. «Das ist keine Schauspielerin, das ist Lord Nakanos Europäerin. Er soll angeblich zornig auf sie sein. Doch wir wissen noch nicht, ob er sie ganz abgeschrieben hat. Du wärst ein Narr, wenn du dich mit ihr einlassen würdest.»

Annabel wurde vor Erleichterung fast ohnmächtig. Eine Zeit lang war sie also noch sicher.

«Eine echte Europäerin!» Beide Männer drückten sich gegen die Stangen des Käfigs, um besser sehen zu können. «Davon hat uns niemand etwas gesagt. Und wir kommen doch gerade aus dem Tempel. Dort haben im Moment so viele Menschen ihr Lager aufgeschlagen, dass es wie in einer Kaserne aussieht. Ich kann gar nicht glauben, dass diese Stiere von Samurai nicht wissen, dass eine Europäerin im Käfig sitzt.»

«Europäerinnen sind hässlich und langweilig», keifte die älteste der Huren und wand sich durch die jetzt offene Käfigtür.

«Wieso die Wilde anstarren, wenn Ihr es mit echten Frauen treiben könnt?», fügte eine andere hinzu und strich sich beim Herausschlüpfen das Haar glatt.

«Und Euch einen guten Lohn für die Fahrt verdienen könnt», bemerkte die Dritte und schlug einem Träger, der immer noch starrte, mit ihrem Fächer auf die Schulter. «Ich glaube kaum, dass ihr Schwächlinge es schaffen werdet, drei Frauen auf einmal zu tragen. Es wäre wohl besser, wenn wir nach einer weiteren Sänfte schicken.»

Sofort wandten die Träger sich von Annabel ab. «Was? Dann müssen wir ja den Lohn von Bankier Takatoshi für die Fahrt teilen!»

Zufrieden, die Aufmerksamkeit wieder auf sich gezogen zu haben, bestiegen die Frauen die Sänfte und setzten sich kichernd auf die schäbigen Kissen. Annabel sah vom

Käfig aus auf der einen Seite des Gefährts eine Schmetterlingsschärpe herausschauen und an der anderen blitzte ein Arm auf, der einen Fächer hielt. Die Köpfe der drei aufwendig frisierten Frauen steckten wie in einem Knäuel zusammen, stoben dann aber in erneutem Kichern wieder auseinander.

Die Träger balancierten die Stange schnaufend auf ihre Schultern, streckten die Knie und hoben den Stuhl schließlich vom Boden ab. Ihr Gang war unter der schweren Sänfte etwas wacklig, als sie sich in Richtung Außenbezirke aufmachten.

Als die Gruppe fort war, wurde es sehr friedlich. Annabel saß in der warmen Nachmittagssonne, hörte den trillernden Insekten, dem raschelnden Bambus und dem Krähen des armen, verdammten Federviehs zu. Die Geschäfte waren immer noch offen, aber ganz offensichtlich war dies eine ruhige Tageszeit, in der kaum Kunden unterwegs waren. Es rührten sich nur wenige Menschen. Und doch war Annabel nicht überrascht, als schon bald die ersten beiden Soldaten vor dem Käfig stehen blieben.

Die Männer starrten sie an, als sei sie ein gefangener Tiger: ein unheimliches, faszinierendes, möglicherweise todbringendes Wesen ohne jeden menschlichen Verstand. Es dauerte nicht lange, bis sich ein paar Samurai zu den zwei Soldaten gesellten. Annabel saß die ganze Zeit ruhig und mit geschlossenen Augen da und blinzelte nur ab und zu. Sie dachte, wenn sie nichts täte, würden die Männer sich langweilen und irgendwann weitergehen. Doch die Samurai drängten sich trotzdem schubsend vor dem Käfig und starrten sie weiter an. Nach ein paar Minuten kamen sogar noch mehr Männer.

«Dieses goldene Haar ist doch nicht echt. Das ist sicher aus Stroh», erklärte einer der Samurai mit großer Bestimmtheit. «Als man mir erzählte, dass eine so genannte Europäerin in den Ring steigen würde, sagte ich gleich, dass die nicht echt sein kann. Seht euch das Haar doch mal an! Stroh! Da gibt es gar keinen Zweifel.»

«Und was ist mit der Haut?», fragte einer der anderen Männer. «Seht nur, wie rein und weiß sie ist. Die muss einfach echt sein.»

«Das ist doch abnormal!», mischte sich ein Dritter ein. «Oder einfach nur eine Laune der Natur. Ich habe mal eine Ratte gesehen, die weiß geboren wurde. Und rote Augen hatte sie – wie Rubine.»

«Das erfindest du jetzt aber! Nein, dieses Ding hier ist zu groß, um eine krankhafte Frau zu sein. Ich glaube, das ist ein verkleideter Mann. Wie diese Kabuki-Schauspieler.»

«Wartet. Ich hole mal einen Stock und wecke es mit einem Stoß.»

«Ja. Dann siehst du ihre Augen und musst zugeben, dass ich Recht habe.»

«Du meinst, sie wird mit einer Männerstimme aufschreien? Wo finde ich denn nur einen Stock?»

«Nimm doch einfach ein paar Steine. Damit kannst du es auch aufwecken.»

Annabel riss die Augen auf. Sie hatte keine Ahnung, was sie tun oder sagen konnte. Doch alles war besser, als still dazusitzen, während sie gesteinigt wurde. Die Gefangene sprang auf und ging eleganten Schrittes an den Rand des Käfigs. «Guten Abend, Gentlemen.»

Die Männer wichen erstaunt zurück. Ihre Zahl war mittlerweile auf ungefähr zwanzig angewachsen.

«Blaue Augen!»

«Rund! Runde Augen! Habt ihr so etwas schon mal gesehen?»

«Sie ist tatsächlich eine Frau!»

«Eine Gajin – eine Fremde!»

«Was glaubt ihr, woher sie kommt?»

Annabel bemerkte, dass diese Soldaten völlig anders aussahen als Nakanos glatte und einheitlich gekleidete Wachleute. Sie trugen Kleidung in den unterschiedlichsten Farbtönen. Einige Stücke waren verblichen und geflickt. Viele ihrer Kimonos hatten dort Löcher, wo einst wohl die Insignien der Herrscher prangten, denen sie gedient hatten. Aber die Männer waren alle gut gewachsen, rochen nach Seife und machten einen disziplinierten Eindruck.

Die Sätze, die zu ihr in den Käfig drangen, waren nur bruchstückhaft, doch Annabel konnte immerhin heraushören, dass diese Männer zwar Samurai, aber ohne einen Herren und damit auch ohne Einkommen waren. Sie zogen durchs Land, lebten, wo sie wollten, und schliefen, wo sie konnten.

«Seid Ihr in der Hoffnung hier, in Lord Nakanos Armee eintreten zu können?», fragte sie.

Die Samurai, die hinten standen, drängten und schubsten. «Was hat es gesagt?»

«Seid doch nicht albern. Europäerinnen reden nicht, die grunzen nur.»

Doch ein junger Mann, der sehr dicht an dem Gitter des Käfigs stand, sah Annabel mit stolzem und offenem Blick an. «Ja», antwortete er ihr, «wir haben gehört, dass er einen Feldzug plant. Weißt du, wie viele Männer er braucht?»

Die Wangenknochen des jungen Samurai standen streng hervor, und auch sein schlanker Hals und seine schmalen Handgelenke verrieten Annabel, dass er recht schwere Zeiten hinter sich haben musste. Sie legte ihren Fächer vors Gesicht. «Ich kann Euch die Pläne meines Lords Nakano nicht verraten», sagte sie mit lieblicher Stimme.

«Aber du weißt etwas?», fragte der junge Mann eindringlich.

Annabel sah ihn über den Rand ihres Fächers hinweg an und erblickte ihr Spiegelbild in seinen schmalen dunklen Augen. Ihre Augen glitzerten, waren rund, blau und strahlend. Sie warf ihm ein geheimnisvolles, weibliches Lächeln zu. Wahrscheinlich wusste sie auch nicht viel mehr über Nakanos Pläne als diese Männer, aber das würde sie auf keinen Fall zugeben. Schließlich hatte Annabel jetzt vielleicht einen Weg gefunden, die Situation in Schach zu halten. Und die würde sie gnadenlos ausnutzen.

«Ich kann Euch nichts über die Pläne meines Lords verraten», wiederholte sie. «Aber vielleicht könnte ich ihm ja von ein paar guten Soldaten berichten, die ich zufällig kennen gelernt habe.»

Die Augen des jungen Mannes blitzten vor Hoffnung und Freude, als er sie ansah. «Oh, meine werte Dame …», begann er, wurde aber von einer lauten Stimme hinter sich unterbrochen.

«Hey! Ich habe gehört, dass ein fremdes Flittchen in dem Käfig sitzt. Reißen wir ihr doch die Kleider runter. Ich wollte schon immer mal eine von diesen Gajin-Huren nackt sehen!»

Der bisher größte Samurai, den Annabel je gesehen hatte, drängte sich nach vorne. Dem selbst ernannten Anführer folgten ungefähr fünfzehn Männer, die, genau wie die anderen herrenlosen Samurai, aussahen, als hätten sie schon bessere Zeiten erlebt. Andererseits wirkten sie auf eine raue, gesetzeslose Weise kräftig. Annabel erinnerte sich, dass einige von ihnen angeblich sogar Raubzüge unternahmen, um ihr Überleben zu sichern.

Die Männer jagten ihr eine schreckliche Angst ein. Sie wusste instinktiv, dass diese Kerle nicht zu bändigen und einfach so um den kleinen Finger zu wickeln waren. Dafür hatten sie bei ihrem Überlebenskampf bereits zu viel Unmenschliches durchmachen müssen. Ihre Augen waren leer und kalt wie die von Haien – gnadenlose, räuberische Verbrecher.

Die Soldaten, die vorne um den Käfig standen, machten den Neuankömmlingen ohne Gegenwehr den Weg frei. Alle außer dem schlanken jungen Mann, der mit Annabel gesprochen hatte. Er weigerte sich zurückzutreten, drehte sich zu dem Anführer der Samurai um und verbeugte sich höflich.

«Wir wurden uns noch nicht vorgestellt», sagte er förmlich.

Der große Mann antwortete nicht, und Annabel fuhr sofort ein Gefühl der Angst in die Magengrube. Die Schwerter glitzerten im Sonnenlicht. Sie spürte die Wachsamkeit um sie herum und hörte die leisen Geräusche vom Zurechtrücken der Kleidungsstücke, das nur dem Zweck diente, so schnell wie möglich die Waffen ziehen zu können. Doch der große Samurai verbeugte sich ebenfalls und vervollständigte das Ritual.

«Dies ist allerdings das erste Mal, dass wir aufeinander treffen.»

Als der Ganove den Kopf hob, sah Annabel das Böse in seinen Augen aufblitzen, und sie hätte dem jungen Mann, der sie da so mutig beschützte, am liebsten eine Warnung zugerufen. Doch ihr Gesicht zeigte keine Regung. Das Herz raste in ihrer Brust, und ein Tropfen Eiswasser rann ihr den Rücken hinunter. Die Bambusstäbe sahen so biegsam aus, und die Tür war nicht mal zugesperrt. Annabels Umzäunung durch den Käfig war rein symbolischer Natur und bot keinerlei Schutz.

«Erhebt Ihr irgendeinen Anspruch auf die Europäerin,

junger Mann?», fragte der Riese höflich, aber mit gefährlichem Unterton. «Denn nun, wo ich sie in all ihrer Schönheit gesehen habe, bin ich geradezu überwältigt von dem Wunsch, sie nackt zu sehen.»

Annabels Beschützer verbeugte sich tief. «Verzeiht, ehrenwerter Herr, aber vielleicht seid Ihr Euch nicht der Tatsache bewusst, dass diese Europäerin dem Lord Nakano gehört.» Er sprach ruhig, doch Annabel konnte sehen, wie aufgebracht sich seine Brust hob und senkte.

Die bisher ausdruckslosen Augen des verwilderten Samurai blickten den wagemutigen Mann geringschätzig an. «Und nun hofft Ihr auf seinen Fürspruch? Also, ich habe genug von den feinen Herren und ihren Versprechungen. Ich werde mich nicht länger an den Trögen der Reichen herumdrücken.»

Der Riese hielt inne, doch Annabel merkte sofort, dass der Name Nakano ihn trotz seiner Rede beeindruckte.

Ebenso spürte sie, dass es jetzt zu spät war: Der riesige Samurai hatte sich aufgelehnt, und wenn er jetzt einen Rückzieher machte, würde das einen Gesichtsverlust vor seinen Männern bedeuten. Und bevor er das zuließ, würde er eher kämpfen und sterben – wie alle Samurai. Annabel biss sich auf die Lippen und dachte verzweifelt über einen Ausweg aus dieser Sackgasse nach.

«Mag sein, dass Nakano hier ein Sexspiel treibt, aber wenn er seine Geliebte in einen öffentlichen Käfig sperrt, wird sie damit auch zum öffentlichen Eigentum. Ich kann mit ihr tun, was ich will. Und ich will den nackten Körper dieser herrlichen Fremden sehen.»

Annabel sah sich um. Die Zeit schien stillzustehen. Die Menge war weiter angewachsen, doch es war klar, dass keiner der Anwesenden sich einmischen würde. Im Gegenteil – als die Blicke ihres jungen Beschützers die des riesigen Samurai trafen, wichen sie aus. Bevor die Schwerter gezogen wurden, fochten die beiden Männer einen Kampf des Willens aus. Sie heizten die Atmosphäre so auf, dass die Luft vor Feindseligkeit zu brennen schien.

Annabels Kopf arbeitete fieberhaft. Noch hatte der Samurai nur den Wunsch geäußert, sie nackt zu sehen. Wenn sie ihm dieses Anliegen gewährte, wäre seine Ehre gerettet und er könnte sich zurückziehen, ohne dass die Situation eskalierte.

«Wartet!», sagte sie laut. Es war fast zu spät. Die beiden Krieger waren so in ihren mentalen Kampf vertieft, dass sie erneut rufen musste, um ihre Aufmerksamkeit auf sich zu ziehen.

Annabel machte eine halbe Drehung, sodass sie die Männer über ihre Schulter hinweg mit aufreizendem Blick ansehen konnte. Sie wusste, dass der Japaner den Nacken einer Frau als ihren erregendsten Körperteil betrachtete, und so ließ sie den hinteren Teil ihres Kimonos so weit über die Schulter rutschen, bis ein guter Teil ihrer blassen Haut bloßgelegt war.

«Wenn Ihr zur Vernunft kommen würdet, könnte ich vielleicht in Erwägung ziehen, Euch ein wenig mehr von dem zu zeigen, was Ihr begehrt», rief sie dem groben Samurai zu, wobei nicht nur ihre Stimme, sondern auch die Knie erheblich zitterten. Auch wenn sie sich in ihrem ganzen Leben noch nie weniger verführerisch gefühlt hatte, spitzte sie jetzt dennoch die Lippen und verlieh ihrer Stimme ein aufregendes Flüstern. «Hattet Ihr nicht gesagt, Ihr wolltet meinen nackten Körper sehen?»

Es funktionierte. Die Gefahr verflüchtigte sich. Der Mann stand zwischen zwei Schlachten, und sein Geist war hungrig nach Liebe und nicht nach Krieg. Er wandte sich von dem jungen Mann ab und verbeugte sich vor Annabel.

«Mehr als je zuvor – nun da ich Euch sprechen höre! O wunderschöne Europäerin, darf ich Euch nackt sehen?»

Der Samurai blickte sie mit seinen schwarzen Augen an. Annabel sah sofort, dass er wusste, was sie plante, und sich entschlossen hatte, ihren Vorschlag anzunehmen. Und doch beherrschte sie diese wortlosen Botschaften der Japaner noch nicht sicher genug, um ihrer beider Einvernehmen auch überprüfen zu können. «Und wenn ich mich für Euch ausziehe, werdet Ihr in Euer Viertel zurückkehren und Euch dort Befriedigung verschaffen?», fragte sie ihn leise flüsternd.

«Genau das hatte ich vor», erwiderte er mit einer Verbeugung.

Annabel entspannte sich. Die Gefahr der Gewalt war gebannt. Sie hatte den Kampf gewonnen, doch jetzt musste sie ihren Teil der Abmachung auch einlösen. Die Menschenmenge wurde immer größer.

Von Minute zu Minute trafen mehr Soldaten ein. Einige Bauern verkauften bereits Sake und Reiswaffeln unter dem Publikum. Fast als hätte irgendein telepathischer Sinn ihnen gesagt, dass sie hier ein gutes Geschäft machen konnten. Annabel sah ein paar Händler, ein oder zwei bunt gekleidete Kurtisanen und mehrere Soldaten, die in Nakanos Dienst standen. Aber die meisten der über fünfzig Menschen, die sich jetzt gegen den Käfig drückten, waren herrenlose Samurai.

Annabel konnte die stierenden Blicke der Männer nur ertragen, indem sie sie ausblendete. Ein Teil ihres Geistes würde allerdings nie ganz vergessen, dass sie da waren und sie gierig anstarrten. Sie konnte die undeutlichen Bewegungen ausmachen, als ihre Glieder sich unter den Roben zu harten Kolben versteiften. Sie konnte den Duft ihrer Erregung riechen. Und sie spürte, wie die Augen der

Männer ihre Haut förmlich verbrannten. Augen, in denen Gier, Sehnsucht, Lust und Bewunderung geschrieben standen.

Es war einfach unmöglich, die gefährliche Mixtur der Gefühle nicht zu bemerken, die von den Männern ausging. Doch Annabel zwang sich, ihre Empfindungen zu ignorieren. Sie tat einfach so, als wäre sie allein in England und würde sich darauf vorbereiten, in das schwere Eichenbett mit den vier Pfosten zu steigen, in dem sie zu Hause immer geschlafen hatte.

Doch dann entschied sie, dass sie in ihrer vorgeschobenen Phantasie nicht gänzlich allein war. Wenn Annabel hier schon einen Striptease hinlegen sollte, dann musste es auch eine gute Vorführung sein. Dazu war sie zu sehr Frau. Einen Moment lang legte sie die Hände vor das Gesicht, sammelte sich innerlich und stieg tief in die Welt ihrer Phantasie ein.

Es wäre zu albern, sich allein in dem Schlafzimmer aufzuhalten, das so deutlich vor ihrem geistigen Auge erschien. Nein, sie musste von einer ganz besonderen Person beobachtet werden. Also stellte sie sich ein Fenster vor, hinter dem eine dunkle Gestalt stand. Ein Mann, der viel riskiert hatte, um sie zu sehen. Doch das machte ihm nichts aus, denn sie war es ihm wert.

Auch wenn die junge Frau wusste, dass alle Augen auf sie schauten, vergaß sie in diesem Moment, wie sie aussah oder ob sie sexy wirkte. Im Herzen ihres Kitzlers machte sich langsam eine köstliche Wärme breit – eine Wärme, die irgendwann explodierte und durch ihren gesamten Körper schoss. Annabel konzentrierte sich einzig und allein auf ihre Gefühle. Sie gab sich so ganz und gar dem Zauber des erotischen Vergnügens hin, dass sie wenig später anfing, sich hin und her zu wiegen. Keine Reaktion der stierenden Männer konnte ihre sexuelle Trance jetzt noch stören, keine Bewegung und kein Laut ihre sinnliche Ekstase dämpfen.

Annabel hob ihre eleganten weißen Arme hoch zu ihrem Haar. Kiku hatte die blonden Locken liebevoll zu einer aufwendigen traditionellen Frisur aufgetürmt. Mit langsamen Bewegungen löste die Europäerin die Blumen, die ihre Finger in ihrem Haar fanden.

Sie bewegte sich geschmeidig wie eine Schlange, führte die halb geöffneten Blumen zu ihren Lippen und küsste sie sanft. Von den warmen Blüten ging ein überaus schwerer Duft aus. Annabel wusste zwar nicht, wie die Pflanzen hießen, doch ihre wächsernen Münder lächelten sie an wie die Lippen eines geheimnisvollen Liebhabers.

Bevor sie den Blütenzweig wegwarf, atmete sie noch einmal tief seinen wilden, lieblichen Duft ein. Kurz darauf hörte sie das Gerangel der Samurai, die sich um die Blume aus ihrem Haar stritten. Doch auch dieses Geräusch blendete sie aus, und die Bambusstangen des Käfigs wurden in ihrem Geist zu den Wänden eines englischen Schlafzimmers. Obwohl sie sich in ihrer Phantasie einbildete, allein im Raum zu sein, wurden ihre Nippel bereits hart, und auch ihr Kitzler reagierte auf die erotische Realität ihrer Beobachter.

Annabel warf den Kopf zurück und legte in einer schwanenähnlichen Bewegung die Länge ihres Halses und Nackens frei. Als sie schluckte, spürte sie die Muskeln arbeiten. Sie öffnete ihre weichen rosa Lippen und stellte sich vor, dass ein langer, harter Schwanz dazwischen pulsierte. Ihre Zunge flitzte heraus und leckte in einer reflexartigen Reaktion bei dieser erotischen Vorstellung über die Lippen.

Zwischen Annabels Beinen erwachte mittlerweile

eine immer stärker werdende Ekstase zum Leben. Ihr Schoß schmolz förmlich dahin. Die Striemen auf ihrem Po brannten und erinnerten die lüsterne Frau daran, dass bald alle Anwesenden die Spuren von Nakanos wilden Zuwendungen sehen würden.

Annabel versank immer tiefer in dem abstrakten Raum und der Ruhe ihres Geistes. Als sie ihre blassen Arme erneut zum Kopf wandern ließ, rutschte die gelbe Seide der Kimonoärmel über ihre zarte Haut und zeigte die weichen gelben Locken in ihren Achselhöhlen.

Mit bewusst zögernden Bewegungen neigte sie den Kopf erst zur einen, dann zur anderen Seite und zog die Elfenbeinkämme aus ihrem Haar. Es gab drei dieser Kämme. Annabel fuhr mit zärtlichen Fingern über die glatte Oberfläche und betastete die schmückenden Schnitzereien. Sie waren prunkvoll, realistisch und doch höchst stilisiert.

Die erste stellte eine Libelle dar, die sich in der Mittagssonne auf einem Fels ausruhte und deren glitzernde Augen voller Tagträume zu sein schienen. Annabel führte den Kamm zu ihrem Mund und veredelte die warme Oberfläche mit einem Kuss. Dann warf sie den wunderschönen Haarschmuck mit einer ausholenden Bewegung in die Menge. Sie war so tief in ihren Traum versunken, dass sie gar nicht hörte, dass es ein Handgemenge um den Schmuck gab und ihr Samurai schließlich triumphierend aufschrie.

Der nächste Kamm stellte einen Frosch dar. Die Schnitzerei zeigte das Tier genau in dem Moment, in dem es in einen Teich voller Wasserlilien sprang. Annabel küsste auch diesen Kamm, zeichnete die geschnitzten Wassertropfen mit der Zungenspitze nach und warf ihn in die Menge. Als schien die Zeit plötzlich wie in Zeitlupe zu verstreichen, flog der Haarschmuck durch die Luft und bahnte sich seinen Weg zu den ausgestreckten Armen ihres jungen Beschützers.

Der letzte Kamm zeigte einige Kraniche, die mit ausgestreckten Flügeln über einen Herbsthimmel flogen. Als Annabel diesen Schmuck ebenfalls aus dem Käfig warf, stellte sie sich vor, wie Nakano auf sie zugeflogen kam. In ihrer Phantasie wuchsen auch ihr zarte weiße Flügel, und der Lord würde so lange über wilde, einsame Berge mit ihr fliegen, bis sie schließlich durch die Wolkendecke stoßen und zusammen den silbernen Mond erreichen würden.

Dieses Bild zauberte ein zärtliches Lächeln auf Annabels Lippen. Als ihr blondes Haar schließlich offen über die Schultern fiel, hätte sie die anerkennenden Rufe aus den fünfzig Kehlen am liebsten gegen einen einzigen eingetauscht – gegen den von Nakano.

Doch sie wollte sich nicht von ihrer Sehnsucht nach dem Lord nervös machen lassen. Stattdessen webte sie ihn fest in ihre zurechtgesponnene Phantasie ein. Darin war sie ein jungfräuliches Mädchen, das sich ganz unschuldig in ihrem Schlafgemach freimachte, und er der düstere Eindringling, der sie durchs Fenster beobachtete. In ihrer Einbildung war sie entschlossen, ihm alle Freuden der Welt zu bereiten.

Annabel fuhr mit den Fingern durch ihr blondes Haar und kämmte es mit den Händen. Immer wieder hob sie die schwere goldene Masse an und ließ sie fallen. Sie wusste genau, dass ihr feines blondes Haar in Japan ebenso ungewöhnlich war wie ihre runden blauen Augen und die blasse Haut. Und sie holte alles aus dieser erotischen Attraktion heraus. Mit rhythmischen Bewegungen strich und bürstete sie durch ihre weiche Pracht und verfiel immer mehr der Illusion, dass sie sich nur vor *einem* Mann zur Schau stellte.

Schließlich ließ sie die streichelnden Finger verführerisch zur ihrer Taille gleiten, um die ein steifer Obi geschlungen war. Kiku hatte den schlichten gelben Kimono mit einer frühlingsgrünen Schärpe zusammengebunden, und es fiel Annabel nicht schwer, hinter sich zu greifen und sie zu entknoten.

Ganz langsam öffnete sie den kunstvoll gebundenen Stoff, ließ ihn dann wiederholt durch die Hände gleiten und untersuchte das gewebte Material so eingehend, als stünde ein Gedicht darauf geschrieben. Dann legte sie den grünen Stoff zu einem sauberen Paket zusammen, drehte sich um und legte den entwirrten Obi vorsichtig auf den abgenutzten Tatami-Boden des Käfigs.

Doch als sie sich jetzt wieder der Menge zuwandte, hing ihr Kimono offen an den Seiten ihres Körpers herunter. Voller Grazie begann Annabel, sich aufreizend hin und her zu wiegen. Sie tanzte im vollen Bewusstsein, dass dabei immer wieder Teile ihrer cremigweißen Haut sichtbar wurden. Ihre Füße strichen über den Boden – ein Schritt zurück, einer nach links, einer nach vorn und einer nach rechts.

Das Gefühl einer Trance wurde durch die zarten, wiegenden Bewegungen noch verstärkt. Annabel wurde immer sinnlicher – ihr ganzer Körper fühlte sich wie vor Lust geschwollen an, und eine herrliche Leichtigkeit glitt über die Oberfläche ihrer Haut. Annabel hob die nackten Arme und ließ den Kimono über die Schultern hinab auf den Boden gleiten.

Dann ging sie in ihrer durchsichtigen Unterwäsche in die Knie. Das Material war so dünn, dass ihre Haut klar sichtbar sein musste. Annabel beugte sich über ihren gelben Kimono, strich den Stoff glatt und faltete ihn so sorgfältig, als wäre sie eine Kammerzofe.

Durch das Bücken brannten ihre Pobacken. Bei ihrem morgendlichen Bad hatte sie die Hände auf ihr Hinterteil gelegt und mit den Fingern über die Striemen gestrichen. Die Linien erhabenen Fleisches hatten sich unter ihrer zärtlichen Untersuchung merkwürdig angenehm angefühlt. Doch sie wusste auch, dass sicherlich alle Anwesenden die extrem roten Streifen bemerken mussten.

Als sie daran dachte, wie Nakano sie als sein Eigentum gebrandmarkt hatte, schossen ihr sofort die Säfte in die dunkle Höhle ihrer Muschi. Doch Annabel wollte, dass jeder einzelne Mann wusste, dass sie jetzt das Eigentum des Daimyo war.

Der scharfe, stechende Schmerz auf ihrem Po sorgte dafür, dass sie sich unglaublich lebendig fühlte. Ihr Körper war entspannt und doch hochempfindlich. Ihre Muskeln, ihre Nervenenden, ihre Haut – all das spürte sie auf köstlich überhöhte Weise. Annabel fühlte sich unendlich begehrenswert.

Ein verschlagener, schmutziger Impuls brachte sie schließlich dazu, ihr Gleichgewicht zu verlagern und ihren Po etwas herauszustrecken. Der hauchdünne Stoff schmiegte sich eng an ihre Pobacken, und die zischenden Geräusche aus dem Publikum verrieten ihr, dass die Vorführung äußerst effektiv war.

Die junge Frau stand wieder auf, wandte den Männern aber immer noch den Rücken zu. Ganz langsam und Stück für Stück schob sie das durchsichtige Unterhemdchen über die Schultern. Die Haut ihres Rückens glich einer hellen, makellosen Fläche – bis sie zu dem scharfen Kontrast der roten Striemen kam, die Nakanos Peitsche auf ihrem verlängerten Rücken hinterlassen hatte.

Einen Moment lang blieb sie so stehen, zupfte dann aber verführerisch an dem glatten Stoff, der ihre Brüste bedeckte, und drehte sich in die Richtung, in der sie in ihrer düsteren Phantasie ihren Beobachter wähnte.

Annabel lächelte verträumt. Jede Zelle ihres Körpers war frisch und erregt. Sie schloss die Augen, warf den Kopf nach hinten und legte so die Länge ihres weißen Halses frei. Um die herrlichen Gefühle zwischen ihren Beinen weiter prickeln zu lassen und noch zu verstärken, stellte sie sich so hin, dass ihre Schenkel aneinander rieben. Plötzlich brach sich die Erregung der Menge in lauten Rufen Bahn.

«Die Europäerin bekommt einen Orgasmus!»

«Sie geht! Sie geht!»

«Was für ein herrlicher Anblick!»

«Ich halte das nicht aus! Ich muss sie haben!»

Die Stimmen waren wohlwollend, voller Leidenschaft und von dem Wunsch beseelt, ihre körperlichen Freuden zu teilen.

Doch auf einmal hielt Annabel inne. Sie drehte den Kopf zu den Käfigstäben und starrte den Samurai an. Ihre Illusion bröckelte und löste sich schließlich ganz auf. Großer Gott! Da draußen mussten wohl an die hundert Menschen stehen. Die seltsamen Gesichter und die Uniformität ihres fremden Aussehens verschreckten die Europäerin in diesem Moment zutiefst. Sie war hier die Ausländerin. Sie war diejenige, die aus der Norm fiel. Und sie wurde von allen beobachtet.

Annabel stockte der Atem. Ihre Kehle wurde ganz trocken, und sie spürte einen sauren Geschmack im Mund. Sie hatte schreckliche Angst. Hätte sie die Männer doch nur nicht angesehen … Ihre Knie zitterten, und sie griff so zitternd nach dem feinen Stoff, dass er ihr aus den Fingern rutschte und zu Boden fiel. Jetzt stand sie völlig nackt da. Ihr Herz pochte und wollte zusammen mit dem Atem aus ihrem Körper rasen. Annabel schüttelte entschlossen den Kopf und verbarg sich hinter dem Vorhang ihrer glänzenden blonden Haare.

Ihre Augen schlossen sich erneut. Am liebsten hätte die ängstliche Frau sich für immer in der gleichmäßigen Dunkelheit hinter ihren Lidern versteckt. Doch mit einem Mal kehrte der Mut zurück. Sie würde sich nicht verstecken. Schließlich waren die Rufe der Männer anerkennend. Sie war stolz. Stolz auf ihre Art, ihre Größe und ihre Hautfarbe.

So dauerte es nicht lange, bis sie den verbergenden Haarschleier zurückwarf und das Kinn nach oben reckte. Dann hob sie die blassen weißen Arme über den Kopf, zog die liebliche Rundung ihres Bauchs etwas ein und streckte ihr Hinterteil heraus. Diese Pose ließ die Rippen spitz über der schlanken Taille herausstehen. Nackt und schamlos warfen sich ihre pinkfarbenen Nippel den Männern in triumphierenden Spitzen entgegen.

Annabels Körper wurde von einer wilden Vorfreude erfasst. Sie hob die Arme noch etwas höher und drehte sich langsam vor der Menge. Die Männer sollten sehen, wie groß sie war. Größer als jeder Mann – außer Nakano. Sie wollte ihre hellen Saphiraugen zeigen, und alle sollten sehen, wie groß und rund sie waren. Die Europäerin protzte mit der unmöglichen Farbe ihrer langen gelben Mähne, ihren pinkfarbenen Lippen und Brustwarzen und mit jedem Zentimeter ihrer blassen, nackten Haut, die sie so sehr von den Anwesenden unterschied.

«Hier bin ich!», rief sie laut. «Ich bin die Europäerin! Ich bin nackt und habe keine Angst!»

Bauch und Pobacken zogen sich zusammen, und ein feiner, strudelnder Fluss der wundervollsten Gefühle ging durch ihren Körper. Annabel gab sich jetzt ganz ihren

Empfindungen hin. Die sexuelle Erregung beschleunigte ihren Atem, und die Wellen der Lust kamen in immer kürzeren Abständen. Es war wie ein stetes Heben und Senken, wie ein Aufbäumen, das immer wieder abebbte, um kurz darauf mit noch stärkerer Wucht zurückzukehren.

In diesen letzten Sekunden vor ihrem Orgasmus wanderten die Hände der schönen Frau in ihren Schlitz und suchten zwischen den blonden Schamhaarlocken nach der magischen Knospe ihres Kitzlers. Ihre Berührung war nur oberflächlich und leicht wie ein Schmetterling, doch sie reichte aus, um ihrem Körper einen Schlag zu versetzen. Ihr Bauch zog sich zusammen und die Knie gaben unter ihren schwingenden Bewegungen nach.

All diese tiefen, freien und leichten Gefühle der Freude verbanden sich zu einem engen und herrlich angenehmen Knoten der Lust. Ihr Atem dröhnte in den Ohren, und sie hörte deutlich, wie sie die Luft zwischen ihren Lippen herauspresste. Das Feuerrad ihres Höhepunktes schwang sich zu einer ekstatischen Explosion auf.

Als sie nach und nach wieder zu sich kam, waren ihre Glieder schwach, und sie zitterte am ganzen Körper. Plötzlich spürte sie einen sanften Schlag an ihrem Ellenbogen. Irgendetwas hatte ihre bloßen Arme gestreift. Annabel begriff nur langsam, dass die Männer sie mit Gegenständen bewarfen.

Ein weiterer Wurf auf ihre Brüste ließ die Hände schützend zum Oberkörper schnellen, sodass das nächste Geschoss in ihrer Faust landete. Annabel griff reflexartig danach und betrachtete den Gegenstand, den sie da gefangen hatte.

In einer ihrer Handflächen lag ein zerknitterter roter Tupfen. Sie erkannte erst, was es war, als dieses Etwas in ihren zitternden Händen hin und her rollte und ihr so einen anderen Blickwinkel bot. Es war die wächserne Blüte einer Kamelie.

Die Männer bewarfen sie mit Blumen. Blumen, die mit sanfter Wucht auf ihren Körper trafen. Blumen, die auf dem Boden in ihrer Nähe landeten. Blumen, die die Luft um sie herum duften ließen. Annabel zog eine gelbe Frühlingsblume aus ihrem Haar und drehte sie zwischen ihren bebenden Fingern. Die zerbrechliche Schönheit der Pflanze verschwamm, als sie sich auf die zarten Blütenblätter zu konzentrieren versuchte. In ihren Ohren hallten die Rufe der Männer. Sie brüllten ihren Namen, Komplimente und Jubelrufe auf ihre Schönheit.

«Ein Hurra auf Annabel-San!»

«Die Schönste in ganz Japan!»

«Annabel-San! Ich bete deine Schönheit an!»

Sie hob den Kopf und strich ihr fließendes blondes Haar glatt. Als sie die strahlenden Gesichter sah, rannen silberne Tränenbäche über ihre Wangen. Die warmherzigen Gefühle der Zuschauer überrollten sie fast. «Ich danke Ihnen, Gentlemen», sagte sie mit schüchternem Lächeln.

«Annabel-San! Sieh mich an! Ich bitte dich! Unsere Augen sollen sich nur einen Moment berühren!»

«Ich würde für dich sterben!»

«Bleib für immer in meinem Herzen!»

Annabel beobachtete die brüllenden Männer eine ganze Zeit und winkte ihnen zu. Dann bückte sie sich, hob ihre Kleider auf und zog sich zum Anziehen unter den Bambusstrauch zurück. Erst die durchsichtige Unterwäsche, dann den gelben Kimono und schließlich auch die grasgrüne Schärpe. Beim Ankleiden behielt sie den Kopf gesenkt. Weil sie die traditionelle Schleife auf ihrem Rücken nicht allein binden konnte, schlang sie den grünen Stoff einfach um ihre schlanke Taille und steckte die Enden fest.

Nachdem sie das letzte Ende der Schärpe so befestigt und sich wieder der Menge zugewandt hatte, bemerkte Annabel, dass die Dämmerung eintrat. Aus dem Seetangladen drang das apricotfarbene Leuchten von Kerzen, und auch der Geflügelhändler kam mit Fackeln heraus, um sein Geschäft zu beleuchten. Als Annabel an den vorderen Rand des Käfigs trat, war der Himmel über den wartenden Gesichtern der Männer bereits dunkelblau, und die Luft hatte sich merklich abgekühlt.

Die junge Frau wusste nicht, wie sie ihre Gefühle in japanische Worte fassen konnte. Also stand sie einfach nur da und warf den Samurai, die sie belagerten, ein schüchternes Lächeln zu.

Die Rufe der Männer wurden immer klagender.

«Sieh uns doch an!»

«Europäerin! Sprich mit uns!»

Annabels Lippen bebten vor Ergriffenheit, doch ihre Stimme war fest und lieblich. «Mit großem Vergnügen», erwiderte sie.

Die junge Frau verbeugte sich voller Grazie und setzte sich dann auf die Matten. Zu ihrer Überraschung taten es ihr alle Anwesenden gleich und setzten sich vor dem Käfig ebenfalls auf den Boden, sodass Annabels Augen nur ein paar Zentimeter über den ihren thronten. Die dicht gedrängten Soldaten saßen wie brave Kinder da, die auf ein Theaterstück warteten. Die Blumenhändlerin brachte jetzt ihre leeren Beutel nach Hause, und der Sake-Verkäufer kam mit einem neuen Fass des duftenden Reisweins gelaufen.

Annabel blickte in die Runde der gespannten Gesichter. Der große Samurai stand weiter hinten und schien das Spektakel gerade mit seinen Anhängern verlassen zu wollen. Ihre Blicke trafen sich, und der Mann verbeugte sich ernst vor ihr, bevor er den Weg antrat, den auch die Huren genommen hatten. Für Annabel fühlte es sich an, als wäre ihr eine Last von den Schultern genommen. Sie war froh, dass er fort war, denn jetzt war sie frei für einen intensiven Augenkontakt mit ihrem jungen Favoriten. Der saß rechts vom Käfig und lächelte sie begierig an. Ein Lächeln, das die schöne Fremde erwiderte und ihm zusätzlich wohlwollend zunickte. Seine Augen leuchteten – so sehr schien er sie zu bewundern.

Die anderen Männer warfen dem jungen Samurai neidische Blicke zu. Die Bewunderung für die Eingesperrte ließ sie schwer atmen, und sie konnten kaum erwarten, was Annabel wohl zu sagen hatte. Diese nahm ihren Fächer auf und blinzelte verführerisch über den Rand. Ihre glitzernden blauen Augen wurden von hundert Paaren dunkler Augen reflektiert. Angst hatte sie nicht mehr, denn Annabel hatte die Menge im Sturm erobert.

«Als Männer des Militärs werdet Ihr verstehen, dass ich nichts über Lord Nakanos Pläne sagen kann», begann sie mit klarer Stimme.

Die Männer nickten. «Natürlich. Das ist einleuchtend.»

«Verschwiegenheit ist im Krieg das oberste Gebot.»

«Das ist sehr klug von ihr.»

Die Samurai waren ihrer Meinung. Sie hatte sie um den kleinen Finger gewickelt. Annabel wedelte sich die frische Abendluft über die Wangen und wartete, bis das Murmeln der Anwesenden verstummte. Dann faltete sich ihr Körper wie die Blütenblätter eines Nachtschattengewächses langsam zusammen. Mühelos glitt Annabel aus dem sinnlichen Zustand ihres Striptease und dem darauf folgenden Orgasmus in diese gelassene Ruhe, in der ihr Kopf die Kontrolle hatte, und nicht ihr Körper.

Der Streifen des leuchtenden Rots am Horizont war

verschwunden und hatte ein paar silbernen Sternen Platz gemacht, die nun am schwarzblauen Himmel leuchteten. Eine Mücke flog an Annabels Wange vorbei – ein Vorbote des wärmeren Sommerwetters.

Die Männer saßen mittlerweile still da. Annabel lächelte den schlanken jungen Samurai an. «Aber Lord Nakano ist sicher sehr daran interessiert, was ich ihm über die Qualitäten der Soldaten in dieser Stadt erzählen kann. Ihr wolltet mir doch vorhin erzählen, in welchen Schlachten Ihr gekämpft und welche Abenteuer Ihr erlebt habt …»

KAPITEL 11

Annabel war so vertieft in ihre Bemühungen, eines der vielen Gedichte zu entschlüsseln, die heute Morgen in ihrem Käfig gelandet waren, dass sie gar nicht merkte, wie eine Sänfte vor den Bambusstäben hielt. So sah sie auch erst auf, als ihre Konzentration von einer wohlbekannten männlichen Stimme gestört wurde. «Oh, du armes Ding! In meinem ganzen Leben war ich noch nie so schockiert.»

Annabel legte ein Reispapier nieder, das mit herrlichen Kalligraphien bedeckt war, und wandte sich dem Mann zu. «Hiroshi!»

«Als ich von deiner Gefangenschaft hörte, habe ich mich sofort auf den Weg gemacht. Tut mir schrecklich Leid, dass es so lang gedauert hat. Es ist ja schon der Mittag des zweiten Tages. War es sehr schrecklich, meine Liebe? Egal – das ist jetzt alles vergessen. Ich bin gekommen, um dich von hier wegzuholen. Du sehnst dich doch ganz sicher nach einem Bad.»

«Danke. Ihr seid überaus zuvorkommend. Aber Kiku und ihre Dienerin haben mich heute Morgen schon in ein

Bad geführt.» Und haben jeden Zentimeter meines Körpers gewaschen, mir einen hellblauen Kimono angezogen und mir diese herrliche Frisur gemacht, fuhr Annabel im Geiste fort. Sie sind meine wahren Freunde. Und du?

Prüfend blickte sie Nakanos Bruder an. Im Vergleich mit der rauen Ehrlichkeit des herrenlosen Samurai sah ihr jetziger Besucher geradezu aufgetakelt und albern aus. Sein Mund war ein blutleerer Schlitz, als er mit ihr sprach. «Na los, wirf diesen Dreck weg und komm mit mir.»

«Das ist kein Dreck», widersprach Annabel.

Sie betrachtete die bunten Blumenhaufen, die im ganzen Käfig verteilt lagen. Sie rochen immer noch sehr lieblich, ließen mittlerweile aber ein wenig die Köpfe hängen. Zwar hatten die meisten Soldaten nur die typisch spartanischen Blumenarrangements gebracht, die in Japan üblich waren – ein paar goldene und azurblaue Iris in einer großen Vase und ein paar liebevoll gebundene Bergmagnolien zum Beispiel –, doch es waren so viele Männer gewesen, die ihr Tribut gezollt hatten, dass der Bambuskäfig voller frischer Blumen war. Ein paar ihrer Bewunderer hatten sogar Gedichte gesandt.

Eines dieser cremefarbenen Papiere hielt Annabel jetzt vor Hiroshis Nase. «Ich habe gerade versucht, dieses Gedicht zu lesen. Was bedeutet die dritte Zeile?»

Hiroshi nahm es ihr wie einen schmutzigen Gegenstand aus der Hand und las mit zusammengekniffenen Lippen vor:

> «Das Licht des Mondes
> ist nicht halb so strahlend
> wie die Schönheit der Europäerin.»

«Wie wundervoll!» Annabel bekam feuchte Augen und hielt Hiroshi ein weiteres Gedicht hin. «Hier ist noch eins, das ich nicht recht verstanden habe. Die Handschrift ist herrlich elegant, aber all die Bogen und Kringel machen es für mich unleserlich.»

«Auf Papier, das mit Kirschblüten bedruckt ist, können keine guten Gedichte entstehen», lästerte Hiroshi und warf es weg. «Es zeugt von einer gewissen Grobheit – genau wie der nachgeahmte Unsinn des ersten Gedichts.»

«Ach, meint Ihr wirklich?», fragte Annabel leicht verletzt. «Aber man hat mir noch nie zuvor Gedichte geschrieben. Da bin ich natürlich von jedem einzelnen begeistert.»

«Wir verschwenden hier unsere Zeit», entfuhr es Hiroshi übellaunig. Seine Augen blitzten wütend in der Mittagssonne. «Kommst du nun mit?»

Annabel wäre am liebsten sitzen geblieben. «Aber müsste ich nicht warten, bis Lord Nakano nach mir schickt?», protestierte sie.

Hiroshi seufzte aufgebracht. «Selbst eine Europäerin müsste begreifen, dass er das niemals tun wird. Willst du etwa im Hurenkäfig sitzen bleiben, bis der Reiz des Neuen verschwunden ist und du wie eine ganz gewöhnliche Prostituierte behandelt wirst?»

Annabels Stimme brach, und sie konnte ihre nächste Frage kaum über die Lippen bringen. «Wieso sagt Ihr, dass Nakano nicht nach mir schicken wird?»

Hiroshi sah sie mitleidig an. Doch in seinem Blick lag auch eine gewisse Verärgerung und weitere Gefühle, die Annabel nicht richtig deuten konnte.

«Was glaubst du denn, wie lange mein Bruder seine Gefährtinnen behält?», fragte er mit leichter Gehässigkeit in der Stimme. «Schließlich ist er ein mächtiger Kriegsherr. Jede Frau würde es als Ehre ansehen, sich mit ihm zu vereinen. Er trifft seine Wahl, ändert die Meinung aber auch immer wieder – wie es ihm gerade beliebt.»

Annabel stand auf und strich ihren blauen Kimono glatt. Wie glücklich hatte es sie doch gestimmt, ihn heute Morgen anziehen zu dürfen. Sie durchschritt den Käfig und starrte durch die Bambusstangen. Auf einmal war der Anblick der Stadt trostlos – genauso trostlos wie ihr Leben.

Hiroshi schüttelte den Kopf und schaute ihr direkt in die Augen. «Japanische Frauen wissen sich zumindest zu benehmen, wenn sie ersetzt werden. Sie werden wieder von ihren Familien aufgenommen und kehren frohen Herzens nach Hause zurück. Oder sie nehmen sich so dramatisch wie möglich das Leben. So oder so – die Sache wird ohne viel Aufhebens geregelt. Du aber, meine kleine Europäerin, stellst meinen Bruder vor ein Problem. Eines, das ich ihm versprochen habe zu lösen.»

Annabel sah Hiroshi die ganze Zeit über fest in die Augen. «Und wie werdet Ihr das Problem lösen, zu dem ich scheinbar geworden bin?»

«Ich werde es selbst übernehmen, dich aus diesem Käfig zu entfernen.»

In Annabels Herzen machte sich eine lähmende Mutlosigkeit breit, und sie ließ Kopf und Schultern hängen. «Ich denke trotzdem, dass ich auf ihn warten sollte.»

«Mein verdammter Bruder!», schimpfte Hiroshi und zeigte mit diesen Worten eine Härte und Bitterkeit, die sie zuvor noch nicht bei ihm erlebt hatte. «Wieso beharrst du auf deinem Traum? Warum ruft Nakano bei dir diese Loyalität hervor?» Er drehte sich mit einem Schwung, sodass er jetzt mit dem Rücken zum Käfig stand.

Annabel starrte Hiroshis Rückseite an. Er trug eine

prächtige zeremonielle Robe, deren haselnussbraune Seide in der Sonne glänzte und deren Kranichzeichen deutlich sichtbar war. Annabel fühlte sich auf einmal sehr verlassen und für immer in diese Behausung eingesperrt. Der Mut verließ sie. Erst dachte die junge Frau noch, sie könnte mit Hiroshi gehen, doch als sie den Zorn in seinen Augen sah, wurde auch diese Aussicht zunichte gemacht.

«Ich weiß es auch nicht», erwiderte sie verzweifelt, «ich verstehe die hiesigen Regeln nicht und habe keine Ahnung, was hier am besten für mich wäre.»

Hiroshi warf ihr über die Schulter einen ungeduldigen Blick zu. «Ich kann nicht länger bleiben», sagte er schließlich, «ich habe keine Zeit, mit dir zu streiten. Du kannst hier bleiben und als Hure enden, oder du kannst mich begleiten. Such es dir aus!» Er sah die Unsicherheit in ihren Augen. «Und wer weiß, wenn du wieder sicher im Schloss sitzt und schöne Kleider trägst, wird Nakano es sich ja vielleicht anders überlegen und doch wieder nach dir schicken. Ich könnte ihn nicht aufhalten, schließlich bin ich nur der jüngere Bruder.»

«Ich werde mit Euch kommen», entschied Annabel schnell. Zwar fühlte die Entscheidung sich nicht richtig an, aber was konnte sie sonst schon tun? Hiroshi drängte sie mit Nachdruck, und sie konnte dem Köder einfach nicht widerstehen, den er ihr da vor die Nase hielt. «Vielleicht wird es ja wirklich so kommen, wie Ihr sagt, und Lord Nakano wird erneut nach mir schicken», sagte sie. Doch in ihren Augen stand wenig Hoffnung, als sie aus dem Käfig krabbelte, um Hiroshi zurück ins Schloss zu folgen.

***

«Was für prächtige Gemächer!», entfuhr es Annabel, als sie die Räume Hiroshis betrat.

«Nur ein paar Dienstbotenräume im Verlies», entgegnete er verbittert. «Im Turm des Donjons zu schlafen ist lediglich meinem Bruder – dem mächtigen Kriegsherrn – vorbehalten.»

Als Annabel sich genauer umsah, konnte sie erkennen, dass es sich bei dem goldenen Metall, das die Wandschirme schmückte, lediglich um Blattgold handelte. Die Farben des bemalten Frieses, der eine ganze Wand einnahm, waren verblasst, und auch die Wolken und Berge der Schlachtendarstellung waren nicht mehr richtig zu erkennen. «Der Raum hat aber immer noch einen gewissen Charme», versicherte die Besucherin. «Er sieht sehr friedlich und antik aus. Wie die alten Schlösser bei mir zu Hause.»

Als sie den düsteren Raum betrat, strichen ihre Füße über herrlich dicke, weiche Tatami-Matten. Ihr sommerlicher Heuduft hing so schwer in der Luft, dass Annabels Augen zu tränen begannen. «Darf ich eine Shoji öffnen?», fragte sie höflich und ging auf eine der Reispapierwände zu. Die schwache Beleuchtung ließ den Schirm merkwürdig leuchten und die Hoffnung aufkeimen, er würde direkt nach draußen in die Freiheit führen.

«Nein! Nicht öffnen!», fuhr Hiroshi sie scharf an.

Annabel hielt inne und sah ihn überrascht an.

«Es ist so langweilig dort draußen», erklärte er verdrossen. «Außerdem bleicht das Licht meine Bilder aus.»

«Bilder?»

Hiroshi stürmte an Annabel vorbei und beugte sich über eine hölzerne Truhe mit drei Schubladen. Das Holz sah sehr gepflegt aus und glänzte poliert. «Sie wurde aus dem Holz des Blauglockenbaums gefertigt», erklärte Hiroshi und öffnete vorsichtig eine der Schubladen. «Hier bewahre ich meine Sammlung von eher exotischen Darstellungen der Liebeskunst auf.»

Neugierig beugte sich Annabel vor. Das düstere Licht sorgte dafür, dass die Farben einer Küstenszenerie vor ihren Augen verschwammen. Im Hintergrund des Bildes war ein stark stilisierter grüner Ozean zu sehen, in dem sich Seepferdchen tummelten. Im Vordergrund lag eine nackte Gestalt, deren Haut die Farbe von Perlen hatte – eine nackte Frau, die in ekstatischer Hingabe und mit offenem Haar auf dem Rücken lag. In ihrem Gesicht war nichts weiter als Lust zu lesen.

Als Annabel jedoch näher hinschaute, konnte sie sehen, dass die rötlichen Glieder, die ihren Körper umschlangen, nicht zu einem Menschen, sondern zu einem Kraken gehörten. Seine Tentakel umfassten die erregte Frau mit festem Griff. Ihr Geschlecht war vom Mund des Seemonsters bedeckt, dessen Augen ihre Wollust beobachteten, die sie bei diesem lüsternen Akt ganz offensichtlich empfand.

«Das ist ja unglaublich!», entfuhr es Annabel, und sie trat schnell ein paar Schritte zurück.

Hiroshi kicherte. «Tatsächlich, meine kleine Unschuld? Vielleicht wird es langsam Zeit, deine Ausbildung etwas fortzuführen. Sag mir doch, was du von dem Bild hältst.»

Doch Annabel legte die Darstellung fast angewidert zur Seite. «Das lasse ich lieber», sagte sie steif. Das Papier roch muffig, so als würde es selten aus dem Versteck in Hiroshis Gemächern entnommen werden.

«Ach? Nun, wenn dir das erste meiner kleinen Bilder schon so gut gefallen hat …»

Seine Augen schauten sie so wissend an, dass Annabel etwas nervös wurde. «Es hat mir nicht gefallen», widersprach sie mit fester Stimme.

Hiroshi kam näher. Sein Körper war heiß, und sein

Atem roch säuerlich. Er legte die Arme um sie und fummelte so lange an dem Knoten ihrer Schärpe herum, bis der himmelblaue Obi nachgab. Annabels Kimono war jetzt ohne jeden Halt und öffnete sich sofort.

Sie griff nach den Enden des Stoffes, um zu verhindern, dass er sich weiter entfaltete. «Was?», fragte sie und blickte Hiroshi an.

Sein Blick war erregt und schmierig. «Widerstand, Annabel-San?» Die Stimme zitterte ein wenig. «Du überraschst mich. Kennst du denn gar keine Dankbarkeit?»

«Dankbarkeit? Wofür?», fragte sie. Doch ein flaues Gefühl in der Magengegend verriet ihr, dass sie ihn in gewisser Weise sehr wohl verstand.

Hiroshi schüttelte den Kopf. «Du kannst wahrhaftig nicht begriffen haben, wovor ich dich da bewahrt habe. Ansonsten würdest du dich nicht dagegen verwehren, dass du in meiner Schuld stehst.»

«Ich kann mich nicht erinnern, ein Abkommen mit Euch getroffen zu haben», protestierte Annabel.

«Was dachtest du denn, würde passieren?»

«Ich dachte, dass ich zurück zu Mamma-San gebracht werden würde, nehme ich an.»

«Und das wirst du wahrscheinlich auch. Aber was spielt das jetzt für eine Rolle?»

Noch bei diesen Worten fiel Annabel wieder ein, wie die ältere Frau den Bruder des Kriegsherrn hofiert hatte. Wie Mamma-San darauf bestanden hatte, dass Annabel seinen Penis in den Mund nahm und ihn befriedigte. Doch jetzt war es zu spät, die Kapitulation vor Hiroshi zu bereuen und sich zu wünschen, in dem Käfig geblieben zu sein.

Plötzlich schlängelte sich eine Hand zwischen die Falten ihres blauen Kimonos und legte sich auf ihren Oberschenkel. «War es denn so unangenehm, mich mit dem Mund zu befriedigen», fragte Hiroshi mit samtener Stimme. «Ich habe es dir damals gesagt und ich sage es dir heute – ich habe es nicht nötig, eine Frau mit Gewalt zu nehmen. Schließlich bin ich der Bruder des Kriegsherrn, und jeder Dienst, den du mir erweist, erweist du auch ihm.»

Die Hand umfasste Annabels Schenkel etwas fester und begann ihn mit sanften, rhythmischen Bewegungen zu streicheln. Annabel blickte Hiroshi erschrocken an. «Ihr meint, dass ich Nakano erfreue, wenn ich Euch erfreue?»

Einen Moment lang hörte das Streicheln auf, ging dann aber unvermittelt weiter. «Genau das meine ich», erwiderte ihr Gegenüber voll zärtlicher Aufrichtigkeit.

Annabel nahm seine Berührungen äußerst intensiv wahr. Wieder und wieder glitten die zarten Hände über die empfindliche Haut ihrer Beine. Ihre Brüste fühlten sich voll und schwer an, und in ihrer Muschi breitete sich nach und nach eine dunkle Erregung aus. Schon sammelte sich tief in ihrem Inneren ein Saft, der langsam zum Eingang ihrer Spalte floss.

Da wanderten Hiroshis forschende Finger auch schon zu den Locken ihres Schamhaars. Doch mit einem Mal schien er zu erstarren. Er zog seine Hände zurück und betrachtete sie missbilligend. Seine Finger waren von ihrem Liebessaft ganz feucht und glänzend. Annabel konnte den Meeresduft ihrer eigenen Erregung riechen. «Ekelhaft!», entfuhr es Hiroshi mit gerümpfter Nase. «Wer will schon ein Geschlecht, das zu feucht und zu weit ist?»

Annabel erschrak vor dem Abscheu in seinem Gesicht. «Wieso?», fragte sie. «Die Feuchtigkeit der Erregung ist doch nur ein wahres Zeichen dafür, dass eine Frau ganz und gar bereit für die Liebe ist.»

«Aber sie erinnert mich an die anderen Männer, die

dich bereits gehabt haben.» Hiroshi trat einen Schritt zurück, brüllte nach einem Diener, um heißes Wasser bringen zu lassen, und schritt dann durch den Raum, wo er einen großen Schrank öffnete, der eine gesamte Wand einnahm. Nachdem er eine Zeit lang in dem dunklen, muffigen Kasten herumgesucht hatte, kehrte er mit Stößel und Mörser aus Marmor zu Annabel zurück.

Sie verzog das Gesicht, als er zu mahlen begann. «Was für ein Geruch!» Es roch scharf und aromatisch.

«Diese Kräuter werden deine Spalte so herrlich duften lassen, dass kein Mann sie jemals wieder verlassen will», versprach Hiroshi.

«Wird das ein Liebestrank?», fragte Annabel und schlang den offenen Kimono wieder fest um ihren Körper, als ein Diener mit einer Schale den Raum betrat.

Hiroshis Mahlbewegungen wurden immer wilder. Die Luft duftete nach Blättern, Wurzeln und Baumrinde. «Aus China», erklärte er mit glänzenden Augen. «Die Chinesen wissen, wie man eine Möse so eng und trocken macht, dass du dich wie eine Jungfrau fühlen wirst, wenn ich in dich eindringe.»

«Aber Ihr wisst doch, dass ich das nicht bin», erwiderte Annabel voller Logik.

Hiroshi ignorierte ihre Bemerkung. Seine Augen waren halb geschlossen und die Lippen gespitzt. Es sah aus, als würde er sich erotische Bilder in den Kopf rufen. «Die herrlichen Mühen des Eindringens! Die vollendete Reibung für mein himmlisches Geschlecht!»

Er wandte sich wieder dem Stößel zu. Die Ingredienzien hatten sich mittlerweile in ein Pulver verwandelt, das in feinen Schwaden aus dem Mörser in die Luft stieg. Hiroshi nieste. «Das Niesen zeigt, dass es fertig ist», sagte er frohen Mutes und hielt Annabel die Marmorschale hin.

«Was soll ich damit tun?», fragte sie und blickte in seine lüsternen Augen.

«Erst musst du deine Spalte mit heißem Wasser auswaschen. Dann musst du dein widerliches Sekret mit einem Finger aufnehmen, deine Möse mit einem Tuch auswischen und zum Schluss den Puder einführen.»

Annabel starrte ihn nur ungläubig an. Sie konnte nicht fassen, was er da von ihr verlangte. «Verabscheut Ihr den Liebessaft einer Frau denn wirklich so sehr?»

Hiroshis Mund wurde immer spitzer. «Eine feuchte Frau zu ficken ist wie das Schwimmen in den schlammigen Gewässern des gelben Jangtse-Flusses. Ein moralisch einwandfreies Weib wäre von Natur aus trocken. Aber da du eine leichtlebige Europäerin bist, musst du natürlich das Pulver benutzen.»

Seine Augen glänzten bereits vor ungeduldiger Lust. «Zieh deine Kleider aus und fang endlich an», befahl er ihr.

Langsam und voller Zweifel schlüpfte Annabel aus ihrem schützenden Kimono. Hiroshi machte keinerlei Anstalten, sie zu berühren oder ihr Haar zu öffnen. Er stand einfach nur voll bekleidet da und beobachtete, wie sie sich zögernd neben das heiße Wasser kniete und ihre Finger hineinstippte.

«Du führst dich auf, als wären deine Geschlechtsorgane dir völlig unbekannt», spottete ihr Gefährte.

Annabel sah nach unten zu ihrem Venushügel und war in gewisser Weise tatsächlich überrascht, dort Schamhaare zu finden. Doch schließlich berührte sie sich dort. Das heiße Wasser fühlte sich so sauber und natürlich an, dass es das reinste Vergnügen war, es über die Lippen und Falten ihrer Muschi tröpfeln zu lassen – trotz der scharfen Beobachtung durch Hiroshi.

Während sie sich die äußeren Schamlippen wusch, ging ein wunderbar warmes Gefühl durch ihren Körper. Ihr blonder Busch verwandelte sich in feuchte Locken, die durch die Nässe wesentlich dunkler wirkten als sonst und mit Wassertropfen benetzt waren, die wie kleine Diamanten aussahen.

Annabel ließ die Hände über die zarte Haut an den Innenseiten ihrer Oberschenkel gleiten und presste die Beine immer wieder leicht zusammen. Ihre Ritze wurde schwerer und schwerer vor Lust. Irgendwann stand sie auf, um besseren Zugang zu der geheimnisvollen Dunkelheit ihrer Lustgrotte zu haben.

Sie spürte, wie ihre warmen, feuchten Muskeln an dem Finger saugten, den sie eingeführt hatte. Sie ließ ihn an den Innenwänden ihrer Möse entlanggleiten und fühlte, wie die bekannten und doch so fremd wirkenden Falten des heißen Fleisches den Eindringling freundlich umschlossen. Als sie die feuchte Hand zurückzog, war der Finger, der in ihrem Körper gesteckt hatte, mit einer perlweißen Flüssigkeit überzogen.

Annabel betrachtete die Tropfen ihrer Lust recht lange und führte den benetzten Finger dann an ihre Lippen. Ihre Nasenlöcher nahmen den herrlichen Duft sofort auf, und ihre Zunge bestätigte den Reigen der sinnlichen Aromen. Ihr Saft war lieblich, duftend und durch und durch natürlich. Trotzdem musste sie tun, was Hiroshi von ihr verlangte, und jede Spur ihrer natürlichen Feuchtigkeit tilgen. Er warf ihr ein Tuch zu. «Trockne dich damit gründlich ab – innen und außen.»

Das Tuch fühlte sich in ihrem Inneren überaus merkwürdig an, und auch das Reizvolle an einer trockenen Liebesspalte leuchtete ihr immer noch nicht ganz ein. Als Hiroshi ihr jedoch einen weiteren Blick zuwarf, der keinen

Widerstand duldete, beugte sie sich vor und stippte ihren Finger in das körnige Pulver.

Dann spreizte Annabel die Schenkel, hielt ihre Möse mit einer Hand auf und führte mit der anderen das trockenlegende Mittel in ihren Schlitz ein. Das chinesische Pulver fühlte sich rau und heiß auf den empfindlichen Membranen ihrer Spalte an, aber sie betupfte ihr Inneres so lange mit der Mixtur, bis alle Falten ihrer Muschi damit überzogen waren.

Es dauerte nicht lange, bis ein kühles, trockenes Prickeln durch ihren Unterleib fuhr. Annabel warf Hiroshi einen verunsicherten Blick zu. «Ich weiß nicht recht, ob ich mich daran gewöhnen kann.»

Die Augen des Mannes hatten sich mittlerweile in kleine schwarze Steine verwandelt. «Eine Frau sollte ihre Befriedigung darüber definieren, wie viel Freude sie dem Mann schenkt», erklärte er ihr.

Er rückte näher an sie heran, ließ seine Hand zu ihren Schamlippen gleiten und versuchte erfolglos, einen Finger in ihr Inneres einzuführen. «Nicht einmal ein Finger geht hinein – die reinste Ekstase!», stöhnte er.

Annabel ließ sich rückwärts auf den Tatami-Boden sinken und spreizte die Beine. Gierig rieb Hiroshi seinen Körper an dem ihren, und sie spürte, wie einer seiner Finger immer noch in ihr ausgetrocknetes Loch stoßen wollte. Der Versuch schien ihn zu erregen, denn sein Atem ging immer schneller und lauter.

Irgendwann erhob sich ihr Liebhaber, um seinen Kimono zu öffnen. Hiroshis Erektion lugte durch den Spalt seiner haselnussbraunen Robe, und Annabel betrachtete seinen knorrigen Knüppel misstrauisch. Sein Organ war stark geschwollen, die Eichel dunkelrot und prall. Als er sich schließlich voller Ungeduld auf sie warf, sah die junge

Frau, dass sein Gesicht dieselbe Farbe wie seine Schwanz-spitze angenommen hatte. In seinen Augen war keinerlei Verständnis zu lesen, nur harte und egoistische Lust. Als Annabel diesen Abgrund zwischen ihnen spürte, begann ihr Körper zu zittern und eiskalt zu werden.

Es schien, als wäre die Lust zusammen mit ihren Lie-bessekreten ausgetrocknet. Annabel empfand keinerlei Wärme, als sein dunkler Schopf sich zwischen ihre Brüste legte, kein Verlangen, die zuckenden Schultern zu strei-cheln, die immer noch in dem braunen Seidenkimono steckten. Wie froh war sie doch, dass der dicke Stab, der da über ihren Bauch rieb, keinerlei Chance hatte, in sie einzudringen. Sie wollte ihn nicht in sich haben.

Hiroshi griff nach unten und drückte ihre Beine aus-einander. Doch der rotviolette Kopf seines geschwollenen Gliedes stieß ohne jeden Erfolg gegen ihre Schamlippen. Plötzlich kam ein Finger dazu, der zwischen den Falten ihrer Möse gierig nach einem Eingang suchte. Annabel wimmerte leise, als Hiroshi die Öffnung schließlich fand und sein Finger für den Bruchteil eines Zentimeters in ihr trockenes, unbeteiligtes Loch eindrang.

Ihr Partner grunzte vor Geilheit, als er ein paar Stöße mit seinem Schwanz vollführte, so als würde er auf die winzige Öffnung zielen, die er soeben geschaffen hatte. Du kommst nicht in mich hinein, dachte Annabel und schauderte bei der Vorstellung, seinen Samen in ihrem empfindlichen Inneren zu spüren. Sie führte die Hände zu seinem Organ und packte fest zu.

Hiroshi gab einen erstickten, protestierenden Schrei von sich, doch Annabel ignorierte ihn und zog und zerrte an seinem steinharten Knüppel. Es dauerte nicht lange, und sie spürte, wie er unter ihrem Griff zu zucken begann. Hiroshi bäumte sich auf und zitterte wie wild. Durch seine zusammengebissenen Zähne drangen Laute der Lust, aber auch des Zorns. Da spürte die junge Frau auch schon das heiße Auftreffen seines Saftes auf ihrer Haut. Die weiße Flüssigkeit tropfte über die Kurven ihres Bauches auf den Boden.

Hiroshi fluchte und rollte sich auf den Rücken. «Du hast alles ruiniert, du dumme Europäerin!», brüllte er sie an.

«Oh, verzeiht bitte. Ich bin untröstlich, dass Ihr nicht zufrieden seid, Herr Hiroshi», sagte Annabel mit lieblicher Stimme. Sie versuchte, ihrem Blick einen Ausdruck zu geben, der nichts weiter als zärtliche Besorgnis ausdrückte. Wenn sie etwas von Mamma-San gelernt hatte, dann die Kunst der Verstellung.

Hiroshis Stimme war vor Frustration und Wut ganz heiser. «Selbst eine Müll fressende Ratte weiß mehr über die Liebeskunst als du!» Seine Augen waren schwarz vor Wut, doch er schien nicht zu glauben, dass sie diesen Abbruch mit Absicht herbeigeführt hatte.

Annabel beugte den Kopf mit gespielter Scham. «Bitte vergebt mir meine Ungeschicklichkeit. Vielleicht sollte ich doch lieber zu meiner Ausbilderin zurückkehren», schlug sie unterwürfig vor.

Hiroshi drehte sich auf den Bauch, stand auf und fing an, seine Kleidung mit schnellen, aggressiven Bewegungen zu richten. «Dann verschwinde doch, du nutzloses Ding! Aber das war nicht unsere letzte Begegnung – und beim nächsten Mal wirst du es richtig machen!», drohte er.

«Ich bitte nochmals um Verzeihung, verehrter Hiroshi. Bitte vergebt der armen Europäerin», flötete Annabel mit lieblicher Stimme. Doch in ihrem Inneren tobte die Wut. Sie griff nach ihrem zerknitterten Kimono, schüttelte ihn aus, zog ihn aber nicht an. Sie wollte nicht, dass er mit dem Schleim auf ihrem Bauch in Berührung kam. Sie war viel zu wütend, um sich darum zu scheren, was wohl die Dienerschaft denken würde, wenn sie ohne Kleidung durch die Flure Shimoyamas wanderte. Und so hielt sie das blaue Seidengewand weit von sich, als sie die Schiebetür öffnete und die schrecklichen Gemächer Hiroshis splitternackt verließ.

Nach der Düsterkeit des Raumes war der helle Flur die reinste Erleichterung. Die kühle, frische Luft war wie ein Labsal auf ihrer nackten Haut. Annabels Magen zog sich angeekelt zusammen, als sie sich die widernatürlichen Gelüste von Nakanos Bruder in Erinnerung rief. Ein Teil von ihr wünschte sich, sie hätte dem groben Kerl ihren Ekel direkt ins Gesicht geschrien. Aber sie wusste, dass es sehr vernünftig gewesen war, sich so zu verstellen. Ihre Situation war schon schwierig genug, da musste sie sich nicht auch noch den Bruder des Kriegsherrn zum Feind machen.

Sie erklomm mehrere Treppen und eilte über einen langen Flur, bis sie weit genug von Hiroshis Gemächern entfernt war. Schließlich gelangte sie zu einer Schießscharte, vor der sie etwas erschöpft stehen blieb. Das Fenster war so gebaut, dass es auch von Bogenschützen genutzt werden konnte. Es ließ sich mittels schwerer, eisenbeschlagener Fensterläden gegen etwaige Angreifer schützen. Annabel stand eine lange Zeit mit der Wange gegen den kühlen Stein gepresst da und starrte auf die dicht gedrängten glitzernden Dächer der Stadt. Hinter ihnen war der magische Umriss des Fujiyamas zu sehen. Langsam ließ die Hitze ihres Zorns etwas nach. Es war sicher klug gewesen, ihre wahren Gefühle zu verbergen, doch sie schämte sich auch für ihre Feigheit.

Die erschöpfte Frau blickte nach unten. Die Wände des Bergfrieds fielen steil zum Wassergraben hinab. Einen kurzen Moment dachte Annabel daran hinunterzuspringen, schlug sich die Idee aber schnell wieder aus dem Kopf. Ihre Gedanken wanderten zurück zu der Szene in Hiroshis Gemächern. Doch anstatt deprimiert darüber zu sein, fühlte sie sich jetzt auf merkwürdige und wundervolle Weise frei. Ihr Abscheu vor Hiroshi hatte sie etwas gelehrt – endlich wusste sie, was sie wollte.

Bisher hatte Annabel sich treiben lassen, ums Überleben gekämpft und versucht, das Beste aus der Situation zu machen. Ihrem Herzen aber war sie in dieser Zeit nicht gefolgt. Als sie an den Mann dachte, den sie wollte und in den sie so große Hoffnungen setzte, wurde sie von einer warmen Freude erfüllt. Schluss mit den Lügen über ihre Person und darüber, was sie wirklich wollte. Und genau das würde sie jetzt auch Nakano sagen.

Doch der Schmutz auf ihrem Körper ließ sie zusammenfahren. Als sie ihre zarte verklebte Haut betrachtete, verschwand ihre Courage für einen Moment. Annabel sah sich einfach noch nicht im Stande, einfach so zu dem Lord zu gehen. Zu verletzbar fühlte sie sich in ihrer Nacktheit. Die Angst vor einer ungewissen Zukunft lähmte sie, und sie spürte eine tief sitzende, schmerzhafte Einsamkeit in ihrem Inneren. Aber diese Einsamkeit war nicht alles, was Annabel in sich trug. Sie entdeckte nun endlich auch ihren Mut wieder, trat von der Schießscharte weg und versuchte sich zu orientieren.

Unterhalb des Schlosses gab es heiße Quellen, die sie schon ein- oder zweimal besucht hatte. Sie war sicher, dass sie von ihrem jetzigen Standort aus leicht dorthin finden würde. Ihre Haut sehnte sich danach, abgeschrubbt zu werden und dann in heißes, dampfendes Wasser zu gleiten, um endlich die Spuren ihrer Zusammenkunft mit Hiroshi fortzuwaschen.

«Genau das werde ich tun», flüsterte sie. Die Worte klangen wie ein Versprechen an sich selbst. «Nach einem Bad wird es viel leichter sein, Nakano gegenüberzutreten.»

KAPITEL 12

Die Höhlen unter dem Bergfried waren leer. Annabel sah
sich nervös um, bevor sie ins Wasser stieg. Über den Becken der heißen Mineralquelle hing ein grünes, gespensti-
sches Leuchten. Das Wasser brannte auf ihrer Haut, als sie
schließlich bis über die Schultern in der Sole saß, die nach
Schwefel roch. In dem Steinbassin, in dem sie sich zuvor
gewaschen hatte, gluckste und sprudelte es unaufhörlich.
An der Decke schlug sich Dampf nieder, der mit endlosem
«plink», «plink», «plink ...» zurück auf den nassen Boden
tropfte.

Die Stille hinter den Wassergeräuschen der Höhle
machte Annabel etwas unruhig. Die einzige Kerze, die
sie gefunden hatte, warf wellige Schatten und tat wenig,
um die dunkle, neblige Atmosphäre zu erleuchten. Sie
hatte sie mit an den Beckenrand genommen, ein bisschen
Wachs auf einen der Steine geträpfelt und die Kerze so befestigt. Als sie ihr schwaches Licht betrachtete, wünschte
sie sich eine gute alte englische Kerze herbei. Eine aus
Bienenwachs, die ein schönes gelbes Licht abgab. Diese
japanischen Dinger aus Wachsbaum waren ein schlechter

Ersatz. Doch die Europäerin verbot sich jedes Heimweh und konzentrierte sich auf das Hier und Jetzt.

Das heiße Wasser streichelte ihre Glieder, konnte ihre schmerzhafte Anspannung aber nicht lösen. Jedes Plätschern erzeugte ein merkwürdiges Echo in dem engen Raum der Höhle. Um sich keine Angst einjagen zu lassen, ignorierte Annabel die Geräusche so gut es ging, aber die dunklen Schatten bereiteten ihr schließlich doch eine Gänsehaut. Unsicher betrachtete sie die seltsamen Figuren an der Wand. Das konnten nur Schatten sein. Oder etwa nicht?

Plötzlich flackerte die Kerze ein letztes Mal auf und erlosch.

Ganz in ihrer Nähe war ein lautes Platschen zu hören. Blitzschnell drehte sie den Kopf herum. Da waren Männer im Anmarsch. Der stechende Angstschmerz brachte alles Blut in ihrem Körper in Wallung.

Annabels Hände schnellten zur Brust, um ihr verängstigtes Herz vor dem Zerspringen zu bewahren. Ansonsten konnte sie nichts weiter tun, als einfach nur dazusitzen – wie ein Opferlamm, das sich nicht bewegen, geschweige denn weglaufen konnte. Da traten die dunklen Schatten auch schon aus dem Nebel heraus und kamen auf sie zu.

Hinter ihr ein erneutes Platschen. Als Annabel nach oben schaute, sah sie einen dunklen Umriss, der sich über ihr aufgebaut hatte.

Das war der Moment, in dem ihr Körper aus der Starre erwachte und ihr Blut in schweren, schmerzhaften Stößen in Brust und Kehle pumpte. Sie öffnete den Mund, um zu schreien.

Da sprang der dunkle Schatten auch schon ins Wasser.

Annabel wurde brutal an den Oberarmen, der Taille

und den Schenkeln gepackt. Eine der geschickten Hände legte sich über ihren Mund.

Sie wehrte sich. Sie kämpfte. Das heiße Wasser zog an ihren Beinen. Mit rasendem Herzen hörte sie immer weitere Platschgeräusche und den zischenden Atem ihrer Angreifer. Waren es zwei? Drei? Der Druck der Hände tat ihr weh. Ihre eng umfassten Rippen fühlten sich an, als würden sie jeden Augenblick brechen.

«Gib auf!», raunte ihr eine aufgeheizte, niederträchtige Stimme zu. Der Griff der Hände wurde immer fester und machte es ihr fast unmöglich zu atmen. Man wollte sie umbringen. Als Annabel schließlich ihre Gegenwehr einstellte und in sich zusammensackte, lockerten die Griffe sich sofort. Aber eine Gefangene war sie immer noch.

«Wenn du dich nicht wehrst, werden wir dir auch nichts tun. Wir haben Befehl, dich von hier fortzubringen.» Die Stimme klang gepresst und schleppend, so als wollte der Mann sich verstellen.

Welcher Befehl, dachte Annabel verwirrt, während ihr schlaffer Körper von starken Händen aus dem Wasser gezogen wurde. Das schwache Glühen des Beckens war mittlerweile die einzige Beleuchtung des Raumes. Ihr Kopf fiel zurück, und die schwache Frau sah nur noch das dunkle, schwarze Dach. Dann hörte sie ihre Entführer durch das Wasser waten. Es waren mindestens vier Mann. Wer würde denn vier Untergebene mit dem Befehl herschicken, sie festzunehmen? Das war doch unsinnig. In ihrem Kopf herrschte ein einziges Chaos, und ihr Körper schmerzte beim Hochheben.

«Lasst mich runter», stöhnte sie unsicher. «Ich laufe selbst.»

Doch als Antwort bekam sie nur ein verwaschenes, aber gebieterisches: «Keinen Lärm!»

Je weiter sich die Gruppe vom Becken entfernte, desto intensiver wurde die Dunkelheit. Sie legte sich wie heißer Samt auf ihre Gedanken. Die Schritte der Männer waren nur als leises Schleichen auf dem Steinboden zu hören. Sie waren also barfuß. Männer in Schwarz. Lautlos. Mit einem Befehl. Aber scheinbar nicht mit dem Befehl, sie zu töten.

Die Dunkelheit und die schwankenden Bewegungen ihrer Träger sorgten bei Annabel für eine gewisse Orientierungslosigkeit. Schatten schienen sie anzuspringen, während sie so hoch in der Luft und dicht unter dem Dach der Höhle davongetragen wurde. Die verstörte Frau bekam Angst, bei dem Zusammenstoß mit einem tieferhängenden Stein an der Decke bewusstlos geschlagen zu werden.

Das stete Auf und Ab ihres Körpers machte es schwer, einen klaren Gedanken zu fassen. Wenn die Männer sie doch nur endlich runterließen. Gleichzeitig hatte Annabel aber auch Angst, von ihnen fallen gelassen zu werden.

Es war eine Erleichterung, als die kleine Gruppe schließlich anhielt. In der Stille der Höhle konnte Annabel jeden einzelnen der Entführer atmen hören. Plötzlich ließen die Hände von ihr ab, und sie wurde über die knochige Schulter eines seltsamen Mannes zu Boden gelassen. Als ihre Füße auf den nackten, feuchten Stein des Bodens trafen, sackten ihre Knie zusammen, und sie musste sich gegen eine der glatten, kühlen Wände lehnen. Sie musste nachdenken. Sie musste etwas unternehmen.

Die Männer sprachen in schnellen, zischenden Lauten miteinander, die sie nicht verstehen konnte. Fels knirschte an Fels. Sie wurde hochgerissen. Grob gestoßen. Hineinkatapultiert in die absolute Schwärze. Sie stolperte haltlos ins Nichts. Ein Schritt … zwei Schritte. Ihre Hände stießen auf Fels und schmerzten von dem Aufprall. Annabel brach an der Felswand, die ihren Flug durch die Dunkelheit aufgehalten hatte, zusammen und versuchte, den Knoten der Angst in ihrem Hals hinunterzuschlucken.

Wieder knirschte Fels an Fels. Sie war allein. Gefangen in der kühlen, feuchten Dunkelheit einer unterirdischen Kammer.

Es dauerte Ewigkeiten, ihren Atem zu beruhigen, die Panik zu unterdrücken und sich wenigstens etwas an ihre Umgebung zu gewöhnen. Ein stetes, lautes Tropfen verriet ihr, dass es auch in dieser Höhle Wasser gab. Es lief in einer Ecke die Felswand hinunter und tropfte durch ein winziges Loch ins Freie. Die Öffnung wäre selbst für eine Katze zu klein gewesen und bot ihr keine Fluchtmöglichkeit. Doch wenigstens konnte sie sich hier etwas erholen. Und das von oben kommende Wasser war klar genug, um es zu trinken.

Annabel benetzte Gesicht und Augen mit dem kühlen Nass und hoffte inständig, dadurch wieder einen klaren Kopf zu bekommen. Das Wasser fühlte sich kalt auf ihrem Gesicht an, und als es auf ihre Brüste tropfte, begann sie zu zittern. Sie war nackt. Zwar war es in der Höhle nicht unbedingt eiskalt, aber man konnte sie auch nicht als gemütlich warm bezeichnen. Sollte sie lange in diesem unterirdischen Verlies festsitzen, würde sie sich schon bewegen müssen, um sich warm zu halten.

Ich muss mich nicht warm halten! Ich muss hier raus, dachte Annabel verzweifelt. Erneut versuchte sie die Panik zu bekämpfen, die sie zusammen mit den Felswänden immer enger zu umzingeln schien. Die nackte Frau musste unbedingt wissen, wie groß ihr Gefängnis war, und ließ die Handflächen über die raue Oberfläche der Felswände gleiten.

Das Verlies war nicht sehr geräumig. Drei Schritte in die eine Richtung, fünf in die andere. Dann drei, dann vier Schritte, und sie befand sich wieder an der unebenen Kante, wo sich der Eingang zur Höhle befand. Vielleicht würde es ihr ja irgendwie gelingen, die Steintür aufzuheben. Annabel fiel auf die Knie und ließ ihre Finger über die feuchte, kühle Oberfläche des Bodens gleiten, um irgendwo einen losen Stein zu finden.

Es gab keine losen Steine, aber ihre suchenden Fingerspitzen stießen schnell gegen eine leichte, hölzerne Kiste, in der die Japaner normalerweise die Lebensmittel für ein Picknick mit sich trugen. Es schienen sich mehrere solcher Kästen in der Höhle zu befinden. Nachdem Annabel sie gründlich abgetastet hatte, stellte sie fest, dass es tatsächlich fünfundzwanzig Stück waren. Sie wollte gar nicht wissen, warum man sie mit fünfundzwanzig Kisten voller Lebensmittel eingesperrt hatte.

Jetzt würde sie erst einmal etwas essen, und wenn sie sich beruhigt hatte, nachdenken. Als sie eine der Kisten öffnete, stieg ihr sofort der Geruch von eingelegtem Gemüse in die Nase. Die gefüllten Reiskugeln, die ebenfalls in der Lebensmittelkiste lagen, waren mit Seetang umwickelt, der nach Meer roch. Als sie zusätzlich noch geräucherten Fisch entdeckte, lief ihr das Wasser bereits im Mund zusammen. Ja, sie würde erst essen und dann nachdenken. Es gab ganz bestimmt einen Ausweg …

Annabel hatte dreizehn der kleinen Imbisse gegessen, als ein leichtes Kratzen an der Tür sie so erschreckte, dass sie sich sofort an die gegenüberliegende Wand drückte. Ihr Mund war trocken vor Angst, und sie hatte nicht den Hauch einer Ahnung, was sie erwartete.

Als der Stein beiseite geschoben wurde, erhellte ein

strahlendes Leuchten die Dunkelheit. Annabels Augen tränten, und sie musste blinzeln. Durch den niedrigen Eingang kroch eine schwarze Gestalt, die durch das glühende Licht eine dunkle Aura zu haben schien.

«Annabel?», rief eine bekannte Stimme.

«Hiroshi!»

Immer noch drückte Annabel sich unentschlossen gegen die Felswand. War das ihr mysteriöser Feind?

«Oh, du armes Kind!» Der Japaner tat einen weiteren Schritt in die Höhle. Annabel drehte den Kopf, um nicht in die grelle Kerze schauen zu müssen, die ihr Besucher bei sich trug. Doch seine sanft gesprochenen Worte linderten ihre Angst nach und nach. «Also wirklich, meine Liebe», fuhr er fort, «du musst unbedingt vorsichtiger sein! Eines Tages werde ich nicht mehr da sein, um dich aus den Unannehmlichkeiten zu befreien, auf die du dich scheinbar spezialisiert hast.»

«Bist du gekommen, um mich hier rauszuholen?», fragte Annabel voller Hoffnung.

Die düstere Gestalt hielt erstaunt inne. «Aber natürlich, mein Kind. Was dachtest du denn, weshalb ich hier bin?»

«Ich weiß es nicht.»

Da legte sich auch schon eine warme, feuchte Hand auf ihren Oberarm und zog sie hoch. «Ich habe dich letztes Mal gerettet, und ich werde dich auch jetzt retten.»

Er roch nach Seife und Parfüm – ein schwerer Duft, der aber auch eine leicht medizinische Note hatte, die nicht unbedingt angenehm zu nennen war. Als Annabel langsam auf die Füße kam, strich die Seide seines Kimonos über ihre Wange, und sie roch die Reinheit des Stoffes, der in der Sonne getrocknet worden war. «Danke!», schluchzte sie herzerweichend. «Bitte bringt mich von hier weg!»

Zusammen gingen sie in Richtung Tür. Hiroshi verscheuchte die Samurai, die am Eingang herumstanden, und übernahm Annabels Führung selbst. Seine Hand lag so auf ihrem Arm, dass er mit dem Handrücken ihre nackte Brust berührte.

Annabel stolperte drei- oder viermal, und ihre zarten Füße waren von dem steinigen Weg bereits aufgerissen, den Hiroshi sie entlangführte. Trotzdem bat sie die Männer nicht, ihren Schritt zu verlangsamen. Nein, sie wollte unbedingt weitergehen, um diesen schrecklichen Ort endlich hinter sich lassen zu können. Das Haar der blonden Frau hing in wirrem Durcheinander über Schultern und Gesicht. Immer wieder versuchte sie, es mit ihren langen, eleganten Fingern nach hinten zu streichen. Ihre Haut fühlte sich schmutzig und verschrumpelt an.

Auf dem Weg in die Freiheit glitt ein ganzer Wortschwall über Annabels Lippen – ein Ausgleich zur dunklen Einsamkeit in der Höhle. «Es war so dunkel … Ich dachte schon, ich würde dort sterben … Ich weiß gar nicht, wie lange ich dort unten war … Es war so kalt …»

Doch Hiroshi zog sie einfach weiter. «Versuch, jetzt nicht zu sprechen.»

Annabels Stimme war nur noch ein Krächzen, als sie endlich die Frage stellte, die sie so sehr beschäftigt hatte, während sie nackt und allein in der Dunkelheit lag. «Was ist mit Nakano? Hat er mich denn nicht vermisst? Oder nach mir gefragt?»

«Sei jetzt still», zischte Hiroshi und zeigte auf die Rücken der Samurai, die stumpf vor ihnen hertrotteten. Er hob seine Kerze hoch und sah Annabel von der Seite an. Als sie anfing zu wimmern und vor dem Licht zurückwich, reichte er die Kerze an einen seiner Männer weiter. Dann legte er auch noch seine zweite Hand auf ihren Arm und blickte ihr aus nächster Nähe direkt ins Gesicht. Annabel roch seinen sauren Atem. «Du solltest lieber nicht nach Nakano fragen! Er war es nämlich, der dich einsperren ließ.»

Die Bitterkeit darüber, ihre schlimmsten Ängste in Worte gekleidet zu hören, machte ihre Stimme zu einem kraftlosen Flüstern. «Wieso? Weshalb sollte er so etwas tun?»

«Ich habe dir doch gesagt, dass du ein Problem für ihn darstellst. Er will deinen Tod. Und da du nicht wie seine letzte, abgelegte Geliebte bereit bist, dich umzubringen …»

«Nein! Das glaube ich nicht!»

Seine Entgegnung klang amüsiert. «Es ist wahr. Das versichere ich dir. Sie saß vor dem Kriegsrat und hat sich vor den Augen aller mit einem Messer die Kehle aufgeschnitten. Und es war niemand da, der ihren qualvollen Tod hätte verkürzen können. Üble Sache.»

«Ich meinte nicht …» Annabel hielt mitten im Satz inne. Ihr Herz konnte einfach nicht glauben, dass Nakano ihren Tod wünschte. Ihre Erinnerungen an das gemeinsame Liebesspiel waren so klar und viel zu bedeutsam, um einfach so abgetan zu werden. Doch Annabel erinnerte sich auch, wie zornig Hiroshi jedes Mal wurde, wenn sie ihr tiefes Vertrauen gegenüber Nakano zeigte. Wahrscheinlich war es wirklich am besten, wenn sie jetzt schwieg und ihre wahren Gedanken vor ihm verbarg.

Annabel sah ihren Befreier ernst an. «Was soll ich denn tun, wenn der Kriegsherr unbedingt meinen Tod wünscht?», fragte sie ganz pragmatisch. «Ich kann mich ihm doch unmöglich widersetzen.»

Annabel war jetzt in einem Zustand, in dem sie nicht nur äußerst empfindlich auf Licht reagierte, sondern auch winzige Nuancen in der Stimmlage ihres Gegenübers wahrnahm. Hiroshis Stimme knisterte förmlich vor Zufriedenheit. «Darüber habe ich schon nachgedacht. Ich habe großartige Neuigkeiten für dich. Was würdest du davon halten, nach Hause zurückzukehren, Annabel? Unter dem Schutz deines Vaters?»

«Meines Vaters?» Diese Nachricht brachte sie so aus dem Gleichgewicht, dass sie prompt über ihre eigenen Füße stolperte. «Der ist tot. Mein Vater ist auf See gestorben.»

«O nein, er ist nicht tot. Er wurde weiter nördlich an der Küste an Land gespült.»

Annabel zwang sich, ruhig zu bleiben, um diese unglaubliche Neuigkeit verarbeiten zu können. Doch ihre Stimme zitterte. «Haben noch mehr überlebt?»

«Ein paar», erwiderte Hiroshi vage, «aber die Ladung wurde gerettet. Waffen! Herrliche Musketen. Ganze Kisten voll. Und auch Schießpulver und Gewehrkugeln!»

Seine Hand zog Annabel am Arm und zerrte sie weiter durch den dunklen Gang.

«Wieso hat sonst niemand davon gehört?», fragte sie misstrauisch.

Hiroshi beugte sich so weit vor, dass sein Haar über ihre Wangen und den Hals strich. Das Flüstern seiner Stimme brummte unangenehm in ihren Ohren. «Intrigen, meine Liebe. Und tödliche Geschäfte. Die Leute, die die Mannschaft fanden, wollten die Waffen für sich behalten.»

Annabel wand sich aus seinem Griff heraus, doch er zog sie brutal zurück. «Dein Vater und ich sind zu einer sehr guten Übereinkunft gekommen», zischte er. «Ich habe ihm einen nicht unerheblichen Betrag für seine Waffen gezahlt, und er hat versprochen, mit Verstärkung zurückzukehren.»

«Verstärkung für Euch?»

«Für Nakano natürlich. Dachtest du etwa, dass ich mich gegen meinen Bruder auflehnen will?»

«Ich weiß gar nicht mehr, was ich überhaupt noch denken soll», erwiderte Annabel aufrichtig, als sie das Ende des Tunnels erreichten. «Oh! Ich kann die Erde riechen! Frisches Grün und klare Luft!»

Das Licht im Freien war so grell, dass sie ihr Gesicht mit den Händen bedecken musste. Doch als sie einen Blick zwischen den Fingern hindurch wagte, sah die erschöpfte Frau einen traditionellen Tempelgarten vor sich, der seitlich vom Bergfried lag. Die feuchte Luft war ebenso warm wie die Decke auf ihrer Haut. Noch nie hatte das Trillern der Zikaden sich so lieblich angehört. Annabel hielt einen Moment inne, um ihre neu gewonnene Freiheit einzuatmen, doch Hiroshi zog sie sogleich von dem massiven Felsturm des Donjons fort. Annabel wehrte sich gegen seinen festen Griff. «Nein! Ich will nicht weitergehen!»

«Sei doch keine Närrin! Dein Vater wartet bereits in Okitsu, auf halbem Weg nach Tokaido. Du wirst mit ihm zum Hafen in Yokohama reisen, und von dort wird euch ein portugiesisches Schiff nach Hause bringen.»

Ihr Vater bedeutete ihr nichts mehr. Für Annabel war er gestorben. Wie leid sie es doch war, zu Entscheidungen gedrängt zu werden, die sich durch und durch falsch anfühlten. «Ich werde nicht eher gehen, bis ich Nakano wiedergesehen habe», protestierte sie und nahm allen Mut zusammen.

Hiroshi sah sie zornig an. Die Frustration und Bosheit in seinen Augen straften seine sanfte Stimme Lügen. «Meine Liebe, du scheinst keines klaren Gedankens mehr fähig zu sein», flötete er, «wahrscheinlich bist du nach den schrecklichen Qualen einfach nur müde.»

«Ich bin nicht nur müde, sondern auch nackt», erwiderte sie, um seine Gedanken abzulenken. Vielleicht konnte sie ja genug Zeit schinden, um Nakano doch noch zu sehen. «Und ich brauche dringend ein Bad. Es wird doch sicher eine ganze Weile dauern, die Reise nach Okitsu vorzubereiten – kann ich da nicht wenigstens ein paar Minuten in mein Gemach zurückkehren?»

Hiroshi starrte sie misstrauisch an, kam dann aber zu einer schnellen Entscheidung. «Na gut. Aber nur für ein paar Minuten.»

Er schickte die Hälfte seiner Männer zu den Stallungen, um die Pferde vorzubereiten, und ging, während er seine Hand immer noch fest um Annabels Oberarm gelegt hatte, in Richtung Turm.

Langsam gewöhnten sich die Augen der Europäerin an das Licht. Die kühlen Steingänge, die zu ihrem Zimmer führten, waren angenehm hell. «Du hast nicht viel Zeit», ermahnte Hiroshi sie. «Es könnte durchaus gefährlich für dich werden, wenn Nakano erfährt, dass du hier bist.»

«Ich kann mir nicht vorstellen, dass vom Lord irgendeine Gefahr für mich ausgehen könnte», sagte Annabel und schob die Reispapierwand zu ihrem Gemach auf.

Der Raum wirkte nach ihrer langen Abwesenheit kalt und fremd. Es war dunkel, und auf dem Boden lagen Kleidungsstücke verstreut herum. In einer Ecke des Zimmers brummten Fliegen, und es hing ein übel riechender Gestank in der Luft.

«Das Zimmer ist nicht gesäubert ...», begann sie, musste dann aber erschrocken innehalten, als sie merkte, dass nicht nur Kleider auf dem Fußboden lagen. Aus dem trostlosen Stoffhaufen ragte ein merkwürdig steif wirkender Körper.

Ein Schock durchfuhr Annabel. Ein schwaches, hohes Rauschen ging durch ihre Ohren, doch ansonsten war sie innerlich völlig leer. Wie durch eine dicke Eisschicht hindurch sah sie, dass Hiroshi den Raum durchquerte, um die Leiche zu untersuchen. Er beugte sich hinab, hob mit der Fingerspitze eines der Kleider an und ließ es gleich darauf wieder fallen.

«Kiku-San!»

Voller Zorn wirbelte er herum. «Wie konnte das nur passieren?», brüllte er. «Wie konnte jemand die kleine Kiku mit dir verwechseln? Ein japanisches Mädchen sieht doch nicht mal im Entferntesten so aus wie eine große, ungeschlachte Europäerin.»

Der Bruder des Lords war so wütend, dass kleine Schaumblasen zwischen seinen Mundwinkeln hervortraten. Mit hochrotem Gesicht brüllte er nach seinen Samurai. «Wie kann man nur so einen dummen Fehler begehen? Dafür werden Köpfe rollen! Geht und findet heraus, wer Kiku anstatt der Europäerin umgebracht hat!»

Annabel stand allein, vergessen und immer noch nackt da. Sie konnte kaum glauben, was sie da hörte. «Anstatt meiner?», fragte sie.

«Natürlich anstatt deiner!», antwortete er grimmig. «Wieso liegt wohl sonst eine Leiche in deinem Gemach? Ich habe dir doch gesagt, dass Nakano deinen Tod wünscht. Wie viele Beweise willst du denn noch? Du musst jetzt sofort mit mir kommen – so wie du bist. Du kannst dich ja in einer Herberge auf dem Weg umziehen. Es ist zu gefährlich für dich, noch länger hier zu bleiben.»

Verwirrt und verängstigt ließ Annabel sich von ihm aus dem Raum und fort aus Shimoyama führen.

Kurz bevor sie Okitsu erreichten, musste Annabel von ihrem Pferd steigen, um sich zu übergeben.

«Was machen deine Kopfschmerzen?», fragte Hiroshi

und trat mit einer Mischung aus Ungeduld und Mitleid an sie heran.

«Sie klingen langsam ab», log Annabel, denn ihr Kopf dröhnte schlimmer als je zuvor. Das Tageslicht schoss grausame Lichtpfeile in ihre Augen, und der ganze Körper schmerzte von dem ungewohnten Reiten. Zu allem Überfluss brannte jetzt auch noch der saure Geschmack von Erbrochenem in Nase und Hals – von den nackten, wunden Füßen ganz zu schweigen. Annabels Magen zog sich zusammen, und sie sehnte sich nach dem Ende dieser schrecklichen Reise.

«Es ist nicht mehr weit», versicherte Hiroshi und schob sie wieder auf ihr Pferd. «Man kann sogar schon die Dächer der Herberge sehen. Da kannst du baden und etwas Heißes essen. Außerdem wartet dein Vater dort auf dich. Mehr kannst du wirklich nicht verlangen.»

Doch als sie sich einem der Gästehäuser neben der eigentlichen Herberge näherten, hätte Annabel sich am liebsten noch einmal übergeben. «Noch nie habe ich so etwas Widerliches gerochen», japste sie, «da muss eine tote Ratte unter dem Boden liegen. Lasst uns wieder ins Hauptgebäude gehen.»

Sie blickte Hiroshi in der Erwartung an, ignoriert zu werden, aber auch er schaute voller Abscheu zu den niedrigen, strohgedeckten Unterkünften, auf die sie zugingen. Auch in seinen Augen stand eindeutiger Ekel geschrieben. «Es riecht wirklich schlimm, da muss ich dir Recht geben. Ich hatte gedacht, dass du in der Nähe deines Vaters sein wolltest, aber ich kann wohl arrangieren, dass du in der Herberge untergebracht wirst.»

«Mein … mein Vater ist hier untergebracht?» Der Gestank von Verwesung wurde immer stärker, als sie die hölzerne Veranda betraten, die um das strohgedeckte Gebäude herumführte. Hinter den Reispapierwänden waren dunkle Schatten zu erkennen. Es wohnten also tatsächlich Menschen in diesem Schweinestall. Da erkannte Annabel, dass die Schatten europäische Silhouetten hatten. Als einer der Bewohner eine Schiebetür öffnete und sie durch eine Geste einzutreten hieß, begann ihr Herz wie wild zu pochen.

Sie blickte in Richtung des wartenden Schattens. Jetzt konnte sie den Gedanken an das bevorstehende Wiedersehen mit ihrem Vater nicht mehr hinausschieben. Wie würde er sie wohl begrüßen? Annabel konnte ihn nicht deutlich erkennen. Sie zögerte und wartete darauf, dass er den ersten Schritt tat. «Mein kleines Mädchen!», sagte eine gefühlvolle Stimme.

Der Klang der Sprache aus ihrer alten Heimat trieb ihr die Tränen in die Augen, und sie vergaß einen Moment lang den Gestank, als sie mit ausgestreckten Händen auf die Gestalt zuging.

«Oh, Papa! Bist du's wirklich?»

Doch als sie näher auf den Umriss dieses Wesens zuging, wurde ihr Herz von Schmerz und Verwirrung erfasst. Der Gestank, der von der gebückten und ausgemergelten Gestalt ausging, war so ekelhaft, so durch und durch faulig, dass sie ihn fast schmecken konnte. Annabel schloss den Mund und versuchte durch die Nase zu atmen, als ihr Vater auf sie zuging und sie in seine Arme zog.

Die Berührung war fremd. Der dünne Körper mit den knochigen Armen weckte keinerlei Erinnerung in ihr, denn sie hatten sich schon früher nur sehr selten berührt. Annabel entzog sich, so schnell es eben ging. Der Speichel, den sie runterschluckte, schmeckte, als wäre er von dem Körpergeruch vergiftet, der wie ein Pesthauch in der Luft hing. Sie trat einen Schritt zurück, um ihren Vater genauer zu betrachten.

Annabel war erschrocken, ihn weinen zu sehen, doch aus seinen rot geränderten Augen traten tatsächlich Tränen hervor. Als sie dann auch sah, wie er eine Flasche in der Hand hielt, wurde ihr klar, dass es die Tränen eines Betrunkenen waren. «Komm rein», forderte Walter Smith sie lallend auf. «Du auch, Hiro, alter Junge! Fabelhaft, euch zu sehen.»

Annabel wich seinem ausgestreckten Arm aus und schlüpfte in den Raum, der wie die Höhle eines Raubtiers aussah – eines, das neben verfaulten Leichen und Eingeweiden lebte.

«Lass die Schiebetüren offen», bat sie. Die Worte kamen ihr in ihrer Muttersprache nur zögernd von den Lippen.

«Du bist ja schon genauso schlimm wie diese japanischen Affen», grunzte ihr Vater. «Immer wollt ihr bei offenen Fenstern und so was sitzen. Total verrückt, wenn ihr mich fragt.»

Er ließ die Tür dennoch halb offen, sodass Annabel sich flach atmend in dem Raum umsehen konnte.

Der Koch, ein paar Seemänner und ihr Vater – die einzigen Menschenseelen, die sich von dem Schiff hatten retten können. Sie nickte den Männern zu, auch wenn diese zu betrunken schienen, um irgendein Interesse an dem Besuch zeigen zu können. Der dicke, fröhliche Peter war nirgendwo zu sehen. In den langen Monaten im Fischerdorf hatte Annabel allerdings genug um den einstigen Liebhaber getrauert, sodass seine Abwesenheit sie nun nicht mehr betroffen machte.

«Ich habe keinen Stuhl, den ich dir anbieten könnte, Annabel», sagte ihr Vater. «Aber hier! Gieß dir etwas Reiswein ein. Der ist verdammt gut!» Er nahm einen tiefen Schluck und hielt seiner Tochter dann die Flasche hin. «Na los! Setzt euch auf den Boden. Das tun wir hier alle.»

Annabel lehnte den Wein mit unglücklichem Kopfschütteln ab. Sie starrte lange durch die offene Schiebetür, bevor sie auf seine Einladung reagierte. «Nein, danke. Ich stehe lieber.»

Der Raum war mit Tatami-Matten ausgelegt, die mittlerweile von Essensresten und Müll übersät waren. Ihr Vater und die Seemänner lagen in Kleidung und Stiefeln herum, die ganz offensichtlich aus Portugal stammten. Die junge Frau schaffte es einfach nicht, sich dort niederzulassen, wo sie mit ihren dreckigen Füßen herumgetrampelt waren. Auch Hiroshi blieb stehen.

«Hiro, alter Freund!» Das Japanisch, in dem ihr Vater Hiroshi ansprach, war so schlecht, dass Annabel einige Zeit brauchte, um ihn zu verstehen. «Du magst große Peng-Pengs, hä? Ich dir besorgen jede Menge Peng-Pengs aus England.»

Hiroshi verbeugte sich leicht. «Und ich werde Euch viel Geld dafür geben», sagte er mit fester Stimme zu Walter Smith. Dann wandte er sich wieder dessen Tochter zu. «Du könntest mir einen großen Gefallen tun, Annabel-San. Würdest du wohl freundlicherweise die Übersetzung zwischen mir und deinem Vater übernehmen? Es ist immer von Nutzen, diese kleinen Geschäfte so genau wie möglich zu besprechen. Findest du nicht auch? Missverständnisse können da sehr unangenehm sein.»

Doch wie sich herausstellte, waren Hiroshi und der Seemann sich bereits über jedes Detail des Waffenhandels einig. Nachdem das Geschäft unter Dach und Fach war, drehte Walter Smith sich zu seiner Tochter um. «Für einen unzivilisierten Ausländer ist dieser Hiro wirklich ein guter Kerl.»

Hiroshi konnte zwar nur die Tonlage des Engländers einschätzen, war aber zufrieden, das Geschäft abgeschlossen zu haben. Ohne lange zu zögern nutzte er danach die Gelegenheit, den stinkenden Raum zu verlassen und sich in die eigentliche Herberge zurückzuziehen. Annabel wusste, dass der Japaner vorhatte, die Nacht dort zu verbringen und sofort am Morgen zurück nach Shimoyama zu reisen.

Als sie endlich allein mit ihrem Vater war, kam sie sich merkwürdig verlassen vor. Wie würde es wohl sein, den Ozean in solch zweifelhafter Gesellschaft zu überqueren und ohne Sicherheit in eine ungewisse Zukunft nach England zurückzukehren?

«Wenn ich mit der zweiten Waffenladung wiederkomme, wird er hier das Sagen haben», fuhr Walter Smith fort. «Und das ist auch gut so.»

«Er wird das Sagen haben?», fragte Annabel.

Ihr Vater schaute sie mit benommenen Augen an. Sein Gesicht war von geplatzten Adern durchzogen. Als Annabel in seinem spärlichen grauen Haar Läuse krabbeln sag, zuckte sie angewidert zusammen. Sie konnte kaum glauben, dass dieser scharfe, hinterhältige Blick der ihres eigenen Erzeugers war. Ihr Vater strich sich über die Nase.

«Dafür wollte er meine Gewehre schließlich haben. Oh, dieser Kerl ist gerissen. Dieser Freund von ihm – Yoritomo, nicht wahr? –, der reitet mit seiner Armee gerade durch die Provinzen. Und sobald der seine Leute aufgestellt hat, passiert es: Dann schlägt der gute alte Hiroshi seinem Bruder den Kopf ab. Dann metzeln seine getreuen Samurai die anderen nieder, und er ist Herrscher im Schloss.»

«Hat er dir das alles erzählt?», rief Annabel aufgebracht.

Ihr Vater zwinkerte wissend. Der abschätzige Ausdruck in seinen Augen fuhr Annabel direkt ins Herz, und sie spürte, wie sich auch der letzte Rest von Loyalität verflüchtigte, den sie ihm gegenüber empfand. Wie konnte er nur einen derartigen Verrat unterstützen?

«Er hat nicht gerade ausschweifend von seinem Plan gesprochen», erwiderte der alte Mann. «Aber Walter Smith ist schließlich nicht dumm. Ich kann meine eigenen Schlüsse ziehen.»

Annabels Herz sagte ihr, dass die Vermutungen ihres Vaters richtig waren. Jetzt ergaben die Informationen, die sie nach und nach aufgeschnappt hatte, endlich einen Sinn. Die verschwörerischen Samurai, die sie im Dorf belauscht hatte; Yoritomos Bitte, durch Nakanos Königreich marschieren zu dürfen; die Heimlichkeit, mit der Hiroshi die Waffen erworben hatte – all das fügte sich zu einem großen Plan zusammen. Die Frage war jetzt nur: Was konnte sie dagegen unternehmen?

Lange Zeit stand sie einfach nur da und starrte hinaus in die Dunkelheit, die über den Tokaido hereinbrach, jene alte Küstenstraße die Edo mit Kyoto verband. Ihr Vater, der scheinbar nichts von ihrer Stimmung spürte, prahlte mit dem Geld, das er bereits verdient hatte und noch verdienen würde, wenn er erst mit der zweiten Schiffsladung Waffen nach Japan zurückkehrte. Jede Sekunde, die sie mit ihm verbrachte, machte Annabel deutlicher, dass sie unter keinen Umständen mit ihm nach England segeln konnte. Ihre Zukunft lag hier in Japan.

Je mehr sie sich ihrer unausweichlichen Entscheidung näherte, desto leichter wurde ihr ums Herz. Sie würde nicht hier bleiben, sondern bei der ersten Gelegenheit fliehen, um ihr Glück bei Nakano zu suchen. Als sie an den Kriegsherren dachte, ließ Annabel traurig den Kopf fallen. Aus irgendeinem Grund schien sie sein Vertrauen eingebüßt zu haben, und es konnte gut sein, dass er nicht einmal mit ihr sprechen wollte, wenn sie nach Shimoyama zurückkehrte.

Doch das Risiko musste die junge Frau eingehen, denn den Gedanken an ein Leben ohne ihn konnte sie nicht mehr ertragen.

KAPITEL 13

Annabel und ihre Begleitung, ein schlanker, junger Samu-
rai, kamen vor einem massiven Holztor zum Stehen, das
ihnen den Weg versperrte. Vor dem Eingang standen zwei
riesengroße Wachen, die mit leerem, gleichgültigem Blick
über ihre Köpfe hinwegstarrten.

«Von hier an müsst Ihr allein weiter, Annabel-San»,
erklärte ihr Begleiter. «Es ist mir nicht gestattet, Euch
eigenmächtig Zutritt ins Herz von Shimoyama zu verschaffen.»

«Das macht nichts», erwiderte sie und schaute dem Samurai direkt in seine bewundernden Augen. «Ich werde einen der Wachmänner bitten, Nakano über meine Ankunft
in Kenntnis zu setzen.» Als die Wachen sich nicht rührten,
erhob sie ihre Stimme und fügte laut und deutlich hinzu:
«Lord Nakano wird unverzüglich erfahren wollen, dass
seine Europäerin vor den Toren seines Schlosses steht.»

Die Samurai sahen sie immer noch nicht an, schienen
aber zu einer stillen Übereinkunft gelangt zu sein, denn
einer von ihnen entfernte sich schnellen Schrittes von seinem Posten. Annabel hoffte inständig, dass er sich auf die

Suche nach Nakano machte. Sie zuckte mit den Schultern. Mehr konnte sie jetzt nicht tun. Dann wandte sie sich erneut an ihren jungen Begleiter. «Was für ein Glück, dass ausgerechnet Ihr den Weg nach Shimoyama bewacht und es Euch erlaubt war, mich so weit zu eskortieren.»

Der Jüngling errötete und schaute zu Boden. «Aber ohne Euch, werte Dame, dürfte ich mich innerhalb Shimoyamas gar nicht bewegen. Als Lord Nakano mich in seine Dienste nahm, wusste ich sofort, dass ich das Eurem Zutun zu verdanken hatte.»

Annabel erwiderte seine Verbeugung, bevor er sich zum Gehen wandte.

Die Engländerin strich ihr zerzaustes Haar mit zitternden Händen nach hinten. Es wäre schön gewesen, wenn sie Gelegenheit gehabt hätte, sich ein wenig zurechtzumachen. Gerade als sie ihren von der Reise befleckten Kimono glatt strich, ertönte ein metallenes Klirren, das ihr die Rückkehr des Wachmannes ankündigte.

Der Mann sah sie zwar noch immer nicht direkt an, verbeugte sich aber respektvoll. «Folgt mir!»

Annabel rang hinter dem Rücken mit ihren zitternden Händen und versuchte, ihren Gang so ruhig wie möglich erscheinen zu lassen. Plötzlich schlug der Wachmann im Schloss eine unbekannte Richtung ein. Ihr Mund wurde trocken. Folgte sie ihm etwa in ein Verlies? Das Atmen fiel ihr schwer, und die dunklen Ecken des Ganges aus grob behauenen Steinen schienen sie förmlich einzukerkern. Als sie vor einer geschnitzten hölzernen Tür anhielten, gingen Annabel fast die Nerven durch.

Der Samurai verbeugte sich und öffnete die Tür. «Tretet ein!», wies er sie an und schloss dann die Tür hinter ihr.

Annabel spürte kühle, polierte Holzdielen unter ihren nackten Füßen, die sie erstaunt nach unten blicken ließen.

Dann überfiel sie die Scham. Ihre Füße waren schmutzig und blutverschmiert. Als sie einen zögernden Schritt nach vorne trat, begannen die Dielen sofort, melodisch zu knirschen. Das Nachtigallen-Zimmer! Niemand konnte diesen Raum ohne einen Laut durchqueren.

Annabel blieb stehen und schaute auf das glänzende Holz. Hoch oben an der Decke hingen Lampen, die den Raum in ein weiches goldenes Licht tauchten. Ihr Blick wanderte von den weißen Paneelen der Wände hin zu dem einzigen Möbelstück des Raumes: einem geschnitzten Holzrahmen, der ein Tuch aus schwerem Brokat einfasste.

Vor diesem Schirm saß ein bewegungsloser Nakano, der in seinem traditionellen Gewand einfach hinreißend aussah. Neben ihm lag eine Shamisen – jenes Saiteninstrument, das auch sie zu beherrschen versucht hatte. Es sah aus, als hätte er gerade darauf gespielt und es dann beiseite gelegt. Seine stille Haltung strahlte so viel Unglückseligkeit aus, dass Annabel sofort instinktiv auf ihn zuging. Der Boden unter ihren Füßen begann zu singen, doch Nakano bewegte sich immer noch nicht.

«Nakano! Oh, Nakano!», rief sie. Ihre schwache Stimme ging in dem Klang des Nachtigallenbodens fast unter. Dennoch sah der Lord endlich auf.

«Willkommen», sagte er leise.

Annabels Kehle war wie zugeschnürt. Sie konnte nicht sprechen, hätte aber sowieso nicht gewusst, wie sie ihre Gefühle in Worte hätte fassen können. Also fiel sie einfach auf die Knie und verbeugte sich voller Ehrfurcht vor dem Mann, der da so ruhig vor ihr saß.

Nakano gab einen tiefen Seufzer von sich. «Ich verstehe nicht, warum du zurückgekehrt bist. Was kannst du denn von mir wollen?»

Annabel hob den Kopf, um ihn anzusehen. Seine Stimme klang streng, doch die Augen waren voller Schmerz.

Die junge Frau hätte ihn am liebsten in die Arme geschlossen und all die schlimmen Dinge fortgeküsst, die ihm widerfahren waren. Doch die schrecklichen Nachrichten, die sie hatte, hielten sie davon ab. «Nichts, mein Herr.» Sie weinte, als sie die Worte sprach. «Ich will nichts von Euch. Aber ich habe traurige Neuigkeiten, von denen ich Euch berichten muss.»

«Ich glaube, ich will nichts von diesen Neuigkeiten wissen», sagte Nakano. Sein Blick war nicht mehr nur traurig, sondern auch resigniert. Annabel hatte das Gefühl, dass er sehr wohl wusste, was sie ihm mitzuteilen hatte, wartete aber dennoch auf seine Erlaubnis fortzufahren.

Eine Zeit lang saß sie einfach nur still da, starrte auf den ebenen Boden und atmete den kühlen Wachsgeruch der Politur ein. Endlich hörte sie, wie Nakano sich leicht bewegte. Fast als würde er sich für etwas wappnen.

«Und?», fragte er.

Annabel brachte es kaum über sich, dem Lord Bericht zu geben, wusste aber genau, dass sie es tun musste. «Die Männer, die ich beim Ränkeschmieden belauscht habe, gehören zu Hiroshi. Er hat Waffen von meinem Vater gekauft und plant zusammen mit Yoritomo deine Entmachtung.»

«Das weiß ich bereits», entgegnete Nakano lächelnd und mit erstaunlich gefasster Stimme.

Die Engländerin sah überrascht auf. «Dann … dann hätte ich Euch das gar nicht sagen müssen?»

Sie traf ein kurzer Blick ihres Gegenübers, dann schaute Nakano wieder beiseite. «Ich wusste es in meinem Herzen, aber Beweise hatte ich bisher nicht.»

«Es tut mir sehr Leid, dass ich es sein muss, die Euch die Beweise liefert.»

«Mir tut es ganz und gar nicht Leid, denn bis zu diesem Moment war ich mir deiner Gefühle für mich nicht sicher.»

Annabels Augen ruhten weiter auf dem polierten Boden. Sie ließ ihre Fingerspitzen über die Dielen gleiten und staunte über das schwache Flüstern, das die Bretter selbst bei dieser gehauchten Berührung von sich gaben. Dann hob sie langsam den Kopf.

«Ich liebe Euch», gestand sie mit weicher, zarter Stimme, die die Stille im Raum aber dennoch wie ein Pfeil durchbohrte. Die Emotionen überwältigten Annabel jetzt derart, dass Tränen in ihre Augen stiegen.

«Ich hatte nicht gewagt, das anzunehmen», erwiderte Nakano zärtlich und auch etwas reuig. «Dann hätte ich mich vielleicht anders verhalten sollen.»

Annabel lächelte ihn unter den Tränen hindurch an. «Wie konntet Ihr nur an mir zweifeln?», flüsterte sie.

Nakanos Augen schauten sie reif, weise und sehr liebevoll an. Über Annabels Lippen drang ein mitleidiges Schluchzen, denn in seinem Ausdruck stand nur zu deutlich der Schmerz über die Untreue seines Bruders geschrieben. Einen Moment lang teilten sie diesen Schmerz. Dann stand Nakano auf. «Wie ich sehe, verstehst du mich.»

Annabel verbeugte sich tief. «Ich verstehe Euch, und ich fühle mit Euch.» Mehr konnte sie nicht sagen, denn Tränen erstickten ihre Stimme.

Da berührte Nakano sanft ihre Hand und riss sie damit aus ihren Gedanken. «Ich muss dich jetzt verlassen, denn ich habe mich nun um einiges zu kümmern.» Einen Augenblick glitt eine fast kindliche Amüsiertheit über sein Gesicht. «Unter anderem um die Bezahlung für das Pferd, das du für deinen Weg hierher gestohlen hast. Werden Pferdediebe in England nicht gehängt?»

Annabel lächelte ihn an. Das Salz der Tränen in ihren Augen ließ sie alles wie durch regenbogenfarbene Kaleidoskope sehen. «Ich habe das Pferd aber nicht mutwillig gestohlen. Als ich so unbewacht aus der Herberge schlüpfte, hatte ich solche Eile, Euch zu sehen …» Sie verstummte kurz, fand dann aber die Worte wieder. «Ich habe es nicht aus Bequemlichkeit gestohlen», fügte sie hinzu und betrachtete reumütig ihren schmutzigen Kimono.

Mit einem Mal wurde Annabel sich wieder ihres Körpers bewusst. Ihre Muskeln zitterten vor Müdigkeit und Schmerz. Die Haut ihrer Schenkel wagte sie gar nicht erst anzusehen, doch die Schmerzen ihrer Verletzungen verrieten ihr, dass es wohl Tage dauern würde, bis sie wieder zart und weiß waren. Erneut strich sie die wirren Strähnen ihres Haars zurück. «Verzeiht, aber ich bin direkt zu Euch gekommen. Da hatte ich keine Zeit, mich von den Spuren der Reise zu säubern.»

Nakanos Augen lächelten freundlich. «Ich bin dir sehr dankbar für das, was du für mich getan hast, Annabel-San.» Er zögerte, und als er weitersprach, schlich sich eine jungenhafte Schüchternheit in seine Stimme, die Annabels Herz sofort zum Schmelzen brachte. «Ich muss nun gehen. Wenn ich nach den Verrätern im Verlies geschaut habe, muss ich gegen Yoritomo in den Kampf ziehen. Aber ich denke, wir werden Zeit haben, um … Noch bevor ich gehe … Ich würde mich überaus geehrt fühlen, wenn du meiner Teezeremonie beiwohnen würdest.»

Und wieder verbeugte Annabel sich so tief sie konnte. «Es wäre mir ebenfalls eine Ehre.»

Plötzlich glitt ein Anflug von Zweifel über Nakanos Gesicht. «Du wirst nicht in deine Gemächer zurückkehren wollen.» Er hatte seine Worte nicht als Frage formuliert,

Annabel schüttelte aber dennoch vehement den Kopf. Sie dachte an die kleine Kiku und ihr trauriges Ende. Nie wieder könnte sie in diese Räume zurückkehren.

«Dann wirst du dich am besten wieder unter die Obhut von Mamma-San begeben», vervollständigte Nakano seine Gedanken laut.

«Nein!» Das Wort kam mit einer derartigen Wucht über Annabels Lippen, dass sie sich sofort gezwungen fühlte, ihren Ausruf abzumildern. «Davon möchte ich eher Abstand nehmen, meine ich.» Nakano zog fragend eine Augenbraue hoch. «Für Erklärungen ist jetzt nicht der richtige Zeitpunkt, aber es wäre sehr schön, wenn wir uns nach der Teezeremonie darüber unterhalten könnten. Dann kann ich Euch meine Gründe erläutern, Lord.»

Seine Lippen glitten sanft über ihre Stirn. Nakanos Männlichkeit ließ eine schmerzende Sehnsucht in ihr aufsteigen. «Wie du wünschst», antwortete er mit einem kleinen Lächeln. «Ich werde dir drei meiner Wachen mitgeben – treue Männer, deren Loyalität ich mir gewiss bin. Auch dein Samuraifreund wird dich begleiten. Über seine Aufrichtigkeit mache ich mir keinerlei Sorgen. Noch nie habe ich so einen vernarrten Mann gesehen. Sie werden dich in meine Gemächer begleiten und dort mit dir warten. Du kannst baden und dich ausruhen. Ich kann immer noch nicht glauben, wie schnell du aus Okitsu hergeritten bist. Etwas Schlaf und eine Erfrischung werden dir sicher gut tun.»

Annabel schlief fast einen ganzen Tag, bevor Nakano zu ihr zurückkehrte. Sie war noch nicht lange wach, hatte aber bereits gegessen und war angezogen. Ihr Kimono hatte die Farbe von Schnee auf einem grauen Gletscher und war mit den tanzenden Kranichen Hokkaidos bestickt. Ihr roter Obi symbolisierte die aufgehende Sonne. Unter dem eigentlichen Kleidungsstück lugten ein paar Fingerbreit des schwarzen Unterkimonos hervor, der einen kontrastreichen Rahmen für das prachtvolle Muster abgab.

Nakano stand schweigend neben der offenen Schiebetür und schaute sie nur an. Sein Gesicht sah zwar müde aus, doch ihr Anblick ließ seine Augen bewundernd leuchten. «Perfekt, Annabel-San», sagte er mit sanfter Stimme und betrachtete das silberne Weiß ihres Kimonos. «Ich habe das Teehaus für uns vorbereiten lassen. Es wäre mir eine große Ehre, wenn du mich dorthin begleiten würdest.»

Annabel ließ den Kopf sinken. Die rituelle Formalität dieser japanischen Ehrerbietung schien richtig und ganz natürlich zwischen ihnen zu sein. «Das ist zu viel der Ehre», erwiderte sie korrekt.

Zusammen verließen sie den Raum. Als Annabel in die Schuhe schlüpfte, die im Flur auf sie warteten, spürte sie die Seide des Kimonos angenehm über ihre nackten Beine streichen. Nakano wirkte zufrieden, aber auch etwas distanziert, als sie langsam neben ihm herschritt. Sein brauner Kimono mit den weiten Ärmeln war einfach, aber makellos. Er hatte gebadet und sich somit ganz offensichtlich auf diese Begegnung vorbereitet. Der große Mann roch nach frischem Leinen und Sandelholz. Sein dickes schwarzes Haar war zu einem formellen Knoten aufgesteckt. Die junge Frau sah ihn beim Gehen immer wieder verstohlen von der Seite an, blieb aber still. Sie wusste nicht, wie sie die Frage stellen sollte, auf die sie so gern eine Antwort gewusst hätte.

«Hiroshi?», brach es schließlich aus ihr heraus.

Nakano gab einen Seufzer von sich. «Um den hat man sich gekümmert», erwiderte er leise.

«Und die Samurai, die sich gegen Euch verschworen haben?», ergänzte sie ihre Frage mit zitternder Stimme.

«Auch sie haben den ehrenvollen Weg des Todes beschritten.»

Hiroshi war also tot.

«Er hat mich einsperren lassen», murmelte Annabel, als müsste sie sich selbst überzeugen, dass er sein Schicksal auch verdient hatte.

Nakano blieb wie angewurzelt stehen. «O nein, das war ich!» Seine Begleiterin sah ihn erschrocken an. «Ich wollte dich in Sicherheit wissen», erklärte er. «Ich hatte eine Vorahnung, dass sich der Kreis der Verschwörer immer enger um mich schloss, und kann nur bedauern, dass die arme Kiku der Falle zum Opfer fiel, die eigentlich für dich bestimmt war.»

Über Annabels Augen legte sich ein Schleier der Traurigkeit. «Ich werde um sie trauern.» Ihre Schuhe erzeugten ein wehmütiges Echo auf den Steintreppen unter ihren Füßen.

Als das Paar den Innenhof durchquerte, strich warme Luft über Annabels Haut. Sie schaute hinauf zu den hellgrauen Wolken am Himmel und war leicht irritiert. Dem Stand der Sonne nach musste es später Nachmittag sein, und doch war sie erst wenige Stunden wach. Wie sehr sie sich doch vom normalen Rhythmus des Alltags entfernt hatte. Die Verschwörungen und der Betrug beschwerten ihre Seele wie Blei.

«Und Yoritomo?», fragte sie schließlich.

«Ich habe Boten schicken lassen. Ich weiß nicht, ob er seinen Angriff immer noch in die Tat umsetzen wird – jetzt wo Hiroshi tot ist. Aber der Mann ist stark und arrogant. Ich muss ihn überzeugen, seinen Plan fallen zu lassen. Unser Treffen findet morgen statt.»

Annabel schaute den Lord unsicher an, bis er endlich auch die Frage beantwortete, die sie bisher nicht zu stellen gewagt hatte.

«Ich habe deinem Vater erlaubt, nach England zurückzukehren.»

Ihr Herz war ganz leicht, als sie auf das hölzerne Tor einer hell verputzten Wand zugingen. Die Steinmauer war mit einem Dach aus Ziegeln bedeckt – ein Anblick, den Annabel nicht gewöhnt war. Sie dachte an die Steine, die in England den Abschluss einer solchen Mauer bildeten, doch all das schien ihr sehr weit weg zu sein.

Nachdem das Tor sich lärmend geöffnet hatte, schritt Annabel hindurch. Der Moment schien noch nicht gekommen, all das zu sagen, was sie sagen wollte. Eine duftende Sommerbrise strich durch den Garten, und als Annabel sich dessen grüne Schlichtheit ansah, spürte sie, dass sie den Stil der Japaner immer mehr zu schätzen lernte.

Der Garten war erst vor kurzem bewässert worden. Er roch frisch, und die feuchten Steinplatten glitzerten unter ihren Füßen. Von den Zweigen der steifen Pom-Pom-Bäumchen, die für die japanische Landschaft so typisch waren, hingen die Wassertropfen. Es war zwar nicht dunkel, aber Nakano ging die geschwungenen Wege dieses winzigen Paradieses ab und entzündete die Öllampen, die von den Bäumen hingen.

Das Schrillen der Insekten verstummte einen Moment, setzte aber sofort erneut ein, als das Paar sich wieder entfernt hatte. Trotz des Tageslichts ließen die flackernden Öllampen die grünen Bäume noch größer aussehen. Annabel roch das Moos und hörte das friedliche Plätschern eines Brunnens. Sie gingen jetzt auf einen einfachen Pavillon zu, der in einer Ecke des Gartens aus dem Boden zu wachsen schien. Er stand auf Holzbrettern und erhob sich ein paar Handbreit über einer makellosen Fläche aus reinem, weißem Sand. Annabel musste sich bücken, um Nakano durch den niedrigen Eingang folgen zu können, der mit einem Vorhang versehen war.

Als sie sich im Inneren des Teehauses auf den wunderbaren Tatamis niederließ, spürte sie eine herrliche Harmonie in sich aufsteigen. Mit fast unbewussten Griffen arrangierte sie die eisgrauen Röcke ihres Kimonos. Aus einer Papierblüte, die von den Sparren des Zedernholzdaches hing, drang das Licht einer Kerze. Sie erleuchtete die sorgfältig platzierten Reetbündel, die die Decke bildeten.

Es war eine Freude, die Kunstfertigkeit zu sehen, mit der das Gebäude errichtet worden war. Alle Dielen des glatt polierten Holzbodens waren punktgenau miteinander verbunden. Es herrschte Frieden, Ordnung und Ruhe in dem Raum.

Nakano hatte sich mittlerweile leise in eine angrenzende Küche begeben, um den Tee zu bereiten. Was für ein schönes Gefühl, friedlich in dem prunkvollen Raum zu sitzen und die Atmosphäre in sich aufzusaugen, während sie auf ihn wartete. Der Duft des Zedernholzes hüllte sie aufs angenehmste ein. In einem kleinen Kohlegefäß rauchten kleine Stücke aromatischer Harze vor sich hin. Sie dienten zum Fernhalten der Insekten, die nach Sonnenaufgang sonst unvermeidlich um sie herumschwirren.

In einer Ecke stand eine Vase mit bezaubernden pinkfarbenen Azaleen, die ebenfalls ihren Duft verbreiteten. Auf dem Boden lagen ein paar heruntergefallene Blüten, deren Pollen ein fast künstlerisch wirkendes Muster bildeten. In der Mitte des Raumes hing ein schwarzer Kessel über dem Kupferkamin, in dem mit singenden Lauten das Wasser kochte. Annabel schaute in das Herz der glühenden Kohlen, die auf einer Schicht von weißem Sand lagen. Die

Genauigkeit der Arrangements in dem Teehaus drängte die Frage auf, ob wohl selbst die Kohlestücke ausgesucht und in einer ganz bestimmten Ordnung platziert worden waren.

Als Nakano endlich mit einem lackierten Tablett zurückkehrte, sah Annabel, dass auch hierauf alles Zubehör für die Zeremonie in perfekter Harmonie aufgestellt war. Mit einer tiefen Verbeugung nahm sie ihm das Tablett ab. Dann griff sie die Stäbchen und aß einige der angebotenen Leckerbissen. Nakano schien sehr wohl zu bemerken, wie sie darauf achtete, das Gleichgewicht des Arrangements auf dem Tablett nicht zu stören, denn er lächelte sie anerkennend an. Als die Mahlzeit beendet war, verbeugte Annabel sich erneut vor ihm.

Jetzt nahm Nakano einen Teepinsel aus Bambus zur Hand und schlug das grüne Teepulver so lange mit etwas Wasser auf, bis die Mischung schaumig war, wie das strenge Ritual es verlangte. Doch bevor er Annabel etwas einschenkte, bot er ihr eine Auswahl an Tassen an. Sie entschied sich für ein braunes, lasiertes Keramikgefäß, das sie an die Berge und eine Welt der Dauerhaftigkeit erinnerte. Vielleicht weil Beständigkeit das war, wonach sie sich am meisten sehnte. Beständigkeit und ein Versprechen von Nakano. Sie beobachtete ihn, wie er den Tee einschenkte, und lächelte ihn fragend an. «Ich dachte, die Japaner trinken den Tee vor dem Essen.»

Er verbeugte sich leicht. Dabei traf der Schein des Lichtes auf das gestickte Kranichsymbol seines Kimonos. «Ich hatte gehört, dass du diese Sitte nicht magst.»

Annabel erwiderte die Verbeugung, und ihr Herz machte bei seiner Bereitschaft, ihr zuliebe von einer alten Sitte abzuweichen, einen kleinen Freudensprung. «Eure Aufmerksamkeit rührt mich.»

Das Paar verfiel in ein angenehmes Schweigen. Während Annabel an dem bitteren grünen Tee nippte, fiel ihr Blick wieder auf die glühenden Kohlen im Feuer. Die Flammen wirkten wie Pfingstrosenblätter, die während des Zuschauens wuchsen und gleich darauf wieder vergingen. Die Atmosphäre der Teezeremonie, die hingebungsvolle, lichterfüllte Stimmung und die Ernsthaftigkeit des Rituals zogen sie mehr und mehr in ihren Bann. Sie spürte eine große Verbundenheit zu Nakano, und nachdem sie die letzte Tasse Tee geleert hatte, wagte sie einen Moment lang kaum, sich zu bewegen.

Ergriffen von der Schönheit ihrer Umgebung, saß das Paar einen Moment wortlos beisammen. Das winzige Feuer brannte mit einem lieblichen Geruch von Holz und schien immer heller zu leuchten, während sich in den Ecken des Raumes bereits der Abend ankündigte. In die Stille hinein zirpte eine Grille, und eine sanfte Brise ließ das reetgedeckte Dach rascheln. Noch immer saßen die beiden still da. Die friedliche Atmosphäre, die Nakano geschaffen hatte, weckte alle Lebensgeister in Annabels Natur.

Sie saß in der einbrechenden Dämmerung und lauschte dem hohlen, kehligen Quaken der Frösche, die draußen in dem wunderschönen Garten Hof hielten und von Liebe sangen. Annabel war glücklich.

Sie wandte sich erst wieder zu Nakano um, nachdem sie aus den Augenwinkeln gesehen hatte, dass er sich bewegte. Als er den Bann des Schweigens aufhob, unter den er sie gestellt hatte, spürte sie eine leise Melancholie in sich aufsteigen. Er musste ihr gar nicht sagen, dass die Teezeremonie vorbei war – sie fühlte genau, dass der bezaubernde Moment dem Ende zuging.

«Das war einfach wunderschön», flüsterte sie leise. «Als wären wir der Ewigkeit begegnet.»

Nakano verbeugte sich tief. Der Blick in seinen Augen bewegte Annabel zutiefst. «Du bist es, die mir die Ehre erweist.» Seine Stimme klang ernst, aber liebevoll. «Du hast mir eine wunderbare Erinnerung geschenkt, mit der ich in den Kampf ziehen kann.»

Plötzlich erklang das grelle Zischen des Kessels. Annabels Herz klopfte gefährlich schnell, denn jetzt war der Moment gekommen, in dem sie sprechen mussten. «Ich möchte Euch begleiten», teilte sie ihm mit und versuchte, ihre Stimme dabei so entschlossen wie möglich klingen zu lassen.

Er schaute sie kühl und sachlich an. «Für Frauen ist auf dem Schlachtfeld kein Platz!»

Voller Verzweiflung blickte Annabel in sein ernstes Gesicht. Die untergehende Sonne und das sanfte Licht der Öllampen warfen zuckende Schatten auf seine Haut und machten es schwer, seinen Gesichtsausdruck zu deuten. Die steifen Ärmel seines Kimonos schienen sich immer größer aufzubäumen, als sie ihm heftig schluchzend gegenübertrat. «Ich bin keine Kurtisane! Ich bin eine Europäerin! Und ohne Euch gibt es in Shimoyama keinen Platz für mich. Ich werde sterben, wenn Ihr mich zusammen mit den anderen Frauen wegsperrt und darauf warten lasst, bis Ihr ein paar Minuten Zeit für mich übrig habt.»

Nach diesen Sätzen wurde die Stille im Raum mit jeder Sekunde bedrängender, und Annabel spürte einen Kloß im Hals, an dem sie fast zu ersticken drohte.

Der Lord beugte sich vor und streichelte mit zärtlichen Fingern über ihre Wange. Als er seine Hand wieder entzog, war sie ganz feucht von ihren Tränen. Annabel war ganz überrascht, denn sie hatte nicht einmal bemerkt, dass sie weinte.

«Meine Annabel», sagte er mit sanfter Stimme, «dein

Herz lag ganz in deinen Augen, als du zu mir sprachst. Ich hätte wissen müssen, dass eine Frau, die über die Ozeane der Welt zu mir gekommen ist, nicht für die Gefangenschaft gemacht ist. Doch so stark du auch bist, ich kann mir nicht vorstellen, dass eine Frau den Anstrengungen eines Feldzugs gewachsen ist. Hast du denn gar keine Scheu vor den Entbehrungen?»

Annabel schüttelte ohne zu zögern den Kopf. «O nein, ich bin hart im Nehmen! Ich bin stark.»

Nakano lächelte über die Ernsthaftigkeit ihrer Erwiderung. «Im Moment magst du stark sein. Du bist jung und noch frei von den Belastungen, die das Leben als Frau mit sich bringen kann.»

Er schwankte leicht unsicher hin und her. Etwas an seiner Kopfhaltung verriet Annabel, dass er ihr gleich etwas Wichtiges mitteilen würde. Sie hielt den Atem an. Bevor er zu sprechen begann, schüttelte er leicht den Kopf. Sie musste ihm Einhalt gebieten. Der aufgestaute Atem schoss wie eine Kanone aus ihrem Mund. «Lasst mich nicht allein zurück! Ich würde es nicht ertragen, mit den anderen Frauen auf Euch warten zu müssen.»

Nachdenklich sah er in ihre Augen. «Aber du hast deine Ausbildung zur Geisha doch noch gar nicht abgeschlossen.»

Annabel blickte erneut in das glühende Herz des Kaminfeuers, bevor sie ihm antwortete. «Ihr könnt mich nicht dazu zwingen.»

«Ich muss dich also so lieben, wie du bist?» Seine Erwiderung klang etwas scherzhaft.

Sie senkte ihren Kopf. «Anders kann ich nicht sein.»

Die Schatten zogen sich um das Paar zusammen. Frösche sangen, und die Bambusbüsche im Garten raschelten in der Brise. Annabel fragte sich, welche Gefühle Nakano wohl in sich trug. Die steifen Ärmel seines Kimonos warfen einen riesigen Schatten auf die Holzwand hinter ihm. Sein äußerer Eindruck war so ablehnend, dass die Antwort auf ihre flehentlich vorgetragene Bitte sie sehr überraschte. «Dann darfst du mich begleiten!»

Voller Freude sah die junge Frau zu ihm auf. «Vielleicht sende ich dich sogar aus, um mit Yoritomo zu verhandeln», ergänzte er schelmisch.

Annabels Herz tanzte vor Glück. «Mit dem werde ich ohne weiteres fertig», sagte sie und schnipste mit einer Hand.

Nakano lachte laut auf, hieß sie aufstehen und schloss sie dann in seine Arme. «Das glaube ich dir sofort, meine kleine Europäerin», sagte er, während er sie aus dem Holzpavillon des Teehauses führte. «Aber da mir eigentlich eher eine gute Köchin fehlt, werde ich mir wohl dieses deiner Talente zunutze machen.» Jetzt lachten beide und schritten gut gelaunt unter den Lampions durch den perfekten Garten.

«Wie Ihr wünscht, ehrenwerter Kriegsherr», nahm Annabel das neckende Gespräch wieder auf, «kann ich herrliche europäische Gerichte für Eure Samurai kochen. Geröstete Frösche und gegrillte Würmer ...»

Nakano bäumte sich in gespielter Empörtheit auf. «Was? Und meine Soldaten damit krank machen? Das wäre Sabotage! Ich dachte, du wärst mir treu ergeben.»

Als sie das Tor erreichten, drehte Annabel sich mit ernstem Gesicht zu ihrem Geliebten um. In den Zweigen über ihnen schwang eine Laterne, die sein Gesicht und die schwarzen Tiefen seiner Augen beleuchtete.

«Ich bin dein», versprach sie mit sanfter Stimme. Ihre Worte verschwanden zwischen den Winden und den Schatten der Nacht. «Für immer und ewig.»

Nakano beugte sich vor, nahm ihre Hände in die seinen und küsste sie zärtlich auf den Mund.

«Und ich bin dein Diener», erwiderte er mit einfachen Worten, «für immer und ewig.»

In seinem Kuss lag eine Hingabe, die Annabel zuvor nicht gespürt hatte. Die Leidenschaft loderte wie eine Flamme in ihr empor, und sie erwiderte seine inbrünstige Umarmung.

«Wollen wir uns lieben?», flüsterte er leise. Die Wangen des Daimyo waren leicht gerötet und die Augen so glühend, dass sie ihn auf erregende Weise verwandelten. Seine tiefe Stimme löste einen Schauer auf Annabels Haut aus. Sie lächelte ihn warmherzig an. Ihre Antwort auf seine Frage bestand nur aus einem Erröten der Wangen. Er nickte ihr zu und zog sie dann noch enger an seinen Körper. «Wir haben noch Dinge von großer Wichtigkeit und Tragweite zu besprechen, Annabel-San, doch jetzt lass uns einfach nur Mann und Frau sein.» Er legte seine Wange auf die ihre. «Ich kenne einen Weidenhain gar nicht weit von hier. Dort wachsen weiche Kissen aus Moos. Willst du dort die Nacht in meinen Armen verbringen?»

Als er Annabel dabei mit seinen sanften Augen anschaute, schien es ihr, als hätten sich mit einem Mal die Fenster zum Himmel geöffnet. Es war einer der schönsten Augenblicke in ihrem Leben. «Mit Euch würde ich überall die Nacht verbringen, mein Herr», flüsterte sie und legte zärtlich ihre Lippen auf seinen Mund.

Das Paar schritt durch das Tor und ließ das Teehaus hinter sich. Unter dem samtenen, dunklen Himmel warteten die Samurai, deren Rüstungen im Licht der Sterne leuchteten. Einige von ihnen schickte Nakano fort, um Diener zu holen, andere, um zu prüfen, wie weit die Vorbereitungen für den morgendlichen Marsch gediehen waren.

Annabel blieb ein wenig zurück und beobachtete ihren Geliebten voller Stolz. Doch in dieses Gefühl mischte sich bereits eine große Spannung, die erotische Schauer über ihren Körper jagte. Es war nur schwer vorstellbar, dass der mächtige Kriegsherr, der da so effiziente Anweisungen für den bevorstehenden Kampf erteilte, schon bald nackt in ihren Armen liegen würde. Dieses Wissen erzeugte ein heimliches Prickeln zwischen ihren Beinen.

Der erste Diener, der erschien, trug einen rosafarbenen Papierlampion vor sich her. Ihm folgte eine Prozession mit pfirsich-, bernstein- und zitronenfarbenen Laternen. Nakano führte die Männer in einen abgelegenen Garten von Shimoyama, der auf einem kleinen Hügel lag. Dort hängten die Bediensteten die Lampions in die Zweige der Weidenbäume, die leise rauschten. Dann machten sie sich daran, in dem üppig wachsenden Gras eine Schlafstatt vorzubereiten.

Der Daimyo nahm Annabel bei der Hand. Während ihres Weges strich die Seide ihrer Kimonos immer wieder aneinander. Die Brise wehte den Stoff von Annabels grauer Robe hoch, sodass ab und zu Teile ihres Unterkleides hervorblitzten. Die dunkle Masse der Festung war nur noch ein Schatten hinter ihnen, als das Paar dicht nebeneinander auf dem Hügel stand. Sie waren sich so nahe, dass Annabel die Hitze von Nakanos Körper sogar durch die weiche, warme Seide seines Kimonos hindurch spüren konnte. Sie blickte auf die ineinander gebauten Gebäude und Gräben der Stadt, über die wenigen Burgen, Türme und Brücken, die sich bis zu den Gebäuden erstreckten, die gebaut waren, um Shimoyama zu dienen. Ein tiefes Glücksgefühl erfüllte ihr Herz.

Der Mond war zwar nicht zu sehen, aber die Sterne standen hoch am Himmel. Sie wirkten wie zitternde Diamanten, die auf ein endloses schwarzes Stück Samt genäht waren. Je mehr der Abend zur Nacht wurde, desto kühler strich der sanfte Wind von den entfernten Bergen über Annabels Wangen. Unter ihnen waren die Vorbereitungen für den morgigen Feldzug zu hören. Männer brüllten, Wagenräder rumpelten, und irgendwo wieherte ein Pferd. Da und dort waren gelbe Lichter zu sehen, die von den Feuern stammten, auf denen die Soldaten ihr Abendessen zubereiteten.

«Es ist alles bereit», sagte Nakano und nickte etwas grimmig dreinschauend mit dem Kopf. «Wir werden morgen bei Sonnenaufgang losmarschieren.» Er drehte sich zu Annabel um und streichelte zärtlich über ihr Kinn. «Wenn du mit uns kommst, könnte dies deine letzte Nacht auf unserer herrlichen Erde sein.»

Sie blickte ihn mit offenem Blick an. «Solange ich bei Euch sein kann, nehme ich die Gefahren eines Kampfes gerne auf mich.»

Nakanos Lächeln war voller Liebe, als er über ihre Wange strich. «Jetzt bist du ein Samurai. Wenn Leben und Tod dasselbe sind, verschwindet die Angst vorm Sterben. Nur so kann ein Mann – oder eine Frau – wahre Dankbarkeit für das Leben und seine Freuden erfahren.»

Annabel nahm seine Hand und küsste sie. Noch nie in ihrem Leben hatte sie sich so lebendig gefühlt.

«Die Diener sind fort», sagte Nakano plötzlich mit rauer Stimme.

Sein warmer Körper war gegen den ihren gepresst. Annabel folgte ihm zu einem Platz, an dem im dunklen Gras ein weißer Futon lag. Zwar konnte sie im Hintergrund immer noch die Schatten der wachhabenden Samurai sehen, doch war sie mittlerweile so an Nakanos permanente Eskorte gewöhnt, dass es ihr nicht schwer fiel, die Männer zu ignorieren. Ihre Begierde wurde immer größer, und sie wusste, dass es ihrem Geliebten ebenso ging. Sie konnte es sehen und spüren.

Die bunten Lampions schaukelten in den hohen Bäumen. Zwischen den unteren Zweigen tanzten die Glühwürmchen und schmückten das zarte Grün mit Ketten aus glitzernden Lichtern. In den Büschen sang ein Vogel. War es eine Nachtigall oder ein Vogel des Tages, der von dem ungewohnten Licht geweckt worden war? Annabel wusste es nicht, aber sie hörte deutlich die trillernden Laute, die wunderschön in der Luft hingen, als Nakano sie auf die seidige Haut ihres Halses küsste. «Ich will dich», murmelte sie mit erregter Stimme.

Nakanos Augen verdunkelten sich, als er eine ihrer weißen Hände an seine Lippen zog und sie auf die Finger küsste, sodass seine Worte nur noch ein Flüstern auf ihrer Haut waren. «Und ich will dich, meine geliebte Europäerin.» Er zog sie noch dichter an sich heran und schloss sie in seine Arme. «Ich will dich nackt und direkt neben mir auf diesem Futon liegen sehen.» Der erregte Krieger beugte sich hinab und leckte über ihr Ohrläppchen. «Und ich möchte, dass du deine unbeschreiblich köstliche Blume für mich öffnest.»

Bevor sie etwas erwidern konnte, sah Annabel ihn lange liebevoll an. «Und ich möchte dich nackt über mir spüren – mit deiner Männlichkeit tief in mir versunken.»

«Meine Leidenschaft für dich ist mit Worten nicht zu beschreiben», murmelte er und schaute sie mit tiefstem Begehren an. Annabel hatte das Gefühl, noch nie mit solch zärtlichem Blick angeschaut worden zu sein. Doch plötzlich stieg eine entfernte Erinnerung an die

Kindheit in ihr auf. Ihre Mutter hatte sie sehr geliebt und behütet. Ihre Gedanken zauberten ein Lächeln auf ihr Gesicht, und sie kuschelte sich an die schützende Stärke seines Körpers. Nakano sprach weiter: «Schon als ich dich das erste Mal sah, habe ich so empfunden. Allein, stolz, wunderschön und so unvergleichlich in deiner Wildheit.»

Er küsste sie auf die Lippen, zog seinen Kopf dann etwas zurück und seufzte tief. «Dabei dachte ich schon, ich hätte dich für immer verloren. Ich glaubte, du würdest über den Ozean reisen und in dein Inselreich zurückkehren.» Er hielt inne und schüttelte den Kopf. «Ich habe mehr Tränen vergossen, als es einem Samurai zusteht. Und ich habe mich danach verzehrt, dich zu halten, dich zu berühren und so zu küssen.»

Der Geschmack seines nächsten Kusses war überwältigend und erregend. «O Annabel-San, wie lange habe ich davon geträumt, dass wir noch einmal so zusammen sein dürfen.»

«Auch ich habe von dir geträumt», flüsterte die junge Frau.

Er vergrub seine Hände in ihrem Haar und löste so die aufwendige formelle Frisur auf. Mit großer Vorsicht entfernte er die verschiedenen Kämme und ließ die Finger dann durch die blonde Mähne gleiten, die auf ihre Schultern fiel. «Gold», murmelte er, «pures Gold – genau wie dein Herz.» Er zog Annabel dicht an sich heran und bedeckte ihr Gesicht mit den leidenschaftlichen Küssen eines Kriegerherzens.

Die erregte Frau genoss das Gefühl seines heißen männlichen Körpers, der sich fest an den ihren presste. Sie bog ihren Leib etwas, um sich noch mehr an ihm reiben zu können. Nakanos Mund spielte mit ihren Lippen, öffnete sie und drang mit lieblicher Macht dazwischen. Annabel erwiderte seinen Kuss leidenschaftlich, inbrünstig und mit derselben Energie und demselben Hunger nach Leben.

Irgendwann wanderten seine Hände zu ihren Schultern, die er mit zärtlichen, erotischen Griffen massierte. Sie schmolz förmlich dahin, war weich und träge und durch und durch bereit, seine Stärke zu kosten. Ihre Brüste drängten sich gegen die Seide ihres Kimonos, und Annabel verzehrte sich danach, seine köstliche Haut auf ihrem brennenden Fleisch und den schmerzenden Nippeln zu spüren. Kein Stoff sollte ihre nackten Leiber mehr voneinander trennen.

Die Europäerin hob die Hände zum Hals und zerrte an den Seidenbahnen ihres Kimonos. Er sollte ihre bloßen Brüste sehen. Als der Stoff nicht nachgeben wollte, drehte sie sich mit einem ungeduldigen Laut um und forderte ihn wortlos auf, die komplizierten Falten ihres Obi zu öffnen. Nakanos Finger nahmen sich geschickt des roten Schmetterlingsknotens an. Als er sich endlich gelöst hatte und zu Boden gefallen war, spürte sie ein durchdringendes Gefühl der Befreiung.

Nachdem Annabel sich wieder umgedreht hatte, küsste Nakano sie erneut voller Leidenschaft. Seine Zunge drang suchend und voller Gier in die dunkle, samtene Höhle ihres Mundes ein und gab ihr einen Vorgeschmack auf die erotischen Freuden, die sie noch erwarteten. Endlich griffen seine Hände in die offenen Falten ihres eisgrauen Kimonos und strichen zärtlich über ihr Rückgrat. Ihre Haut sehnte sich so sehr nach Berührungen, dass sie vor Lust laut aufstöhnte.

Am unteren Rücken spreizte Nakano schießlich seine Finger über ihren Pobacken und streichelte dort zärtlich über ihre lüsternen Kurven und die Stelle, an der er sie einst gebrandmarkt hatte. Der Instinkt, der jetzt zum Leben erwachte und der Annabel geradezu zwang, ihre Muschi gegen Nakanos steinharten Körper zu pressen, war älter als sie beide. Die animalischen, stoßenden und wiegenden Bewegungen zeigten mehr als deutlich, wie das Paar immer weiter in den Strudel der Leidenschaft eintauchte.

Plötzlich ließ der Daimyo sie kurz los, presste ein atemloses «Annabel-San» hervor und hob sie dann scheinbar mühelos hoch.

Annabel schlang sofort ihre schlanken weißen Arme um seinen Hals und erregte sich an seiner Größe und Stärke. Ein Kuss auf den Hals, dann noch einen und noch einen, bis sie schließlich wieder bei seinem Mund anlangte. Die kühle Nachtluft streichelte über ihre Haut, und die hellen Sterne sahen aus wie lachende Gesichter, die vom dunklen Himmel auf sie herabstrahlten.

Das Herz in Nakanos Brust schlug gleichmäßig, als er sie langsamen Schrittes zu dem weißen Futon trug, der im grünen Gras des Hains auf sie wartete. Der Duft des geplätteten Grüns unter ihrem Lager war würzig und aromatisch. Die Bettstatt gab unter ihrem Gewicht leicht nach, als ihr Geliebter sie schließlich vorsichtig ablegte.

Sein Schatten, der sich über sie legte, war groß und dunkel. Sie konnte Nakano zwar fühlen, aber nicht richtig sehen. Der Umriss seiner Samuraifrisur kam ihr noch fremd vor, und seine schwarzen Augen saßen wie geheimnisvolle Schlitze über den hohen Wangenknochen. Seine Silhouette war erregend, aber auch beunruhigend. Doch die warmen, liebevollen und feuchten Küsse, mit denen er ihren Hals verwöhnte, beruhigten Annabel wieder. Dieser Mann war ihr wahrer Gefährte – ihr Geliebter für alle Zeiten.

Als seine geschickten Hände hinter sie griffen, um ihre Schultern aus dem offenen Kimono zu schälen, spürte sie deutlich seinen Atem auf ihren Brüsten. Das silbriggraue Material wirkte durch den Schein der Sterne fast weiß. Die hellen Falten des kranichbestickten Kimonos glitten sinnlich über Annabels empfindliche Haut. Als Nakano sie ganz davon befreit hatte, wanderten seine Küsse hinab zu ihrem Dekolleté. Dann waren die dunklen Unterröcke an der Reihe. Als Annabel sich schließlich auf die Kissen zurückfallen ließ, war sie endlich ganz nackt.

Der starke Mann kniete immer noch voll bekleidet über ihr. Annabel hob den Arm und griff nach der Schärpe seines Obi. Er zerfiel mühelos zwischen ihren Händen, und auch sein Kimono öffnete sich, ohne dass es irgendeiner Anstrengung bedurfte. Als er die einzelnen Seidenbahnen über seinen Kopf zog, wuchsen seinem Schatten einen kurzen Moment lang Flügel. Doch er verwandelte sich rasch wieder in einen Mann aus Fleisch und Blut – nackt und begehrenswert.

Nun war der Zeitpunkt gekommen, an dem er seinen Körper auf den ihren legte. Annabel zitterte vor Aufregung und Ekstase. Seine männlichen Muskeln bedeckten ihre weiblichen Kurven. Nakano legte den Mund auf ihre Lippen und zog sie so dicht an sich heran, dass sie zu einer Person verschmolzen.

Seine Küsse waren warm, die Umarmungen heiß. Seine Männlichkeit presste sich hart gegen ihre Hüften. Der starke Oberkörper streichelte über die Weichheit ihrer Brüste. Annabel wurde unter seiner Umarmung zu Wachs. Sie zuckte und stöhnte. «Ich will dich!», stöhnte sie. Doch eigentlich waren Worte ganz und gar unnötig. Die lüsternen Bewegungen ihres Körpers verrieten Nakano alles, was er wissen musste.

Seine festen, muskulösen Beine spreizten ihre Schenkel, und die Berührung seiner Finger auf ihrem Kitzler ließen sie in einen Taumel der Lust versinken. Annabel wusste, dass sie feucht war. Sie wusste auch, dass es ihm gefiel, denn als er ihren lieblichen Lusthonig auf seinen Fingern spürte, hörte sie ihn erregt aufstöhnen. Eine leichte Bewegung noch und sein harter Schwanz steckte tief in ihrer Grotte.

«Nakano!», brach es laut aus ihr hervor. Eine Mischung aus Überraschung und Lust überfiel sie, als sie die Länge seines harten, männlichen Organs tief in ihrem Inneren spürte.

«Nakano! Nakano!»

Sein dunkles Haar lag auf ihren Schultern. Die immer schneller werdenden Stoßbewegungen zeigten Annabel, wie erregt ihr Geliebter war. Für Zurückhaltung war jetzt kein Platz. Das ewige Gesetz der Liebenden ließ Annabel wissen, dass sie in den Armen eines Mannes, der für sie sterben würde, sicher war. Endlich konnte ihre Angst sich lösen und Annabel jede Hemmung fallen lassen.

Ungeachtet jeder landesüblichen Zurückhaltung schlang Annabel die Arme um den Hals ihres Liebhabers und klammerte sich mit aller Macht an ihn. Die Natürlichkeit ihres Liebesspiels war atemberaubend. Nakano schien genauso zu empfinden, denn sein starker Schwanz rammte sich immer wieder hemmungslos in sie hinein. Die Stöße schienen mit jedem Mal heftiger zu werden, und sie konnte seine Hoden an ihre Möse klatschen hören. Der Schweiß, der bei beiden mittlerweile in Strömen floss, ließ die beiden Körper zu einem einzigen Leib verschmelzen. Alle Poren waren offen und umgaben das schaukelnde Paar mit dem Duft der Liebe.

Der wilde, lüsterne Akt war einfach zu köstlich, zu intensiv, um lange zu dauern. Beider Leidenschaft schien sich gemeinsam zu steigern und sich in einem einzigen Moment der Hingabe Bahn zu brechen. Als ihre weltlichen Körper von einem himmlischen Orgasmus erfasst wurden, umklammerten sie sich beinahe verzweifelt.

Noch lange nach dem Höhepunkt lagen sie sich friedlich in den Armen und spürten den herrlichen Gefühlen nach. Der Schweiß auf ihren Körpern war längst getrocknet, als Nakano sich auf einen Ellenbogen stützte und sie anblickte. «Schlaf jetzt, meine liebliche Europäerin», sagte er leise.

«Ich glaube, ich bin zu glücklich zum Schlafen», flüsterte sie und lächelte ihn voller Vertrauen an.

Nakano beugte sich schmunzelnd über seine Geliebte und küsste sie. «Wenn du der Trommel folgen willst, musst du dich auch wie ein Samurai im Feldzug verhalten: Iss und schlaf, wenn du kannst, denn wer weiß, was die morgige Schlacht bringen wird.»

Mit diesen Worten zog der Daimyo eine schneeweiße Decke über die beiden erschöpften Körper. Die Baumwolle war steif und vom Liegen im Gras ganz kalt. Die trillernden Vögel sangen noch immer in den Weidenbäumen, und auch die Glühwürmchen tanzten noch zwischen den dunklen Blättern. Annabel gähnte, als sie sich an Nakanos Schulter gelehnt unter der Decke zusammenkuschelte. Wie einem Kind strich er ihr übers Haar. Schließlich wurden seine Bewegungen immer langsamer und träger – er schlief ein.

Einen Moment lang lag Annabel einfach nur ruhig da, doch dann drehte sie ihren Kopf und betrachtete sein wundervolles Gesicht. Er schien im Schlaf zu lächeln, und seine langen Wimpern warfen zarte Schatten auf die Wangen. «Schlaf gut», flüsterte sie noch in der Sprache ihrer alten Welt, doch ihr Geliebter war längst tief ins Reich der Träume abgetaucht. Er atmete leise, und Annabel meinte bereits das entfernte Donnern von Pferdehufen zu hören und das Sonnenlicht auf den Speeren und Schilden seiner Armee blitzen zu sehen. Ob er vom Krieg träumte?

Die Nachtbrise wurde immer kühler. Sie blies sanft über ihr Gesicht und spielte mit ihren Locken. Das Licht der Sterne fiel auf Nakanos Kopf und tauchte ihn in ein geheimnisvolles Licht. Annabel genoss die muskulöse Schönheit seines Körpers und die Wärme, die davon ausging. Doch ihre eigentlichen Gefühle galten dem Inneren dieses wunderbaren Mannes.

Schlaflos lag sie da und schaute gen Himmel. Direkt über ihnen stand ein riesiger Stern, der wie ein Diamant funkelte. Der Mond ging auf, und sein Licht erhellte ihr Wesen und ihren Geist. Endlich war die Dunkelheit ihrer früheren Existenz von ihr genommen.

Mit vorsichtigen Bewegungen, um Nakano nicht zu stören, setzte Annabel sich auf ein paar steife, erbsengefüllte Kissen. Die Fremdheit ihrer Umgebung störte sie nicht mehr. Sie blickte über die schwarzen Dächer hin zu den zerklüfteten Bergketten. Ganz weit weg, über der Spitze des entfernten Fujiyama, zogen zwei Vögel ihre sanften Bahnen. Die weißen Kurven ihrer Flügel verrieten Annabel, dass es Kraniche waren. Das silberne Mondlicht berührte ihre Flügel und Brustkörbe. Voller Eleganz und Grazie stiegen sie auf und sanken wieder hinab, bis sie sich schließlich im Mondlicht auflösten, das immer heller wurde.

Annabel glaubte einer Täuschung zu erliegen. Kein Kranich konnte so hoch oder auf diese Weise fliegen. Doch als sie Nakanos ruhig atmenden Körper in den Armen hielt und mit den Augen dem Flug der Kraniche folgte, erfüllte sie endlich jene friedvolle Harmonie, nach der sie sich immer gesehnt hatte. Sie war endlich glücklich.

Portia Da Costa
Der Club der Lust
Erotischer Roman

Die Journalistin Natalie fährt zu ihrer Halbschwester Patti. Schon im Zug hat die junge Frau ein besonderes Erlebnis: Sex mit einem Fremden. Sie ahnt nicht, dass sie ihn wieder treffen wird. Und auch nicht, dass Patti sie in einen geheimnisvollen Club der Lust einführen will ... rororo 24138

Erotische Literatur bei rororo
Nur Frauen wissen,
wovon Frauen wirklich träumen.

Juliet Hastings
Spiele im Harem
Erotischer Roman

1168: Die junge Melisende reist zu ihrem Bruder in das Heilige Land, um dort verheiratet zu werden. Sie kann es kaum abwarten, ihre Jungfräulichkeit loszuwerden. Aber das Schicksal schlägt zu: Sie verliebt sich, dann wird sie Opfer eines Überfalls. Sie findet sich als Gefangene wieder – im Harem. rororo 23965

Corinna Rückert
Lustschreie
Erotischer Roman

Eine Frau beim Blind Date: Plötzlich hat sie eine Binde vor den Augen und wird zart und doch fordernd von einem Unbekannten verführt. Ihre Erregung ist grenzenlos ...
Außergewöhnlich anregende und sinnliche Geschichten von der grenzenlosen Lust an der Lust. rororo 23962

Weitere Informationen in der Rowohlt Revue *oder unter* www.rororo.de